CERCA DE TI

CERCA DE TI

Lara A. Serodio

S

Papel certificado por el Forest Stewardship Council˚

FSC
www.fsc.org

MIXTO
Papel procedente de
fuentes responsables
FSC® C117695

Penguin
Random House
Grupo Editorial

Primera edición: julio de 2021

© 2021, Lara A. Serodio
Autora representada por Editabundo Agencia Literaria, S.L.
© 2021, Penguin Random House Grupo Editorial, S. A. U.
Travessera de Gràcia, 47-49. 08021 Barcelona

Printed in Spain – Impreso en España

ISBN: 978-84-666-6950-4
Depósito legal: B-8.886-2021

Compuesto en Comptex&Ass., S. L.

Impreso en Rodesa
Villatuerta (Navarra)

BS 6 9 5 0 4

A todas las mujeres que se han plantado
para dejar de ser objetos y convertirse en sujetos

Carla & Lola

1

Los pies le colgaban del borde de la cama, apenas sobresalía el empeine desnudo rozando la colcha que, por el momento, lograba mantenerse en su sitio, lisa desde esa misma mañana, cuando Naya, la señora de la limpieza, había dejado la casa impoluta. Con premura, arrastró las piernas mediante pequeños movimientos hasta el centro de la cama, todo lo que el ancho de las bragas bajadas a la altura de las rodillas le permitió. La respiración acelerada se convirtió en un leve sollozo cuando una mano desde atrás acarició su cadera, acercándose a su coño, jugando a rozar los labios superiores y a abandonar el área, dejando que palpitase con ansia. Era algo habitual en ella, siempre había funcionado de ese modo; era prescindir de la ropa interior y abrir las piernas —pero abrirlas bien, de par en par, sin remilgos—, exponiendo su sexo y separándolo, para empezar a notar el deseo sin necesidad alguna de intervención externa. Parecía que su cabeza había relacionado la ausencia de ropa interior con dos momentos: ir al lavabo (mear, ducharse...) y el sexo.

Mientras la mano volvía a hundir el dedo corazón entre sus piernas, arrastrándolo entre el vello y jugando con el clítoris a la vez que evitaba introducirlo más al fondo, la otra mano entró en escena para acariciar su pecho izquierdo, primero sosteniéndolo y luego rozando el pezón con la palma. Empezó a balancearse de arriba abajo, flexionando las rodillas hasta tocar sus nalgas con los talones, buscando acelerar el movimiento y con él la fricción de ambas manos sobre su cuerpo (en especial la que ya había comenzado a introducir un par de dedos en su interior para jugar a sacarlos y seguir rozándole el clítoris).

Cuando los gemidos se incrementaron, como un sonido de fondo que retumbaba y se elevaba por las paredes, tenue pero constante, la mano abandonó su interior y se afanó en deslizar el dedo corazón directamente sobre su clítoris, con rapidez y hasta con cierta violencia. Su boca buscó la otra mano libre y la invitó a subir desde el pecho para acabar introduciendo en ella uno de sus dedos. Primero lo lamió con la lengua fuera, luego lo engulló y friccionó con los labios, consiguiendo que entrase y saliese en el otro orificio. Cuando la saliva empezó a gotear por la comisura de los labios y la mano ocupada en el clítoris alteró la velocidad —a una más pausada, con movimientos circulares, volviendo a jugar—, cambió de posición y, dejando las rodillas en el centro de la cama, se extendió hacia delante y se puso a cuatro patas, arqueando la espalda y elevando las nalgas, exponiéndose más, mirando atrás.

Las bragas le supusieron entonces un impedimento —no dejaban que se abriera la distancia que quería, la necesaria para que sucediera lo que iba a suceder—, por lo que dobló una pierna con precipitación y se deshizo de ellas colando el dedo gordo del pie en la goma elástica y arrastrándolas hasta los tobillos, donde logró hacerlas una bola y dejarlas reposando a los pies de la cama, sobre la colcha definitivamente revuelta. Ahora ya sí, con las piernas abiertas y su puño ciñendo la almohada para no perder el equilibrio, se dejó llevar por la velocidad de la mano que no había abandonado su coño, y que había arrancado de nuevo su rápido movimiento tras la pausa; un movimiento que ahora llegaba acompañado del balanceo que sacudía todo su cuerpo a cuatro patas de atrás adelante, y de adelante atrás. Segundos después, hundió la cabeza en un cojín y ahogó en él sus gemidos en aumento, mientras sus nalgas seguían subiendo y bajando, agitándose al ritmo de los espasmos y las contracciones que un orgasmo le solía proporcionar si había sido de los buenos. Este lo había sido.

2

A juzgar por el tipo de luz que se colaba por las contraventanas de su habitación, Lola dedujo que debían de ser entre las siete y las siete y media de la mañana. No resultaba especialmente pronto para ser un día de entre semana, pero ese en particular no era lectivo y había planeado ser indulgente y otorgarse un rato (no mucho, en realidad) para quedarse en la cama durmiendo o leyendo, algo que no podía permitirse los días que se despertaba de manera rutinaria para ir al instituto. Corroboró la hora en el pequeño reloj de mesa perdido en sus estanterías abarrotadas de libros y se incorporó, acercando la oreja a la pared que separaba su cuarto del cuarto de su madre; no tardaría en haber movimiento al otro lado y, si los cálculos no le fallaban, en alrededor de quince minutos escucharía la puerta principal del piso abrirse y cerrarse y Lola podría entonces salir de su habitación.

Siempre era igual, no solía haber grandes alteraciones en la rutina de la mañana: la alarma del móvil de su madre sonaba un rato antes de la hora a la que Lola tenía su despertador programado y Carla aprovechaba esos minutos para despertar al hombre que había pasado la noche con ella, dejarlo adecentarse en el baño en suite y escabullirlo a tiempo para darse una ducha y coincidir con su hija en la cocina para desayunar. En ocasiones, en la rutina de la noche, Lola esperaba a que el hombre en cuestión abandonase la casa antes de que Carla se fuese a dormir. No había aprendido a discernir todavía por qué se daba un caso en vez del otro; la lógica indicaba que los que se quedaban a pasar la noche esperaban un bis por la mañana, pero Lola sabía que eso NUNCA pasaba —lo hubiese oído alguna vez, pero parecía que Carla no era una persona «de mañanas»—, así que aún tenía pendiente resolver el misterio sobre cuál era el criterio de su madre para permitir que un hombre durmiese con ella o se fuese al instante, justo después de echar el polvo. Si sospechaba que ese iba a ser el caso, Lola no se dormía hasta escuchar la puerta. Su afinado oído ya se había entrenado para percibir el mismo sonido sutil que daba por concluida la rutina de las mañanas.

Sin tiempo para hacerse con uno de los libros a medio leer de su mesita de noche, la puerta del cuarto de su madre se abrió. Desperezándose, Lola siguió con atención los pasos de dos personas por el pasillo hasta el recibidor y esperó a escuchar el clic metálico de cierre y, a continuación, los pasos de vuelta de tan solo una de ellas, para levantarse al fin. Tenía hambre y ya podía salir a prepararse el desayuno. En la cocina, mientras cortaba una manzana en finas rodajas y las reservaba para luego, le dio vueltas al *modus operandi* de todo el proceso y pensó en el perfil de esas personas que, cada cierto tiempo (dos veces al mes, de media), pasaban un par de horas en casa follándose a su madre (o, mejor dicho, follando *con* su madre). Sabía que tenían que ir a trabajar, pasar por casa y ducharse, posiblemente contaban con un buen puesto en alguna compañía de renombre —quizás eran los propietarios—, y no podían permitir ver reflejados en sus rostros y ropas el famoso *walk of shame* de las películas americanas. ¿Estaría alguno de ellos casado y el encuentro constituía un *affaire* extramatrimonial? No lo descartaba.

Aunque jamás los veía —su madre bien se cuidaba de ello—, apostaba consigo misma a que todos seguían más o menos un mismo patrón (edad, físico, sueldo anual bruto, posible casa en la montaña...). Quería creer que su madre tenía cierto gusto y exigencia, pero lo cierto era que desconocía su procedencia con exactitud (¿Los conocía gracias al trabajo? ¿Salían de apps de citas?). Seguro que con alguno la cosa había dado más que para un revolcón, y era posible que Carla se quedase con ganas de estirar la conversación durante el desayuno, pero Lola había llegado a convencerse con el tiempo de que la razón por la que nunca los veía —ni compartían con ella el plato de tortillas de huevo con avena que se estaba preparando— no era porque Carla quisiese ahorrarle cortésmente el proceso, sino porque era incapaz de confesarles que tenía una hija, de diecisiete años nada más y nada menos. «¿Esta es tu hija? ¡Imposible! ¡Pero con lo joven que eres... y pareces!» Ya se sabía la cantarina, del mismo modo que tenía interiorizada su cara de resignación y sonrisa complaciente para no poner los ojos en blanco cuando la oía, mientras percibía en el brillo de los ojos de su madre cierto regocijo todas las veces que pasaba (que no eran pocas). «24, "la" tuvo con 24, haz los cálculos, no es tan difícil. 41 – 17 = 24... No era TAN joven, no es TAN joven» hubiese querido espetar Lola, también, en todas y cada una de esas ocasiones.

La sartén ya estaba en su punto exacto de temperatura (ni templada, ni caliente en exceso: no soportaba esa sensación de verter el huevo y percibir —por el sonido del contacto con el acero— que no lo había hecho en el momento idóneo, demasiado pronto o demasiado tarde); todo estaba listo para darle forma a un desayuno saludable que no perdonaba ninguna mañana. Odiaba a esa gente que salía corriendo de casa por las mañanas sin otra alternativa que comprarse un grasiento cruasán en la primera panadería de barrio abierta en su camino al metro. Lola prefería hartarse a manzanas antes que comer mantequilla cada día de su vida, una manía que Carla no sabía muy bien de dónde había sacado Lola. Había intentado que las dos comiesen sano durante su crecimiento, pero nunca se había considerado una obsesa del movimiento *real food* como para que su hija adolescente fuese más estricta con la dieta que ella misma. ¿El *snack* favorito del cine de Lola? Frutos secos. ¿Su ingrediente preferido en noche de pizza? Brócoli. ¿Un refresco? Agua con gas.

—Buenos días...

Carla, que ya había tenido tiempo de ducharse, entró en la cocina con el albornoz todavía envuelto y dejó sobre la barra americana un par de vasos usados mientras observaba cómo Lola decoraba sus tortillas con rodajas de manzana perfectamente cortadas y las espolvoreaba con canela. Aprovechó para dejar la ropa sucia en el lavadero, al que se accedía desde la cocina, y en ese gesto Carla se ahorró la cara de asco de Lola al ver los vasos frente a ella, justo cuando se giraba, dispuesta a disfrutar de su desayuno sobre esa misma barra. Además, no eran unos vasos al azar los que su madre había decidido emplear la noche anterior para socorrer la deshidratación del hombre protagonista de la rutina de la mañana. Carla había seleccionado, sin prestar atención y en otro gesto poco detallista de cara a ella, el vaso de Lola, el que usaba cada mediodía para acompañar sus comidas y que siempre fregaba con cuidado —no permitía que pasase por el lavavajillas ni que Naya lo tocase— para que siempre estuviese impoluto. La sola idea de que SU vaso —porque su madre sabía que era el suyo, que solo ella bebía de él— hubiese pasado por otra boca, una boca desconocida, una boca que Lola ignoraba dónde había estado antes y después de posar sus labios en el fino borde de cristal, le producía arcadas.

Lola diría de sí misma que se volvió escrupulosa en exceso alrededor de los trece años, aunque el origen de su manía era difícil de establecer. Su mayor terror había tenido como objeto la saliva, por lo que a esa edad había pasado a exigir envases de uso exclusivo para ella, por si las moscas. Lola era diestra, y aun así, cada vez que pisaba una cafetería o restaurante, cogía las tazas del asa con la mano izquierda porque, según las estadísticas, sabía que había menor incidencia de zurdos en el mundo y, por extensión —y una cuestión estadística—, existían menos posibilidades de que alguien hubiese podido chupar ese lado de la taza (para ser exactos, entre ocho y trece personas de cada cien). Una bebida frente a ella en vaso de tubo tenía todos los números de ir de vuelta con el camarero. Durante un tiempo, en especial en épocas recientes cuando ya se creyó con edad suficiente para empezar a consumir café y así aguantar el empuje de los exámenes, Lola se había visto liberada de esa carga con los envases de un solo uso. Sin embargo, esa libertad duró poco tiempo y la fiebre por la sostenibilidad y el *greenwashing*, la propaganda engañosa de productos o políticas supuestamente verdes con fines de lucro de la mayoría de las empresas, estaba poniendo otra vez en jaque su seguridad. Por eso sus propios envases reusables eran tan importantes, por eso tenía que salvaguardarlos de bocas ajenas.

De morros, y sin ser capaz de ignorar los vasos en el fregadero para limpiarlos después de ingerir su tortilla, Lola se dispuso a fregar SU vaso —primero, antes de nada—, mientras Carla introducía prendas en la lavadora y dejaba el cajón del detergente cargado.

—Lola, si quieres meter algo, todavía hay hueco —le dijo su madre desde el lavadero—. Es mejor ponerla ya hoy y no esperar a que se le acumule a Naya, ¿te parece? ¡Ay! —exclamó al volver a entrar en la cocina y ver que su hija había pospuesto el desayuno para fregar—, gracias, ratón. No tenías porqué. —Y apoyó su mano en el hombro de Lola al pasar junto a ella para encender el hervidor de agua.

Lola, por instinto, por resorte, queriendo y sin querer, retiró el hombro y se alejó de su madre en una mueca algo huraña. Colocó los vasos en el escurridor, se sentó a la barra, ahora sí, a desayunar al fin, y bajó la vista para retomar la lectura del libro en la página en la que lo había dejado la noche anterior (cuando su madre había llegado acompañada y ella no había sido capaz de continuar leyendo). Carla fingió no percibir este gesto durante el minuto que esperó a que el hervidor eléctrico calentase agua para el té; acto seguido, se sirvió una taza y se la llevó con ella a su cuarto para continuar arreglándose.

Esta no era la única manía de Lola. Que la tocasen se posicionaba en peligrosa segunda posición, muy cerca de desbancar a sus escrúpulos por saliva. Una mano en el hombro o en la espalda la incomodaba, pero nada comparado a intentos de abrazos o los dos besos que por educación le tocaba estampar a desconocidos o gente poco habitual en su vida —este gesto, de hecho, lograba aunar dos temores en uno: el contacto y un sutil rastro de babas en sus mejillas—. Parecía que sus manías fuesen a causa de una impertinencia adolescente, y no entendía por qué tenía que ser adulta para que respetasen su espacio y tomasen en serio que la burbuja personal de cada uno era un bien preciado. Había leído, de hecho, en una de aquellas revistas de sala de espera de dentista, que si uno era de pequeño escrupuloso significaba que acabaría siendo un adulto organizado, responsable y exitoso (algo relacionado con las dimensiones primarias del funcionamiento cerebral). A Lola le costaba entender qué tenía que ver su aversión a las babas o a ser tocada con el éxito, pero recordaba a la perfección el artículo pese a haberlo ojeado hacía años, porque el investigador que lo firmaba decía que las personas escrupulosas obtenían mejores calificaciones académicas —lo cual era cierto en su caso—, cometían menos crímenes —estaba por ver— y permanecían casadas por más tiempo —de momento, no había posibilidad de comparación alguna al respecto—.

En el resto de sus manías más destacadas, si tuviese que ordenarlas, colocaría después a la gente que comía algún producto directo de las estanterías durante su compra semanal y luego se chupaba los dedos o se los frotaba contra el pantalón o el borde de la chaqueta; esa gente entraba en tan selecta lista. Las otras eran las normales de una chica maniática de diecisiete años: no concebía la idea de lamer la tapa del yogur y aprovechar con la lengua los restos pegados a la misma; necesitaba sacar las llaves de la mochila con antelación antes de llegar al portal; la bolsita de té debía infusionar el minutaje exacto que indicaba la caja; el volumen del televisor, de su app de música o del ordenador siempre tenían que estar en un número par —esa era un poco irracional, lo sabía—; no soportaba la gente que doblaba la esquina de las hojas de los libros para marcar dónde dejaban la lectura (y por extensión, no podía con la idea de gente subrayando y escribiendo en sus páginas). Curiosamente, le daba la sensación de que su madre era la protagonista de muchas de las manías de la lista y no quería pensar si eran fruto de su necesidad de antagonizarla o si eran el resultado de un proceso natural. Carla no parecía fijarse en esas cosas: en el vaso que Lola salvaguardaba usado por otra persona, en tener que pasarse un minuto removiendo dentro del bolso en las puertas de los sitios para encontrar las llaves en vez de tenerlas preparadas... o en si su hija la escuchaba follar al otro lado de la pared. Su madre, la que había dejado la puerta del lavadero entreabierta y un surco de agua con las huellas de sus pies en las baldosas de la cocina.

Finiquitado el contenido del plato y el capítulo del libro, Lola fregó, recogió la vajilla seca, aprovechó para esconder en el fondo del armario SU vaso (por si las moscas) y se dirigió de nuevo a su cuarto, donde planeaba encerrarse y seguir leyendo hasta que su madre se fuese a trabajar.

3

Aunque no pareciese metódica, Carla era una mujer de dinámicas pautadas, en especial a la hora de velar por su cuidado personal. Los años hacían estragos y para evitar sentirse erosionada como una roca (cosa que apreciaba cuando una nueva mancha o arruga hacían aparición en su rostro o manos), Carla seguía con religiosidad sus rituales cada mañana y noche —si la agenda se lo permitía— con la intención de no aparentar ni un día más del tiempo que llevaba en la tierra. Había empezado relativamente joven a embadurnarse con cremas que no se podía permitir, más o menos a los veintisiete, cuando con una pequeña Lola de apenas tres años correteando por el salón de la casa de sus padres, Carla había rescatado una fotografía de ella misma meses antes de dar a luz, y se había sorprendido de lo mucho que había envejecido en ese periodo de tiempo. Demasiado, había pensado, para una veinteañera. Desde entonces había llegado a un compromiso consigo misma de no dejarse ir como había hecho esos tres primeros años de maternidad en solitario.

Y allí estaba esa mañana, firme a su compromiso catorce años después, frente al espejo del baño de su habitación, en su casa de propiedad, limpiándose el rostro con agua micelar, aplicándose el tónico para equilibrar el pH de la piel, extendiendo con suaves toquecitos de la yema de los dedos el contorno de ojos alrededor de los mismos y, por último, seleccionando la crema de día (siempre con SPF) para tener el rostro hidratado y listo para maquillarse. Antes de llegar a ese paso todavía le quedaba secarse el pelo y seleccionar qué ropa iba a vestir, elección sujeta a la predicción meteorológica del día, que prefirió comprobar en la app del tiempo de su teléfono antes que correr las cortinas y asomarse a la ventana. Lo hacía cada mañana, por eso su teléfono «inteligente» ya le sugería entre las ocho y las ocho y cuarto el uso de ese *widget* con la intención de ahorrarle un par de movimientos de pulgar.

En su rutina de las mañanas no escatimaba el momento para ponerse al día con su iPhone (cada año se aseguraba de cambiárselo por el último modelo), y siempre empleaba una mano en cepillarse los dientes y la otra en navegar por las diferentes aplicaciones de su pantalla, que se despertaban con notificaciones de un rojo molesto (entre ellas, lo más habitual, el par de apps de *matchmaking* y citas, en las que era bastante activa y con las que solía trastear un rato antes de irse a la cama). También aprovechaba los minutos que pasaba sentada en la taza del váter para repasar las notificaciones de la cuenta de Instagram de su estudio de diseño, reformas y decoración de interiores (la cuenta donde Liz y ella se alternaban para compartir los últimos proyectos de reforma, sus mejores consejos *deco* e inspiraciones para diseños). No era raro que extendiese su tiempo allí sentada y las piernas se le acabasen adormeciendo mientras le daba *likes* a comentarios, veía las últimas publicaciones del *feed* —donde solían aparecerle cuentas de proveedores de azulejos, fabricantes de mobiliario de cocinas y baños o empresas de materiales de fontanería—, y acababa tomando ideas para su siguiente *live* desde el estudio. En los últimos meses la cuenta había crecido bastante en número de seguidores (esa misma semana habían alcanzado los 34K) y esa reputación *online* las estaba ayudando a reforzar su huella digital y ganar reconocimiento, pese a ser un estudio pequeño.

Lo cierto era que Estudio RATA —nombre no exento de polémica en el gremio y que las había hecho recibir en más de una ocasión alguna llamada para ofrecer servicios de control de plagas— ya no era tan pequeño como antes y la idea de que su criatura no hubiese parado de crecer en los últimos once años, desde su fundación, era una de las cosas de las que Carla se sentía más orgullosa. Liz y ella se habían arriesgado y habían tomado la decisión en la cena de celebración de su treinta cumpleaños, después de haber compartido juntas tres años de penurias en un estudio de arquitectura. De pequeñas reformas particulares a viviendas de lujo y, últimamente, algún que otro restaurante o rediseño de hotel... El viaje no había sido fácil, pero hacía ya unos años que estaban recogiendo los frutos de todos sus esfuerzos y no parecían tener techo, unos frutos que habían permitido a Carla pasar de ser una arquitecta de interiores viviendo en la casa de sus padres con una niña pequeña a la que educar en soltería, a la propietaria de su propio apartamento y empresa... ella sola. En realidad, la mitad de esto último lo compartía con Liz, de quien justo le acababa de entrar un mensaje en su móvil mientras se enjuagaba la boca.

> **Liz**
> Q tal anoche? Otro drama?

> **Carla**
> SEÑORO TOTAL

> **Liz**
> Tocó estrella de mar y teatrillo?

> **Carla**
> Se quedó a dormir...

> **Liz**
> Y qué más? Desayuno en la cama? VÁYASE, SEÑORO

> **Carla**
> Estoy pensando en poner el servicio por un extra de 6,95€

> **Liz**
> Hablando de desayuno, cojo algo para las dos y me lo cuentas todo

> **Carla**
> Tampoco te creas que hay mucho más que contar...

Liz le servía de confidente y compañera de batallas, tanto personales como profesionales. Fuese el proyecto que fuese, desde que entraba por la puerta del estudio ambas lo desempeñaban codo con codo —una se encargaba de los planos, la otra de los *renders*, etc.—. Les gustaba encarar los proyectos en equipo, aunque fuesen pequeños, y sabían que eso las ayudaba porque se beneficiaban de las virtudes de la otra y, además, al cliente siempre le gustaba estar asesorado por varias personas a la vez. No iban en par a todos lados como dos niñas de instituto que se aguantan la puerta hasta para mear, pero tenían por costumbre ponerse al tanto al final del día, aunque lo hubiesen pasado juntas en su mayoría, en especial si a una le tocaba visita a obra. No parecían ser capaces de esperarse al día siguiente para profundizar en los detalles de su carga de trabajo compartida. Liz y Carla se daban los buenos días, desayunaban juntas, compartían despacho una media de ocho horas diarias y se daban las buenas noches en una llamada a la que se referían como «el *recap* diario», que solía pillar a Carla en su despacho haciendo el resopón, ese tentempié que no perdonaba antes de acostarse.

En el *recap* discutían cómo veían a sus empleados y a las personas con las que lidiaban a diario: si Nina, la comercial, estaba más en forma que nunca y las comisiones del último trimestre habían batido récord; si a Magda de administración se le habían pasado unas facturas de proveedores que tenían que recordarle pagar, y si debían de estar encima de ella porque últimamente estaba un poco pasota, o si percibían que estaba teniendo una mala racha y no hacía faltar achucharla todavía; si Adán, el decorador, tenía pinta de querer abandonar el barco porque llevaba ya un par de decisiones erráticas en los últimos proyectos; si era hora de incorporar a un diseñador más en prácticas y hacer crecer el equipo, o si era preferible esperar a cerrar el año y ver el cómputo global...

Acabó de atusarse el pelo ya seco y peinado y se plantó delante del armario de puerta corredera para seleccionar su modelo del día; un repaso rápido a las perchas determinó enseguida que era día de vestido verde, sin duda alguna. Su melena pelirroja ligeramente ondulada brillaba con el verde correcto, y Carla sabía sacarle el partido exacto, al igual que hacía con una buena combinación de color de pared y suelo de tarima flotante, o cuando entraba en una estancia y sabía qué muros tirar y qué paredes emplear para explotar mejor el espacio. Antes de enfundarse el vestido, y mientras se subía las medias sentada en un lateral de la cama todavía deshecha, volvió a perder unos segundos en la pantalla recién iluminada de su teléfono. Dos seguidores nuevos.

Había sido idea de Liz en una de esas llamadas de *recap* diario poner todos los proyectos en las redes sociales, y Carla no había tardado en emocionarse con la cuenta y sacar más horas al día para crear contenido y publicitarse de manera digital. También había sido una manera de hacer ruido frente a la competencia, contra la que no habían tenido ni una oportunidad en sus inicios, en un mundo en el que tener nombre y contactos era a veces casi más importante que el talento en sí. Liz y ella no portaban un apellido compuesto de herencia aristocrática, y se habían esforzado en dejar claro que su estudio no era un caso más de niñas con pasta que habían montado algo con su nombre y se habían rodeado de esbirros, que eran los que realmente sabían qué tenían que hacer. Su ética profesional había estipulado desde el inicio que Estudio RATA no lo dirigía un par de pijas a las que les gustaba decorar y que huían con temor de la parte técnica. Adquirir ese conocimiento técnico había sido vital para Carla, un axioma en su carrera profesional, por eso revisaba de cerca la inversión en medios que gestionaba la pequeña agencia que les llevaba la web, haciendo hincapié en que su comunicación reforzase ese aspecto; razón por la que siempre acababa más horas de las que hubiese querido con la pantalla pegada al rostro (cuya luz azul, había averiguado, era más dañina para su rostro que los propios rayos UV y para nada una aliada en su batalla contra la pérdida de elasticidad de su piel).

Justamente esos dos aspectos de su vida eran los que salían a relucir más a menudo frente a los variopintos perfiles de personas con los que se cruzaba en su día a día laboral: primero, el hecho de que le gustaba cuidarse —era atractiva, le encantaba serlo (no había nada de malo en ser un poco narcisista), así como que le agradaba saber que todavía parecía joven, que no había llegado derrotada a los cuarenta—; segundo, su rigor profesional —su fama de perfeccionista, de implacable, de temer convertirse en alguien que pregonase vino y vendiese vinagre, como muchos de la profesión—. Irónicamente, ambos aspectos iban más unidos de lo que uno pudiese pensar; irónicamente, Carla pagaba un precio bastante alto por ellos.

Del ebanista al electricista, pasando por el diseñador *freelance* con el que repasaba los proyectos a los que no llegaba Estudio RATA y que necesitaban subcontratar, o el tapicero que colaboraba con el estudio ocasionalmente, sin contar con el jefe de obra y el resto del equipo de albañiles que construían lo que ella había puesto en papel, todos empleaban un segundo de más en mirarla, en dejar sus ojos posados en ella, en alguna parte de su cuerpo que no era la primera que habían observado. Esos segundos de más se daban y le taladraban la espalda, en especial, cuando visitaba una obra y se juntaba con el jefe de los albañiles para ver los avances *in situ* y aclarar las dudas más técnicas. En esos instantes era cuando sus dos aspectos colisionaban como un choque de trenes circulando en direcciones opuestas por la misma vía: una–mujer–atractiva–les–decía–lo–que–tenían–que–hacer. Si hubiese sido fea y se hubiese limitado a ser lista... Si no hubiese tenido ni idea de solucionar cuestiones de muros o suelos, y tan solo se hubiese dedicado a pasear con orgullo su culo en un vestido ajustado... Pero no. Carla tenía el *pack* completo (qué descaro). Vivía en sus carnes —literalmente— el machismo imperante de que se era objeto por ser mujer en un mundo así. ¿Que se atrevía a decirle a un hombre (subordinado, subcontratado por ella, por su empresa) que había hecho algo mal? O se lo tomaba fatal o la ignoraba... Esas eran sus opciones después de que el hombre en cuestión hubiese posado su mirada esos segundos de más sobre su trasero.

Carla tenía dos opciones en su carrera: imponerse o dejarse comer. Y la segunda no entraba en sus planes. No hacía mucho había visitado una de las obras de un proyecto con más insistencia de lo habitual porque había percibido que los albañiles estaban haciendo, básicamente, lo que les daba la gana y no lo que ella había pautado de manera específica. Como no quería que se le pasase nada, una tarde a última hora decidió visitar la obra sin que hubiese nadie trabajando. De pasada, divisó en una de las paredes en bruto —en las que era habitual anotar datos, medidas, apuntes sobre planos o algún número de teléfono— un dibujo bastante cutre de ella como si fuese una muñeca pornográfica desnuda... y su nombre encima (por si había dudas). Lo primero que hizo Carla, a solas y sobre el eco que proporcionaban las paredes desnudas y el espacio vacío, fue reírse a carcajadas. Sin su nombre se hubiese reconocido a la perfección, lo cual le hacía pensar que entre los albañiles había un pequeño artista que la había retratado, quizás sin querer, muy bien. Pudo ofenderse, pudo enfadarse, pero con una sonrisa graciosa lo que hizo fue rescatar un rotulador de encima de la mesa de planos, dibujar más o menos unas cuantas figuras bastante rudimentarias de los obreros con casco (para ayudarles a que se reconocieran a sí mismos, ya que ella no tenía tanto talento caricaturesco) y escribir encima «los que no van a cobrar a fin de mes». Desde ese día hasta el final de la obra, nadie volvió a poner en duda sus indicaciones, y las miradas a su paso se centraron más en el suelo que en ella.

Aquella era una anécdota que hasta le había hecho gracia, pero ese tipo de cosas le pasaban constantemente, y lo peor era que ya no se sorprendía. Como tampoco se sorprendía de que esos segundos de contemplación de más vinieran de clientes que, desde una perspectiva quizás de poder, habían intentado propasarse con ella o habían llevado un poco más allá ese flirteo sutil del que Carla siempre se aprovechaba para parecer más disponible. Liz y ella habían acabado apodando a ese perfil los «señoros», y Carla había pasado ya por muchos de esos como para estar escaldada y no querer tener nada que ver con gente de su mundillo, ni siquiera remotamente. Los calaba a la primera. Por eso le gustaban las apps de citas: cerrar la puerta en las narices a alguien era más sencillo en el mundo virtual.

Lista para el día, Carla volvió a adentrarse en la cocina para dejar en el fregadero la taza de té que la había acompañado hasta su cuarto. Lola ya no estaba allí, como tampoco había rastro de desayuno alguno. Había mantenido la secreta esperanza de que su hija hubiese preparado una tortilla de avena de más para ella; no pedía la manzana o la canela y el plato dispuesto a la mesa con tenedor incluido, pero sí quizás algún resto en la sartén que, ahora se percataba, yacía en el escurreplatos limpia y reluciente.

—¡¿Quieres que te lleve al instituto?! —chilló asomándose al umbral de la cocina para que el eco de su voz retumbase en el pasillo y alcanzase a su hija, allá donde estuviera.

—¡No tengo! —respondió la voz de Lola proveniente de su habitación—. Es día no lectivo de libre elección.

—¡¿Qué?! —Sin querer extender ese sinsentido, Carla apagó la luz, salió de la cocina y se dirigió al cuarto de su hija—. ¿Qué? —preguntó entonces entreabriendo la puerta, tratando de no fijarse en nada más que en su hija, que estaba tumbada en la cama con la cabeza engullida en un libro.

Lola no se molestó en apartarlo para dirigirse a su madre.

—Día no lectivo de libre elección. A cada insti le corresponden tres de libre disposición al año, ¿te acuerdas? —le explicó con cierta impertinencia en su voz. Carla ni se molestó en discutir.

—Ok, pues nos vemos por la noche. Llámame si necesitas algo...

Lola afirmó con un sonido casi imperceptible y pasó la página de su libro.

—Y si te acuerdas, porfa, pon la lavadora, ¿vale?

Mismo sonido como respuesta. Carla volvió a entornar la puerta y se dirigió a la entrada del piso, no sin antes dar tres o cuatro vueltas por el pasillo tratando de recordar dónde había dejado su móvil por última vez.

No puso los ojos en blanco ni le dio un toque a su hija, hacía tiempo que los problemas de autoridad con Lola no figuraban en su lista de prioridades. Al menos su hija no estaba por ahí bebiendo hasta el coma etílico, teniendo sexo sin protección con toda su clase o destrozando el mobiliario urbano... Lola podía ser insolente, pero lo peor que podía encontrarla haciendo era devorar libros o poner mala cara porque su pijama olía a húmedo después de salir del tendedero. A su vez, aunque no fuera el caso, a Carla no le salía de dentro ser estricta o autoritaria con ella; prácticamente habían crecido juntas, y durante unos años, los que habían vivido bajo el techo de su madre antes de independizarse y mantener sola a su hija, Carla había tenido la sensación de que Lola y ella eran como hermanas con una gran diferencia de edad. Hasta que no se había enfrentado sola al día a día de Lola, no se había sentido al cien por cien como la única figura responsable y con poder sobre su vida.

Una vez encontró el móvil, Carla se dispuso a ponerse el abrigo y echarse una última mirada en el espejo de la entrada. Se trataba de un modelo de estilo barroco que abarcaba la pared por entero, del techo al suelo, con marco de madera y aire rústico, y que un cliente había descartado finalmente tras la compra, pero que ella había guardado en el almacén del estudio donde iban depositando la mercancía previa antes de hacer los montajes finales. Lo había mantenido allí durante meses porque aquel cliente ya se había mostrado indeciso en el pasado, y ella tenía la esperanza de que se lo repensara. En cualquier caso, Carla había tenido la corazonada y tras esperar casi un año, y verlo cada día cogiendo polvo en un rincón, acabó por enamorarse de él y colgarlo en su propia casa.

Antes de salir, cogió de la cómoda una bolsita de plástico con un par de cubrepiés para sus zapatos: ese día le tocaba a ella hacer la visita a obra. Irremediablemente —porque muy a su pesar no podía evitarlo—, pensó en el posible revuelo que iba a causar su atuendo. Quizás quince años atrás hubiese vuelto al cuarto a cambiarse por algo menos ajustado, menos ostentoso, que le ahorrase las miradas de aquellos hombres. Pero ahora le daba igual. Al contrario, asumía que iban a existir y ya vivía con esas miradas como parte de la narrativa de su día a día. Las miradas habían pasado a definirla, no tenía sentido luchar contra ellas. Y si bien era cierto que no todos los días se sentía igual de fuerte para soportarlas, restringir lo que le apetecía hacer no era una opción. Hacía tiempo que había decidido que la opinión de los demás sobre su cuerpo no iba a mermar su manera de hacer (o de vestir, o de moverse, o de hablar...).

—¡Adiós, ratón! —emitió desde la entrada. Esperó unos segundos. Sin respuesta.

¿Estaría Lola enfadada con ella otra vez?, se preguntó. ¿Habría oído algo? ¿Estaba molesta porque hubiese llevado ese tipo a casa? Carla trataba de tomar todas las precauciones posibles para que Lola no se enterase ni se viese alterada por la presencia de las pocas personas que, cuando se daba el caso, Carla se llevaba al piso. Se esforzaba en minimizar el impacto lo máximo posible aunque, por el contrario, también había intentado desde siempre ser liberal en cuanto a su relación con el sexo y normalizar el hecho en sí frente a su hija. Sin embargo, sí que era cierto que, pese a que no tuviesen una relación madre-hija modelo, Lola siempre parecía estar molesta al día siguiente. ¿Se trataría solo de eso? Quizás podría hablar con ella, si no le bufaba a su paso cual gata huidiza. La combinación de mujer de cuarenta y un años, atractiva, con éxito, moderna y sexy parecía no ser compatible con la de madre soltera de una adolescente.

Su móvil sonó de nuevo, esta vez con la notificación de una app de citas en la que Daniel, un tipo con el que había empezado a hablar la tarde anterior, había respondido a su último mensaje. Leyó en diagonal sin desbloquear la pantalla mientras cogía las llaves y se disponía a cerrar la puerta tras de sí. «Periodista... ¡Bien! Al menos no es OTRO arquitecto», pensó.

La casa

4

Pese a estar concentrada en la lectura —si se metía prisa, podría acabar el primer tomo de esa trilogía antes de comer—, una parte de Lola había estado esperando a que su madre se fuera para quedarse sola en casa. No era muy dada a salir de su cuarto con o sin la presencia de Carla, pero solía aprovechar esos momentos de soledad dilatados en el tiempo (su madre no volvería en horas y Naya no tenía previsto ir ese día a limpiar) para intentar reconquistar el espacio perdido más allá de sus paredes... o al menos habituarse a él.

Los días que Carla traía alguien a casa había algo en la atmósfera que Lola percibía como desagradable y de lo que no acababa de desprenderse hasta pasado un buen rato. No se trataba de ningún tipo de olor ni presencia extraña dejada por el paso de un hombre. Era más bien la sensación de que, poco a poco, con cada una de esas visitas, Lola iba sintiendo más inhóspito el espacio familiar. No era tonta y entendía que su madre tuviese la necesidad y la libertad de traer a casa a quien quisiera; al fin y al cabo, un hogar se rige por un régimen de hospitalidad y su casa, como cualquier otra, era un espacio compartido que estaba diseñado para ocuparse y desocuparse. Eso hubiese sido lo normal. Ella misma había acudido durante años a casa de sus amigos como lugar de encuentro (a jugar, a ver películas, a pasar la tarde y merendar, a fiestas de pijamas), pero allí nunca se había sentido de ese modo. Por mucho que fuese lícito emplear su casa para relacionarse con gente, Lola no dejaba que nadie cruzase la puerta, porque en su interior hasta ella misma se sentía fuera de lugar (era irónico que un hombre, cuya presencia era transitoria y que no prestaba atención a nada más allá que el cuerpo de su madre, se sintiese más cómodo que ella y, por extensión, la hiciese sentirse extraña en su propia casa). Quizás temía que la gente que ella fuese a invitar distinguiese en el espacio el reflejo de aquello que hacía su madre allí.

Al salir de su habitación y adentrarse en el pasillo, caminó por el suelo laminado de roble francés con los pies descalzos dejando una sutil huella a su paso que se evaporaría al llegar al fondo. De paredes blanco hueso y techos altos, el ancho pasillo condicionaba la forma del piso dibujando una L a modo de columna vertebral. El palo pequeño empezaba en el recibidor, desde donde se tenía la opción de acceder al salón nada más entrar a la izquierda o, un poco más adelante, a la derecha, a la puerta corredera de la cocina, y seguía con el despacho de Carla ya en el ángulo de noventa grados que pautaba la L. Como el vasto corredor de un hotel, el palo largo de la L continuaba mostrando puertas a ambos lados —el cuarto de Lola y Carla contiguos a uno, el lavabo y una serie de armarios empotrados al otro—, hasta llegar al tabique final, donde Carla había colgado el único cuadro —una fotografía *collage* de un artista local— que lucían aquellas paredes. Anchas, profundas, amplias, a Lola las paredes que conformaban por entero la L no le parecían acogedoras, sino frías, y la hacían sentirse vacía. El plano detallado de su propia cárcel... con L de Lola.

Esa L que enclaustraba a Lola entre el despacho de su madre y su habitación la obligaba del mismo modo a pasar por su puerta cada vez que necesitaba ir al lavabo. Una forma similar se replicaba en el interior de la cocina, como si esta fuese una versión en miniatura de la casa, y allí fue hacia donde se dirigió Lola para prepararse una infusión. Con el libro a cuestas, se sentó de nuevo a la barra en uno de los taburetes laterales (nunca se sentaba a la mesa, no al menos cuando estaba sola) y cronometró el tiempo de la bolsita infusionándose. Intentó continuar con su lectura esos cuatro minutos de espera, pero la sensación extraña todavía la acompañaba, desconcentrándola. ¿Se habría apoyado el hombre en la barra mientras su madre le alcanzaba un vaso de agua... o se lo habría llevado directamente al cuarto? Se levantó como un resorte de la barra y esperó ese par de minutos que le quedaban apoyada en el marco de la puerta, imaginándose cómo se vería la entrada al piso a través de unos ojos ajenos, los ojos del hombre que anoche había estado allí para acostarse con su madre.

¿Era su casa lo que se suponía que tenía que ser? ¿Un hogar, un microcosmos que debía habitar y amoldar a su personalidad, una burbuja en la que sentirse segura? No se trataba de una cuestión de comodidad —Lola la tenía, tenía cierto bienestar en el momento en el que los espacios eran amplios y no le faltaba de nada—. Sin embargo, los objetos que la rodeaban en ese momento (el vasto espejo del recibidor, el perchero industrial, el aparador lacado de *look* retro), los que formaban parte de su vida diaria, no hablaban de ella, ni de lo que le gustaba o de quién era. No la caracterizaban, no la definían ni la complementaban. Tan solo eran una serie de objetos dispuestos siguiendo un criterio más bien estético; configuraban el espacio de una manera pasiva y casi inerte. Para Lola, no había en ellos significado más allá de su utilidad (donde colgaba su abrigo, miraba su reflejo o dejaba las llaves cuando volvía a casa del instituto o de pasar la tarde con Sheila y Sam).

Desde esa perspectiva, le parecía más bien un entorno inhabitado, vacío de significado, casi abstracto, un lugar en el que no era capaz de hacer emerger su vida interior. Era su casa como podía ser la casa de un desconocido. Una cámara hubiese captado la imagen que encuadraban sus ojos y hubiese podido publicarla como portada de *Architectural Digest* sin problema. Y quizás su madre sentía «algo» —una especie de orgullo, de paz— ante la estampa, pero Lola no podía evitar sentirse desconectada del conjunto.

Rescató justo a tiempo la bolsa de dentro de la taza —casi se pasaba por segundos del infusionaje propicio— y se deshizo de ella en el contenedor orgánico de reciclaje. Soplando para que el té se enfriase, apagó la luz de la cocina y se llevó la taza consigo de vuelta al recibidor, desde el que pasó al salón, para observarlo sin traspasar el marco de la puerta. ¿Qué decía ese salón —y por extensión, la casa— de ella? Nada. ¿Qué decía de su madre? Todo. Proyectaba quién era en cada esquina, la profundidad casi intelectual de cada selección hablaba de su integridad profesional, de su gusto selecto y exigente, y Lola sabía que cada elemento de decoración, cada estancia, estaba ahí para definirla, consciente o inconscientemente; hasta los pomos de las puertas que Lola usaba cada día expresaban y constituían el carácter de su madre de una manera que no acababa de comprender. Se podía ser aquello que se posee, y conociendo a su madre, era capaz de verla reflejada hasta en las bisagras. Parecía que la casa y el cuerpo de su madre fuesen uno, concebidos a la par, y que el interior del hogar fuese una afirmación de la personalidad de Carla.

En cuestión de relaciones, eso sí, Carla parecía ser todo lo contrario: selecta con los objetos, no con las personas. Y Lola pensaba que, si podía serlo con unos, no entendía por qué no lo era con las otras. Dándole vueltas, tal vez era la verdadera razón por la que su madre no permitía que esos hombres se quedasen a desayunar (no por deferencia a ella, no por ocultarla): no formaban parte del diseño y estropeaban la armonía de su hogar. Quizás, por eso, crecer con la ausencia de una figura paterna o de hermanos, en una casa no vivida por una familia, había determinado que Lola no estuviera unida a todos aquellos objetos comunes por un valor emocional. La presencia de esos elementos —hasta de una foto de ambas, madre e hija, enmarcada y expuesta en el aparador del salón de cuando Lola tenía siete años y acababan de mudarse allí— le resultaba fría, sin densidad humana alguna. Un elemento decorativo más. A excepción de Naya, que casi podría decirse que proporcionaba con sus cuidados diarios esa manera de hacer hogar más tradicional, solo eran ellas dos allí dentro, y ninguna tenía la intención de vivir los espacios para hacerlos personales, para desgastarlos. Lola los percibía inhóspitos y Carla parecía querer que en su casa sucediese lo mismo que en su rostro: que no pasase el tiempo.

Dejó el salón atrás y continuó andando por el pasillo con la lentitud de quien visita una sala de exposiciones, hasta alcanzar la entrada a su habitación. Antes de volver a refugiarse en ella, observó la puerta del cuarto de su madre entornada y algo le llamó la atención. La empujó y sin adentrarse vio de pasada la cama deshecha, la puerta del armario sutilmente entreabierta... y la luz del tocador del baño encendida. Era eso. Sin dilación, y tratando de no verter el contenido caliente de su taza —que rebajó a pequeños sorbos—, dio los pasos pertinentes para apagar la luz sin fijar su mirada en nada más. Sin embargo, al girarse para volver hacia la puerta, no pudo evitar contemplarlo en su conjunto. Hacía tiempo que no entraba en el cuarto de su madre y se había olvidado de lo majestuoso que podía parecer. Avanzó entonces hacia la cama y, mirando las sábanas revueltas, deslizó la mano por encima con lentitud, entre una caricia y como si quisiese estirar las mismas a su paso. Sobrecogida, se volvió a sentir invadida por esa inhóspita sensación de incomodidad y salió de allí como quien huye de una casa encantada.

Lola había crecido (al menos desde que tenía memoria) con esa sensación aprisionada en las paredes de la casa mucho antes de ser consciente del desfile de hombres de la rutina de la mañana y de la noche. La tela de los cojines, los rosetones del techo, el particular estilo americano años cuarenta que solo se encontraba en el despacho... Era posible que si las cosas se hubiesen usado con su fin —sentarse, gastarse, vivirse—, ella no se hubiese vuelto tan aséptica. El resorte de no permitir que nada estuviera fuera de sitio no había venido impuesto por su madre, pero sí por un condicionamiento casi pavloviano nacido de la alarma en la voz de Carla cuando Lola pintaba sobre la mesa del comedor y esta se encargaba de recordarle a su hija que el mantel era de lino puro, diseñado por un artista francés y producido en un pequeño taller especializado de *asaberdónde* de un rincón exótico del mundo.

El mayor defecto de la casa era pretender mantenerla tal cual estaba, como si se tratase de un cuadro. Tal vez Carla no era consciente de esto, pero lo que realmente estaba en juego detrás de su manera de actuar y de expresarse al respecto no era su relación con todas sus posesiones, sino el ejercicio de poder invisible que estaba ejerciendo sobre su hija. La casa se había convertido en un dispositivo para definir la jerarquía, para ostentar poder sobre Lola. No podía ver los signos de confrontación expuestos en todos aquellos interiores porque estaba privilegiando su visión (su casa como un lugar lleno de posesiones cuyo valor era medido por la comodidad que proporcionaban, y que ignoraba la capacidad de los mismos para transmitir afecto o el significado de su relación con su hija, más allá de su uso). No, Carla no era consciente de que esa centralidad, esa firmeza, carecían de entidad para Lola y convertían su hogar en un lugar extraño para ella.

Lola ya había tenido suficiente excursión por ese día y por eso, después de pasar por el baño a lavarse las manos con jabón, volvió a meterse en su cuarto, cerrando la puerta a su espalda de manera innecesaria, pero con automatismo. Allí dentro estaba mejor, entre unas paredes que reconocía, aquellas que conformaban su verdadero hogar. Allí, encerrada, sus objetos habían evolucionado con ella, se sentía en un territorio libre de la jurisdicción de Carla. En su sitio seguro se respiraba el espíritu de la resistencia, la disposición de sus cosas como espejo de su carácter, rodeándose de ellas como si con cada una quisiese revelar su verdadero yo de forma consciente. Allí dentro, sus decenas y decenas de libros seguían su propio orden en baldas de diferente tamaño y librerías de modelos y colores variados que, improvisadamente, se hacían hueco las unas a las otras a medida que el interés por la lectura de Lola crecía. Carla ponía los ojos en blanco cada vez que se asomaba a la puerta, incapaz de entender la disposición de toda esa cantidad de objetos, afectada por la arbitrariedad de la misma. Pero para Lola sus libros no eran meros objetos apilados que, como quien acumula desperdicios, ya no tienen uso tras haber sido leídos. Los libros de Lola eran su posesión más preciada porque se habían formado en relación con ella; cuando los había leído, sí, pero también cuando los había cuidado, abrazado, marcado, cuando había dejado en ellos las huellas de su implicación.

Donde Carla veía montañas de objetos adquiridos en masa, susceptibles de esparcirse y desperdigarse por una casa en la que no parecían tener cabida (la imagen de páginas usadas sobre superficies impolutas), Lola veía una relación especial con cada uno de ellos, una relación que no tenía precio, lo más parecido a una vivencia personal atada a un recuerdo que había experimentado entre aquellas paredes. La imagen mercantilista que tenía Carla de los objetos, medida por parámetros objetivos, poco tenía que ver con la cualidad inmaterial de los mismos. Todas las posesiones de Carla, sus objetos, podían ser intercambiados o sustituidos por otros y el conjunto no variaría. Sin embargo, todas las posesiones de Lola, sus libros, tenían pluralidad de sentidos y una relación afectiva con ella, eran una prolongación de sus experiencias.

Así era como Carla, sin permitir de manera explícita que las cosas de Lola dejasen huella en el resto de la casa, ejercía su poder sobre ella. Lola se cuidaba de no abandonar ninguno de sus libros sobre la mesita del salón, o en la barra de la cocina, o ni siquiera en el lavabo —aunque no lo compartiese con su madre, aunque ella tuviese el suyo propio— porque enseguida Carla tendría la necesidad de ordenarlo como otro objeto más de la casa, banalizándolo, buscándole un lugar fijo del que no salir. En parte, Lola tenía la sensación de ser ella misma un objeto más, un objeto que a su madre le gustaría que también fuese bonito y armonioso con el entorno, un elemento decorativo que conviviese con el diseño del resto de la casa. Pero Lola no era bonita, no era algo bello, sublime o estético, susceptible de encajar... ni quería serlo. Y por eso pasaba sus días encerrada en su cuarto, encerrada en las páginas de sus libros.

5

Le quedaban apenas cincuenta páginas para llegar al final del libro y Lola ya había acordado con ella misma que no iba a moverse de allí —pese al hambre, pese al pis, pese al dolor de cervicales que ya empezaba a acusar—, e incluso había silenciado su móvil para que nada ni nadie le impidiesen cumplir su objetivo. Sin embargo, la insistente luz del teléfono acabó por desconcentrarla y no le quedó más remedio que buscar entre las sábanas de la cama su punto de libro y aparcar la lectura durante un rato.

13.55.

—Joder... —masculló. ¡Cómo había pasado el tiempo!

Cuando la luz de la pantalla le iluminó el rostro y se dispuso a desbloquear el teléfono con su huella dactilar, comprobó que tenía sesenta y siete mensajes sin leer del grupo «SLS»: Sheila, Lola, Sam. Las mismas iniciales que Lola tenía tatuadas debajo del tobillo de manera minúscula con un trazo muy fino y bastante rudimentario, obra de la mano inexperta de Sam, que se había hecho con un set de tatuajes *handpoked* hacía un año en un gesto iniciático por convertirse en tatuador (al menos durante sus ratos libres). Sheila se las había tatuado también en el muslo y Sam en la parte interior de la muñeca izquierda porque «así, cuando esté harta de todo y me quiera cortar las venas, me acordaré de que al menos os tengo a vosotras». Ni que decir que Sam tendía al drama. De hecho, en una escala de equilibrio interno, Sam era el drama, Sheila era la intensidad y Lola era la calma. Juntos formaban el trío perfecto.

Lola intentó desplazarse al inicio de la conversación para ponerse al día, pero no consiguió entender nada: los mensajes seguían sucediéndose.

> **Lola**
> Hola? 67 mensajes? Qué está pasando?

> **Sam**
> Chata, espabila y despierta. No son horas

> **Sheila**
> Lol, ni te molestes

> **Sam**
> El mundo está en llamas, pero tú sigue leyendo, cari

> **Sheila**
> No le hagas caso, está que trina

> **Lola**
> Alguien quiere ponerme al día? No me enterooooo

> **Sheila**
> Resumiendo muymucho? Lipo se ha vuelto hetero

Los siguientes veinte minutos —que Lola estuvo privada de lectura y que no pudo emplear en acabarse el libro— fueron dedicados a tratar de entender cómo Sheila se había enterado (o más bien había deducido) a través de mucha investigación de guerrilla saltando entre perfiles de Tik-Tok e Instagram de que el ex de Sam, Lipo (Dino Lipovetsky, de padre ruso judío y madre italiana ultracatólica), estaba liado con una chica. La conversación estaba salpicada de imágenes de Lipo, de la chica, de vídeos y capturas de pantalla de una fiesta la noche anterior y un par de *stories* borradas, pero de las cuales —Lola no sabía, ni quería saber por qué— Sheila tenía una copia en su carrete. En parte por historias como aquella, Lola se enorgullecía de no estar en red social alguna y evitaba ser fotografiada. Odiaba salir en fotos y tenía la suerte de que Sheila y Sam, tras varios enfados que en su momento acabaron en ultimátum, desistiesen de sus intentos de captarla *in fraganti* para sacarla en sus cuentas.

En las pocas instantáneas que existían de ella en años recientes, Lola o bien aparecía tapándose la cara con las manos o bien se la veía borrosa —posiblemente debido al movimiento previo de sus brazos camino a su cara para cubrirse—. De hecho, la única imagen que tenía en su cuarto (además de una en blanco y negro de su abuela de joven, con los brazos extendidos y los ojos cerrados, y que siempre le había fascinado por la sensación de libertad que le producía) era de ellos tres en una cafetería. Enterrada bajo una chaqueta de alpaca heredada de su abuela, cómo no, a Lola se la apreciaba de lado, con la media melena que llevaba por aquel entonces cubriéndole parte del rostro y con la otra mitad borrosa, donde se intuía su sonrisa en una mueca. Sheila y Sam salían gritando a cámara, Lola lo recordaba perfectamente porque el camarero había hecho la primera foto (esa misma) con *flash*. Sam vestía sus clásicos pantalones pitillo ajustados que lo hacían parecer un esqueleto andante, y su pelo negro azabache con flequillo recto que, por suerte, poco después cambió por un tupé que no le endurecía tanto la cara; Sheila llevaba el pelo rojo sangre (se lo había teñido con un bote de supermercado que ella misma le había aplicado), sus clásicas gafas de pasta y una falda de pana marrón ajustadísima, marcando cada una de sus curvas sin miramiento —porque Sheila podía estar gorda, pero era la persona más segura de sí misma que Lola conocía—. Hubo seis intentos más de foto —en ningún otro se le veía el rostro—, pero Lola se había decantado por esa y sin decírselo a ellos había acudido a la tienda de fotografía del barrio para imprimir una sola copia, la que colgaba encima de su escritorio.

Echó la mirada con nostalgia a la imagen y se reincorporó al chat para recuperar el hilo de la conversación, de la cual corría el riesgo de no enterarse si se apartaba más segundos de la pantalla del móvil.

> **Sheila**
> A lo mejor está pasando por una fase...

> **Sam**
> Mira, cariño, comer chochos NO ES UNA FASE

> **Sheila**
> Tú no has pasado por fases experimentales? Anda que no...
> Todos lo hemos hecho... (Menos Lol)

> **Lola**
> Pq tengo que pillar yo en todo esto?

> **Sam**
> No después de haber salido del puto armario de Narnia

Lola intentaba simpatizar con el tema y le sorprendía que Sam no fuese un poco más empático con Sheila, al fin y al cabo ella había pasado por una historia similar a la de Lipo: después de haberse enrollado con media clase, parte del vecindario y amigos de sus hermanos, y haber salido cerca de dos años con Miki, había conocido a Cynthia... y se había enamorado de ella. Lola podía tratar de ponerse en la piel de Sam para entender el impacto que suponía descubrir que alguien con quien habías estado relacionado íntimamente ha cambiado de gustos de un modo tan radical, pero lo cierto era que ni siquiera sabía lo que era salir con alguien, y menos ver a esa persona lanzarse a los brazos de otro chico o chica. Confiaba en la experiencia de Sheila en este terreno, que era muchísimo más experimentada y atrevida que ella, para calmar las aguas.

Cuando Lola percibió que Sheila y Sam llevaban un rato desenganchados de la conversación, dudó de si el drama se había disipado, o es que había pasado algo. Consiguió volver a su libro e ignorarlos... pero al final preguntó:

> **Lola**
> Todo bien?

> **Sheila**
> Estamos comentando por MD de IG una foto de Lipo

> **Lola**
> Gracias por tan vil abandono

> **Sam**
> No puedes estar en misa y replicando, o como se diga. Hazte una cuenta Y NO LLORES

> **Lola**
> Ok, me vuelvo a mi libro. Bye

> **Sam**
> Así puedes también cuchichearle las stories a tu madre

> **Lola**
> Cómo me conoces... (no)

> **Sheila**
> Esta mañana ha subido unos directos hablando de pladur o no-sequepollas en una obra y WOW, quiero ese vestido #escotazo.

Entonces, Sam adjuntó una captura de pantalla de su madre con el vestido en cuestión y solo añadió al mensaje #YASS y #QUEEN. Por un instante, Lola tuvo curiosidad por abrir la imagen y estudiarla con detenimiento, pero desistió y les dijo que desconectaba un rato para prepararse la comida. Sam y Sheila hicieron lo propio —la hermana de Sam lo invitaba a comer por ahí y ya llegaba tarde, y la abuela de Sheila le había chillado un par de veces que el plato la esperaba a la mesa—. «He ahí un ejemplo de vida normal», pensó. ¿Tan difícil era aspirar a eso? A un plato caliente en la mesa hecho por alguien que no percibía por ello un sueldo a final de mes (eso sí, adoraba a Naya, y su cocina era de lo mejorcito que había probado). No culpaba a su madre por no saber freír una croqueta, pero sí que la acusaba de privarla de una vida corriente como la que tenían sus amigos, a cuyas madres nadie seguía por Instagram para ver sus modelitos (porque dudaba de que a Sam o a la mitad de su instituto le interesasen las reformas integrales de lavabos o tipos de materiales de construcción económicos para su futura obra en casa). Tampoco podía responsabilizar a Carla por no haberle permitido crecer en el seno de una familia clásica, con una figura paterna de referencia, pero sí que le echaba en cara que su única relación con hombres de mediana edad se redujese a escucharlos entrar y salir de su cuarto de madrugada o a primera hora de la mañana. Su normalidad no era tal si se comparaba con la del resto de los mortales. Era posible que, en consecuencia, Lola castigase a su madre tratándola de una manera más bien distante y, en contraposición, llevase a todos los demás entre algodones.

> **Sam**
> Nos vemos después de comer en el centro para unos frappés y seguir cotilleando?

> **Sheila**
> Y TANTO. Lol?

> **Lola**
> Vale, guay, aunque tengo que acabar unas cosas, y quería aprovechar la tarde para leer un poco más... Pero os digo algo luego, vale?

Lola recibió como respuesta tres *gifs* y un meme que, básicamente, le hacían saber de una manera vulgar que SLS no estaban de acuerdo con su respuesta. Pero la conocían, asumían que Lola tenía un sentido de la responsabilidad diferente al suyo y la querían tal como era. Lo más probable era que empezasen a cotillear sin ella, pensó Lola, pero tampoco se moría por perderse los dramas de la nueva vida sexual de un chico que, además, se había portado fatal con su mejor amigo.

Una hora más tarde, y una vez hubo acabado de leer con toda tranquilidad las páginas finales del libro, fue a la cocina a prepararse una ensalada y no se percató hasta que quiso lavar la espinaca de que, todavía en el fregadero, se hallaba la taza que su madre había dejado sucia esa misma mañana. Era un gesto simbólico, pero algo le impidió continuar preparando la comida. La taza le recordó al vaso, el vaso le recordó al hombre, y todo a su alrededor se volvió sucio de repente. Sin pensárselo, Lola dejó los ingredientes de nuevo dentro de la nevera y fregó la taza. Acto seguido, la secó y la guardó junto con el resto del menaje escurrido del desayuno que ella misma había usado. Después, se puso los guantes, cogió una de las bayetas que Naya empleaba para fregar la encimera y con el desinfectante limpió de cabo a rabo la barra de la cocina, el borde de la nevera y hasta los pomos de las puertas, tanto de la cocina como de la entrada, ya que estaba. Lo habitual era limpiar después de prepararse la comida, no antes, pero Lola no hubiese sido capaz de tragar bocado alguno con la incertidumbre reinando a su alrededor. Se trataba de una labor simbólica; no era que la casa estuviese en mal estado —Naya había hecho su trabajo menos de 24 horas atrás—, sino de la necesidad de deshacerse de la suciedad que crecía en su cabeza y que se extendía de manera invisible. Era una cuestión de preservación. De este modo, pudo empezar de nuevo a prepararse la comida, que acompañó estrenando las páginas de la segunda parte de la trilogía cuyo primer volumen acababa de terminar.

Después de comer, recordó por la puerta entornada del patio que su madre le había pedido que pusiera la lavadora. Acudió, entonces, a la cesta de su cuarto y trajo con ella un par de bragas anchas de algodón hechas una bola, una camiseta de fútbol americano XXL que usaba para dormir, una sudadera con capucha que se ponía para leer en la cama por las noches y dos jerséis que a Naya no le habían cabido en la lavadora anterior y que Lola le había dicho que no urgía lavar; contaba en su armario con cuatro o cinco jerséis de forma y tamaño similares y no tenía premura alguna por vestir ninguno de ellos en ese instante —además, Naya siempre estaba diciéndole en broma que su ropa era tan ancha que apenas un par de prendas ya ocupaban el tambor entero y tenía que estar pendiente de poner tres o cuatro lavadoras seguidas para conseguir dejar la cesta vacía—. Lola se arrodilló frente al tambor y dejó caer sus prendas al suelo mientras buceaba entre las de su madre que yacían al fondo de la lavadora, ocupando una escasa parte de esta. Las sacó una a una, extendiéndolas frente a ella y observándolas. En contraposición, pieza a pieza, tan solo uno de sus jerséis bastaría para ocupar el mismo espacio dentro del tambor que las faldas, medias y ropa interior de su madre, todas ellas de tamaño reducido. La única expansión posible de Lola en sus vidas se llevaba a cabo allí dentro, gracias a esos centímetros de tela de más.

Introdujo toda su ropa primero, la aprisionó al fondo y luego, formando una bola con ella, hizo hueco para las faldas y medias de su madre. Por último, contempló sus bragas. Eran las que Carla había llevado la noche anterior, las mismas bragas que aquel hombre había tocado, posiblemente acariciado en la parte trasera, posiblemente arrastrado por los laterales cadera abajo, posiblemente introducido la mano en ellas, estando estas aún en contacto con las partes íntimas de su madre. Las sujetó unos segundos más y luego se las acercó al rostro, inspirando y oliendo la parte interior. Olían a sexo, a flujo, a usado. No era un olor demasiado fuerte, pensó sorprendida. Lo más chocante fue, de hecho, el parecido que podía tener ese olor con el suyo propio. La diferencia estaba, eso sí, en que sus bragas solo las había tocado ella y con rabia lanzó la bola de tela al tambor, cerró la puerta y puso la máquina en marcha, para acto seguido lavarse las manos con agua caliente y jabón.

Lola no podía negar que odiaba de una manera visceral la manera en la que Carla se sexualizaba —con el uso de esas prendas, por ejemplo— y era sexualizada por los demás —no era ajena a los comentarios, a la fantasía alrededor de esas mismas bragas que había sostenido en sus manos segundos atrás—. Quizás por eso, desde que había entrado en la adolescencia, le producía rechazo la idea de mostrar su cuerpo, de intuirlo o enseñarlo incluso parcialmente, por miedo a ser percibida igual... o tan solo por miedo a ser percibida. Sus ropas anchas, su piel pálida que huía del maquillaje, su estilo *tomboy* con un peinado que cada vez llevaba más corto y que la había hecho ganarse en clase el apodo de «La Crepúsculo», por su similitud con la actriz que daba vida en los filmes a la protagonista de la famosa saga juvenil. Su aversión a lo tópicamente femenino y a la exposición de su cuerpo —de lo que su madre parecía ya epítome— había llegado a un punto entre lo que debía ser mostrado y lo que debía ser ocultado. No era que Lola sintiese animosidad por contraponerse a su madre; del mismo modo tampoco comulgaba con la exposición inherente a promocionar los culos en movimiento en Tik-Tok, como hacían la mitad de las chicas de su instituto. Los clones de Rosalías y hermanas Jenners que se cruzaba en los pasillos o de camino al metro, con las mismas uñas, pestañas, *looks* y canciones sonando en los móviles para que todos las escuchasen le producían un rechazo similar. Prefería esconderse debajo de sus pantalones cargo, de sus jerséis anchos, y que la gente no supiera ni intuyese la forma de su cuerpo ni qué tipo de persona residía allí debajo. Podía entender que sus atuendos incluso diesen a entender que iba a la moda de un modo buscado, al igual que su actitud *outsider*, al más puro estilo Billie Eilish, pero Lola quería huir del foco, no por miedo a su cuerpo o a las inseguridades que este conllevaba; lo suyo era más bien miedo a ser observada, a secas.

Percibía a su alrededor este ejercicio constante por parte de sus compañeros y amigos, no solo la necesidad de expresarse, sino de demostrar todo el rato quiénes eran, dónde estaban, qué hacían. Con sus ropas, con sus actitudes contestatarias, con sus publicaciones en las redes sociales llenas de una seguridad aplastante que Lola no acababa de entender. ¿Tenía todo el mundo tan claro quién era como para mostrarse así sin parar y sin ningún atisbo de duda? Ella se sentía incompleta la mitad del tiempo, no había tenido la posibilidad ni había querido expresarse porque no tenía claro quién era ni por qué hacía las cosas que hacía. Sam y Sheila creían que la máscara de sus ropas anchas, de sus manos tapándose ante el objetivo, era una muestra más de su inseguridad, y no perdían ocasión en recordarle que ella era extremadamente guapa, ni punto de comparación con su madre, por ejemplo, y que podría gustar mucho más de lo que se imaginaba si quisiese atraer las miradas hacia ella y ser el centro de atención. Pero ¿qué era ser el centro de atención?, les preguntaba Lola cuando ellos hacían esas sugerencias. ¿Quitarse capas y enseñar piel? ¿Maquillarse? ¿Romper la distancia con gente ajena y dejarse tocar a la primera de cambio? Si eso era necesario para gustar, no quería gustar. Necesitaba esa distancia y sí, la distancia digital también era válida, era un superpoder, el de la invisibilidad.

Tras un rato leyendo en la cocina mientras esperaba a que la lavadora acabase el programa, Lola tendió la ropa y se fue a la ducha. Dejó el vaho cubriendo el espejo mientras se cambiaba y solo pasó la mano por el mismo una vez estuvo vestida para colocarse el flequillo de lado con el secador. Cuando terminó, lo guardó en el cajón y observó el tirador con forma de flor en su mano. «Una flor no escoge su color», pensó, rememorando una frase de un libro que había leído semanas atrás. Del mismo modo, ella no se veía capaz de hacerse responsable de quién era o de en qué se estaba convirtiendo; no por el momento, al menos.

Sam
BITTTCHHH PLEASE, suelte usted ese libro que tiene entre las manos y plántese en el Starbucks de siempre

Sheila
o vienes o vamos nosotros

Lola
VOLANDOOO. 20mins

Aquello era algo que ni Sam ni Sheila entenderían, nunca había hablado con ellos de ese tipo de sentimientos. De vez en cuando le preguntaban si no sentía la necesidad de estar con alguien, de gustar, de que la conocieran, de ir más allá. Para Lola el problema era más profundo y la sola idea de tratar de explicarlo la llevaba a fingir esa supuesta calma y estabilidad que ellos percibían. Una fachada, ese era el mensaje oficial al exterior, contestatario o no (cómo era recibido por los demás ya le daba igual). Solo ella sabía que, en el fondo, algo tenía que cambiar.

6

Lola entró en casa y con la luz del recibidor todavía apagada lanzó las llaves sobre el platito decorativo del aparador y se deshizo de sus zapatos. Mientras colgaba el abrigo, extrañada de encontrarse la casa a oscuras un sábado por la noche, rescató su teléfono del bolsillo, cuya pantalla pasó a ser la única fuente de luz iluminando su cara. En efecto, Carla le había mandado un mensaje horas atrás y Lola no se había molestado en comprobar su móvil en toda la tarde, que había pasado en un centro comercial con Sheila y Sam. Había sido su sábado de elección —cada sábado se turnaban los planes y uno se encargaba de organizar la quedada—, y en su turno Lola los había llevado al cine.

El último sábado del mes, por descarte y para hacerlo igualitario, era de libre elección y, o bien no quedaban, o bien se ponían de acuerdo entre los tres. El mes pasado en su propuesta de libre elección había intentado llevarlos a ver una película que se moría de ganas de ver, pero había ganado el plan de Sam, por lo que había esperado tres largas semanas a su turno, cruzando los dedos para que la última adaptación a la gran pantalla de una novela de Jane Austen siguiese en cartel. Por fortuna para ella, hacía semanas ya del «escándalo Lipovetsky», como lo habían denominado, y Sam estaba mucho más tranquilo (de otro modo, se hubiese pasado parloteando al respecto toda la película, algo que Lola no soportaba). Así pues, Sam había permanecido de lo más atento (le gustaba mucho uno de los protagonistas) y Sheila había aprovechado la ocasión para hacerse con su *pack* favorito de tarde de cine: palomitas saladas rociadas de conguitos —algo que a ella le parecía una soberana guarrada, pero que la divertía— y un refresco tamaño XXL que se acabó a mitad de película.

Encendiendo la luz al fin, Lola arrastró la puerta corredera de la cocina y se coló tras la barra para servirse un vaso de agua mientras rescataba el mensaje de su madre: «Ratón, he quedado para cenar. Si no tienes planes, pídete algo si quieres...», no continuó leyendo y apoyó el teléfono en la repisa para acabarse de un trago el contenido del vaso. No, no tenía planes y no, no se iba a pedir nada para cenar. Sus excesos los acometía fuera de casa o acompañada y, extrañamente, esa noche se hubiese sentido con ganas de hacer una excepción... de haber tenido la oportunidad; apenas una hora atrás estaba dispuesta a ir a cenar a la cadena de pizzerías adorada por Sheila (y que suponía su base de contenido *foodporn* del fin de semana con el que llenaba sus *stories*). Su idea inicial era comer pizza grasienta con salami y el borde relleno de queso —cuando hacía el intento de pedir algo verde, SLS la asesinaban con la mirada— y reírse hasta emitir un pequeño y vergonzoso sonido de ronquido con las historias de Sheila y las respuestas mordaces de Sam. Le apetecía hasta regar el conjunto con una cerveza de barril que le fuese a hinchar la barriga de gas (y que Sheila siempre pedía sin problemas porque aparentaba la mayoría de edad y nunca a nadie se le ocurría exigirle identificación alguna). Sin embargo, sus expectativas se vinieron abajo cuando Sam les dijo que tenía planes en casa para celebrar el cumpleaños de su hermana pequeña, y Sheila, sabiendo esto porque había visto la felicitación de Sam a su hermana esa misma semana en Tik-Tok, le había prometido a su hermano mayor y a su cuñada que cuidaría de su sobrino unas horas para que ellos pudieran salir un rato.

Lo que le decía Carla en el resto del mensaje, y que Lola se molestó entonces en acabar de leer, era que creía que todavía había restos del estofado que Naya les había dejado preparado para el fin de semana. En efecto, al abrir la nevera, Lola vio una fuente cubierta con papel plateado y la sacó para envasarla y congelarla con el objetivo de que no se echara a perder. Quizás su madre no tuviese ganas de cocinar alguna noche que ella sí lograse ir a cenar con sus amigos, en vez de que estos la plantasen por sus familias. Lo habitual hubiese sido enfadarse si el abandono se daba por otro grupo de amigos, y no por hermanos y sobrinos, pero Lola era sensible al tema, en especial de pie en esa cocina a solas, con la luz de la nevera abierta iluminándole el rostro mientras, sin apetencia alguna, escudriñaba cajones en busca de inspiración gastronómica.

Se sentía sola y no era algo que percibiese o que la asolase de manera habitual cuando no había nadie más en casa, enfrascada como solía estar en las páginas de sus libros. Sin embargo, el cambio brusco de estar en compañía de sus mejores amigos al abandono en la nada la había hecho sentirse desganada. Tal vez si fuese un poco más abierta con Sam y Sheila sobre ese tipo de sentimientos, pensó, ellos jamás la hubiesen dejado en un momento así (Sheila la hubiese invitado a unirse a casa de su hermano y juntas hubiesen visto una película mientras hacían de canguros). Pero la cuestión residía en que ellos no le veían la gravedad; al fin y al cabo, Lola siempre parecía querer estar leyendo, encerrada en su cuarto, porque era lo que hacía de manera constante. Cómo saber desde fuera si se trataba de una elección o de su única opción...

Tras haber probado apenas bocado, abandonó la cocina con el plato en la mano y dudó de si seguir cenando en el salón, repantingada en el sofá frente al televisor de 55 pulgadas que parecía cumplir más un objetivo decorativo que funcional (desde luego, Lola y su madre no eran de las que compartían las noches juntas frente al televisor viendo series). Le apetecía ver otra película, seguir con la maratón audiovisual y aparcar los libros por una noche (o por un rato). Tal vez podía encontrar alguna adaptación de Austen de la BBC u otro taquillazo de Hollywood con la actriz de moda del momento si buscaba en las plataformas de pago bajo demanda a las que, eso sí, estaban suscritas en casa. Además, era una romántica de las pantallas grandes —con lo que conllevaba esa afirmación para alguien de su generación—, y disfrutar de su selección así, con todas las comodidades a su alcance y a tan solo un par de pasos de su cuarto, era la mejor alternativa posible al cine... Le sacaba de quicio recomendar películas o series y que estas acabasen siendo vistas en móviles, entre las sábanas de la cama, o en el autobús de camino al instituto. Para un par de vídeos de YouTube, tutoriales o el resto de contenido audiovisual que corría por internet diseñado para las redes sociales, esa podía ser una solución rápida, pero no para el séptimo arte. Para Lola había líneas que no se podían cruzar.

Por un instante se convenció a sí misma (y hasta dio un par de pasos en dirección al mando a distancia), pero desde el sofá pudo ver la puerta de entrada tan cerca que prefirió no arriesgarse. No sabía con certeza si su madre estaba en una cita o no —tampoco es que fuese a compartir esa información con ella—, pero como había aprendido a leer entre líneas, y cuando quedaba con Liz o con alguien de trabajo siempre se lo dejaba claro, Lola quiso fiarse de la ausencia de palabras en el mensaje para deducir y ponerse en lo peor. La sospecha podía convertirse en el mal trago de estar en lo mejor de la película (¿Elisabeth y Darcy? ¿Marianne y el coronel Brandon?) y coincidir de frente con su madre y el afortunado en cuestión al llegar a casa.

Abandonó el mando a distancia a su suerte y, tal como entró, salió del salón y se dirigió a su cuarto, donde mientras en una pestaña del explorador de su ordenador portátil buscaba películas en un par de plataformas, en la otra curioseaba de manera anónima los perfiles de Instagram de Sheila y Sam (quien había mantenido el perfil privado durante un tiempo, pero que se lo había vuelto a abrir a raíz del «escándalo Lipo»). Lo sabía porque, aunque no pudiese curiosear todas las publicaciones sin iniciar sesión con una cuenta propia (y había sentido la tentación de crear una falsa para hacerlo), de vez en cuando hacía un repaso por las vidas digitales de sus mejores amigos. Esa misma noche, Sheila había subido una imagen de ella sonriendo en un sofá junto a lo que se intuía que era la pierna de un niño, y Sam había publicado escasos minutos atrás una instantánea de su familia en la cocina de su casa, sonriendo a cámara, con una tarta de cumpleaños en primer término.

Si se desplazaba un poco más hacia abajo en las cuentas y prestaba atención a las publicaciones más recientes de ambos, Lola podía percibir el patrón: selfis a mansalva, imágenes de ellos posando en lugares variopintos —ella solía ser la encargada de captar las necesarias veinte tomas de muchas de esas fotografías—, instantáneas que parecían casuales de Sheila, por ejemplo, paseando por unas ruinas, o un museo, o donde fuera... A lo mejor Lola interpretaba mal esas muestras de egocentrismo y lo que no sabía leer era que la gente también se sentía sola como ella y, para huir de lugares emocionales así, para escapar de la conversación en sus mentes y tener algo que hacer, se dedicaban a rellenar cuadraditos con su cara como quien cubre las casillas de un bingo o monta un puzle. Compartir la vida como prioridad por encima de vivirla (y mucho menos enfrentarse a ella).

Por suerte, Lola sí que tenía algo que hacer, y decidiéndose por la adaptación de 1996 de *Emma*, se dejó caer en la almohada, estabilizó el portátil sobre su abdomen y le dio a reproducir al vídeo.

Un par de horas después Lola había terminado de ver la película y estaba releyendo unas páginas del libro en el que se había basado la adaptación cuando escuchó la llave colarse en la puerta principal. Como impulsada por un resorte, se incorporó y prestó suma atención al siguiente par de sonidos provenientes del recibidor, ya que serían definitorios para saber si Carla volvía sola o acompañada. Al afinar el oído, Lola logró captar un susurro y, a no ser que su madre hubiese empezado a desarrollar la curiosa afición de hablar consigo misma, Carla tenía compañía. Sin perder ni un segundo, Lola soltó el libro de cualquier manera sobre su cama y se apresuró a apagar la luz de la mesita de noche para que no se colase por la rendija de debajo de la puerta y para que su madre, deslizándose a oscuras y de puntillas por el pasillo, no pudiese saber que estaba despierta.

Entonces Lola, al escuchar el clic de cierre de la puerta de la habitación de Carla, y lejos de acurrucarse de nuevo en la cama o hacerse un ovillo, se deshizo de la manta y pegó su cuerpo y oreja a la pared. ¿Sería el mismo hombre de la otra vez? Por los sonidos ininteligibles que le llegaban a través de la pared diría que no le parecía el mismo tono de voz que hacía unas semanas. Esta se le antojaba más ronca, como si el hombre al otro lado de la pared, además, no tuviese el talento de susurrar y los graves de su voz retumbasen en las paredes. «Este tiene pinta de correrse gimiendo alto», pensó.

Carla se había deshecho de sus zapatos y estaba sentada al borde de la cama, jugando con las puntas de los dedos de los pies y las borlas de la alfombra de manera coqueta mientras Daniel, un periodista con el que había estado hablando las últimas semanas y con quien acababa de tener una segunda cita, la miraba fijamente desde la puerta y se desprendía de su chaqueta. Al verlo acercarse sin deshacerse de esa mirada tan intensa, Carla decidió entonces abrir las piernas más aún y exponer su ropa interior.

—¿Vienes a por esto? —susurró, a la vez que frotaba las palmas de las manos contra los muslos y levantaba el vestido.

—Sácate las bragas —indicó él.

Carla obedeció y, tras el gesto, recuperó la misma postura.

—Abre más las piernas —volvió a exhortar él, dejando caer sus zapatos sobre la alfombra y poniéndose de rodillas frente a ella.

Daniel rodeó con sus manos las caderas de ella, le levantó el vestido hasta la cintura, y cogiéndola de los glúteos la arrastró hasta el borde de la cama, donde dejó el coño de ella expuesto para inclinarse y lamerla con mayor facilidad (un lametón rápido, amplio, cuya humedad confluyó con la existente en la entrepierna de Carla).

—Llevo pensando en hacer esto toda la noche...

Sin esperar a ningún tipo de réplica, Daniel volvió a inclinarse y continuó succionando.

Al otro lado de la pared Lola seguía atenta a todo. Hasta el momento apenas había podido entender nada, pero justo cuando estaba a punto de alejar su cabeza del papel pintado de flores que Carla había elegido por ella, distinguió el primer gemido proveniente de la garganta de su madre. Era inequívoco y esa noche en concreto comenzaba con una intensidad particular. «Empieza el show.»

Lola se incorporó de rodillas sobre el colchón para pegarse más a la pared y en el gesto notó cómo sus pezones, a través de la camiseta, se encogían por el frío que sentía fuera de la colcha. Comenzó entonces, al sutil ritmo de los gemidos de Carla, a frotárselos arriba y abajo contra la pared. Pasados unos segundos, se levantó la camiseta y se la enganchó detrás del cuello para notar el cambio de temperatura también en el resto de su pecho y de su abdomen, mientras seguía frotándose.

Carla cogió la cabeza de Daniel con ambas manos y entre suspiros lo obligó a incorporarse con el fin de coger aire. Al ponerse de pie, tuvo entonces frente a ella sus pantalones, cuyo cinturón desató y cuya cremallera desabrochó para dejar que cayeran al suelo mientras él se frotaba y secaba la boca con el dorso de la mano. Acto seguido, mientras Carla le bajaba los calzoncillos hasta la altura del pantalón, topó de frente con la prominente erección de Daniel, momento en el que él aprovechó su posición ventajosa desde arriba para colar las manos dentro del vestido de ella y encontrar sus pechos. Carla cogió con una mano la base del pene y lo acercó a su boca, valiéndose de la otra mano apoyada en la nalga de él para no perder empuje. Comenzó a succionar con rapidez, pero, tras un par de minutos gimiendo, Daniel la detuvo y salió de dentro de su boca con un ligero bufido.

—Espera, que vamos a hacer otra cosa...

Con las manos de Carla ya libres, Daniel le bajó hasta la cintura lo que le quedaba puesto del vestido. Acto seguido se arrodilló y del mismo modo que le había lamido el coño, le chupó el esternón y parte del escote para lubricar sus tetas, que sujetó entre sus manos mientras ponía en medio su polla y comenzaba a frotarla.

—Tócate. Quiero ver cómo te tocas mientras...

Lola, que había desenroscado sus bragas hasta las rodillas —tanto como le permitía el colchón—, se deshizo de ellas en un gesto que ya tenía bastante aprendido, colando uno de sus pies en la goma y arrastrándolas piernas abajo. Sin separar la oreja de la pared, y mientras los gemidos del hombre comenzaban a tornarse en gruñidos, Lola se lamió la palma de la mano prestando especial atención a sus dedos índice y corazón y comenzó a restregarlos por el clítoris a intervalos: lo frotaba casi con violencia y al cabo, cuando notaba que su coño se contraía, paraba y metía un par de dedos dentro, de donde salían más lubricados todavía. Mientras, aprovechaba la cadencia de su cuerpo para seguir notando el roce de sus pechos contra la pared y con la mano izquierda, la que le quedaba libre, se cubría la boca para evitar emitir ni un solo sonido.

Carla se inclinó hacia atrás, apoyándose con una mano en el colchón, para ganar ángulo: Daniel podía seguir frotando su pene contra sus pechos mientras ella tenía mejor acceso a sí misma. Intentó jugar con el dedo pulgar sobre su clítoris mientras se introducía la punta del dedo corazón, repitiendo el movimiento semicircular, pero su mano no era suficiente y el vaivén de Daniel no le permitía profundizar tanto como su cuerpo empezaba a demandarle. Quería más.

—Fóllame ya... —susurró—. Fóllame ya —repitió con un tono más imperativo antes de sacarle a Daniel de las manos sus propios pechos para acto seguido relamerle la punta del glande, de donde recogió una pequeña gota con la lengua.

Al incorporarse Carla dejó que el vestido se deslizase, quedándose desnuda por completo, y fue a hacerse con un preservativo —guardado a buen recaudo en una cajita bajo la mesita de noche—. Se lo tendió a Daniel quien, ya tumbado boca arriba sobre la cama, no tardó en ver cómo Carla lo cogía por las manos y extendía sus brazos aprisionados sobre la almohada mientras se ponía sobre él a horcajadas.

Un par de gemidos ahogados de su madre, mezclados con los ronquidos del hombre que, con cada gimoteo confirmaba su sospecha de que no era el mismo de la otra vez (de eso estaba segura), y Lola no pudo más. Se separó de la pared y se tumbó boca arriba, abriendo las piernas y apoyando los pies contra la pared, donde hacía escasos segundos había frotado sus pechos. Volvió a alternar sus dedos dentro de su coño con movimientos circulares sobre el clítoris hasta que, segundos después, hizo fricción con apenas el dedo corazón y se corrió a la par que al otro lado de la pared dos respiraciones entrecortadas suspiraban y tomaban aire.

Entonces Lola retiró la mano, dejando su cuerpo estirado, abierto y expuesto por completo, y comenzó a llorar.

Escasos segundos después, recordando que ya no se permitía venirse abajo por haber caído de nuevo, se incorporó y se tapó con la camiseta intentando no mirar su propio cuerpo, como si le produjese repulsión. Con cuidado de no hacer más ruido, abrió el último cajón de su escritorio y bajo una carpeta de folios rescató un paquete de toallitas húmedas. Con una de ellas se limpió primero la entrepierna y luego los dedos de la mano. Solía valerse con una, siempre y cuando no hubiese empleado la mano libre en meterse la punta del dedo índice en el orificio anal. Tras limpiarse la dobló como si fuese una servilleta y rescató de la carpeta un par de folios desgastados, reciclados e inútiles de otras tareas, y con ellos la envolvió. Se acercó a su papelera y los mezcló con el resto de la basura y papeles para que a Naya no le llamase la atención cuando la fuese a tirar la siguiente vez que limpiase su cuarto.

Era casi un ritual, y Lola lo había ejecutado decenas de veces. Llevaba meses viviendo el proceso con dualidad: por un lado, tras años de encerrar las pulsiones de su cuerpo en ropas anchas e ignorar su reflejo en el espejo para no gestionar esa parte de sí misma, hacía tiempo que había empezado a despertar sexualmente y a disfrutar esos pequeños segundos que duraba el placer cuando jugaba consigo misma. Por el otro, sin embargo, no había tenido el valor de investigar y masturbarse a escondidas en el lavabo, o por las mañanas a solas, como todos los demás adolescentes y niños que empiezan a conocerse íntimamente. Ella solo era capaz de excitarse y dejarse llevar por el latido de su entrepierna cada vez que su madre, a apenas un par de metros de ella, vivía la misma experiencia.

Con las pulsaciones más controladas y el rubor rebajado, Lola volvió a tumbarse en la cama y a cubrirse con la manta, mirando el techo, intentando perdonarse por algo que odiaba que pasase. Minutos después, cuando todavía batallaba por encontrar la postura idónea, escuchó unos pasos y el inequívoco clic de cierre de la puerta principal. Fin de la rutina de la noche. Cerró los ojos y cayó dormida.

Blurred

7

El comentario de texto que tenía pendiente de entregar esa semana para la asignatura de literatura universal ya estaba finiquitado; a Lola solo le quedaba imprimirlo para quitárselo de encima. En general, prefería acabar ese tipo de deberes después de cenar, ya que se concentraba mejor las últimas horas del día, a oscuras en su habitación con tan solo la luz del flexo iluminando su escritorio. Le parecía que el ambiente de concentración se extendía al resto de la casa porque Carla también solía encerrarse esas horas en su despacho a lidiar con asuntos pendientes que habían coleteado a lo largo del día. Era posible que en el piso superior o inferior las voces del televisor retumbasen por los pasillos, pero en su planta el silencio reinaba y a Lola le gustaban esos momentos en los que, inexplicablemente, compartía la sensación de quietud con su madre. No era el mismo silencio que cuando estaba sola en su cuarto y no había nadie afuera, y tampoco se trataba de percibir el sonido de pasos en el pasillo o de puertas golpeándose. Lo que le proporcionaba esa calma era más bien la sensación de que la casa estaba habitada.

Repasó la carpeta del instituto —le gustaba tenerla ordenada y clasificada, cada archivador interno adjudicado a una cosa—, y tras meter el par de folios grapado, rescató la relación de lecturas complementarias del siguiente trimestre. Quizás era la única que le prestaba atención a aquella lista que les entregaban al inicio de curso con todo el programa, pero Lola apreciaba que alguien hubiera seleccionado lo mejor de entre toda la historia de la literatura para hacerla crecer como lectora. Le gustaba fantasear con la idea de que, algún día, cuando hubiese leído todos los clásicos que se suponía que uno debía leer, podría hacer su propia selección, contemplar esa lista y decidir bajo su propio criterio cuáles eran los más idóneos y qué les iban a aportar a futuros lectores como ella. Más allá de esa relación con las lecturas recomendadas, también solía apuntar nuevos títulos cada vez que su profesora, Elia, mencionaba o añadía algún que otro autor. Cuando se la cruzaba por los pasillos y esta le preguntaba, a Lola se le henchía el pecho de orgullo al hacerla partícipe de todas las lecturas avanzadas que llevaba ese año. Había algo que le producía placer en ser la alumna aventajada, la alumna madura que era capaz de leer el *Quijote* en su versión original, y no la adaptación que les proponían (y que nadie siquiera escogía como lectura de evaluación). Porque mientras que para sus compañeros esas listas eran eso, métodos de evaluación, para Lola eran la hoja de ruta del año. Entre pasar de todo y luego escudriñar las páginas corriendo antes del examen, buscando resúmenes en Google (o como Sheila y Sam, que le pedían en videollamadas la noche anterior que les resumiera la trama de los libros), ella escogía pasar horas con Henry James, Stefan Zweig, García Márquez, Kafka, con las obras de Sófocles que luego iban a ver representadas en excursiones con todo el grupo... Si la hacían escoger entre Brontë, Stoker, Shelley, Keats y Dostoyesvki, ella se hacía con una copia de todos y luego intentaba que en clase no se notase que sabía las respuestas a las preguntas sobre la trama o los personajes —y solo se lo confesaba a la profesora en encuentros de pasillo que no buscaban en ningún momento una subida de nota; a Lola no le interesaba sacar un diez, le interesaba seguir leyendo—. Algún día ella podría ser Elia, una *hippie* que se colgaba los pendientes de los jerséis y gesticulaba mucho en clase, más emocionada por lo que les pasaba a los personajes de los que hablaba que por los alumnos sentados frente a ella. Esa parte, la de las personas frente a ella a las que tendría que hablar y convencer con pasión que una historia les podría cambiar la vida, era la que Lola tendría que trabajar en el futuro.

Apuntó en una hoja la larga lista de libros recomendados para el resto de las evaluaciones del año y fue al despacho de su madre, donde al entornar la puerta encontró a Carla de pie frente al extenso escritorio de estilo industrial moviendo muestrarios de telas y ajustando la luz del flexo a los mismos para tomar una foto cenital con el móvil (que Lola dedujo que estaría subida a la cuenta de Instagram de Estudio RATA al final del día).

—Necesito estos libros para las lecturas del siguiente trimestre —le dijo casi desde la puerta—. Podemos hacerlo como quieras, si prefieres pedirlos por internet y que los manden a casa o al estudio, o mejor si me ingresas el dinero y ya me escapo yo un día de esta semana después de clase...

Carla levantó la vista y vio a Lola con el brazo extendido, haciéndole entrega de la hoja manuscrita que, a bote pronto, y desde donde podía discernir, listaba una docena de títulos. Había algo de frialdad en su voz en la distancia. Le recordaba a un proceso profesional, como si estuviese gestionando un pedido con un proveedor, detallando los métodos de entrega.

—Muchos son clásicos, seguro que puedo encontrar ediciones baratas... —la escuchó justificarse.

—Oye... ¿y qué te parece si vamos juntas el sábado? En vez de... —La sorpresa en su rostro fue algo que Lola no pudo disimular y que descolocó a Carla quien, al igual que su hija, se vio en la necesidad de justificar su propuesta—. Bueno, iba a acompañar a Naya por la mañana a hacer la compra del mes, pensaba que podríamos aprovechar... Y así escoges las ediciones que más te gusten, si alguna cuesta más...

No era que Carla estuviese tratando de comprar a su hija con libros, y de hecho sabía que Lola, con ese presupuesto de libros que excusaba como obligatorios, siempre lograba rascar y salir de la librería con alguno de más. Sin embargo, Lola valoraba mucho ese momento para ella misma. Le gustaba tocar los lomos y escudriñar las baldas en busca de títulos y nombres que llamasen su atención, algunos posiblemente no aptos para ella todavía, libros complicados que se convertirían en montañas a escalar, retos que acabaría por orgullo y cabezonería, más que por placer. Ese proceso, pensó, se vería empañado por la sombra de su madre siguiéndola, pegada al móvil, hablando en voz alta sobre cuestiones de trabajo y desconcentrándola, o bufando cuando llevasen más de cuarenta minutos dando vueltas y Lola solo hubiese seleccionado un par de libros.

—Bueno... —comenzó a decir.

Salvada por la campana, el teléfono de su madre comenzó a sonar.

—Es Liz... —indicó Carla antes de contestar—. Liz, dame un seg...

—Es igual —con un gesto, Lola se pegó la lista al pecho y retrocedió camino a la puerta—, ya lo hablaremos.

—Sí, ya... —susurró Carla, poniéndose de nuevo el móvil en la oreja—. Oye, cierra la puerta, porfa, ya que estás... —le indicó a Lola antes de retomar la conversación al teléfono.

Al volver a su cuarto, Lola vio que el grupo de SLS iluminaba la pantalla de su teléfono, encima del escritorio. Los mensajes se sucedían sin cesar hasta el punto de que la aplicación se le colapsó cuando la abrió. Lola se hizo con el teléfono y se tumbó en la cama, dispuesta a enfrascarse en una de esas conversaciones eternas que acababan por dormirle las manos de pasarse tanto rato con los brazos doblados, tecleando. Al parecer, Sam había descubierto una aplicación nueva, ambos se la habían bajado y tocaba momento de crítica.

> **Sheila**
> Lol, tienes que bajarte Blurred. De verdad, antes de que te cierres en banda como solo tú sabes hacer

> **Sam**
> Haznos caso

> **Lola**
> Qué leches es Blurred?

> **Sam**
> Es como un Tinder para peña como tú

> **Lola**
> Perdiendo el interés en 3, 2, 1...

No se trataba de una broma: Lola estuvo a punto de volver a dejar el móvil y buscarse algo para leer o ver antes de irse a dormir. El uso de Tinder por parte de sus amigos la había divertido al inicio, cuando quedaban para «jugar» y, excepto la persona interesada, eran los otros dos los encargados de seleccionar chicos para Sam y lo que fuese para Sheila. No se reía en el proceso, sino en las conversaciones posteriores catalogadas como daño colateral que surgían de elecciones arbitrarias como aquellas. Era en esos momentos cuando tanto Sam como Sheila intentaban convencerla de que, si bien Tinder era obvio que no era para ella, quizás Lola podía hacerse una cuenta de Instagram, por ejemplo, y crear un perfil que no fuese personal. Nada de poner su cara, tal vez algún nombre aleatorio, y podía emplearlo para colgar sus frases favoritas de libros. Cuando ella les decía que no sentía interés por compartirlas, entonces le sugerían el uso inverso de las redes: que siguiese cuentas de arte y literatura y que se aprovechase de las selecciones y recomendaciones de otros. «Te pierdes lo mejor de las redes», le había dicho Sam, a lo que Lola le había respondido que ambos sabían la razón por la que la gente estaba en ellas: para geolocalizar la vida de las personas. «*Bitchear* es lo mejor de las redes para vosotros, vuestro deporte favorito. A mí no me interesa...»

No había sido del todo honesta con ellos, y mentía cuando decía que no soportaba las redes ni ningún tipo de app social, porque lo cierto era que existían plataformas en las que estaba exenta de exponer su vida. Su pasión era leer, y hacía tiempo que se había creado un perfil anónimo en Goodreads, donde disfrutaba subiendo reseñas de los libros que acababa de leer, gamificaba su propia lectura, se ponía retos, hacía listas de futuras compras de libros o lecturas que tenía pendientes y seguía perfiles de autores. Estaba allí dentro porque allí era donde encontraba los temas que le interesaban, sin hacer alardes de su personalidad. Allí, con un pseudónimo que poco le importaba a nadie si era chico o chica, si era guapa o fea, si vestía bien o mal, o qué había desayunado esa misma mañana, lo que expresaba su perfil era que le gustaban más los clásicos que lo contemporáneo, y que de esto último había mostrado recientemente una ligera afición a la fantasía y a la ciencia ficción. Su *alter ego* era seguro y para nada se sentía expuesta. Tampoco es que su nombre se lo pusiese fácil en el mundo digital; estaba convencida que de probar con Lola o Lolita en cualquier otra red hubiese atraído otro tipo de perfiles. Ella no tenía culpa de la reputación de las Lolas famosas del mundo, ni de que su nombre para The Kinks fuese un hombre y para los lectores de Nabokov una nínfula sexual deseada por adultos.

> **Sam**
> En serio, es superdivertido

> **Sheila**
> Bueno, es divertido para ti porque eres un pelín hijoputa y seguro que haces ghosting igual cuando veas la foto y no te guste... aunque antes te haya parecido que estabas hablando con el hombre de tu vida

> **Sam**
> Claro, porque todos sabemos que en Tinder y Grinder y Minder o como mierdas se llamen los demás estás para conocer al hombre de tu vida

> **Sheila**
> Piensa en los catfish que te ahorras con Blurred!

> **Sam**
> Van a existir igual. Al menos en las de siempre les ves la cara bonita (falsa, pero bonita)

> **Sheila**
> Joder, con gente como tú a esta app le quedan dos telediarios

> **Sam**
> Sheili, darling, welcome to the world. Somos gente superficial

> **Sheila**
> Y La bella y la bestia, qué?

> **Sam**
> Claro, porque todas las industrias de la vida, Instagram, la moda, etc., van del interior

Mientras Sam y Sheila se enzarzaban a concluir que todo el mundo, llegado el momento, mentía en internet, Lola tecleó «Blurred» en el buscador y pasó a leer primero un resumen de Google y luego la descripción de la web de la propia aplicación. Al parecer se trataba de una app para conocer personas donde primero el usuario debía contestar una serie de preguntas para encontrar gente afín y, lo más diferenciador, sin duda, con el resto de aplicaciones de citas, donde las imágenes de los perfiles se veían borrosas. Para desvelar la imagen, la gente afín tenía que hablar entre ella, de este modo uno se aseguraba conocer y conectar primero. A medida que se hablaba, el porcentaje iba en aumento, hasta llegar al cien por cien, cuando la imagen de ambos se desvelaba. El algoritmo —según contaba la web— tenía en cuenta también la calidad de la conversación para evitar que la gente intercambiase de manera rápida monosílabos con tal de hacer crecer el porcentaje y desvelar cuanto antes la imagen. La idea era desterrar el *match* rápido basado en el físico y valorar la conversación para descubrir antes siquiera de ver a una persona si esta gustaba o no.

Sorprendida, Lola volvió a la conversación de SLS con la intención de reincorporarse al debate ahora que ya tenía un poco más de información. Le parecía que, *a priori*, esa app podía ser diferente a todas las típicas. Sam y Sheila continuaban charlando, prediciendo el futuro de Blurred (como un gran éxito, o como un gran fracaso).

> **Lola**
> Oye, pues suena interesante. Al menos parece diferente...

> **Sheila**
> Pues de momento lo está petando a saco. Está en todos lados y se están sumando nosecuántos de miles de usuarios cada día

> **Lola**
> Y este tipo de cosas no son mínimo 18 para ser utilizadas y todo eso?

> **Sam**
> Ay bebé...

Sheila

A ver, se supone que si, como con todo

Sam

Se presupone, pero cada app impone sus propias normas y condiciones

Lola

Que nadie se lee TBH...

Sam

También te quieres poner en la lista de lectura los términos y condiciones de las cosas, reina?? #crazy

Lola

JAJAJA me he reído en voz alta

Sheila

Imagino que esto es un 50-50. Hasta dónde llega la responsabilidad de la app si se te cuelan niños con señores de 90, y dónde empieza la responsabilidad del usuario, no?

Sam

Sabes lo que te digo, Lolita, luz de mi vida? Esta app está diseñada para ti

Sheila

A que si??? no tienes que enseñar la cara, Lol, que ellos ponen borrosas tus fotos

Sam

Es más, tú YA SALES BORROSA en todas las putas fotos...

Lola

Jajaja iros a la mierda (aunque tengáis razón)

Sheila

Seguro que rompes el algoritmo

Sam
Podemos hacer la prueba? Quiero saber si te emborrona MÁS aún, como borrosa al cuadrado o algo así...

Lola
Y habéis conocido a alguien ya?

Sheila
Sam está hablando con un chico italiano

Sam
Angelo. Tiene nombre de estar bueno

Lola
No sé para qué pregunto... Me parece que el algoritmo lo rompes tú

La conversación se alargó un rato más, pero Lola perdió paulatinamente el hilo a medida que se hacía tarde y le entraba el sueño. Por algún que otro comentario de Sheila, que veía como una oportunidad, por ejemplo, para ella que no la descartaran los gordófobos de turno a la primera de cambio, Lola siguió dándole vueltas a la idea de la app en su cabeza, tanto que no logró centrar su atención en el par de páginas del libro que intentó leer antes de dormirse. Blurred había despertado su interés, era una posibilidad de asomarse al mundo, de vivir sin esconderse, de atreverse al fin. Por eso, antes de cerrar los ojos, mientras comprobaba que la alarma de su teléfono estuviese activada, entró en la App Store y dejó el aparato descargando e instalando Blurred.

8

Era viernes por la tarde y Lola tenía todavía unas horas muertas en casa antes de ir al centro de compras, a por más libros. Había quedado con Sheila en que esta la acompañaría si la invitaba al Starbucks después, y Lola había accedido. Hacía un par de días que ignoraba la aplicación de Blurred en su móvil, que figuraba al lado de la app de Salud y debajo de la de Spotify. De hecho, tendría que esconderla en alguna carpeta, como había hecho con Goodreads, por si Sheila reconocía el icono violeta y rosa por encima de su hombro. Fue entonces, con ese pensamiento, cuando se lanzó a abrirla por primera vez y, ya que estaba, creó una cuenta de prueba. Se dijo a sí misma que le daría la oportunidad un par de días, si no le restaba mucho tiempo de otras cosas y siempre que le pareciese interesante. En caso contrario, se la desinstalaría y allí no habría pasado nada.

El primer paso fue poner su nombre: Lola. Iba bien, hasta ahí todo era fácil. Dudó en cambiárselo y usar un pseudónimo por si su perfil le salía a alguien que la conociese o a sus propios amigos (si funcionaba bien el algoritmo de emparejar con perfiles similares, eso no tenía que resultar un problema porque dudaba bastante que SLS hubieran listado la literatura como *hobby* principal); sin embargo, pensó que no estaba augurando nada bueno si ya empezaba su aventura con una mentira. Además, en la web había leído que la privacidad era una de las máximas de la aplicación, su sello de identidad. Eso le daba seguridad; nadie podría verla ni reconocer su foto, ni relacionarla con otros perfiles conectados, ni seguirla a ningún otro lado que no fuese esa imagen borrosa. Dentro de un ecosistema *online* tan interconectado, en Blurred aseguraban que preservaban los perfiles de forma sana, natural y casi virgen, verificando cada uno de forma individual. Con Lola se iba a quedar, pues.

En el siguiente paso ya se le complicó la cosa: imagen o imágenes de perfil. No tenía ninguna en su teléfono —ninguna actual, al menos—. La aplicación le daba la oportunidad de o bien subir una desde el carrete, o bien hacérsela al instante. Se decidió por la segunda opción y estiró el brazo, buscando ángulo, dándose cuenta de que la luz de su cuarto era horrible. No era ducha en la materia de «hacerse un selfi» y no tardó en comprobar que era un arte bastante denostado. Probó abriendo las contraventanas, pero al obtener resultados igual de pobres se fue al lavabo e hizo nuevos intentos allí. Se sentía ridícula poniendo caras frente al espejo, y ver reflejado su brazo estirado le daba vergüenza. Por último, lo intentó frente al ventanal del salón, donde siempre había muy buena luz natural (su madre se había asegurado de ello al planificar la obra). La luz sería perfecta, a diferencia de su rostro, que veía poblado de pecas que no acababan de lucir del todo bien en cámara (se preguntaba cómo se traducirían las pecas a un borrón). Además, se notaba los ojos demasiado saltones y se veía el rostro muy pálido y delgado.

Si la imagen iba a estar borrosa y se suponía que, llegados al punto de desvelarla, la otra persona ya había sabido más de ella y la foto era un mero trámite, no tenía sentido complicarse más la vida. Viajó al pasado a través de las imágenes guardadas en su teléfono y rescató una foto con Sheila y Sam en la que salía en un lateral, un poco movida (y un poco borracha, para qué negarlo), riendo a cámara y sujetando un vaso de forma graciosa. Podía subir más fotos a su perfil, y estuvo a punto de seleccionar otra bastante decente en la que los tres, con gafas de sol, posaban a cámara chupando un polo helado. Sin embargo, tras pensárselo bien, quiso ahorrarse los posibles comentarios asquerosos (o la pregunta graciosilla de cuál de los tres era ella). Reencuadró su foto movida, ya borrosa de por sí (como era ella), y accedió al siguiente paso para acabar de completar su perfil de manera rápida.

Siguió trasteando un poco en la selección de gustos que le faltaba por cumplimentar para que su perfil estuviese activo y Blurred le buscase gente afín, y después salió de casa volando (había perdido ya bastante tiempo y tenía que estar en el centro en menos de media hora). De momento no había escrito ni había sido capaz de enfrentarse al ACERCA DE MÍ (lo dejaría para la noche), ni tampoco había completado el apartado de intereses generales, por lo que no le estaba proporcionando mucho al algoritmo con lo que pudiera trabajar. Tan solo había rellenado su estatura (168 cm) y el género con el que se identificaba (mujer). El resto de las categorías (ejercicio, hábitos de fiesta o bebida, educación, mascotas, tipo de cuerpo...) las había dejado vacías. Se había indignado un poco por el hecho de que existieran categorías como «tipos de música» y «tipos de deporte» y no «tipos de libros» o de géneros fílmicos, pero eso ya tendría tiempo de especificarlo en intereses generales.

La aplicación le hizo dos preguntas antes de aceptar su perfil y comenzar a buscar gente que le saliese en el panel de «compatible», gente que pronto podría empezar a hablarle (o ella a ellos). La primera pregunta fue «¿*Qué buscas?*» y, de entre tres opciones (hombre — mujer — ambos), Lola seleccionó «hombre». La segunda y última pregunta fue «¿*Cuál es tu interés?*». La app entonces le proporcionó tres opciones seleccionables de manera simultánea: amistad — amor — casual. Estaba experimentando y no tenía ningún objetivo claro, ni tampoco quería cerrarse a nada, así que, ya que era posible, seleccionó las tres. En el momento en el que activó el botón de «casual», saltó un recuadro de alerta en su pantalla: «ADVERTENCIA: esta categoría puede contener contenido gráfico sensible que algunas personas pueden considerar ofensivo o perturbador». Se rio en voz alta y, como si alguien pudiese estar vigilándola, dudó si dejar activa la opción de «casual» por pura curiosidad. No sin cierta confusión, quiso saber qué se escondía detrás de todas las opciones, quizás todas le eran válidas... al menos de momento. Cuando confirmó que estaba de acuerdo con la declaración del aviso, su foto de perfil pasó a verse borrosa y el algoritmo comenzó a buscar.

¿Cómo definirse a una misma en apenas un centenar de caracteres? Esa misma noche, antes de caer rendida tras una tarde de patear las calles del centro con Sheila, y que había acabado con ambas cenando juntas en un restaurante italiano bastante económico, Lola se había enfrentado de nuevo al resto de los ajustes de Blurred al comprobar que el panel de perfiles compatibles estaba, por el momento, vacío (no se podía ser compatible con la nada). Entendía que miles de personas pasaban de manera natural por ese proceso cada día, tanto que era fácil localizar los gustos que las definían y listarlos casi de carrerilla. Pero ¿qué ocurría cuando a una —a ella en particular— le era más sencillo ceñirse a sus defectos? Lola no podía poner en su descripción «soy una rata de biblioteca obsesa del orden y creo que tengo algún tipo de TOC no diagnosticado». No estaba acostumbrada a moverse en un contexto en el que se dirigieran a ella y le requiriesen responder a preguntas sobre quién era y cuáles eran sus expectativas en cuanto a los demás.

Tampoco entendía, en general, la necesidad de sacar a relucir la cuestión de «quién eres» de manera constante, o verse a sí misma reducida a una lista de gustos (que, pese a no faltar a la verdad, limitaban la posibilidad de mostrar lo que la hacía única y de que la conocieran más allá de los mismos). No le resultaba cómodo tener que rendir cuentas sobre su persona y exponer sus vulnerabilidades, o tener que rebuscar entre las de otros para encontrar a alguien compatible (de hecho, no sabía si quería que en el panel le apareciera gente como ella). Sabía que, como ser humano, casi era una necesidad actual exponer sus singularidades para conectar con los demás, y quizás el proceso en su caso consistía en aprender a gestionar esta exposición que le resultaba tan novedosa. Para ello, Lola tenía que verse desde fuera, como un objeto de estudio, y hacerse a sí misma esas preguntas; solo de ese modo, pasando por ese filtro, podría empezar a ser perceptible por el resto.

De hecho, si lo pensaba, Lola solo existía en contexto con los demás. Había una dependencia fundamental de la existencia del otro que la hacía pensar si realmente todo lo que la definía no era verdad o no tenía entidad hasta que no fuese reconocida por alguien más que ella misma (como aquello de si un árbol emite sonido alguno al caerse en medio del bosque si no hay nadie cerca para oírlo). Tal vez todas sus rarezas no eran reales, ni estaban ahí, si no salían del cajón donde las escondía. Ella siempre había sido incapaz de identificarse al completo con un colectivo o tribu urbana, y por eso encontraba algo de especial en sus particularidades. Ahora necesitaba hacer el ejercicio opuesto y encontrar los puntos en común para que ese panel de «compatibles» empezase a mostrar personas. No había impuesto ella las normas, se sentía como pez fuera del agua porque debía jugar con las reglas de otros, y eso la incomodaba, pero tenía esperanzas de que desde esa otra perspectiva todo cayese en su sitio y se acomodase en lo que era. No podía entender o explicar por qué era como era, pero responder a ese ACERCA DE MÍ era la mejor manera de someterse a un proceso de autorrevisión. Blurred era la oportunidad (en el caso de que no saliese nada más de ello) de identificar qué partes de insatisfacción la acompañaban cada día y de aprender a jugar con las normas sociales que hasta ahora la sobrepasaban.

Los días siguientes, cuando Lola estaba aburrida por casa o tenía tiempo que matar trasteaba con los resultados de la app sin demasiado convencimiento. No había activado las notificaciones para que Blurred no la apelase cuando le diese la gana y fuese ella la que decidiese cuándo «jugar» a socializar. Pasaba más tiempo repasando su descripción (LOLA – SCRAPPY TOMBOY) y su perfil (cuya foto, en efecto, se veía muy borrosa) que los perfiles supuestamente compatibles que habían ido apareciendo. Deslizaba y leía una ficha tras otra sin saber si comenzar una conversación con las personas al otro lado o no. ¿Buscaba gustos similares u opuestos? ¿Tenía que convencerle de buenas a primeras la frase destacada de esa persona? No sabía por qué criterios guiarse porque siempre había tenido la cabeza muy metida en su propia piel —o en la piel de personajes de ficción, de hecho— como para saber dónde empezar a buscar. En realidad, no sabía qué estaba buscando.

Asimismo, como desconocía cómo funcionaban ese tipo de aplicaciones (como mucho estaba familiarizada con el «swipe» a izquierda o derecha que, además, en Blurred no existía), y su referencia era ver a Sam empleando Tinder como quien juega a un juego de móvil, no alcanzó a establecer criterios de preferencia (como rangos de edad o distancia) quizás por torpeza, quizás por indiferencia. Tampoco sabía muy bien cómo manejarse entre los perfiles del panel; determinar si eran idóneos para empezar a interactuar con ellos le causaba más estrés que curiosidad. Posiblemente Sam tuviese razón y partir de un borrón era más complicado de lo que pensaba, ya que por la fuerza de la costumbre era más sencillo descartar o apreciar a la gente por la primera impresión que causaba una imagen. En consecuencia, su estrategia se había reducido a esperar a que le hablaran.

Cierto era que los primeros mensajes de aquellos perfiles «compatibles» le habían resultado desalentadores cuando entraba de manera automática para comprobar el interés que había suscitado. «Pareces guapa hasta borrosa» había sido el primero, y no había empezado con buen pie —o esa persona no había entendido el concepto de la aplicación como lo había hecho ella—. Lo eliminó de inmediato. Del siguiente no le llamó la atención el mensaje, sino más bien la foto, que incluso borrosa ya podía discernirse con claridad que aquello no era una cara... Cierto que la aplicación había tratado de advertirla, pero no era el tipo de «casual» que estaba buscando (tal vez esperaba algo más elaborado, algo sorprendente). Otro par de personas habían escrito su número de móvil sin rodeos, alegando por experiencia que se tardaba eones en lograr desbloquear el porcentaje de la app para ver las imágenes. La paciencia era una virtud que Lola valoraba, y por eso también los borró sin pensárselo. Lo mismo hizo con los que buscaban una salida rápida y ofrecían perfiles de Instagram abiertos donde ver todas las fotos y la vida entera antes de hablar siquiera. «Hey trouble...» también fue eliminado sin miramientos. El siguiente había preferido preguntarle directamente qué significaba «tomboy» (y qué significaba «scrappy», ya que estaba) en vez de teclear esa misma frase en un buscador de internet que en medio microsegundo le hubiese dado la respuesta. Vagos, impertinentes, impacientes... ¿esa era la gente compatible con ella?

Le daba la sensación de que todo el mundo iba a ser más o menos igual que lo que le había aparecido hasta el momento, e igual que el resto de las personas que se imaginaba que pululaban por las otras redes sociales (había supuesto que allí se iba a ahorrar los mensajes directos con fotopenes), pero era de cajón que los mismos individuos que se descargaban una aplicación de citas iban a descargarse las siguientes y seguir buscando: Blurred cambiaba el proceso, pero no los sujetos detrás del mismo. ¿Podía seguir Lola confiando en la promesa de la aplicación, o había sido idealista en exceso con la idea y la había comprado demasiado rápido? Dejó pasar un par de días más, durante los que cada vez entró con menos asiduidad y, fiel a su promesa, tras días muertos y su interés cayendo en picado, la abrió de nuevo por última vez dispuesta a cerrar su perfil y desinstalársela... cuando vio un mensaje que le llamó la atención, un mensaje diferente y estimulante en comparación a los anteriores, escrito por un tal Jon, por lo que decidió extender su estancia allí un poco más y —por primera vez desde que se había instalado Blurred— responder.

9

Las manijas del reloj se acercaban a las once de la noche, pero Carla todavía estaba en su despacho, donde llevaba anclada desde que había acabado de cenar. Lejos de sentirse agotada, disfrutaba mucho de esas horas sueltas que le robaba al día trabajando en casa, tranquila, a salvo de las decenas de personas con las que tenía que interactuar cada día. Le gustaba dedicar el final del día a conectar con la parte menos mecánica y más inspiradora y creativa de su trabajo. El silencio que reinaba en la casa la ayudaba; ningún sonido salía tampoco del cuarto de Lola (pegado al despacho), quien había ido al cine y había vuelto ya cenada, directa a su habitación después de lavarse los dientes. No sabía si su hija dormía ya o el silencio reinante se debía a que resultaba bastante difícil percibir desde allí el sonido de las páginas pasando (no dudaba que, de no estar dormida, Lola estaría leyendo).

Ella misma no tardaría en irse a dormir; tan solo esperaba la llamada de Liz, a quien le había tocado visita vespertina a obra.

—¿Es muy tarde? —escuchó a Liz preguntar al otro lado del teléfono cuando por fin la llamó.

—Qué va... —susurró Carla.

—Qué va, dice... ¡Si estás susurrando!

Carla rio.

—Es que no quiero molestar a Lola. —Liz estalló en una risa al otro lado del teléfono.

—Pues ve al otro lado de la casa o algo, que no estás atada al teléfono fijo del cuarto de tus padres.

—¿Te acuerdas de cómo era eso? Llamar al fijo, que te contestara cualquiera de la casa, preguntar por la persona, o que tu madre cogiera el teléfono del salón en mitad de la llamada...

—Puto drama. Y no tener el espacio ni la privacidad porque creciste con dos hermanos mayores tocapelotas... —añadió Liz.

—Somos así de viejas —sentenció Carla con un suspiro.

—Era eso o llamar desde una cabina.

—¿Todavía existen?

—Calla, que a mí mis padres me ponían un candado en el teléfono porque les llegaban unas facturas desorbitadas de pasarme el día hablando por el fijo... Suerte que poco después ya llegaron los móviles y cambié las chapas de tres horas con mi mejor amiga por la gilipollez de las llamadas perdidas... —dijo Liz.

—Yo no llegué a vivir eso, que soy más vieja que tú todavía.

—Cierto, y con ese comentario te has convertido oficialmente en una señora de la posguerra.

—Con razón mi hija no soporta estar en la misma habitación que yo —susurró Carla entonces con cierta tristeza en su voz mientras jugaba con las telas sobre su escritorio.

—No es verdad...

—Lo es. Tú al menos estás a tiempo con los niños —Liz era madre de gemelos de cuatro años—, no se ha torcido la cosa... todavía.

—No te creas. Acabo de acostarlos, iban como una moto. Hoy estoy hasta el toto de todo, la verdad. —Suspiró Liz—. He llegado de la obra pitando, estos en plena revolución, y no te creas que aquí el míster había puesto siquiera el puto lavavajillas... De lo que te libras no teniendo a un señoro plasta en casa...

—¿Qué me estás contando? Contrata a una persona de la limpieza, que eso no tiene nada que ver con el estado civil —la increpó—. Naya es un amor, estoy dispuesta a compartir sus talentos.

—Todo forma parte de una estrategia, no te creas —le indicó Liz—. Cuando vivamos en la mugre quizás Martin se dé cuenta de que no existen los elfos del hogar mágicos que le recogen la mierda por detrás mientras camina.

—Oye —Carla quiso cambiar de tema porque veía que Liz se iba a enzarzar en uno de sus soliloquios sobre las tareas del hogar que repetía cada vez que su marido Martin no dejaba las cucharas en el mismo sitio que ella—, ¿qué tal la obra? Me decías en el mensaje que necesitabas contarme algo...

—Bien, bien —Liz la interrumpió con rapidez—, la obra bien, no era por eso. Era un mensaje de alerta de contratista buenorro.

Carla estalló en una carcajada que temió que fuese muy alta y abandonó la silla de su escritorio para sentarse en el pequeño sillón que tenía situado al lado de la ventana, en el extremo opuesto del despacho.

—Te lo juro, totalmente inesperado. De mandíbula marcada, con un puntito elegante, pero rudo a la vez, que se le ve que ha tenido vida... que ha tocado materiales ¿sabes? El tipo que no se despeina para empotrarte contra el gotelé...

—¿Quién pone gotelé hoy en día? ¿En qué obra has estado tú?

Liz se echó a reír, pero casi contra su propia voluntad, enfadada por haber sido interrumpida.

—Hazme caso, joder. A la próxima visita te pasas tú.

—¿Estás un poco desesperadilla o es a mí que me lo parece?

—Tienes que vivir este tipo de cosas por mí, querida, y luego contármelas... Ese es el trato.

—¿Ahora eres mi *booker* de citas? —Hizo una pausa como

si Liz estuviese esperando una respuesta en relación al contratista—. Paso... Ya sabes: donde comas no cagues. Donde tienes la olla no metas la...

—Vamos a ver, chata —la interrumpió—, si eres tú la que atiende corriendo al comercial de la marca de telas porque está bueno.

—Me gustan las colecciones que trae...

—Claro, y al resto de los comerciales más feíllos que les zurzan.

—Porque sus catálogos son una mierda —espetó Carla en su defensa.

—Y por eso los contratan, Carla querida, y por eso los contratan. No se pueden permitir a los guapos a los que sí saben que van a hacer caso...

—¿Hay algo más que quieras decirme —le preguntó Carla entonces con tono jocoso—, o te puedo mandar ya al carajo?

—¿No te lo vas a pensar siquiera? Tanto conocer a tíos por apps...

—Las apps me van perfectas... —Carla hizo el inciso.

—... pero cuando se presenta uno de carne y hueso, en riguroso y bello directo, no estamos interesadas, por lo visto.

—No es eso, Liz. Es que ya me bastó con la experiencia de Xavier, paso de tíos que estén mínimamente relacionados con el curro. No es negociable.

La historia de Xavier había marcado en el horizonte el antes y el después de muchas cosas en la vida de Carla. Primero, por dejar de tener citas con gente relacionada con el trabajo y, segundo, porque con Xavier había sido una relación más profunda y duradera, una que la había dejado más tocada de lo que Carla se permitía admitir. Obviamente, Liz no sabía la mitad de la historia, y su juicio se reducía a pensar que Xavier, como todo tipo atractivo y rico, había acabado siendo un gilipollas.

Carla se enfrentaba a diario a situaciones en las que su soltería y su atractivo en el terreno profesional suponían una amenaza. Lo vivía de manera repetida con las parejas de recién casados que acudían al estudio con la ilusionante reforma de su nueva casa bajo el brazo y era Carla la que se encargaba del proyecto. Si Carla caía bien al marido *ipso facto* —maridos que eran famosos por depositar en sus mujeres la mayoría de las decisiones y que se limitaban a su rol pasivo de pagar—, las esposas automáticamente ya la odiaban y le llevaban la contraria en todas sus sugerencias y elecciones, como queriendo descalificarla y hacerle entender que eran ellas las que estaban al mando. Carla había desarrollado un sexto sentido al respecto, y en los primeros quince minutos de la visita de una pareja del estilo ya sabía si el proceso iba a ser insufrible o si se iban a llevar bien, y todo dependía de si el marido mostraba interés por ella (o incluso si se le llegaba a insinuar, cosa que sucedía más a menudo de lo que uno podía llegar a pensar; por supuesto, nunca frente a la esposa).

No le gustaba nada cuando un proyecto se torcía por ese perfil de mujer, porque tachaban todas las casillas: eran las mujercitas las que tenían clara su preferencia en armarios de madera de nogal o vajillas de porcelana francesas como ilustración del hogar que debían crear para construir su familia (una familia alejada del tipo de mujer que Carla representaba para ellas: una amenaza). Esas mujeres alargaban sobre ella la mirada en unos segundos de más de contemplación, juzgándola de arriba abajo sin miramientos, por lo que había acabado acostumbrándose también a ese tipo de inspección. Había llegado a tal punto que Carla había empezado a ponerse un anillo de compromiso en el dedo y comportarse como la esposa de «alguien» para ahorrarse todo ese embrollo. El anillo le valía a su vez como escudo protector para el perfil de hombre mayor con muchísimo dinero que la miraba como una posible posesión más (y con el que Carla a veces se veía en la obligación de flirtear ligeramente para no perder el encargo, cosa que despreciaba).

Con Xavier no había sido así. Con él Carla había sentido desde el inicio que su mirada portaba algo diferente: no era juicio, no era deseo... La relación que se estableció desde que se conocieron fue mucho más interesante y divertida que la que cabría esperar de un hombre rico que compraba casas o bloques de edificios y los convertía en apartamentos de lujo para luego alquilarlos. Inicialmente, Xavier había supuesto un porcentaje muy alto de la facturación de Estudio RATA el año que había irrumpido en su vida, por eso también desde el principio Carla se había volcado en el cliente, disponible e involucrada a todas horas, horas que había pasado con él y en las que había apreciado algo más que su confianza profesional en ella. Carla se había sentido estúpida al pensarlo, pero había algo en Xavier que la había hecho percibir por primera vez en mucho tiempo a un hombre de ese cariz que no se había sentido amenazado por ella. Xavier había esperado unos meses de tensión constante y bastante flirteo sutil antes de invitarla a cenar. El resto, vino solo.

Desde Xavier no había habido nadie en su vida de una manera tan estable, y hacía tres años ya de aquello. Era cierto que Carla había tenido algún que otro escarceo que había superado el par de semanas o cenas, pero nada firme o con interés por ninguna de las partes de ir más allá del sexo. Carla había sido feliz esos tres años disfrutando de su cuerpo, pero sentía que su *modus operandi* estaba alcanzando un punto de agotamiento.

—Si te soy honesta, empiezo a estar un poco cansada de señoros de mediana edad en crisis que entran y salen...

—¿De tu casa, de tu vida? —interrumpió con humor Liz.

—... de mi cama, de mi cuerpo. A los que les hablas de tu empresa durante la cena y luego te dicen que mientras tú les pegabas la chapa de lo exitosa que eres ellos se habían pasado todo el rato pensando en meterte la polla entre las tetas.

—Uau, ¿hola? ¿Historia real?

—El periodista. Y oye, el polvo fue espectacular en ese caso, no me malinterpretes. No estoy harta de la situación... estoy harta de *ellos*. —Carla hizo énfasis en la palabra final como si fuese ilustrativa y pesase como una losa.

—O sea, el sexo casual: bien. Que los señoros te perciban como un trozo de carne: mal.

—Más o menos... —Chasqueó la lengua sin querer sonar muy frustrada—. ¿Tiene sentido?

—¿Y el hecho de que pases del contratista cachondo, y antes de que me interrumpas que sepas que te lo estoy preguntando en serio, es porque tienes miedo de que se te perciba así en el mundillo y coger cierta fama? —Liz entonó la parte final de la pregunta con toda la sensibilidad de la que pudo hacer acopio.

—Mira, ese es un jardín en el que ni entro. Qué coño tendrá que ver mi sexualidad con mi valor como profesional. —Al oírse decirlo en voz alta, Carla empezó a enfadarse por la sola idea y comenzó a elevar la voz—. Es que a veces me da la sensación de que mi libertad sexual es el epítome de todo lo que no cuadra en una mujer, y como que en general a todos les choca esa liberación. Llevo cuarenta y un años luchando contra estereotipos y juicios de todo tipo, y esto se remonta a antes de que me bajase Tinder. Quédate embarazada estando soltera a los veintitrés, que te van a poner de vuelta y media sin saber la mitad de la historia...

—No te puede sorprender a estas alturas que un pavo que folla como deporte es un tío que los demás van a ver como un triunfador.

—Eso es algo que solo se consigue con polla, porque mírame a mí. Además, el rollo puntual les viene de puta madre... porque no hay tío que invierta una mierda en tu placer si te conoce de dos horas y ya te percibe como alguien con quien no va a querer otra cosa que no sea eso. Ni se molestan...

—¿Es así como... como te sientes? Porque no me lo habías dicho... Normalmente tus historias son como mi Danielle Steel particular.

—No, no es así exactamente. —Carla chasqueó la lengua, indignada—. Es como hace unos meses, lo que te conté del tío que trabajaba en marketing...

—¿El que se sobó y tuviste que largar porque había sido reguleras?

—Ahí tumbado, tan indignado que hasta se le veía en la cara, porque después del polvo, que además yo había intentado que no girase alrededor de él todo el rato, lo quisiera largar a su casa y no me apeteciese acurrucarme ni darle besitos... o lo que se esperase de mí, no sé.

—¿Perdona? Lo conocías de hacía cuatro horas...

—Pues sí, majo, te largo a tu casa —espetó Carla indignada, tomando aire—. Porque ellos pueden follar, pero tiene que ser sobre ellos. Y se supone que a mí me toca estar frustrada porque como mujer tengo que querer establecer una serie de vínculos. Como si estoy caliente y me los quiero tirar ya en el restaurante. Pero no, eso solo se puede justificar si es en nombre del romanticismo o porque soy una guarra.

—De nuevo, ¿historia real? No me cuentas una mierda en el desayuno... —se lamentó Liz.

—Era figurado, Liz. Pero podría ser. Lo que no sé es si la que está jodida soy yo porque en el fondo es verdad.

—¿Qué es verdad?

—Que lo casual está muy bien, pero que esta idea de consumir cuerpo tras cuerpo no llena igual cuando tienes coño porque acabas decepcionándote, porque nuestras normas, MIS normas sexuales son diferentes a las suyas.

—¿Estoy hablando con la reina del desapego? ¿Hola? —intentó bromear Liz—. Si ya te entiendo, es como que no quieren que te enamores de ellos, pero en el fondo es lo que esperan, y cuando no lo haces...

—Esperan una loba, pero cuando lo eres... mecachis. Qué jodido todo. —Suspiró—. ¿Es tan difícil? Quiero creer que existen otras formas de querer y follar. Quiero ser capaz de satisfacer mis necesidades, pero tampoco es una locura pedir que te aprecien, que te contesten, que te VEAN...

—Carla querida, una cosa te voy a decir. Tus adoradas apps también afectan a esto. Estoy segura de que el sexo en la era digital hace más fácil que la otra parte no profundice ni dé explicaciones, que tan pronto apareciste en la pantalla, desapareciste y le importen tres pimientos tus pensamientos. No creo que sea algo personal contra ti, es una epidemia...

Carla se rio y Liz detuvo sus palabras de forma confusa.

—¿Qué te hace gracia?

—Que tú estás emparejadísima desde antes de que salieran estas apps...

—Coño, pero en mi época la gente pillaba hasta por MySpace o Fotolog... Que la señora de posguerra eres tú, no yo. Sé lo que es el mensaje no respondido, el desprecio, esa ausencia emocional y frialdad que te hace pensar que tú eres el puto problema. ¿O qué te crees, que yo no crecí con el discursito este de «no des tú el paso, espera a que sea el tío el que muestre interés»?

Ambas hicieron una pausa para coger aire, que Carla rompió pasados unos segundos con un chasquido de su lengua.

—Estoy desencantada porque me apetecería que, por una vez, a alguien no le importase que lleve escote y sea capaz de mirarme a los ojos... Y, de pasar eso, me gustaría que me apeteciese que se quedase a desayunar.

Carla se levantó del sillón, en el que llevaba toda la conversación removiéndose inquieta, y comenzó a pasear por el despacho, gesticulando.

—No lo voy a negar, quiero que les guste mi casa, y no que huyan de ella porque les impone, como si fuese la guarida de una tarántula en la que, si se quedan más rato, van a ser devorados. ¿Tú sabes cómo se lo veo en la cara cuando ven el piso? ¿O lo que me llegan a decir? Como el abogado aquel, con sus santos cojones, que me dijo: «¿Es de tu ex? ¿Te lo quedaste en el divorcio?». Hasta luegooo...

—Pues está clarinete, chata. Quizás entonces es el momento de pensar que algo falla en el proceso de selección, y tus adoradas apps no te funcionan tan bien como creías... Bueno, para conseguirte polvos, sí, por lo visto. Pero si ya no es lo que quieres y buscas otra cosa...

—Busco a alguien que no me hipersexualice ni que luego invalide el resto de todo lo que soy. Que entienda que me encanta el sexo, pero que no merezco ser enjuiciada por ello ni reducida solo a eso...

—Exacto... —afirmó Liz con un hilo de voz.

—Quizás tienes razón y tengo que buscar de otra manera, o esperar otra cosa...

—Y, mientras, calmar a la bestia parda que llevas dentro y no irte a follar a la primera de cambio. No sé, querida, tócate durante un tiempo, para variar.

Con una carcajada Carla comenzó a calmarse y esos segundos de silencio, entonces, fueron los que Liz aprovechó para hacerle una última pregunta al respecto, una duda que le había estado rondando la cabeza a lo largo de toda la conversación.

—Oye, una cosa, también en serio... ¿Esto lo haces porque

quieres que los señoros sepan y respeten que eres mucho más que un par de maravillosas tetas... o Lola tiene algo que ver? Ya sabes, el rollo de meterlos y sacarlos de casa como si estuvieran robando un banco...

—¿Por qué preg...?

—Porque —Liz no la dejó acabar la frase—, déjame que te diga, Lola tiene que aprender que su madre está buena, que su madre tiene un cuerpo que quiere placer, y no hay nada de malo en ello.

Carla tomó aire y Liz le dejó espacio para que reflexionara. La conocía más de lo que pensaba y, aunque quizás no hubiese hecho diana, había lanzado el dardo cerca.

—Tu vida sexual no te desacredita como madre, Carla, querida. Por mucho que los machirulos nos lo quieran hacer creer.

—No puedo negar que me gustaría no tener que escabullirlos de entrada y salida, pero también entiendo que Lola y yo no somos compañeras de piso que se dejan una notita de «hoy follo, búscate plan».

—Bruta, sabes que no lo digo por eso... —se defendió Liz—. Pero el rollito de que tu hija te mire como una apestosa hasta en tu propia casa... Lolita nos ha salido un poco prejuiciosilla...

Carla no podía culpar a su hija, como tampoco podía explicarle a Liz por qué la entendía, en parte. También sabía que Lola, no dentro de mucho tiempo, se iría a la universidad, empezaría a vivir su vida de manera más independiente, y ella estaría cada vez más sola. Había una parte de esa soledad que, como mujer de cuarentas, era inevitable sentir. Era triste pensarlo, pero era así: se sentía sola. La necesidad estaba ahí, se quisiese enfrentar a ella o no. Y no era capaz de decirlo en voz alta, siquiera. Lo que podía hacer era algo al respecto.

—En fin... —dijo como dando por concluida la conversación, volviendo a bajar la voz.

—Pues vaya... —Suspiró Liz—. El contratista no tenía pinta de ser señoro, ahí lo dejo.

Al otro lado de la pared, y tras un rato con el libro apoyado sobre su pecho mientras escuchaba a su madre hablar por teléfono, Lola lo levantó por el lomo y retomó la lectura en la página que lo había dejado minutos atrás, releyendo de nuevo el último par de líneas para volver a coger el hilo.

Treinta y seis preguntas

10

Hacía bastante tiempo que la mesa de la cocina, siempre expectante y con un platillo decorativo encima, no era empleada por ninguna de las dos para comer o cenar juntas. Lola, cuando lo hacía, usaba la barra, y Carla solía llevarse el plato al despacho, por lo que la mesa, salvando los momentos en los que Naya apoyaba las bolsas de la compra u ordenaba el contenido de las repisas de la cocina, no estaba habituada a cumplir ese cometido. Sin embargo, allí estaban ambas esa noche de entre semana, sentadas frente a frente a la mesa redonda, cuyo trípode de hierro negro y madera maciza con tablero grueso le proporcionaba a ese rincón de la cocina un matiz muy industrial. No se trataba de una mesa muy grande y la distancia que las separaba no era exagerada, quizás por eso cada vez que Lola apoyaba el teléfono después de leer algo en la pantalla o teclear, lo dejaba boca abajo. Al menos eso era lo que pensaba Carla al verla hacerlo.

Le había sorprendido que Lola hubiese preparado cena para las dos, una elaborada berenjena al horno con sofrito de zanahoria y remolacha que teñía la vajilla de una gama cromática que a Carla le había parecido muy variopinta. También se había visto extrañada por la presencia de su teléfono en la mesa; Lola no era de las que se veía acompañada de manera constante por el aparato y en verdad solía ser Carla la que recibía la reprobación en el rostro de su hija cuando dejaba un bocado a medias para contestar un comentario de Instagram o leer un mensaje («como si no pudiese esperar» reflejaba su expresión de reproche). Sin embargo, allí estaban, cara a cara, en un silencio tan solo interrumpido por el sonido de los cubiertos contra la vajilla y la luz constante de la pantalla de sus teléfonos móviles encendiéndose y apagándose.

Esa noche, en cambio, le parecía que podía ser diferente. Algo en el ofrecimiento, en la ceremoniosidad del gesto de cenar juntas, había hecho pensar a Carla que se trataba, si bien no de un acercamiento por parte de Lola, al menos de una bandera blanca.

—Te ha quedado deliciosa, la verdad. La zanahoria rehogada... ¿lleva tomate?

—¿Qué? —preguntó Lola despistada, levantando la vista de su teléfono y dejándolo, de nuevo, boca abajo.

—Nada, que está muy rico. Gracias por prepararlo.

Con una media sonrisa desganada, Lola afirmó con la cabeza, cargó otro tenedor que se llevó a la boca y al apoyarlo en el borde del plato, recuperó su teléfono móvil para enfrascarse en él de nuevo.

—Pues ratón, quizás deberías considerar la cocina como una alternativa seria... —Carla dudó cómo continuar la frase—... para hacer carrera, digo.

Lola ni se inmutó y siguió tecleando. Lo cierto era que Carla no sabía muy bien cómo tendría que haber acabado esa frase. ¿Alternativa a qué? Lola no había sido especialmente locuaz sobre sus opciones profesionales o lo que quería hacer con su vida, y adoptaba una actitud muy hermética —al menos con ella— cuando trataba de sacar el tema. Al fin y al cabo, pensaba Carla, era algo que tenían que planificar si Lola contaba con que ella le pagase la carrera. Aunque fuese a correr con los gastos de manera obvia, para Carla no iba a suponer el mismo impacto en su economía si Lola se quería quedar en la ciudad e ir a la pública que si decidía mudarse de ciudad (o país) y estudiar una carrera en una universidad privada. Por mucho que Lola no pareciese muy interesada en mantener una conversación (ni al respecto, ni sobre nada, en realidad), el momento le pareció propicio, y Carla se envalentonó a sacar el tema una vez más.

—Porque ya no quieres ser veterinaria como cuando eras pequeña, ¿verdad? Calla, ¿o era astronauta?

—Era astronauta —respondió Lola en un murmullo sin levantar la cabeza.

—Ya, para eso ya llegamos un poco tarde, ¿no? —Su intento de apelación no tuvo resultado—. Lo que sí que pasaste fue una etapa en la que querías ser costurera para zurcir cosas, ¿te acuerdas? Te gustaba venir conmigo al estudio y te ponías en el almacén a escoger telas para los cojines...

—Tampoco es que tuviese mucha alternativa de cómo pasar las tardes... —respondió Lola.

Carla quiso obviar el aire de reproche que se coló en la voz de su hija porque estaba de buen humor, haciendo un intento de acercamiento que, claramente, había malinterpretado por el gesto de Lola. Porque Lola... Lola estaba en su mundo.

El repentino enganche de Lola al teléfono se remontaba a unos días atrás, cuando había respondido al mensaje de Jon y la conversación había continuado de manera natural en los ratos sueltos que Lola se había permitido destinarle a la aplicación. Sin embargo, tras aquellos primeros intercambios que habían evitado que se desinstalase Blurred, Lola había empezado a robar tiempos muertos entre clases o de camino al instituto a medida que veía que el porcentaje de desbloqueo de sus imágenes borrosas iba en aumento (de manera lenta, aunque constante). Los instantes que se metía en Blurred y Jon no le había respondido aún, se dedicaba a ignorar y borrar directamente los mensajes del resto de los perfiles que le llegaban e ir atrás en la conversación para leer el inicio de la misma, cuando él le había escrito por primera vez.

> Jon
>
> Querida Lola Tomboy, la palabra scrappy tiene tantos significados que el reto en este caso, me parece a mí, no está en que tu imagen se desemborrone (o como se diga), sino en saber si lo que eres es desorganizada, peleona, competitiva... o es que estás incompleta

Después de toda la colección del circo de *freaks*, pensó Lola, Jon había parecido dar en el clavo.

> Lola
>
> Querido Jon, no soy desorganizada, aunque sí un poco inconexa (y también peleona). ¿Fragmentada e incompleta? sin duda

> Jon
>
> ¿Y acaso no nos describe eso a todos?

La conversación enseguida le resultó interesante y fluyó de manera natural, con cierta torpeza y coquetería al mismo tiempo, como si Jon y ella se entendiesen desde el primer segundo y pudiesen respetar los momentos iniciales, ahorrándose los manidos «¿de dónde eres?», «¿cuándo es tu cumpleaños» o el más místico «¿qué signo del zodiaco eres?». No le resultó difícil continuar la conversación sin incomodidad, como si estuviese hablando con un amigo, desarrollando cada una de las definiciones de la palabra «scrappy» —habían tonteado al llegar al término peleón, Lola se había extendido sobre cuán opuesta era a una persona desorganizada, y habían profundizado al discurrir sobre qué creían que hacía a una persona incompleta—. Todo aquello se había dilatado en pequeños ratos, y a veces la conversación tenía lugar en «directo», con un vaivén ágil de preguntas y respuestas; y otras veces se quedaba en el limbo, cuando Lola contaba algo de sí misma o Jon le lanzaba una pregunta o una reflexión que sabía que ella no iba a recuperar hasta horas más tarde.

La cosa podría haber muerto en esos espacios de tiempo inconexos; Jon podría haber desaparecido, Lola podría haber perdido el interés en alguna réplica, pero algo en la manera de hablar de él, en la originalidad de sus intercambios, en el modo honesto en el que ella se lograba expresar con él (distinto, si se comparaba, a un chat con SLS, por ejemplo), no la había hecho dudar de que el porcentaje iba a ir en aumento a su debido tiempo y de que ninguno de los dos se iba a ir a ningún lado. Jon tenía paciencia, una cosa que ya podía tachar de la lista. Además, él le había propuesto un juego de preguntas, y Lola no hubiese podido desaparecer, aunque hubiese querido solo por la simple curiosidad que le había despertado (por no hablar de su TOC y la consecuente necesidad de acabar las cosas empezadas): se trataba de un cuestionario de treinta y seis preguntas.

Jon

En realidad es un experimento psicológico que encontré en un artículo del New York Times (no te asustes, please).

Jon

Desde que leí al respecto he querido poner el cuestionario en práctica, pero no he encontrado a la persona correcta (¿hasta ahora?).

> **Jon**
> Aunque su nombre sea "36 preguntas para enamorarse de un desconocido", en verdad se trata de una herramienta para generar intimidad de manera gradual (no ha de ser necesariamente amorosa)

Tal vez porque la sonrisa en su rostro se lo impidió (aunque ella quiso creer que era por diversión), en ese instante, y pese a estar conectada —sabía que Jon podía ver el círculo verde alrededor de su perfil—, Lola prefirió esperar antes de responder.

> **Jon**
> Hala, ya has salido corriendo

> **Lola**
> ¿Quieres convertirme en tu rata de laboratorio?

> **Jon**
> Jajaja, estás buscando el botón de bloquear usuario, verdad?

> **Lola**
> Espero que no hayas intentado esto con ninguna de las chicas de la etiqueta CASUAL

> **Jon**
> ¿Con esa advertencia? ¡Ni en broma!

> **Lola**
> Jajaja

> **Jon**
> Siempre podría haber intentado colártelas sin que fueses consciente, pero entonces hubieses pensado que soy un tipo raro que pregunta cosas todavía más raras. En fin, ¿qué me dices? ¿Te animas?

Jon

¡Allá vamos!

Lola tomó aire justo antes de que el siguiente mensaje de Jon apareciese en el chat de la aplicación, y no por el posible contenido del mismo, sino por la emoción de asegurarse que iba a haber treinta y seis intercambios más como aquel. De algún modo inexplicable, ese detalle la hacía sentir especial.

Jon

Pregunta n° 1: "si pudieras elegir a cualquier persona en el mundo, ¿a quién invitarías a cenar?"

El porcentaje de conversación subió un punto más.

Lola

Ufff... ¿Vivo? ¿Muerto? ¿De ficción?

Jon

Diría que no me suena a que ficción sea "cualquier persona en el mundo", pero es nuestro juego, podemos hacerlo como nos dé la gana (ahora dirás a alguien de verdad, no? Scrappy Lola)

Lola

A partir de ahora, por favor, refiérete a mí como "rata de laboratorio", y no "Scrappy Lola". Gracias

Jon

Ok, lab rat

Lola

El que va a salir corriendo ahora eres tú. Creo que invitaría a Elia, mi profe de literatura universal. ¿Y tú?

Para el postre, Carla prefirió hacerse una infusión de rooibos y
nada más, mientras que Lola decidió tomar un par de mandari-
nas. Tenía todavía el olor de las mismas impregnado en las ye-
mas de sus dedos cuando recibió otro mensaje de Jon, que había
interrumpido la conversación para cenar. Hacía poco que ambos habían empezado a hablar de libros (a Jon también le gustaba la lectura —el algoritmo de Blurred había resultado ser efi-
ciente en eso, al menos—, y en un primer intercambio de gustos
habían descubierto que casualmente compartían muchos autores y títulos de cabecera). De hecho, él le había lanzado una de
las pruebas más difíciles que le podrían haber hecho jamás a
Lola: le había pedido que le recomendase una lectura para esa
semana, pero no una cualquiera; una que le encantase, que ha-
blase de ella, que leyéndola llegase a conocerla mejor. Lola se
había pensado y repensado mucho su respuesta; era incluso más
difícil que cualquier otra porque no podía ser al azar, porque si
Jon cumplía su parte, iba a invertir horas de su tiempo en ella
(en la lectura y en Lola misma). Había dudado de si sugerirle
algo corto, por si acaso, como *Música para camaleones*, de Tru-
man Capote, pero pese a ser un libro que la había fascinado, no
cumplía del todo con la tarea encomendada. Pensó también en
algún poema de Emily Dickinson, o incluso en *Franny & Zooey*
de J. D. Salinger, que también era bastante corto; sin embargo,
ambas elecciones la dibujaban como una persona más depresiva
de lo que quería ilustrar y los retazos que contenían de quién
era resultaban inexplicables a simple vista. Finalmente, y por

una cuestión de impacto, pese a que supondrían unos arduos deberes los que recaerían sobre Jon, Lola respondió *La campana de cristal*, de Sylvia Plath.

> Jon
>
> Por cierto, anoche empecé a seguir a Esther Greenwood por Nueva York

Con una sonrisa y cierto nerviosismo, Lola leyó el mensaje en la pantalla bloqueada de su teléfono y se disponía a responder cuando su madre se plantó con la taza de té humeante frente a ella.

—Tengo la noche libre, no voy a trabajar en el despacho, ni nada... —le dijo.

—¿Liz te ha perdonado la llamada de buenas noches?

—Muy graciosa... —Carla hizo una mueca—. En realidad, si tú tampoco tienes nada que hacer he pensado que podíamos ver juntas una peli en el salón, o algo.

Carla había visto esa noche como una oportunidad espléndida para intentar desgastar los sofás que apenas se usaban, para extender la velada al resto de la casa, una velada que había comenzado con una cena inesperada en la casi inhóspita mesa de la cocina, y que podía continuar en el igualmente inhóspito salón. La duda en el rostro de Lola era más que visible, pero con un simple gesto en el que la pantalla de su móvil se iluminó con la entrada de otro mensaje, momento en el que ambas desviaron la vista atraídas por la luz, Carla entendió que su hija iba a rechazar la oferta.

—Si no, creo que me iré al cuarto directamente —añadió Carla antes de darle la oportunidad a Lola tan siquiera de responder—. La verdad es que esta semana estoy bastante machacada...

—Vale. Buenas noches.

Lola pasó entonces con frialdad por su lado y la rodeó para abandonar la cocina. Se resguardó en el lavabo primero, donde se lavó manos y dientes, y al final se encerró en su habitación. Carla, siguiendo los pasos de su hija, apagó las luces tras ella y se metió también en su cuarto, donde hizo lo propio y acabó tumbada en la cama, boca arriba, con el móvil en la mano tecleando, en la misma postura en la que se encontraba Lola a escasos centímetros, al otro lado de la pared.

Después de preguntarle por la novela —y de Jon responderle que prefería que no le destripase nada, ya que apenas llevaba treinta páginas—, Lola reprimió la emoción de querer hablar de *La campana de cristal* y juntos retomaron el cuestionario de las treinta y seis preguntas (el SET I constaba de doce preguntas y estaban a punto de alcanzar la décima ya). «Sabes que técnicamente tendríamos que estar cara a cara y todo eso para hacerlo bien...», le había explicado él cuando habían empezado el cuestionario días atrás. «Estamos llevando el experimento a nuevas cotas», le había respondido ella, justo antes de que él plantease la pregunta n.º 2: «¿Te gustaría ser famosa? ¿De qué forma?», a la que Lola había respondido sin tan siquiera pensárselo: «¡Ni de coña!». «Ah, pues yo todavía estoy a tiempo», le había dicho él con lo que ella había interpretado que era un tono jocoso. «¿Y de qué forma, entonces?», le había instado ella a que respondiera a la pregunta al completo, con la coquetería de tomarse el experimento en serio. «De pasar, no quisiera que fuese de la noche a la mañana, sino por méritos propios, sin duda. Por mi trabajo, mis acciones y obras.»

> Lola
> Yo también he acabado de cenar. ¿Dónde lo habíamos dejado?

> Jon
> Pregunta n° 10: "si pudieras cambiar algo de cómo te educaron, ¿qué sería?". Venga, algo ligerito para un martes noche.

> **Lola**
>
> Ufff, muy adecuada. Me gustaban más las preguntas sobre cuándo fue la última vez que cantaste a solas o cómo sería tu día perfecto

> **Jon**
>
> Si todas fueran de test de revista no tendría gracia

El porcentaje de conversación subió otro punto más.

> **Lola**
>
> ¿Empiezas tú?

> **Jon**
>
> Ok, pero me temo que yo no cambiaría nada. Hijo único que tuvo de todo, mimado pero no en exceso, no sé... Mis padres se querían y me querían... ¿qué decir? No se me ocurre por qué debería cambiarlo...

> **Lola**
>
> Agh...

> **Jon**
>
> Mmm, por ese "agh" tan elocuente deduzco que tu respuesta es más jugosa que la mía

Lola tomó aire y esperó unos segundos a encontrar las mejores palabras para resumir su respuesta.

> **Lola**
>
> Yo, de haber podido cambiar algo, me hubiese gustado crecer con un padre. O al menos en el seno de una familia "normal" o "completa"

En algún momento sabía que el tema iba a aflorar, y Lola tampoco era capaz, por mucho ejercicio que estuviese haciendo de abrirse a un desconocido, de poner en palabras la sensación de vacío que sentía al haber crecido a solas con Carla. La psicóloga ya se había encargado, años atrás, de dibujarle a su madre las palpables consecuencias del hecho de que Lola hubiese crecido sin una figura paterna. Todo aquello de que el amor por el hombre se aprendía desde la niñez con la figura del padre, y cómo si esa interacción no tenía lugar se podían dar dificultades relacionales en la vida adulta (desde el rechazo al sexo masculino —que Lola cumplía casi de manual—, hasta una conducta en contraposición de excesiva sexualización que buscaba seducir a todo hombre con el que se relacionaba —Lola pensaba que irónicamente ese rasgo lo había adquirido más bien su madre—). Lo que estaba claro era que las consecuencias de haberse criado sin padre se habían manifestado a medio y largo plazo, con su crecimiento, cuando Carla se había topado con serias dificultades para crear y desarrollar un vínculo madre-hija estable, lo que había desgastado y complicado la relación hasta que, como madre, fatigada y viendo que la relación con su hija de once años ya era inestable a esas alturas, Carla no había encontrado mejor alternativa que llevar a Lola a una psicóloga. Pero todo eso, por muy clínico y real que fuese, por muy honesto que pudiese resultar para una respuesta a una suerte de experimento sobre intimidad llevado a cabo a través de una app de citas bastante particular, no era algo que Lola pudiese ni fuese a contarle a Jon (al menos de momento).

11

Había pasado una semana desde que Lola y Jon hablaban a diario y apenas les había llevado un par de días saltar al segundo
bloque del cuestionario. Entre medio, la conversación siempre
se desviaba y lo que eran contactos puntuales a lo largo del día
acababan siendo maratones de conversación nocturnas en las
que se olvidaban de las preguntas y discurrían sobre cualquier
tema, como esa noche de viernes en particular, en la que Lola
volvía a estar sola en casa, encerrada en su cuarto, pero esa vez
con el móvil entre las manos, y no un libro.

> **Lola**
> Lo creas o no, es la primera vez que uso una app de este estilo

> **Jon**
> Es un mundillo extraño. No te creas que yo me paso el día co-
> nectado ni las tengo todas. De hecho, no me interesa mucho,
> me parece bastante frívolo en general, es casi como un juego,
> pero con personas

> **Lola**
> Ya, mis amigos se dedican un poco a eso, a veces cuando que-
> damos hacen justamente lo que has dicho, jugar a seleccionar
> personas

Jon
No es para mí. Por eso me gusta más esto

Lola
Esta app?

Jon
Sí, pero tmb esto, tú y yo. Hablar con alguien que no conoces y que sea fácil, que te apetezca hacerlo

Lola
Por eso estás un viernes noche encerrado en casa hablando conmigo, en vez de estar por ahí y hacer algo más interesante

Jon
Qué te hace pensar que no estoy con mis amigos? O con mis padres? O en el cine?

Lola
Pobres amigos, padres o película, entonces

Jon
Jajaja tienes razón, pobre película. Me has pillado, en realidad estoy tirado en el sofá con mi pijama de cuadros (muy cómodo, por cierto). Te lo enseñaría para que me creyeras, pero Blurred no nos deja.

Lola
Haré el ejercicio de imaginármelo

Jon
Y tú? Qué haces que no estás por ahí un viernes por la noche?

Jon había dado un poco en el clavo con su pregunta. A decir verdad, era posible que Sheila y Sam estuviesen cenando por ahí sin ella, no lo sabía a ciencia cierta porque creía que se habían enfadado ligeramente y no le habían escrito después para hacerla partícipe de su plan final. Lola los había dejado en el centro, después de ir a dar una vuelta y tomar algo, cuando ellos se habían animado a proponer el siguiente sitio al que ir y Lola se había inventado una excusa para volver a casa (esa vez no había culpado a los libros, sino que les había dicho que Carla le había hecho prometer que cenaría con ella en casa, una evasiva un poco inverosímil si se tenía en cuenta el histórico de noches de viernes de su madre en casa, pero ninguno de los dos, sabiéndose plantados, había insistido más).

> **Lola**
> Yo estoy comprometida, como rata de laboratorio sujeta a un experimento, con la ciencia

> **Jon**
> Ahhh toda la razón del mundo. Por dónde íbamos, entonces? Pregunta nº 21

> **Lola**
> 21 ya???

El porcentaje de conversación subió otro punto más.

> **Jon**
> Tendremos que repartirlas más o te entrará un síndrome de abstinencia bastante heavy

> **Lola**
> Lo mismo que con las ratas de laboratorio, que cuando se acaba el experimento... (emoji de cara chunga)

> **Jon**
> Los investigadores nos aseguraremos de que en este caso no le pase nada malo a la rata

Lola, que estaba con la espalda apoyada en el cabezal de la cama, se recostó con una sonrisa mientras esperaba a que Jon lanzase la pregunta.

Jon
Nº 21: "¿Qué importancia tienen el amor y el afecto en tu vida?"

Lola
Soy tan simpática que voy a dejar que respondas primero. De nada

Jon
Yo tengo una duda al respecto. Afecto se traduce también por sexo? Quiero decir, amor y afecto no son ya sinónimos? Por fuerza tiene que entrar el sexo en el cuestionario de alguna forma, porque ya te adelanto (spoiler alert) que de las treinta y seis preguntas ninguna saca el tema, lo que me parece sospechosamente puritano

Lola
Pregunta nº 21 (Lola & Jon edition): "¿Qué importancia tienen el amor y el sexo en tu vida?". Sigues yendo tú primero.

Jon
Jajaja chica con recursos

Lo cierto era que Lola no tenía ningún problema en ser la primera en responder porque, pese a sentirse muy a gusto en la conversación y tratar de ser lo más honesta posible con Jon, no iba a decirle la verdad. Tampoco la tenía clara, ni siquiera se había permitido indagar en sus problemas sobre la gestión del afecto que recibía o daba.

Lola
En realidad, no es una pregunta tan difícil. ¿Importancia? Pues bastante, todos queremos que nos quieran, ¿no?

> **Jon**
> Ya, si tienes razón, pero estás yendo un poco sobre seguro...

> **Lola**
> No me pasas ni una

> **Jon**
> Eso no es verdad, soy muy indulgente. Otros científicos del laboratorio podrían llegar a decir que tengo al sujeto bastante mimado...

> **Lola**
> Vale. El afecto, amor, o como quieras llamarlo, es algo con lo que todavía tengo que lidiar. Siempre he sido una persona más bien cerrada (estoy en proceso de adaptación, de reformulación, te vale?)

Eso era lo máximo que Jon iba a sacar de Lola. No tenía cabida en esa respuesta el hecho de que no soportaba que la tocaran y, en el fondo, tenía miedo de sentir afecto porque eso la hacía vulnerable, pero, de nuevo, era un tema que iba a dejar que recayera en la futura Lola, si llegado el día se tenía que enfrentar a ello con Jon. De momento, no sabía ni quería profundizar más.

> **Jon**
> Me vale. Y el sexo?

> **Lola**
> Ídem

«A buen entendedor...», pensó.

> **Lola**
> Tu turno

> **Jon**
>
> Pues yo siempre he batallado bastante con temas al respecto. La sexualidad, quiero decir (y no, no te estoy diciendo que sea gay. Te imaginas? NO, no es eso)

Si hubiesen tenido esa conversación en persona Lola hubiese fingido una sonrisa en una mueca, pero lo cierto era que el chiste no le había hecho la más mínima gracia, metiendo en su cabeza la obviedad de que Jon le gustaba, lo suficiente como para no quererlo como amigo gay (ya tenía uno, ya cumplía el cupo de dramas e intensidad con él). No buscaba un amigo, no quería que Jon se convirtiese en uno y con esa simple broma confirmó la idea en su cabeza.

> **Jon**
>
> Es más bien que siempre se da por hecho que los hombres, por el hecho de serlo, tenemos que tener clarísimo qué es lo que queremos y cómo lo queremos. No me gusta para nada ese estereotipo porque no me siento parte de él, de estar en modo sexual permanente, sabes? 24h dispuesto a hacer lo que sea para tener sexo. Ese no soy yo

> **Lola**
>
> Entonces eres gay o no?

> **Jon**
>
> Qué tonta eres, lab rat

Ella también se pensó una buena entendedora e interpretó que lo que quiso decirle Jon con ese mensaje, con esa pregunta, con la idea de meter el sexo en la ecuación, era que él no era el perfil de hombre que esperaba conocer a una persona en una app y acostarse con ella a la primera de cambio. Los dos parecían estar, gracias a la pregunta n.º 21, en la misma página.

El sábado por la mañana, y después de quedarse la noche anterior una hora y media leyendo en la cama tras despedirse de Jon, Lola se despertó aletargada y antes de arrancar el día y desayunar prefirió, contrariamente a lo que le pedía su rutina, ducharse primero. Se encerró en el cuarto de baño, en parte, para alejarse del mundo e ir a su ritmo; oía charlar en la cocina a Naya y a su madre, quienes planeaban la compra de los sábados y las tareas de casa que solían ocupar a Naya hasta el mediodía. Estaba acostumbrada a su presencia y en ocasiones la ayudaba, o bien saliendo con ella, o bien dejando libre su cuarto para que pudiese darle un repaso. Sin embargo, esa mañana el mundo iba a otra velocidad para Lola.

—¡Naya! —Lola entreabrió la puerta del lavabo e intentó levantar la voz desde el final del pasillo—. ¿Te has puesto ya con el baño o puedo entrar?

—No, todavía no. Haz con calma... —oyó la voz proveniente de la cocina.

Adormilada, Lola se deshizo de la parte de abajo del pijama y de las bragas y se sentó sobre la taza del váter, semidesnuda, con el teléfono pegado a la cara, cuya luz iba despejándole más la vista. Tenía un mensaje de Jon («Buenos días, *lab rat*») y el hilo de mensajes de SLS, que la noche anterior, tras la cena, habían vuelto a la carga en el chat, posiblemente después de tomarse alguna copa. Pese a no tener ganas de orinar más y de haberse limpiado ya, Lola continuó allí sentada trasteando con el teléfono mientras leía cómo Sheila y Sam le contaban que habían acabado de botellón con unos amigos de la prima de Sam. La resaca no parecía tal si estaban ya despiertos a esa hora igual que ella, y Sam no tardó en instarla con una puya poco sutil a que no se perdiese la siguiente, recordándole que esa misma tarde habían quedado (ese sábado era de su elección) e iban a taladrarle el cerebro contándoselo todo.

Lola dudó por un instante si esa era, quizás, una buena oportunidad para hablarles de Jon, o al menos de que les había hecho caso —primera vez que le salía bien, al parecer— y se había descargado la aplicación. Cierto era que ellos ya la habían notado despistada, y no tardarían en percibir que sus desplantes y ausencias tenían un motivo. Intentó adelantar todos los giros de pensamiento de sus amigos, y comenzó a vislumbrar que, de compartir el proceso con ellos y hablarles de sus conversaciones con Jon, Sheila y Sam lo hubiesen tildado de *nerd* —como mínimo—. Lo que pasaba, y por eso Lola sentía rechazo ante una posible reacción así, era que ella también era un poco *nerd*. Tal vez se equivocaba y Shei y Sam estarían tan entusiasmados por ella y por la aparición de alguien en su vida —aunque fuese al otro lado de una pantalla— que la atosigarían con tal de sonsacarle hasta el último detalle y, consecuentemente, la acabarían agobiando. Concluyó que, por el momento al menos, era mejor no decir palabra; primero, porque en principio todavía no había nada que contar, y segundo, porque necesitaba el espacio para vivir aquello ella sola y definir en el camino qué significaba, sin voces ajenas ni opiniones más allá de la suya propia.

Todavía con la parte superior puesta, pero desnuda de cintura para abajo, Lola se levantó, tiró de la cadena y pasó a cepillarse los dientes sin prestar atención a su imagen reflejada en el espejo. Con la mano que le quedaba libre se hizo con el móvil y abrió Blurred.

> **Lola**
> Buenos y perezosos días...

> **Jon**
> Sabes? Anoche soñé contigo...

Lola
Ah sí? Y era un borrón en tu sueño?

Jon
Jajaja no. Estabas definida al 100%

Lola
Vaya, esta es la parte de la peli en la que se desvela que en realidad soy horrorosa...

Jon
Imposible (es que aunque lo fueras, para mí ya sé que no lo eres)

En realidad, no supo si fue por el efecto de no llevar bragas y tener su sexo expuesto, sensación que siempre le resultaba excitante, o por el mensaje de Jon, pero después de escupir el resto de la espuma de su boca en el lavamanos, Lola dejó el móvil apoyado en la encimera del lavabo, se quitó con lentitud la parte de arriba del pijama y sintió toda su piel en el roce de la tela arrastrándose. Antes de meterse en la ducha se aseguró de que el cerrojo de la puerta estuviese ajustado.

Abrió el grifo a mayor potencia de lo que estaba acostumbrada (en parte para crear más ruido y en parte para jugar a pasárselo entre las piernas antes de mojarse el resto del cuerpo). Subió la temperatura y el calor comenzó a empañar el espejo y la mampara de cristal. Después de mojarse todo el cuerpo, cabeza incluida, y entrar en calor, apoyó una mano en los azulejos de la ducha mientras que, con las piernas abiertas lo máximo que le permitía el ancho de la bañera, jugó con la intensidad del chorro de agua sobre su coño, alejando y acercando la alcachofa. Una vez la mano que estaba apoyada en los azulejos hubo absorbido el frío de los mismos, alejó la alcachofa y se llevó la mano a los labios superiores para sentir el contraste de temperatura. Dobló un poco más las rodillas, arqueándolas, y alcanzó una posición en la que parecía una bailarina para tener más ángulo y ser capaz de introducirse un par de dedos dentro que, con el movimiento, fueron entrando en calor.

Acto seguido rozó sus pezones contra los azulejos apenas unas décimas de segundo para que estos se endurecieran. Acercó su cuerpo a la pared de la ducha para sentir su cercanía como si fuera una presencia frente a ella y pegó la palma de la mano a los azulejos, un poco más arriba de su cabeza, proyectando en su mente que Jon sería más alto que ella. Comenzó entonces a besarse la mano, sacando la lengua y lamiendo, introduciéndola en la abertura que había creado entre sus dedos índice y pulgar. Mientras, deslizó la otra mano por la fría baldosa como si fuera el cuerpo de él y se fue rozando contra ella, cuidando de que el frío no la molestara. Siguió besando su mano a la par que la otra alcanzó de nuevo su coño, donde volvió a introducirse un par de veces los dedos, ahora de manera más violenta y ágil. Lola cerraba los ojos para huir de la imagen de ese lavabo de tonos blancos y grises y conseguir imaginar que lo que la tocaba era una mano ajena, y no la suya, y lo que besaba no era el dorso inerte de su mano, sino la boca de una persona, una persona real. Lola nunca había besado a nadie (borracha en algún juego con sus amigos había dado un par de picos), pero quería creer que la realidad se alejaba de lo que estaba pasando frente a ella en ese baño, que unos labios reales hubieran estado más húmedos y activos; que, al otro lado, al fin y al cabo, una lengua reaccionaría y respondería a la suya.

Cuando los pezones erectos ya no notaban el frío de los azulejos, se puso de cuclillas, abrió las piernas todo lo que la postura le permitió y arqueó la espalda sobre el borde de la bañera, agarrándose a ella para no resbalarse. A continuación, comenzó a deslizar el dedo corazón sobre su clítoris a gran velocidad hasta que, pasados unos segundos, se corrió, ahogando sus suspiros con el ruido de la ducha, cuya alcachofa había dejado colgada haciendo correr el agua bajo sus pies. No había proyectado, con los ojos cerrados mientras se tocaba, ninguna imagen en concreto para Jon. No había fantaseado con una cara en particular, tan solo se había imaginado su presencia frente a ella, un borrón como era hasta el momento, de piel y huesos, eso sí, pero sin rostro ni voz.

Al incorporarse, ruborizada y acalorada, lo primero que hizo fue regular la temperatura y cantidad de agua y empezar, ahora sí, a ducharse (comenzando por las manos). Mientras lo hacía, una sonrisa se coló en su rostro; sentía una suerte de orgullo por lo que acababa de pasar, como si tras una larga enfermedad y mil y un intentos de cura, un tratamiento hubiese empezado a funcionar tras la primera sesión. Había sido la primera vez en su vida que Lola lograba masturbarse y alcanzar el orgasmo por sí misma, con su mente y sin la necesidad de escuchar los gemidos de su madre con un hombre al otro lado de la pared. Su propio deseo, y nada más (Jon, quizás, tenía algo que ver), la había llevado hasta allí esa mañana de sábado. El día acababa de mejorar.

Los ruidos provenientes de la cocina habían desaparecido (era probable que Naya y su madre ya se hubiesen marchado al mercado). Con la toalla enrollada alrededor del cuerpo, después de frotar su pelo con ella, y sentada en el borde de la bañera con las piernas cruzadas, Lola todavía no se había secado y quería disfrutar unos segundos más de la humedad goteándole pierna abajo, recorriendo su piel, y de la modorra placentera que se había instalado en su interior. Aunque Jon no estuviese conectado a Blurred, Lola releyó los mensajes, en especial el último antes de ducharse, el que la había llevado a masturbarse. ¿La había excitado la validez que había detrás de ese mensaje? ¿Era eso lo que buscaba allí, con Jon, su validez como persona? Sabía que para alcanzar esa frase había tenido que exponerse hasta cierto grado, constituir una intimidad que, por fuerza, le demandaba abrirse y compartir quién era. Existía un tipo de invasión en los mensajes de Jon; habían invadido su vida y los había dejado entrar hasta el cuarto de baño mismo, sin ponerles límite. Con Jon estaba logrando establecer una intimidad, sin tan siquiera haberse visto, que muchas personas de su entorno solo habían ansiado alcanzar con ella (o que incluso en su búsqueda habían hecho que Lola se alejara de ellos).

Se había masturbado por la idea de que alguien la considerase guapa sin haberla visto, ahí estaba la validación que Lola estaba buscando. Porque ella sabía que era guapa: se lo decían sus amigos, se lo decía su madre, de pequeña se lo había dicho su abuela y se lo decían, también, las miradas que intentaba evitar que se posasen encima de ella. Pero Lola no quería ser ese tipo de guapa. Ese guapo era peligroso; en cambio, el guapo que veía Jon, el guapo que salía a relucir y se colaba en cada una de las frases del chat, era un guapo que la hacía sentirse realizada (y que, por qué no, la excitaba de una manera más sana de lo que se había excitado jamás).

12

SET III

Carla dejó el teléfono móvil apoyado en la barra de la cocina apenas unos segundos para poder rellenarse la copa de vino tinto (una botella que le habían regalado unos proveedores y que se había resistido a entrar en su vida, cogiendo polvo en la alacena). Se acercaba la hora de cenar y en su última visita a la nevera no había encontrado nada inspirador (en realidad, nada inspiraba su espíritu culinario), por lo que cuando recuperó su teléfono se lanzó a abrir una de las aplicaciones para pedir comida a domicilio de las que era ya asidua. Dio un sorbo más a la copa y levantó la vista con la intención de ir a preguntar a Lola qué quería cuando otro mensaje apareció en la pantalla desbloqueada de su móvil, llamando su atención, y Carla se desvió de su ruta para leerlo.

Lola entró de improviso en la cocina con su vaso en la mano dispuesta a rellenarlo de agua y se topó de frente con su madre, apoyada en la barra, con la pantalla del teléfono pegada a su cara, luciendo una sonrisa bobalicona a la par que tecleaba lo que parecía una respuesta de una conversación en curso. Carla levantó la vista cuando Lola ya estaba junto a la nevera sirviéndose agua fría de la jarra.

—Ah, justo te iba a llamar. Voy a pedir cena, ¿qué te apetece? ¿Pizza? —Lola se la quedó mirando mientras saciaba su sed con ímpetu, a grandes tragos—. Estaba pensando en pedir solo una grande, pero si vas a querer llenarla de verduritas, entonces es mejor pedir dos medianas.

—¿Adónde quieres pedir? —le preguntó Lola volviendo a llenarse el vaso, esta vez con la intención de regresar con él a su cuarto.

—Espera, si queremos del sitio de siempre tengo que cambiar de app, que en esta no lo sirven. Aquí está el mexicano ese que nos gustaba tanto, pero que dejamos de pedir porque lo traían todo en envases de plástico...

Lola se quedó allí de pie viendo cómo su madre pulsaba la pantalla del teléfono en lo que suponía era una búsqueda de la pizzería regentada por turcos cuya relación calidad-precio era la mejor del barrio. Sin embargo, al ver que a Carla se le colaba una leve sonrisa en el rostro —señal inequívoca de que había dejado de lidiar con la cena—, Lola se giró y, en un bufido, abrió la nevera para considerar sus opciones reales.

—Perdona, perdona —escuchó cómo se excusaba Carla.

Carla dejó el teléfono sobre la barra y trató de hacer que su hija se girase; estuvo a punto de ponerle la mano en el hombro, pero antes de apoyarla Lola sintió su presencia y ladeó la cabeza, haciendo que Carla retirase el brazo a tiempo, y evitase el contacto.

—Pizza, sí. Dime de qué la quieres y te aviso en un rato cuando llegue, ¿vale?

Tanto la vista de Lola como la de su madre se desviaron de manera simultánea hacia el teléfono de Carla cuando la luz de la pantalla lo iluminó con la entrada de un mensaje y un nombre: Oliver. Carla enseguida notó como una especie de tensión se acumulaba en el corto espacio que las separaba y dudó si girar el móvil boca abajo, fingir que no había pasado nada y que se trataba de un mensaje más (Oliver podía ser alguien del trabajo) o si atenderlo al momento para reaccionar con naturalidad. En ese espacio de duda, Lola se giró hacia la nevera, que todavía mantenía abierta con un brazo, rescató de dentro un yogur y una manzana y cerró la puerta.

—Creo que no me apetece —sentenció estirando la mano y abriendo el cajón de los cubiertos para hacerse con una cucharilla.

—Vaya...

Lola emprendió el regreso a su cuarto haciendo malabares con el vaso de agua, el yogur y la manzana mientras mascullaba una excusa de pasada:

—Es que tengo que estudiar...

Carla no se molestó en darle la réplica porque su hija ya se encontraba en el pasillo a medio camino de regreso a su habitación. Recuperó el móvil para hacer el pedido de una pizza mediana para ella sola y se quedó donde estaba, en la barra, dando sorbos a su copa y continuando la conversación que tenía a medias con Oliver (de reciente aparición en su vida, pero de perspectiva ilusionante, de momento).

Era cierto que Carla valoraba mucho los ratos que conseguía robarle al día para estar sola (al fin y al cabo, se pasaba las horas desde que salía de casa hasta que volvía lidiando con muchas personas), sin embargo, tenía miedo de que esos momentos fuesen a expensas del tiempo que se suponía que Lola y ella tendrían que pasar juntas. Había hecho un par de intentos recientes, pero la actitud de su hija en las últimas semanas (semanas en las que Carla no había llevado nadie a casa), la hacía temer que estuviesen sufriendo una regresión en su relación, volviendo a cotas del pasado, como cuando Lola tenía once años y tuvo que tomar cartas en el asunto. Quería creer que ahora era más madura y, por tanto, que solo se trataba de una fase, que mejoraría con los años... A pesar de la preocupación, Carla dejó aparcados esos pensamientos y continuó su conversación con Oliver mientras el restaurante preparaba su cena.

En su habitación, sentada de cualquier manera sobre la cama frente a lo que le quedaba de su triste yogur, Lola deseó que Blurred tuviese una opción escritorio para portátiles y así le fuese más fácil teclear y comer a la vez.

> **Jon**
> Estamos a puntito de acabar el set II y ya pasaríamos al definitivo y final, al set III. Nerviosa? Impaciente?

> **Lola**
> En absoluto. Lo creas o no soy fría como el hielo. Dispara

> **Jon**
> Pregunta nº 24 "¿Cómo te sientes respecto a tu relación con tu madre?"

Lola resopló, algo que fue imperceptible para Jon, y maldijo su suerte. Hasta el momento había contenido su curiosidad de buscar el resto de las preguntas del cuestionario en internet, pero vista la pregunta n.º 24 no sabía si era mejor tener la información de antemano y poder adelantarse.

> **Lola**
> Tengo la sensación de que esta pregunta es para mí y que tú te puedes ahorrar los "bien", "maravilloso", "nos queremos mucho" jajaja

> **Jon**
> Pero creo que eso es porque no vivo con ella (y tú sí). La cosa cambia cuando vuelas del nido. Pero venga, responde, lab rat

> **Lola**
>
> Pues siento que mi madre se debe de pensar que tengo una sordera de campeonato

> **Jon**
>
> Es información poco concluyente, pero has despertado mi curiosidad, eso se ha de decir

Quizás podía ser por el enfado repentino que la había asolado en la cocina al ver que su madre volvía a estar más atenta a un hombre de su lista de encuentros fortuitos que a ella, pero Lola decidió compartir con Jon las escenas que estaba acostumbrada a vivir al otro lado de la pared; al fin y al cabo, eran definitorias de la relación con su madre. Le contó el inicio, cuando empezó a darse cuenta un par de años atrás de dónde provenían los incómodos sonidos que escuchaba de noche. Con el tiempo, Lola perfeccionó su oído, y esos sonidos ininteligibles que podían resultarle más o menos molestos (a veces percibía una risa, a veces no sabía si se trataba de un lamento o un gemido) pasaron a ser voces susurrantes y después su asiento de primera fila a un *podcast* erótico en directo.

> **Jon**
>
> Un poco sórdido

> **Lola**
>
> Digamos que para ser arquitecta de interiores bien podría haber insonorizado las paredes de la casa

> **Jon**
>
> Se escucha todo... TODO?

> **Lola**
>
> TODO

> **Jon**
> Como en casa con la vecina, que la pared da al salón y tengo el sonido del televisor taladrándome la cabeza

> **Lola**
> Ojalá fuese la tele lo que escuchase yo...

> **Jon**
> Qué curioso (e interesante, en parte, si me permites)

Lola pasó entonces a hacerle un resumen de qué diferenciaba una rutina de noche de una de mañana y cómo lo tenía todo calculado para no salir del cuarto y cruzárselos.

> **Jon**
> Me parece bastante embarazoso, ya le vale a tu madre. Es un poco fuerte que te trate así. Por cierto, para hacerte sentir un poco mejor, te voy a mandar un enlace de una playlist donde he ido acumulando canciones que al escucharlas me han hecho pensar en ti. Póntela con auriculares la próxima vez, y así te ahorras el show, como lo llamas

La impaciente fue entonces ella, que abandonó la conversación momentáneamente para comprobar qué canciones había en la lista; Jon había acertado de pleno, y era una prueba difícil de la que salir airoso porque Lola no era una gran melómana; aunque no tenía muy claro qué tipo de música le gustaba, sabía muy bien cuál no le gustaba, y Jon no había metido la pata en ninguna de las elecciones (algunas le resultaban desconocidas y otras le llamaban la atención, un par le encantaban y hasta se había obsesionado con ellas en el pasado...).

> **Jon**
> Tengo que dejarte, que tengo lío (así tendrás rato para escuchar la lista si quieres), pero quería estrenar el set III hoy. Te aviso que es el más jodido de los tres

Los Angeles Public Library
Junipero Serra Branch
9/14/2022   11:44:24 AM

- PATRON RECEIPT -
  - CHARGES -

1. Item Number: 37244241704429
Title: JSERRA PAPERBACK #1
Due Date: 10/5/2022

2. Item Number: 37244241709014
Title: JSERRA PAPERBACK #1
Due Date: 10/5/2022

3. Item Number: 37244248429558
Title: Cerca de ti /
Due Date: 10/5/2022

4. Item Number: 37244178527579
Title: El diÌ a del relaiÌ mpago /
Due Date: 10/5/2022

To Renew: www.lapl.org or 888-577-5275
Get ready for the L.A. Libros
Festival. Learn more at
lapl.org/libros

--Please retain this slip as your receipt--

> **Lola**
> Creo que ya estoy curada de espantos (y casi que tú también)

> **Jon**
> Pregunta n° 25: "Di tres afirmaciones usando el pronombre 'nosotros'. Por ejemplo, 'nosotros estamos en esta habitación sintiendo...'". Bueno, cada uno está en una habitación, sin duda, pero no en la misma... de nuevo, nos valdremos de la Lola & Jon edition para esta

> **Lola**
> Esto solo puede funcionar si lo hacemos a la vez

> **Jon**
> Totalmente de acuerdo. Medio minuto para pensar?

Se trataba de una pregunta cuyas respuestas podían ser bastante reveladoras y Lola quiso ser lo más neutra posible y no entregarlo todo en ese mensaje. Los treinta segundos pasaron.

> **Jon**
> Lista?

> **Lola**
> Lista

> **Jon**
> Nosotros estamos sintiendo...

> **Lola**
> Algo. Confusión. Excitación

> **Jon**
> Que las cosas funcionan. Que nos entendemos. Miedo a que se vaya a la mierda por algún lado

El porcentaje de conversación subió otro punto más.

La siguiente vez que Lola abrió Blurred para hablar con Jon se llevó una sorpresa; el último mensaje de él no era un mensaje escrito, sino una nota de voz (la aplicación las permitía, pero no las contabilizaba en el aumento del porcentaje), ante la que se sintió bastante confusa y no supo cómo reaccionar. ¿Sería un sonido? ¿Una canción? ¿El típico mensaje enviado por error? Le costaba pensar que si le daba al botón Jon dejaría de estar al otro lado de la pantalla para invadir su espacio, por lo que para paliar el golpe de una irrupción tal, buscó los auriculares, subió el volumen y pulsó «reproducir».

—Buenos días, *lab rat*. La pregunta número 26 dice: «Ojalá tuviera alguien con quien compartir...» y he tenido que grabártelo para que no se perdiese mi emoción en el texto. Ojalá tuviera alguien con quien compartir lo mucho que me ha fascinado *La campana de cristal* —tras un inicio más serio y ceremonioso, la voz de Jon rompió en una risa, que encadenó con una inflexión más emotiva—: guau, de verdad, gracias por este regalo. Crees que quizás podría encontrar a alguien con quien compartirlo, ¿eh? —dijo entonces con tono burlón antes de que la nota se cortase.

Lola la escuchó cinco veces seguidas, primero sorprendida prestando atención a su forma de modular la voz, luego al contenido, y después centrándose en lo reconfortante que le había resultado la voz de Jon, una voz suave, relajante, con encanto, embelesadora, incluso. Sintió cierta paz, como si se sacase un peso de encima al comprobar que Jon era eso, era esa voz y esa voz corroboraba la que ella le había puesto en su cabeza leyendo sus mensajes. Le gustaba mucho; le pareció que podía dedicarse más a ser doblador de audiolibros —ella los escucharía todos— y no un «intento de informático aburrido como todos los de mi quinta», como se había descrito él en su momento. Volvió a escuchar la nota varias veces a lo largo del día y se fue con ella a la cama en bucle, cerrando los ojos y dejando que la imagen todavía borrosa de él se colase con ella bajo la colcha.

¿Quién era Jon? ¿Cómo se lo imaginaba? ¿Era real todo aquello que sentía o más bien el resultado de algo que ella estaba proyectando? ¿Tal vez se trataba del experimento, que estaba surtiendo efecto? Lola siempre había sido muy cauta con sus sentimientos y nunca había caído en emociones tramposas que llenasen su pecho y no dejasen espacio para nada más. Sin embargo, bajo la colcha, obsesionándose con la voz de Jon, no lo estaba siendo tanto.

> **Jon**
> He tenido un día imposiblemente largo, pero no podía irme a dormir sin lanzarte una nueva pregunta

> **Lola**
> Justo estaba pensando en ti

> **Jon**
> Ah sí?

> **Lola**
> En tu voz de doblador de cintas de mindfulness... Casi me quedo dormida escuchándola

> **Jon**
> Voy a ignorar el hecho de que acabas de confesar que la has escuchado más de una vez, y pasaré a formular la n° 30

> **Lola**
> Yo no he confesado tal cosa

El porcentaje de conversación subió otro punto más.

Jon

(tos) silohashecho (tos). number 30! "¿Cuándo fue la última vez que lloraste delante de alguien? ¿Y a solas?" Por honrar tu honestidad al contarme el otro día lo de los shows de tu madre, voy a empezar yo. La última vez fue esta mañana, cuando se me cayó el frasco de colonia sobre el pie y me hizo un daño atrooooozzzzz

Lola

Jajajajaja (perdón, estás bien?)

Jon

Sí, gracias. Delante de alguien, frente a mi ex, cuando me dejó. Tu turno (si te digo que agilizo porque tengo sueño en vez de por escurrir el bulto me creerías?)

Lola

No. Pero es tarde y mañana madrugamos (y ya sabemos qué pasa cuando nos liamos hablando hasta tarde...)

Jon

Bien. Y tú?

Lola

Yo, por seguir con la alabanza a la honradez de esta conversación, daré mi respuesta y me iré a dormir al instante (para continuar también con tu manera de escurrir el bulto). Acompañada: con mis amigos Sheila y Sam en el cine viendo una peli. Sola: en mi cuarto hace unas semanas, después de masturbarme mientras escuchaba a mi madre follarse a un tío al otro lado de la pared. Buenas noches (no estoy huyendo, es que tengo sueño)

Jon

Buenas noches, lab rat (no estás huyendo, pero que sepas que no tienes por qué, de estar haciéndolo). Descansa

Un sábado más, el tercero del mes, y le tocaba a Lola escoger plan en el grupo SLS. Aunque Sheila y Sam habían mandado varios mensajes para quedar a una hora concreta, transcurrió toda la mañana y Lola no daba señales de vida. Cuando se acercaba la hora, y los mensajes de ambos le empezaron a bloquear la visión de la pantalla, Lola se inventó una excusa y les pidió disculpas por no haberles dicho nada en todo el día, fingiendo que se encontraba mal y que no se había movido de la cama (esa parte de la historia era parcialmente cierta). ¿La verdad? La conversación con Jon estaba al 98 por ciento y Lola no podía pasarse la tarde en un Starbucks o paseando por las tiendas entre las nuevas colecciones de ropa, escuchando a Sam charlotear y a Sheila aleccionarlo, cuando podían estar a punto de verse.

Cuando habían alcanzado el 95 por ciento, Lola había empezado a temblar imaginando el momento del cien por cien, momento en el que él la veía. Había pensado en añadir alguna imagen más a la de perfil borrosa que tenía, alguno de sus intentos de selfi, quizás, pero al final había descartado la idea. Lo cierto era que, pese a solo contar con esa imagen de perfil, Lola sentía cierta ansiedad ante la idea de ser vista, más que por verlo a él por primera vez. Mientras los últimos puntos de porcentaje subían, ella no pensaba en si Jon le gustaría, sino en si ella le gustaría a él. Cuando le entraba esa duda y la ansiedad e inseguridad la asolaban, se obligaba a pensar en el histórico de sus conversaciones, en la calma que se habían tomado para conocerse y el método con el que habían decidido zambullirse el uno en la vida del otro. Las treinta y seis preguntas, en parte, no solo le habían servido para conocer a Jon, sino para profundizar un poco más en sí misma. Tal vez por eso no era capaz de deshacerse del miedo que sentía por si él averiguaba que ella era tiránica a veces, inflexible en muchas ocasiones y se comportaba de una manera más bien estricta. Temía sus defectos vistos en los ojos de él, temía que él descubriese que, por ejemplo, era prejuiciosa o que en ocasiones se creía en posesión de la verdad absoluta o por encima de los demás. ¿No era eso acaso peor que alguien babeara por su culo?

> **Lola**
> Cuál crees que será la última palabra que nos diremos antes de que me veas y salgas corriendo?

> **Jon**
> Mmm cuál sería la peor palabra? (voy a ignorar tu comentario)

> **Lola**
> Sardina

> **Jon**
> Claro, una palabra que empleamos constantemente

> **Lola**
> Peluca

> **Jon**
> Me está costando seguir tu línea de pensamiento ahora mismo...

> **Lola**
> Jajajajaja

> **Jon**
> Propongo que digamos palabras aleatorias cuyo sonido nos parezca bonito y la última, al menos, no será peluca

> **Lola**
> O sardina

> **Jon**
> Whatever...

> **Lola**
> Ya estamos jugando? Esa es tu propuesta? Nauseabundo

> **Jon**
> De verdad?

> **Lola**
> Qué? Es rotunda y sonora. No cuestiones mis elecciones

> **Jon**
> Caravana

> **Lola**
> Frufrú

> **Jon**
> Inefable

> **Lola**
> Ademán

> **Jon**
> Serendipia

> **Lola**
> Reciprocidad

> **Jon**
> Desenlace

> **Lola**
> Ojalá

El porcentaje de la conversación subió otro punto más y alcanzó el cien por cien. Lola pudo notar cómo se le cortaba la respiración el segundo de pausa en el que ambos tocaron la imagen de perfil del otro para desvelarse al fin. Al pulsar la imagen y hacerla grande para que ocupase la pantalla entera, Lola descubrió que Jon era mayor que ella. Bastante mayor.

Jon

13

Durante el tiempo que habían estado hablando a través de Blurred, tanto Lola como Jon habían decidido no dar pista alguna sobre su físico, circunstancia o cualquier dato que los llevase a revelar algo más; en definitiva, nada que pudiese contabilizar como información que eventualmente los empujase a tomar una decisión superficial. La app, además, no revelaba en los perfiles los datos respecto a la edad, físico o situación geográfica; interpretaba que, si estaba dentro de los parámetros establecidos por el usuario, el perfil compatible sería igual de válido y saldría en el panel. Tal vez, cuando había comenzado a hablar con Jon, Lola se había olvidado y descartado al resto de las personas del panel que no había establecido aquellos criterios en parte porque, en su momento, le parecieron irrelevantes. Jon podría haber vivido a cuatro calles o a seiscientos kilómetros; podría haber tenido dieciocho como ella... o treinta (como era el caso).

Por lo que habían hablado, su manera de expresarse, sus intereses en común, y quizás por la ignorancia de no saber que su propia edad tampoco aparecía en el perfil, Lola se había inclinado a pensar que Jon era unos pocos años mayor que ella —en eso no iba a ser hipócrita— y que era posible que estuviese acabando la universidad, o fuese recién graduado de ingeniería informática o alguna cosa similar. A lo sumo, podía proyectar que tuviese veintitrés y compartiese piso con amigos o algún compañero de un posible máster (si no recordaba mal, en algún caso se había llegado a referir a unos «compañeros», que Lola había tachado como «de clase» o «de piso», nunca «de trabajo»). El *shock* inicial la había dejado bloqueada, aunque no necesariamente de una manera negativa. No supo qué decir y, en parte, percibió que Jon estaba pasando por el mismo proceso de asimilación que ella tras preguntarse la edad exacta (él confirmó los treinta —aunque a final de año se convertirían en treinta y uno—, ella mintió por un año y le dijo que acababa de cumplir los dieciocho —como exigían los términos y condiciones de uso de la app—). Después se dieron las buenas noches casi con rapidez, como quien no quiere ahondar en el tema, y se despidieron por el día, como hacían casi cada noche. Pero Lola no pudo dormir, ni siquiera trató de cerrar los ojos cuando apagó la luz, sino que dejó la vista clavada en el techo mientras su cabeza daba vueltas a cavilaciones de todo tipo.

Treinta años. *A priori* no le parecía un gran drama... sobre el papel. Pero otra cosa era si aquello dejaba el mundo de la fantasía y se convertía en realidad. ¿Se trataba de una diferencia de edad salvable o era un abismo entre ambos? Cuando ella nació, Jon tenía trece años. Cuando Lola tenía cinco y aprendió a montar en bicicleta, él había comenzado la universidad. Cuando Lola tuvo su primera regla a los doce, Jon había empezado su primer trabajo. Su cabeza no podía parar de recorrer esa distancia temporal. La gente que estudiaba en la universidad ya le parecía estar a un océano de distancia y, sin embargo, si era realista, se podía ver con alguien de veintidós porque en cierto modo alguien mayor siempre era más interesante y entrañaba cierto atractivo, pero ¿alguien de treinta?

Su cerebro bloqueado no era capaz de ubicar y poner en perspectiva la edad de Jon. Le costaba, además, encontrar una referencia en su entorno: ¿a quién conocía o tenía contacto en su vida de esa edad para relativizar la magnitud de la tragedia? ¿Algún empleado del estudio de su madre, una interiorista o un arquitecto? ¿Algún profesor del instituto? Elia, su profesora de literatura, podía tener la edad de Jon perfectamente. La disfunción perceptiva que sintió al respecto, acompañada del repentino temor de que una relación con alguien mayor que ella fuese cierta, la hizo ver y meter en el mismo saco a toda la gente mayor a ella: a su madre, al que hubiese sido su padre de haberlo conocido, a los profesores del instituto, a los hermanos mayores de sus amigos, a los padres de estos... Después de aquel momento en el que Jon había escrito «30» en el chat, Lola no fue capaz de percibir diferencia alguna entre alguien de veintiocho y alguien de cuarenta: para ella eran gente mayor.

Esa noche, incapaz de dormir, cogió el móvil de su mesita de noche y volvió a observar las fotos de Jon de cerca, frente a ella, con el teléfono apoyado en la almohada como si lo tuviera de frente, mientras analizaba cada uno de sus rasgos. Cuanto más miraba las imágenes, más sentía que ese runrún que la removía por dentro se iba apaciguando... Era él, era Jon; Lola tenía la percepción de que lo conocía, de que esas facciones siempre habían estado tal cual al otro lado del teléfono, que le pertenecían, sin importar la cifra que las acompañaba. Sus ojos azules, que cambiaban a una tonalidad más verdosa de una foto a la otra, en especial si sonreía (Lola creía que era porque al sonreír se empequeñecían y era difícil percibir la claridad en ellos). Cuando eso pasaba, a Jon se le marcaban las patas de gallo a los laterales, gesto que Lola constituyó como inequívoco de su diferencia de edad. Entonces encendió la luz auxiliar y probó frente a la cámara del móvil, todavía tumbada en cama, a sonreír; nada, los alrededores de sus ojos seguían lisos. Intentó entonces una mueca impuesta y arrugar más la cara para que se volvieran visibles;

parecía un topo..., pero ahí estaban. Ella también podía parecer mayor si quería.

Acto seguido recuperó las fotos y miró fijamente el resto de las cosas que le habían pasado desapercibidas al inicio: la blancura de los dientes de Jon y los colmillos unos milímetros ladeados (el izquierdo parecía un poco montado sobre otro diente); analizó las imágenes ante la duda de si Jon tenía el cabello castaño claro u oscuro (en una foto el pelo se percibía más oscuro, mientras que en otra había ciertos reflejos sobre el tupé que la habían llevado a pensar que había sido un niño rubito de pequeño); repasó su atuendo en las imágenes, yendo y viniendo entre todas, pasando de una camisa a cuadros a un chaleco gris o a la única foto que se le veía con gafas —de pasta negra y montura bastante ancha que Lola había imaginado que necesitaba por su exposición prolongada a pantallas debido a su trabajo—. Para ser alguien con pánico a que le hiciesen justamente eso, Lola estaba recreándose en el análisis detenido de cada uno de los rasgos de Jon como si se tratase de un juicio del que tuviese que sacar un veredicto. No estaba orgullosa de ello.

A la mañana siguiente Lola se despertó con los ojos secos y cubiertos de legañas. Se había pasado gran parte de la noche viajando entre las fotografías que Jon había subido a Blurred, sondeando todas las características de él y sus propios sentimientos al respecto. No tuvo un mal presentimiento ni se notaba con mal cuerpo tras el descubrimiento de la noche anterior; al contrario, su maratoniana sesión entre imágenes y mensajes pasados la habían hecho reafirmarse en sus sentimientos. Jon seguía siendo la persona detrás de todos ellos, de las canciones, de los momentos compartidos, de las preguntas. No sentía que hubiese diferencia en sus emociones por el hecho de que no tuviese una edad que no había llegado a proyectar, pero que sí que había obviado.

Sentada en el borde de la bañera, y después de haberse lavado la cara y los ojos a conciencia, abrió Blurred de nuevo y le escribió.

> **Lola**
> Me siento engañada... No me habías dicho que llevabas gafas

Jon no respondió, no estaba conectado a la app.

Lola vio pasar las horas del domingo, que empleó en vagabundear por el pasillo de camino a la cocina y al lavabo mucho más de lo habitual, intentando concentrarse para hacer los deberes —sin conseguirlo— y saltando como un resorte cada vez que una notificación aterrizaba en la pantalla de su teléfono. Al fin, y por presión, accedió a ir a casa de Sheila a dejarse caer en el sofá y ver una serie con ella bajo la manta; necesitaba despejar su cabeza y llevarla a otro sitio donde no estuviese la imagen de Jon esperándola. Inútilmente, durante las horas que pasó en el salón de Sheila, Lola comprobó el móvil cada pocos minutos y estuvo más apagada de lo normal, cosa que su amiga por suerte no percibió, ya que estaba concentrada en interrumpir el visionado de la serie para contarle mensaje a mensaje su último «bollodrama» con una chica que había conocido hacía unas semanas (irónicamente, en Blurred). Prefirió volver a casa caminando y no coger el metro, arrastrando los pies abatida y con la idea en la cabeza de que Jon, aunque fuese al otro lado del teléfono, había decidido desaparecer de su vida.

No fue hasta que regresó a casa a la hora de cenar y dejó el abrigo en la entrada que Lola, al sacar el teléfono móvil del bolsillo, leyó el nombre de Jon en la pantalla.

> **Jon**
> Siento haber estado todo el día off, no tengo excusa posible y te pido mil perdones. No es lo que parece...

> **Lola**
> No pasa nada...

Lola se apresuró en contestar mientras se colaba en su cuarto y con un manojo de nervios en el estómago cerraba la puerta.

> **Jon**
> Me he pasado toda la noche pensando en ti

> **Lola**
> Yo también. Tengo que confesarte que he estado viendo tus fotos sin parar, quizás va en contra un poco de todo lo que hemos vivido o de lo que ha sido el experimento (que no se ha acabado, por cierto), pero tenía que asegurarme de que eras tú el que estaba al otro lado... y lo eres. No sé si me explico, jejeje. Lolaloca. ¿Tú has hecho lo mismo?

> **Jon**
> No he tenido por qué. Ya sabía que eras guapa, ya te lo dije

La sonrisa en el rostro de Lola no duró mucho, ya que Jon continuó escribiendo.

> **Jon**
> Igualmente, he estado dándole vueltas y hay algo que me parece que no podemos pasar por alto. No voy a pegarte el discurso de que creo que eres muy madura para tu edad... o de qué pasaría si tuvieses, ni que fuese, cinco o seis años más... Tan solo estoy pensando en lo que es correcto, en si de verdad deberíamos seguir adelante con algo que todavía está en una fase, vamos a decir, bidimensional, si luego vamos a hacernos más daño... Lo he pasado mal en el pasado y no quiero ilusionarme y acabar

Entonces fue Lola la que se quedó sin palabras, sin querer ni poder responder. Dejó el teléfono sobre la colcha y se fue a hacer la cena con el ceño fruncido instaurado en su frente, viajando con ella del cuarto a la cocina, de la cocina al baño, y del baño al cuarto, media hora después, arrastrando los pies y con un vacío en su interior que no lograba reconocer.

Leyó el mensaje, cerró la app y dejó el teléfono boca abajo en la mesilla. Eran apenas las diez y media de la noche y Lola, con una lágrima recorriéndole el rostro en su camino hacia la almohada, cerró los ojos y se fue a dormir.

Lola nunca había sido lo que comúnmente se conoce como «la alegría de la huerta» y quizás, por eso, ni Carla ni SLS percibieron en demasía su bajón anímico los siguientes días, un tiempo que Jon se pasó en un silencio absoluto. De vez en cuando Lola entraba en la app para ver si él estaba conectado y su perfil figuraba en verde, pero Jon parecía haber desaparecido o, por lo menos, haber puesto en pausa su estancia en Blurred. Lola pagó su frustración con ni siquiera dirigirle la mirada a su madre y con tardes en las que dejaba tirados a sus amigos para encerrarse en su cuarto. Ponía la lista de reproducción de Jon en bucle y se entregaba a su tristeza.

—Ratón... —la llamó su madre al otro lado de la puerta—, salgo a cenar. ¿No vas a salir tú? ¿No tienes hambre?

—No... —respondió Lola con sequedad en un hilo de voz.

—¿Estás bien? —preguntó Carla con cierta preocupación, tras una pausa que percibió extraña.

—Sí, estoy bien, gracias. Pásalo bien...

Carla tuvo un presentimiento, como si la voz de su hija hubiese hecho un esfuerzo poco habitual por sonar más agradable y, durante un segundo, se preocupó. Sin embargo, Lola enseguida volvió a subir el volumen de la música y Carla se dirigió hacia la entrada, donde echó como siempre un vistazo global a su aspecto en el espejo. Estaba nerviosa por la cita que tenía y, en parte, sabía que no pasaba nada ni debía preocuparse por su hija, Lola era más fuerte y resiliente que ella, por lo que pasó el dedo por el borde de los párpados para ajustar una sombra del *eyeliner* fuera de sitio y cerró la puerta con un golpe fuerte para que Lola supiera que ya se había ido.

Al cabo del rato, Lola sintió hambre y se arrastró hasta la cocina. Mientras comía a solas en la barra, con el teléfono haciéndole compañía, tuvo una idea y tomó la determinación de no dejarse llevar por ese silencio; era como si Jon hubiese pulsado el botón de la taza del váter y hubiese tirado por el retrete lo que había nacido entre ellos. Porque Lola estaba convencida de que el experimento, en su caso, había funcionado... y eso que todavía no había terminado. Entre bocado y bocado hizo lo que se había prometido no hacer y encontró con facilidad las treinta y seis preguntas del experimento. Copió la última y abrió Blurred:

> Lola
>
> Estábamos tan cerca que no puedo dejar las cosas a medias. Soy incapaz (algo que, a estas alturas, ya sabes de mí). Última pregunta, la nº 36: "comparte un problema personal y pídele a tu interlocutor que te cuente cómo habría actuado él para solucionarlo. Pregúntale también cómo cree que te sientes respecto al problema que has contado". A ver si me puedes ayudar: mi problema ahora mismo es que la persona tan encantadora con la

> que he estado hablando las últimas semanas, la primera perso-
> na con la que creo que conecto de verdad desde que tengo uso
> de razón, ha huido de mí, ha desaparecido —al menos temporal-
> mente— y tiene toda la pinta de que va a ser algo permanente.
> Lo echo de menos, y no sé qué hacer o cómo decirle que me
> siento peor sin hablar con él, sin él en mi vida, sea de la manera
> que sea (porque los términos están ahí para ser definidos, toda-
> vía, por ambos), así que ahora te pregunto qué harías tú para
> solucionarlo

Terminó de teclear, dejó el teléfono boca abajo y en silencio y centró su atención en el contenido del plato para terminar de cenar sin más sobresaltos.

No fue hasta la una de la madrugada aproximadamente, y cuando Lola estaba a punto de abandonar la lectura del libro que tenía entre manos, que vio como una notificación ilumina- ba su pantalla. Contuvo la respiración.

> **Jon**
> Vamos a ver cómo te puedo ayudar, lab rat...

Algo dentro de Lola la hizo suspirar al leer su apodo.

> **Jon**
> Entiendo el problema, se asemeja mucho, de hecho, al que yo
> podría plantearte respondiendo a la misma pregunta (jajaja). Por
> lo que cuentas, ya has establecido una relación con esa persona
> y parece tarde como para echarse atrás. Cierto es que en apa-
> riencia esta persona te hace bien...

> **Lola**
> Nos hacemos bien mutuamente, me atrevería a decir...

> **Jon**
> Creo que la solución la has dado tú misma: tal vez lo mejor para
> los dos es que establezcáis los términos de esa relación y tengáis

claro en todo momento los riesgos... Respondiendo a la parte final de la pregunta, imagino que te sientes abatida y en conflicto... al menos es así como yo me siento y no sabes lo difícil que es ver algo que me recuerda a ti y no escribirte, o sentirme solo y tener la tentación de coger el móvil para preguntarte algo, pero dejarlo cuando lo pienso... Mi mente acude a ti, lo quiera o no, y lo peor (o mejor, no sé) es que no me siento culpable, no siento que esté mal, no creo que sea un error esto, tú y yo

Lola
Aclaración: ¿estás respondiendo a la pregunta 36 tú también?

Jon
Jajajajaja

Lola
Para que conste en acta del experimento

Jon
Que funciona, por cierto...

Lola
Funciona

Pasaron unos segundos en los que parecía que ninguno de los dos quería añadir nada, dejando en el aire las implicaciones de lo que acababan de decir.

Jon
No te creas que quiero tirar esto por la borda. Solo pienso en si es lo más idóneo. Tampoco es que estemos haciendo nada ilegal...

Lola sintió una punzada en el estómago al pensar que estaba mintiéndole, en parte, y que no había sido honesta con su edad. Pero en ese instante, en el que parecía que las tornas estaban a su favor, no quiso arriesgarse a que Jon cambiase de opinión por una nimia cuestión de meses.

> **Lola**
> A mí no me importa y creo que es el momento de saber si va a ser un problema para ti, porque yo tampoco deseo que me hagan daño. Y entiendo que puede ser un gran hándicap para los dos... Pero no quiero pensarlo, por primera vez no quiero pensarlo, quiero vivirlo

> **Jon**
> Pues solo nos queda una cosa por hacer

> **Lola**
> Ah sí? Qué?

Lo preguntó con temor, porque, aunque estuviese segura de que no quería que Jon desapareciese de su vida, aunque viese claro que aquello tenía que seguir adelante, tampoco se había enfrentado todavía a la idea de verse cara a cara.

> **Jon**
> El experimento se da por terminado una vez los sujetos se han mirado a los ojos durante 4 minutos ininterrumpidos

Lola había estado tan cabizbaja ante la idea de que Jon desapareciera de su vida que no había gastado ni un segundo en entregarse al temor de que quizás Jon y ella funcionasen solo como dos nombres en un grupo de chat, en conversación pausada. En persona, empezó a pensar, tal vez por la diferencia de edad, por la incomodidad, o por mil razones que se escapaban a su control o a la lógica, todo podía irse al traste. En ese momento se dio cuenta también de que seguir en la vida de Jon, y Jon en la de ella, pasaba porque él, ahora sí sin fotos borrosas, sin filtros o sin objetos cubriéndola, la viese en persona, tal y como era.

14

Pasaban de las ocho de la tarde y Carla había tenido una de esas jornadas en las que, sin saber muy bien cómo, el día se había comido las horas y ella no había parado quieta ni un segundo. Es más, todavía estaba entrando por la puerta de casa (solía alargar en el estudio, como mucho, hasta las siete) y lo hacía pegada a sus auriculares *bluetooth* conectados al teléfono móvil; llevaba cuarenta minutos en una llamada con un proveedor con el que había tenido un roce y se encontraba a escasos segundos de acabar la conversación a gritos. Si no era capaz de cerrar el tema y finalizar la discusión en el próximo par de minutos iba a llegar indecentemente tarde a su primera cita con Oliver. Apenas le quedaba un cuarto de hora para arreglarse y salir pitando y el proveedor, de una casa de materiales muy específicos con los que no solía trabajar, pero que habían sido requeridos por su cliente, tenía cuerda para rato (como todos los que, en su experiencia, querían librarse de admitir responsabilidades).

—¡Ya os advertimos...! —intentó contraatacar una vez más el proveedor.

—Me estás haciendo perder el tiempo y la calma —replicó Carla subiendo el tono de voz—, y si te molestases en escuchar algo de lo que te estoy diciendo en vez de seguir justificándote...

—¿Perdona? —espetó él con indignación.

—Dame una solución. Todo lo demás, tus problemas de importación, las cuarenta excusas que creas tener, me importan bien poco, ¿entendido?

—¿Quieres que te lo repita...? —elevó la voz él.

—Estoy empezando a cansarme de tu tono de voz. A ver si lo pillas: no me puedo permitir la obra parada ni entregarla tarde, mi estudio NO hace eso, ¿entiendes? —Esa última apelación la hizo subiendo la voz a la par que entraba en su cuarto y se descalzaba—. Si los materiales van a llegar tarde búscamelos en otro lado, búscate la puta vida...

—Que ya te lo dije antes, cojones... —espetó de nuevo él.

—¿Me tomas el pelo? Sin sobrefacturación, ¿o te crees que soy tonta? Es tu puto problema, te lo comes tú.

—Qué carácter, macho. Para empezar, señorita, esa no son formas de hablar...

—¿Qué me has llamado? —preguntó Carla indignada, descolocando por completo al proveedor.

—¿Qué?

—¿Te he llamado yo a ti «señorito»? Es más, ¿te ha llamado alguien «señorito» en algún momento de tu vida? Los micromachismos y la chapa paternalista te la metes por...

—Buah, otra histérica... —la interrumpió.

—Esta conversación se ha acabado.

—¡Zorra!

—La próxima vez que hables con alguien será mi abogada. Otra «histérica» como yo.

Colgó el teléfono y lanzó el móvil sobre la cama con rabia para, segundos después, sentarse en el borde y tratar de recomponerse. Carla no recordaba la última vez que había estallado de esa manera, si bien era cierto que hacía ya unos cuantos años que había decidido no callarse cuando una situación le parecía machista o injusta; creía con firmeza que solo hablando las cosas y sacándolas a la luz se podía dar visibilidad y detener según qué actitudes. Tendría que llamar a Liz y negociar una rebaja en el precio con los propietarios por la demora y buscar otro proveedor, pero a ella nadie la llamaba «zorra». Sin perder más tiempo, recuperó el teléfono para comprobar la hora y se dirigió hacia el baño, donde después de darse una ducha rapidísima pasó a arreglarse con premura el pelo.

—No es para nada mi estilo, si te soy sincera... —le había dicho a Liz ese mismo día cuando le estaba contando que tenía su primera cita con Oliver.

Carla había pasado la mañana en el estudio, primero en la reunión de proyectos con el equipo y luego repasando la contabilidad en el pequeño despacho que compartían Liz y ella, situado al final de la nave —un local estrecho, pero alargado con salida a la calle que comenzaba con la exposición inicial de interiores, continuaba con una fila de mesas donde trabajaba el equipo y que se extendía hasta el fondo, y acababa en su despacho—. Allí era donde, en mitad de la reunión de repaso, Carla había levantado el móvil un segundo y una sonrisa se había colado en su cara, cosa que Liz no pudo ignorar.

—¿No es otro señoro? —había preguntado Liz.

—¿Sabes? Creo que de momento me resguardo bajo el secreto de sumario...

Liz, como era obvio, se había indignado ante semejante respuesta y había tratado de indagar más sobre Oliver, pero Carla, de manera extraña, como si se tratase de una decisión precedida por un presentimiento, había sentido la necesidad de no dar demasiada información esa vez. Recordó aquella frase de Einstein que decía que «si buscas resultados distintos, no debes hacer siempre lo mismo» y pensó que quizás estaba gafando de antemano la figura de Oliver y todo lo que prometía ser —o lo que al menos ella estaba proyectando en todos los pasos diferentes que había tomado esa vez— si le hacía como siempre la ficha técnica a Liz y le resumía todas sus conversaciones previas (que no habían sido pocas). Tan solo le dijo que Oliver había aparecido, cómo no, en otra app de citas (quizás no todo tenía que hacerse de manera diferente, pensó Carla) y que, de momento, tal y como había dicho ella, no parecía otro señoro.

—Pero vamos, todo está por ver, quizás me meto una de campeonato...

—Bueno, pero ilusionarse está bien también... —la había animado Liz—, si no hay margen para la decepción es que ya hemos sido escépticas desde el inicio.

—Tienes razón...

—Y oye, ¿me dices al menos qué te vas a poner?

Carla rio y le describió el atuendo que había dejado preparado esa misma mañana en la percha colgando de la puerta del baño.

—¿El de la cena de Navidad? —preguntó Liz.

—¡Ese!

—Mmm... vamos, no vas a dejar nada a la imaginación... —dejó caer entonces recostándose en la silla para beber un sorbo de su té.

—No me importa —espetó ligeramente a la defensiva Carla, a la vez que se dirigía a la máquina de café para prepararse un expreso, dando la espalda a Liz.

—Oye, no te lo tomes a mal, digo que a lo mejor es difícil que sea diferente a las otras veces...

—Será diferente —la interrumpió girándose hacia ella—. No soy yo la que tiene que cambiar ni taparse para que se fijen también en mi cerebro.

Había expuesto esa reflexión con provocación ante el puritanismo del que en ocasiones hacía talante Liz, quien, pese a escucharla y apoyarla en sus decisiones, a veces no era capaz de evitar juzgarla en sus comentarios. Carla los dejaba pasar porque estaba convencida de que Liz no era consciente; muchas mujeres no lo eran. Liz formaba parte del grupo de personas que no veía nada malo ni se percataba de esas pequeñas cosas que ponían a Carla en pie de guerra, como que tras una cena en un restaurante el camarero le ofreciese la cuenta al hombre, al igual que la bebida alcohólica (no había sido hacía mucho que Carla había quedado para cenar con un médico que no bebía porque empezaba turno muy pronto y el metre había puesto la copa de vino frente a él y el agua con gas frente a ella).

—En fin —suspiró Carla para relajar los ánimos—, como decíamos, vamos a intentar no ser cínicos antes de tiempo y a ver... Solo hay una manera de averiguarlo. ¿Volvemos a la carga? —Señaló entonces el trabajo sobre la mesa y se sentó de nuevo al lado de Liz.

Con el vestido de cóctel color burdeos con escote en forma de V ya enfundado, Carla se ajustó los pendientes y observó su reflejo en el espejo del cuarto. Pasó la mano alisando la tela primero por su vientre y luego por sus caderas, que el corte del vestido marcaba en cada centímetro. Reparó en la línea de su pecho acentuada por la forma del escote, sus clavículas, mostradas de forma sugerente, el pelo recogido que pautaba la curva de su cuello... Analizó el conjunto y se planteó sus consecuencias: ¿estaría tirando por tierra todo lo que proyectaba que podía ser Oliver, con quien había profundizado en sus conversaciones, si, nada más verla por primera vez, él solo la pudiese percibir como eso, como un objeto? Porque lo quería todo, quería desear, pero ser deseada; lo que no le gustaban eran las formas y la manera repetida en la que se veía sometida a la mirada masculina (esa famosa mirada...). Esta siempre conseguía colar un ápice de culpabilidad en la manera de hacer de Carla, de que era ella la responsable de ponerse a tiro y ser «piropeable» o tocable. Quería ser esas cosas, pero no reprimir el hecho de que estaba legitimada para todo ello, para el placer, para el cuidado, para el amor.

¿Y qué pasaba si se cambiaba de ropa? Si se ponía un traje de chaqueta que la cubría de cuello a tobillos. ¿Qué diferencia habría? ¿Se estaría reprimiendo a ella misma y a su independencia por temor a una respuesta ajena, por la posible mirada de Oliver sobre su cuerpo? Porque ella ansiaba placer, ejercer su derecho a gustar, y taparse era un modo más de disciplinarse. Determinó que iría vestida como quisiera, como modo de reconstruir la forma de relacionarse que tenía con los hombres, con la esperanza de que Oliver la viese, pero también viese más allá. Si encontraba hostilidad al otro lado, si se topaba con alguna reacción que ya conocía por experiencia, entonces podía darse la vuelta e irse, borrar su perfil y empezar de cero. Estaba dispuesta a hacer las cosas a su manera y no rebajar su exigencia. Era el momento de deshacerlo todo y pautar sus propias normas sobre las que construir su manera de seducir, de desear, de tener sexo... e iba a actuar sin juicios, ni culpas, ni sintiéndose mal. Iba a hacer lo que quisiese y lo que sintiese, a tomar la iniciativa cómo y cuando desease... Por eso rescató el teléfono móvil de encima de la cama y le mandó un mensaje:

> Carla
>
> Voy corriendo a supervelocidad y creo que aun así llegaré un pelín tarde, perdónameee! Pero tengo muchas ganas de verte, al fin, y eso algo lo compensa, no?

Antes de salir del cuarto, Carla le pegó un leve repaso a la estancia y no pudo pasar por alto el ligero desorden consecuencia de sus prisas (cajones a medio cerrar, cama deshecha...). No se preocupó por arreglar nada porque sabía que Oliver no iba a volver con ella esa noche a casa. Lo sabía porque, pese a estar dispuesta a ser fiel a sí misma, también había decidido de antemano, por aquello de honrar a Einstein, que no se iba a acostar con Oliver esa noche (ni por el momento). Ignoraba qué se iba a encontrar al otro lado, y no tenía ningún miedo en reconocer abiertamente que le gustaba el sexo, pero no todo el rato, ni a cada oportunidad, o a cualquier precio. Estaba concentrada en otras cosas y podía aparcar ese deseo el tiempo que quisiera. Prefería crear un entorno seguro y cuidadoso para vivir primero esa experiencia, sin dejarse dominar por una máxima de placer por placer. Y si lo sentía, si el deseo venía a ella como expresión de sus emociones, como parte de lo que era, pues entonces lo abrazaría.

Quiso convencerse de que tampoco iba a esperar a acostarse con Oliver por una posible represión patriarcal (por hacerse la dura, por reprimirse, ni por protegerse...). Se negaba a recordar la de veces que había sido señalada o había oído aquella perorata de joven por parte de amigos, de familiares o conocidos que se habían cruzado en su camino estando embarazada de Lola, «tan joven», y habían esputado sus opiniones de lo que conllevaba ser «una señorita». El hecho de que Carla se hubiese quedado embarazada sin pareja, por haber tenido sexo, escoció y generó en su momento cierto rechazo. Su barriga no hablaba de su futuro rol como madre, sino de la penalización de su rol como mujer que no había seguido las normas, que no se había controlado. La «culpable» había sido ella, y por eso, en lugar de haberla alejado de la idea de que el sexo la había llevado a aquella situación, para Carla el sexo se convirtió en una parte importante de su proceso de socialización. Hablaba de él, sobre él, lo vivía, se lo contaba a Liz, a sus amigos, se arriesgaba en sus elecciones, ponía la atención en su sexualidad, en su deseo, porque lo quería, porque no lo rechazaba, porque no merecía ser señalada por ello (porque ya la habían señalado, y diecisiete años después, nada parecía haber cambiado).

Salió del cuarto y se acercó al de Lola, cuya puerta estaba cerrada a cal y canto.

—Ratón... —llamó a la puerta—, salgo a cenar. ¿No vas a salir tú? ¿No tienes hambre?

No había percibido un solo ruido desde que entró en casa y le llamó la atención que apenas una luz tenue se colase por debajo de la puerta, como si su hija se hubiese ido ya a la cama. Lola respondió «no» en un hilo de voz al otro lado y Carla tuvo un presentimiento extraño. La preocupación y su sexto sentido como madre la hicieron sentir que Lola no estaba irascible como siempre, había algo oculto tras su voz.

—¿Estás bien? —preguntó entonces.

—Sí, bien, gracias. Pásalo bien...

El volumen de la música de Lola aturdió los pensamientos de Carla, que se dirigió dubitativa hacia la entrada, donde se puso el abrigo y retocó una vez más su maquillaje. Hacía días que la percibía más apagada, no en su distancia habitual. Dudó de si anteponer a su hija a la cita, descalzarse, cancelar el plan con Oliver y preparar algo de cena. Era posible que Lola bufase de nuevo y no saliese de su cuarto, pero al menos presentiría que Carla estaba al otro lado de la puerta, con ella, y que no la había dejado sola. Claro que todo aquello eran conjeturas; a lo mejor se trataba tan solo de los remordimientos de Carla por no haber sabido percibir ese tipo de cosas en el pasado, en una época en la que había estado tan obnubilada por otro hombre que no había visto a su hija apagarse. El sonido de un nuevo mensaje llamó su atención.

> Oliver
>
> Ya estoy aquí. No te preocupes, llega a la hora que sea. Estoy seguro de que la espera merecerá la pena

Sonrió y mientras guardaba las llaves en su bolso, respondió y buscó en su móvil la app de taxis para pedir uno directamente y encaminarse a su cita, al fin.

15

Establecidos esos términos, como les gustaba referirse a ellos, Lola y Jon se dieron finalmente sus correspondientes números de teléfono y abandonaron la conversación de Blurred. Por precaución, Lola guardó en su móvil el contacto de Jon bajo una misteriosa «J», sin más señas ni pistas. El número en su agenda dio paso a que pronto se llamasen y escuchasen mutuamente sus voces en directo por primera vez. Lola ratificó la misma sensación que había tenido al dejarse inundar por la voz de Jon en aquel audio que él le había enviado a través de la aplicación (y que había escuchado en bucle) y se sintió un poco más tranquila, como si algo hubiese encajado en su sitio al dar ese paso. Jon era real y, de momento, seguía siendo «él» (algo a tener en cuenta, por si acaso, visto el número de casos en su instituto de los que había oído hablar, cuando tras un par de fotos más o menos resultonas la persona que se encontraban cara a cara no se parecía ni en el color de pelo).

—Yo no había oído tu voz todavía... —dijo él con cierta timidez y dulzura. Lola rio al otro lado de la línea, con las piernas entrecruzadas sobre el colchón y la espalda apoyada en la pared. Era una tarde entre semana, hacía un rato que había vuelto del instituto y estaba sola en casa.

—Yo no tengo una voz de narrador de audiolibros como tú...

—¡Vale ya! —Rio él entonces—. Eres una exagerada...

—Quizás deberías replantearte la informática o lo que sea que hagas...

—Bueno, técnicamente no soy un informático de los que te arregla el ordenador, ¿eh? Soy programador informático, que no es lo mismo... Bueno, es igual. Es una guerra perdida...

—Ya me lo contarás cuando puedas verme la cara de aburrida... por teléfono no tiene gracia —se burló Lola.

—Qué divertida eres, *lab rat* —dijo él.

—¿Sigo siendo una rata de laboratorio?

—Hablando del experimento... Hasta que no se dé por terminado, me temo que así será.

Tal y como indicaba el cuestionario, todavía tenían pendiente mirarse a los ojos el uno al otro durante cuatro minutos ininterrumpidos. Pero Lola y Jon no tenían prisa por acabarlo, ya que sus términos para continuar adelante establecían que irían poco a poco, fase a fase, y que, por el momento, al menos hasta que los dos lo tuviesen claro, no iban a verse en persona (las llamadas o videollamadas estaban sobre la mesa). También habían dicho que no iban a pensar en el futuro de momento, ni a dramatizar con la diferencia de edad de manera innecesaria, así como que serían muy honestos el uno con el otro cuando se topasen con algo que hiciese relevante esa diferencia (y les fuese molesto de algún modo). Por lo demás, tan solo tenían que seguir conociéndose como si nada, y para poder empezar de cero, Lola sentía que tenía que confesar toda la verdad a Jon.

—Tengo que ser honesta —le dijo jugando con los dedos de la mano que le quedaba libre entre sus calcetines, un tanto nerviosa—, es momento de confesiones y si vamos a dejarnos llevar para saber a dónde va esto, no puedo callármelo.

—¿No te llamas Lola?

—Jajaja, eso es verdad.

—¿No eres una chica?

—Y estoy en un club del Soho, muy gracioso. No es la primera vez que me cantan *Lola*.

—No se me ocurren más opciones, si te soy sincero.

—¿Para salir corriendo?

—Bueno —rio Jon—, *a priori* no saldría corriendo, pero si es tu manera de sacarle hierro al asunto, que sepas que estás fracasando estrepitosamente. ¿Qué pasa? Puedes decirme lo que sea, *lab rat*.

—No tengo dieciocho años.

Jon se quedó en silencio unos segundos, tragando saliva, esperando a que fuese Lola la que continuase hablando.

—Sospecho que no me vas a decir que tienes veintiocho, porque nos hubiéramos ahorrado el drama de esta última semana.

Lola emitió una carcajada nerviosa y percibió cómo las palmas de las manos se le humedecían.

—¡Pero no soy ilegal! Quiero decir, tengo diecisiete. ¿Ves? Uf —suspiró—, no era tan difícil. El otro día cuando me dijiste que tenías treinta me entró un poquito el pánico. Mentí para descargarme la app, pero ya que vamos a hacerlo bien, no podía mentirte a ti también...

—Bueno, tampoco viene de un año, ¿no? —dijo él tratando de restarle importancia.

—No, ¿verdad? No es que tenga catorce.

—Creo que me acaba de dar una embolia pulmonar.

—Muy gracioso... —le echó ella en cara.

—O una angina de pecho, no estoy seguro.

—Bueno, paso de ti. Te voy a colgar.

—Si no quieres acabar conmigo, voy a pedirte que reduzcamos al mínimo este tipo de chistes de menores de edad o me voy a empezar a sentir superculpable.

Dicho así, Lola se sintió infantil, una niña jugando a un mundo de adultos, un mundo en el que sentía cierto temor de adentrarse.

—Vale, bromas o referencias al respecto descartadas —accedió.

—Te lo agradezco.

—¿Pero sobre lo viejo que eres puedo?

—No tientes a la suerte, Lolita...

Pese a que ambos habían accedido a no presionarse en posibles siguientes pasos, la rutina comunicativa de Lola y Jon pareció establecerse en cuestión de días. Se daban los buenos días, las buenas noches, ella le mandaba selfis cuando se aburría estudiando, él le grababa notas de voz o vídeos cuando iba por la calle (momentos en los que Lola se dejaba fascinar por la cara de Jon en movimiento —el conjunto de voz y rostro por fin al unísono— y jugaba a reconocer en las imágenes las calles del fondo, pensando si sería posible cruzárselo de improviso por la ciudad, cosa que le resultaría altamente extraña). De hecho, Lola soñaba con él, con ese instante; en sus sueños sus encuentros eran muy naturales, siempre estaban el uno al lado del otro y todo parecía muy normal, como si ya se hubiesen encontrado en persona antes y su mente estuviese evocando recuerdos. Las conversaciones entre ellos empezaron entonces a cubrir todos los territorios que se habían quedado fuera durante su etapa Blurred, bien porque la app había acordado no proporcionar ningún tipo de información al respecto, bien porque las treinta y seis preguntas no incidían en ello.

Como desvelando una parte clave de su día a día, Lola comenzó a hablarle a Jon del instituto, de su paso por el mismo, y de cómo creía que era percibida por el resto de los compañeros que no eran sus amigos. También charlaban mucho sobre libros, de por qué Lola había encontrado cobijo en ellos —como una manera de desconectar de su rutina, de evadirse de la realidad con otras historias— y cómo tenía la idea, algún día, de hacer de ello carrera profesional. Jon le había preguntado si sabía cuál de todas las opciones al respecto era la que más le encajaba (podía ser correctora de libros, editora, librera...). Lola le había revelado que, en principio, le gustaba la idea de ser profesora de literatura en un colegio o instituto, como Elia. No había indagado todavía en el recorrido académico (qué filología le interesaba más, había oído hablar de un máster de profesorado...), pero todavía tenía tiempo hasta el año siguiente. Él, entonces, le contó a colación sus experiencias, su recuerdo del instituto, su paso por la universidad, el máster de ingeniería y su posterior estancia en el extranjero... Hablaba con nostalgia de un pasado que parecía muy lejano, lleno de experiencias y vivencias que Lola aún tenía que recorrer.

—Yo no recuerdo ser tan maduro a tu edad... —le dijo en una de sus breves llamadas al atardecer, cuando él salía del trabajo (si ninguno estaba rodeado de gente, solían acompañarse en el trayecto).

—¿Quizás es porque hace tanto que ni te acuerdas? —se burló Lola.

—Fuera bromas, ni siquiera recuerdo que las chicas de mi clase lo fuesen... No me parecía que tuviesen otros intereses ni aspiraciones. Tampoco te creas que pasa con las mujeres de mi edad, si te soy sincero...

—Pero hay de todo, ¿piensas que soy igual que el resto de mi clase? Porque más bien soy el bicho raro...

—No —rio él—, ya sabía que tú no eras igual a nadie que haya conocido.

A Lola le estaba resultando difícil leer un par de horas del tirón, como había hecho centenares de noches atrás, y hacía ya semanas que no era capaz de pasar más de veinte minutos seguidos frente a un libro sin acabar pensando en Jon o hablando con él. Antes su mente viajaba a las historias de ficción de las páginas de sus libros buscando evadirse; ahora solo conseguía pensar en una cosa. Si se acordaba de algo, inevitablemente se hacía con el teléfono —antaño denostado al olvido en la mesita de noche— y le escribía sin dudarlo dos veces. Como era lógico, Jon no siempre podía responder al instante, pero Lola ya había apoyado boca abajo el libro (o lo había cerrado) y se había encadenado a la pantalla del chat y a la imagen de él.

Fue en una de esas ocasiones, tras aparcar un libro de Charlotte Brontë (una de sus favoritas después de haber leído *Jane Eyre*), cuando Jon y ella se volcaron en una conversación de chat acerca de un tema que ya había salido en su momento en la pregunta 23 del experimento («*¿Tu familia es cercana y cariñosa? ¿Crees que tu infancia fue más feliz que la de los demás?*»): el padre de Lola... o más bien su ausencia.

> **Jon**
> O sea que nunca has sabido quién es? Ya no hablo ni de conocerlo...

> **Lola**
> No

> **Jon**
> Tu madre ni siquiera te habló del tema? Joder... eso ha debido de ser duro... Si no quieres hablar de ello, dímelo...

> **Lola**
> No, no te preocupes. No es eso, es que suelo restarle importancia

Lola había llegado a reflexionar muchas veces en el pasado, en especial en los últimos tres años, sobre si su relación disfuncional con los hombres era una consecuencia directa de esa ausencia. También había pensado incontables veces que su aversión a todo lo tópicamente femenino podía estar relacionada de algún modo a un nivel psicológico que se le escapaba. No había compartido esas preocupaciones con nadie, hasta ese momento.

> **Lola**
> Te acuerdas de que me habías preguntado qué hubiese cambiado de cómo había sido educada?

> **Jon**
> Sí, y me habías dicho que hubieses querido crecer en el seno de una familia normal

> **Lola**
> Quizás si hubiese tenido un padre en casa (ya no hablo del mío biológico, pienso en la figura de uno, a secas, que hubiese suplido su presencia)... quizás me hubiese ahorrado muchos de mis problemas emocionales. No sé si soy yo poniéndome freudiana, eh...

> **Jon**
> Seguro que hay estudios sobre las consecuencias psicológicas en hijos que crecen sin la figura paterna

> **Lola**
> Bueno, a veces es mejor no tener nada que tener una figura paterna que pueda llegar a ser más nociva que la propia ausencia, no?

> **Jon**
> Crees entonces que te ha afectado tanto en el desarrollo de tu personalidad? El hecho de no tenerlo, más que de no saber, o no sentir curiosidad por saber...

Aunque no profundizaron más en la cuestión y pronto cambiaron de tema, Lola se fue a la cama dándole vueltas al hecho
de cómo era consciente de que haber crecido con la ausencia de
una figura paterna era una de las razones por las cuales se había
pasado mucho tiempo siendo reacia a depositar demasiado afecto en alguien y así evitar ser traicionada. Su paso por una psicóloga durante años había, lejos de resolver sus dudas, implantado
en su mente la incertidumbre. ¿Por eso estaba desconectada de
sus emociones? ¿Por qué tenía una relación casi tóxica consigo
misma? ¿Era esa la razón por la que había adquirido recientemente un rol más «masculino»? Y la que más quería evitar: ¿no
había sido capaz de quererse a sí misma lo suficiente como para
tomar las decisiones que la hiciesen feliz... hasta ahora?

La casa se hallaba de nuevo sumida en la penumbra una noche
de entre semana. Lola hacía rato que había abandonado el pasillo y apagado la luz a su paso y su madre estaba encerrada en el
despacho desde que había vuelto del estudio (se habían cruzado
apenas unos segundos en la cocina, Lola para lavar el plato vacío, Carla para llenárselo con algo rápido que picotear y poder
seguir trabajando). De regreso a su cuarto, y después de haberse
dado ya las buenas noches con Jon, Lola se disponía a retomar
la lectura de un tocho que se le estaba resistiendo desde hacía
unos días cuando la voz de Carla al otro lado de la pared se hizo
presente en su propia habitación. No se trataba de una invasión
notable como podían ser las rutinas nocturnas, pero, sin duda, la

tranquilidad ahí fuera y la hora (cerca de las once de la noche) hacían más fácil que las palabras de su madre retumbasen en aquellas finas paredes.

Lola intentó concentrarse en la lectura pese a la dificultad de la voz al otro lado de la pared volviéndose nítida por segundos, y, aunque quiso imaginarse que se trataba de la llamada nocturna habitual con Liz, una risotada adolescente y la pronunciación del nombre «Oliver» por parte de Carla lo cambió todo. El nombre le resultaba familiar; había sido el mismo que había leído en la pantalla del móvil de su madre semanas atrás. La información empezaba a cuajar y Lola comenzó a deducir que, *a priori*, no parecía tratarse de otro de los especímenes de usar y tirar. Era cierto, además, que hacía semanas que su madre no volvía a casa acompañada; había estado tan cegada por Jon y la intensidad de su relación en crecimiento que Lola se había olvidado por completo de la vida sexual de su madre (al fin, otra cosa positiva de haber incorporado a Jon a su vida).

Otra risotada atontada y exagerada golpeó las paredes de su cuarto. Algo estaba cambiando, pensó Lola. ¿Era posible que su madre se estuviese enamorando? Hacía años que no la oía reír de manera tan aguda, que no veía la sonrisa bobalicona que había captado en su rostro cuando había recibido el mensaje y había leído el nombre de ese hombre en la pantalla. Lola no soportaba la idea, y no solo porque pensaba que tenía que ser egoísta con el sentimiento y no quería que su madre compartiese un proceso tan ilusionante, similar al suyo (que, además, creía que no se merecía; era su turno); en realidad, no soportaba la idea porque tenía miedo. Ese era un miedo de verdad; el miedo, si se daba el caso, a que alguien como Xavier volviese a cruzar la puerta de casa y se instalase en sus vidas.

La imagen que tenía Lola de Xavier no podía andar muy lejos y, aunque se difuminase o desapareciese una temporada, siempre aparecía agazapada en algún rincón de su cerebro. De él había olvidado muchas cosas, pero otras eran claras como una estampa: la mata de pelo negro bien cuidado que solo empezaba a descubrir su población de canas en las patillas; la barba que se dejaba en ocasiones, y que revelaba su verdadera edad (cuando se afeitaba podía aparentar, según él, entre cinco y diez años menos); los ojos verde oliva, a cobijo de unas pobladas cejas negras que resaltaban la intensidad de su color; las gafas de montura metálica modelo aviador que, por mucho que Carla afirmase que le daban un toque moderno, Lola detestaba; cómo se frotaba el ceño cuando se las sacaba en la cocina y las apoyaba sobre la barra. Un sinfín de imágenes se le agolpaban a medida que la compuerta se abría y su cerebro rescataba el tiempo que Xavier vivió con ellas en esa casa: sus finos labios frunciéndose, su parte del armario repleto de camisas planchadas y americanas que Xavier siempre reposaba sobre el borde de las butacas altas de la barra de la cocina para que no se arrugasen. La comodidad y amplitud con la que Xavier se había hecho al piso, mucho más que Lola misma, invadiendo cada rincón; inolvidable. La idea de que su madre la hiciese pasar por algo similar le preocupaba, le ponía la piel de gallina.

Jon & Lola

16

Hacía semanas ya que Carla había abandonado los intentos de arrastrar a Lola hasta el salón para pasar un rato juntas —aunque fuese en silencio, aunque cada una ocupase un sofá diferente con la consecuente distancia entre ambas—; Lola había percibido que las ofertas para cenar juntas entre semana también habían disminuido y tanto Carla como ella parecían llevar vidas separadas (en horarios, en rutinas...). Lola había empezado a ir más por libre si cabía. Algo en la actitud de su madre hacía que estuviera más irascible: su deje infantil, su superficialidad, las sonrisas bobaliconas que se le dibujaban en el rostro cuando compartían habitación de manera circunstancial y Carla parecía recordar algo, o simplemente estaba feliz porque sí, o, en especial, cuando se escabullía y abandonaba la estancia para hablar por teléfono. Las escenas se repetían: Lola lavaba sus platos mientras Carla se echaba una copa de vino, incapaz de despegarse de la pantalla de su teléfono móvil, como si hubiese perdido el interés en interaccionar con su hija, como si esta hubiese dejado de ser una prioridad para ella...

Podía ser que todos aquellos sentimientos fuesen irracionales, Lola era consciente de ello. Pero no podía evitar notar cómo la rabia crecía en ella, una suerte de frustración que la agriaba por dentro cuando veía a su madre salir de casa arreglada para una cita, cuando la veía volver ruborizada... y, para su sorpresa, sola. Tal vez pasó a hacerlo de manera inconsciente, o tal vez sabía que lo que más la enrabiaba era reconocer la sonrisa enamoradiza de su madre en su propio rostro cuando se despertaba y se arrastraba junto al teléfono móvil al lavabo, donde mandaba un mensaje de buenos días a Jon y donde veía en el espejo reflejada la respuesta de él en su propio rostro. En cualquier caso, Lola aprovechaba los pocos momentos que Carla le prestaba atención para estar más irascible si cabía, para pagar con ella la frustración que la supuesta felicidad de su madre le provocaba.

Por suerte, Jon estaba al otro lado para ella. Para entenderla, para no juzgarla, para escucharla; en él, en esa cadena de mensajes diarios, Lola había encontrado un espacio donde vaciar todos los pensamientos que la hubiesen carcomido por dentro en el pasado. Su teléfono, antaño relegado al ostracismo, era ahora una extensión de su mano, y las pocas veces que lo dejaba en alguna superficie se aseguraba de activar el volumen para no perderse la entrada de un mensaje de Jon.

Así fue como fue corriendo del lavadero a la barra de la cocina al escuchar el sonido de un nuevo mensaje. Sin embargo, sus prisas fueron en balde, ya que se trataba de un mensaje de SLS, quienes sugerían improvisar un encuentro esa misma tarde de viernes.

Sheila
Tengo todas las bragas rotas o estiradas y parece que llevo enrollado un trapo en el culo, necesito nuevas. Vamos? Y así damos una vuelta, nos vemos o algo...

Sam
Porque habernos visto en clase toda la mañana no era suficiente

> **Sheila**
> Aguantando el palazo de filosofía? No gracias

> **Sam**
> Oye y esas braguitas son para que te las vea alguien?

> **Sheila**
> Quién sabe... si me invitas a una tarta del Starbucks te lo cuento todo

> **Sam**
> Si claro y un riñón. Merienda más barato, maja, que un bicheo no puede salir tan caro...

Lola no pudo evitar pensar por un segundo en su colección de ropa interior, y en la posibilidad de que esta se viera expuesta en un futuro no muy lejano, y en si los siguientes pasos iban en esa dirección si, después de conocerse, la intimidad se extendía al plano físico.

> **Sheila**
> Bueno, merendamos juntos y quien cuente el mejor coti no paga merienda

> **Sam**
> Hecho

> **Lola**
> Venga, va

> **Sheila**
> Vais a pringar...

> **Sam**
> Un huevo!

De nuevo, Lola tenía la oportunidad frente a ella en bandeja de plata. Además, podía ser una buena manera de romper el hielo; de normal no le hubiese salido compartir una cosa así (en parte porque nunca le había sucedido hasta entonces). Estaba habituada a ser el bicho raro, a guardarse la mayoría de las cosas para ella misma y a jugar a adaptarse a su entorno o situación para, en definitiva, sobrevivir. ¿No era lo que hacían todos los adolescentes, acaso? Dejar por el camino un poquito de quienes eran para no sentirse desplazados, para encajar en el contexto. Ella no cambiaba quien era con SLS, que ya era mucho —eran sus mejores amigos y, hasta donde sabían, la aceptaban con sus rarezas—; Lola tan solo se dejaba en el tintero ciertas cosas que, de otro modo, de ser otro tipo de persona, hubiera compartido de manera natural con sus mejores amigos.

Aunque hubiese sido curioso ver en sus rostros el *shock* tras la noticia de que se había descargado la app que ellos mismos le habían recomendado y que en ella había conocido a alguien, Lola no estaba preparada para todo lo que podía venir después. Primero, porque era demasiado pronto, y ella ni siquiera conocía a Jon en persona, lo que de seguro se volvería un gran tema de conversación con Sheila y Sam, quienes la pondrían más nerviosa dibujándole un mar de dudas y posibilidades al respecto. Segundo, porque sabía que, pasada la sorpresa, Lola tendría que hablarles de él, de ese espacio íntimo que compartían y que ni ella misma había abierto para ellos dos; era algo que le gustaba como estaba: imperturbable, inalterable por el exterior, era de ellos dos y nadie más. Por último, si todavía necesitaba más razones para ratificarse en su decisión, estaba convencida de que ambos, en cierto modo, pondrían el grito en el cielo si Lola era honesta y les contaba que Jon era mayor que ellos (quizás no al inicio, pero los conocía). Llegaría el día, de ser así, de verlo necesario, que les hablaría de Jon y tendría que pensar en cómo hacerlo. De momento, sin embargo, se limitaría a perder esa apuesta y a pagarles la merienda a sus amigos, en silencio, como solía hacer en la mayoría de las ocasiones.

Esa misma tarde, Lola subió por las escaleras en vez de esperar el ascensor en el vestíbulo, y alcanzó la puerta de casa en apenas unas cuantas zancadas. Su puño apretaba las llaves con cólera y al entrar en casa cerró la puerta de un portazo, llevándose con ella pasillo adelante el impulso del aire que había generado. Carla, que estaba en la cocina, chilló al otro lado de la pared.

—¡Cuidado con la puerta!

Carla asomó la cabeza para ser testigo de cómo Lola se dirigía rauda hacia su cuarto, donde dio otro sonoro portazo al entrar.

—¿Qué te he dich...? —masculló Carla más bien para sí misma.

Ya en la seguridad de su cuarto, Lola se deshizo de la chaqueta y dejó tirada su bolsa de tela de cualquier manera sobre el escritorio, para pasar a bufar y tumbarse en la cama. Tenía el ceño fruncido y prefirió hundir la cabeza en un cojín hasta que se le pasara el enfado, que había arrastrado en el metro desde el centro y en el tramo a pie hasta llegar a casa. Notaba el ardor en el estómago, las pulsaciones todavía a un ritmo alto; tenía que calmarse.

La tarde no había comenzado bien del todo, a decir verdad; Sheila y Sam la habían emplazado en la puerta de una tienda de una cadena de ropa (se pasaron allí diez minutos esperándola, de hecho, pero Lola se había confundido y los había estado esperando en otra tienda de la misma marca apenas un par de calles abajo). Después habían paseado cerca de una hora por un par de establecimientos hasta que Sheila se había hecho con un par de conjuntos de ropa interior (que Lola concebía como altamente incómodos). Ella misma había echado un ojo discreto de pasada mientras acompañaba a su amiga al probador, pero sin hacerse ideas ni querer llamar la atención. Luego habían ido a merendar a uno de sus Starbucks habituales. La mesa del fondo que tanto les gustaba estaba ocupada y se habían conformado con una ovalada y un poco más pequeña. Las cosas se habían empezado a torcer poco después de pedir, mientras Sam les contaba que finalmente había tenido una cita con un chico de Blurred.

—¿Angelo? —preguntó Sheila sorprendida mientras se metía un trozo de *muffin* en la boca.

—Uy, no. Marco.

—¿Sentimos cierta fascinación por el país, por lo visto? —se burló Sheila.

—Quizás se llame Marcos y se ha puesto Marco en la app, no lo sé... —respondió Sam sorbiendo un poco de su *frappé*.

—Pero ¿no se supone que para desvelar la foto en Blurred tenéis que hablar como un montón? —inquirió Lola entonces, haciéndose la despistada.

—Y eso hemos hecho, lo que no le he preguntado si es italiano o no porque es que era lo de menos. Pero hemos estado hablando sin paraaaaar... Creo que me he enamorado, de hecho.

Sheila entonces fingió que se atragantaba con su bebida.

—Jajaja, muy graciosa —dijo Sam—. No eres la más indicada para hablar... ¿Cynthia, *hello*? ¿Cuánto te duró el capricho, tres semanas?

En ese momento un sonido de mensaje entrante proveniente de su bolsillo desconectó a Lola de la conversación, y rescatando el teléfono y apagando las alarmas leyó un mensaje de Jon. Le respondió incapaz de esconder la sonrisa y dejó el teléfono sobre la mesa (y boca abajo) mientras se reenganchaba a las puyas entre Sam y Sheila y le propinaba el primer bocado a una tarta que a Lola le parecía dulce en exceso.

—¿Y ya os habéis visto? —preguntó Lola para acto seguido desviar nuevamente la atención de Sam cuando este les empezó a contar a ambas su primera cita con Marco: Jon había contestado.

El intercambio de mensajes con Jon se repitió un par de veces y entre los bocados, la narración de Sam y las respuestas de Jon, Lola levantaba y bajaba el teléfono sin cesar hasta que cometió el error de dejarlo boca arriba.

—Y sé que me vas a montar el pollo, Shei, *darling*, pero escucha —le indicó Sam—: Marco es el típico que en foto posa y engaña, estira así como mucho la mandíbula para que se le marque y parezca que tiene la cara más afilada. Pero cuando lo vi en persona me quedé a cuadros, porque de cara era igual que en las fotos, pero estaba bastante más gordo de lo que hubiese dicho. ¡Y en serio no me critiques porque es que me da igual...! Estoy como superenchochado...

Sam se había adelantado a justificarse, pero Sheila había perdido parte de la atención en el relato, y en vez de responderle y entrar en una de sus nuevas batallas, se giró hacia Lola y le preguntó directamente:

—¿Quién es J?

Los tres se quedaron en silencio, mirándose, Sam confundido por la interrupción y Lola con un nudo en el estómago.

—¿Cómo? —preguntó desconcertada.

—¿Quién es J? Llevan rato saltándote mensajes en el móvil y estoy como flipando un poco porque tú sudas de tu teléfono como yo de entrarle al trapo a Sam con cosas de gordos... Y aun así llevas veinte minutos que no paras de chatear, así que... ¿Quién es J?

—Uhhh Loooool... —Sam se sumó a la curiosidad de Sheila—. ¿Algo que contar AL FIN? —acabó por chillar Sam, destacando esas dos últimas palabras y haciéndose notar un poco entre el resto de la clientela de la cafetería.

—¿Qué? Nada, nadie. Dejadme en paz...

Lola trató de emplear un tono de voz natural, como restándole importancia para no despertar las alarmas de sus amigos, pero en un despiste, y debido al escaso tamaño de la mesa, Sheila estiró el brazo y se hizo con su teléfono.

—¡Ups, mira! ¡Otro mensaje! —dijo su amiga viendo cómo la «J» aparecía en la pantalla bloqueada una vez más.

—¿Qué haces? Dámelo, no me hace gracia —espetó Lola mostrando su enfado.

—¿Cuál era el código? ¿Tú te lo sabías, Samy?

Sam se sumó al juego y cuando Lola trató de arrebatarle el móvil a Sheila, esta se lo pasó a Sam y ambos juguetearon con la pantalla, probando códigos aleatorios, burlándose, mientras el enfado de Lola se acrecentaba por segundos.

—¡Ay, que sigue escribiendo! —chilló Sam con emoción al ver cómo la «J» seguía apareciendo de manera repetida.

—¡Que me lo deis! —acabó chillando Lola, ya de pie, alargando el brazo a modo de demanda—. Iros a la mierda... —masculló llena de ira.

Sam y Sheila nunca la habían visto tan alterada en el pasado, al menos no con ellos, y se quedaron un poco petrificados. Fue en ese momento cuando Lola aprovechó para arrancarle el teléfono a Sam de las manos, hacerse con su bolsa y su chaqueta y salir de allí sin tan siquiera dirigirles la palabra.

—¡No hace falta que te pongas así, tía! —le gritó Sam mientras Lola abandonaba el local hecha una furia.

Habiéndose tranquilizado un poco, y ya tumbada en la penumbra de su cuarto, Lola recuperó el móvil de la bolsa para poder prestarle toda la atención que se merecía a los mensajes de Jon que había dejado sin contestar por culpa de SLS, quienes, de hecho, ya habían copado el chat con mensajes de disculpa intentando quitarle hierro al asunto (Sheila hasta se ofrecía a llevarle a su casa el trozo de tarta que Lola apenas había probado). Lola no tenía ganas de perder ni un segundo en ellos y silenció el grupo por unas horas, al menos hasta que se le hubiese pasado un poco el enfado. Acto seguido, comenzó a escribir su respuesta a Jon y empezó a contarle lo enfadada que estaba con sus amigos cuando, tras un par de líneas redactadas, paró de teclear y se lo pensó mejor. Borró el mensaje y escribió otro, esta vez más corto, y en absoluto en línea con lo que venían hablando o como respuesta a los mensajes de él. Un mensaje que había esperado suficiente para mandar, pero que en ese instante tenía la certeza de no querer posponer más:

> Lola
> Quiero verte

Esa tarde iba a ser un punto y aparte. No sabía si su repentina furia se debía a la estupidez de sus amigos, al miedo de Lola a que descubrieran a Jon, o a una posible envidia de que Sam estuviese tan obnubilado de su encuentro en persona con el tal Marco, mientras que ella seguía al otro lado de la pantalla por voluntad propia. Además, estaba convencida de que la «relación» que había establecido su amigo con ese nuevo chico no era ni una pizca de profunda si la comparaba con el nivel de intimidad que Jon y ella estaban alcanzando. «O te comportas como una déspota o no te atreves a abrir la boca para decir lo que piensas o pedir lo que quieres», pensó Lola, decepcionada consigo misma. Por eso lo había pedido.

> Lola
> Si, quiero verte. Quiero verte

Volvió a escribir, ratificándose, ratificándolo a él, constatándolo.

Jon había sido sensible hasta el momento y había dejado espacio para que fuese Lola la que pautase el ritmo, para que fuese ella la que tuviese siempre en su mano la decisión final y el tema de conocerse en persona no se diluyese en una sugerencia por parte de él que acabaría rechazada. Era hora de que ella fuese sensible también con él, con lo que los dos deseaban, y no alargase lo obvio de manera innecesaria.

Lola
Qué opinas? Lo hacemos? Nos vemos?

Jon
¡Por fin! Me muero de ganas de verte

17

Era un martes por la noche, Lola volvía del centro y nada más cruzar el umbral de casa se fue directa al cuarto, donde al cerrar la puerta continuó hiperventilando. Hacía tiempo que no experimentaba un ataque de ansiedad de esos y a cada segundo que pasaba detectaba otra cosa nueva sucediéndole a la vez: el ritmo cardíaco acelerado, la respiración agitada, las palmas de las manos sudadas, pero frías a la vez y un estado de alteración tal que, a medida que veía que perdía el control, acabó por hacerla sollozar. Entre bocanadas de aire seguidas y lágrimas rodándole por las mejillas, Lola no sabía qué hacer para erradicar de su cuerpo la sensación de que el corazón se le iba a salir del pecho, de esa bola que parecía crecer en tamaño en la boca de su estómago. Y todo porque había conocido a Jon en persona.

Jon la había emplazado en la esquina de una arteria principal con una pequeña callejuela que daba al casco antiguo; ambos estaban determinados a no posponer el encuentro una semana más, una vez habían decidido que tendría lugar, y Lola empezó a prepararse nada más volver del instituto. Se encerró, como siempre, en su cuarto, aunque esa vez a hacer algo que jamás había hecho hasta la fecha: pensar y decidir qué ponerse. Le dio vueltas y abrió el armario pasando perchas, pensando en la percepción que podría tener Jon de ella, de qué dirían esas prendas a primera vista. Lola sabía con qué objetivo las empleaba, pero hasta ese momento nunca le había importado la imagen que proporcionaran sobre ella. En realidad, acabó concluyendo, no tenía mucha más opción, y era clave sentirse cómoda en un momento tal, por lo que se quedó como estaba, como iba vestida siempre, con un jersey XXL, unos pantalones palazo, unas zapatillas deportivas y la gabardina de hombros anchos que le caía como una sábana hasta los tobillos. Su melena corta despeinada y su habitual *totebag* de tela (tenía una colección que se podía contar por decenas) fueron sus complementos y lo último que atusó en el espejo de la entrada —como veía hacer a su madre— antes de marcharse.

Abandonar el mundo de la pantalla no resultó difícil, y en los primeros minutos de encuentro la incomodidad se disipó: eran Jon y Lola, al fin y al cabo. Habían hecho videollamadas, se habían contado miles de cosas, hablaban todos los días, y se habían escrutado mutuamente las voces, los rostros, los dejes... Lo único extraordinario, por señalar algo, fue que Lola no se había esperado la diferencia de altura (cosa imperceptible a través del teléfono) y le sorprendió tener que mirar hacia arriba. No estuvieron mucho rato allí de pie, en la intersección, y Jon pronto la llevó a callejear hasta plantarse delante de un establecimiento, frente al que señaló el rótulo: se trataba de la librería más antigua de la ciudad.

—He pensado que en vez de invitarte a un café aburrido podía invitarte a algo mejor... —dijo antes de que se adentraran juntos en el establecimiento.

El trato se estableció rápido, cuando tras pasear entre las primeras mesas de libros Jon se acercó a Lola por detrás y con su voz suave y pausada le dijo que podía escoger el libro que quisiera, que él se lo compraría; ella, a cambio, se ofreció a costear los cafés posteriores. «Hecho», espetó él con una sonrisa gracias a la cual Lola pudo ver en directo y de cerca el colmillo izquierdo ligeramente montado que percibía en las fotos.

Le resultó difícil pasearse entre las baldas, admirar el local y hacer una búsqueda consciente de algo que le llamase la atención porque su mirada seguía a Jon, porque tenía más curiosidad por él que por cualquier libro expuesto allí. Se le escapaba de soslayo, disimulando, para verlo caminar con su camiseta blanca y su chaqueta azul de punto a juego con los pantalones vaqueros; cómo estiraba el brazo para hacerse con un libro de las estanterías, cómo buscaba su mirada cada poco rato y le sonreía. Parecía haberse tomado muy en serio la elección del lugar, y cada pocos minutos Jon seleccionaba algún ejemplar y se acercaba, pegando su cuerpo al de ella, obviando que no había nadie más allí y que no tenía necesidad de ajustar la distancia por obligación. Lola era incapaz de pensar en tramas o sinopsis mientras sus hombros se rozaban, mientras la mano de Jon se apoyaba en su espalda cuando él se inclinaba para hacerse con un ejemplar apilado frente a ella, cuando le explicaba mirándola fijamente por qué ese libro en cuestión le había llamado la atención para ella. A Lola le resultaba casi imposible darle la réplica de los libros de autores que él escogía cuando la miraba de esa manera, como si no hubiera nada más en la sala, como si su concentración estuviese al 300 por ciento en los ojos de ella, inclinando incluso la cabeza hacia delante, cerca de su rostro, con un lenguaje no verbal que decía «tienes toda mi atención». Lola no se decepcionó, más bien al contrario, cuando comprobó al verlo interactuar con la librera que esa era una manera habitual de hacer de Jon; Jon tenía esa aura, esa necesidad de mirar con intensidad a todo el mundo, con una sonrisa constante en sus ojos que bajaba las defensas de cualquiera.

—¿Tenemos finalistas? —le preguntó inclinándose sobre ella un poco más de lo que Lola estaba acostumbrada.

Lola levantó dos ejemplares, uno en cada mano, frente a él. Jon se hizo con ellos para leer las sinopsis y en su gesto Lola fue consciente de la manera íntima en la que Jon le había rozado las manos, regalándose en no posar sus dedos tan solo en el lomo del libro. Si cerraba los ojos, podía incluso distinguir el calor y el sonido de la respiración de Jon sobre ella. Para ser alguien que odiaba ser tocada (y que había temido en parte el encuentro por esa razón), Lola percibió una electricidad en la piel de Jon cuando entraba en contacto con la suya que no le producía rechazo.

Lola al fin se decidió por uno de los dos (una autora japonesa, ya que tenía curiosidad por el reciente *boom* literario de autores nipones traducidos) y Jon, entonces, se hizo con el otro.

—¿Nos quedamos los dos? —preguntó ella desconcertada.

—Este es para mí, así cuando los acabemos de leer nos los podemos intercambiar. Mejor, ¿no?

Lola no pudo ocultar la sonrisa cuando lo vio hacerse con ambos ejemplares y le pidió a ella que, por el momento, le guardase el suyo en su bolsa de tela.

Pasaron el siguiente par de horas paseando y tomando algo. En la cafetería bistró a la que Lola lo había llevado, Jon se pidió un té y ella luchó contra las fuerzas que llevaba dentro y que la removían para no interrumpirlo mientras hablaba y decirle que estuviese atento a los tres minutos de reloj para que el té no se sobreinfusionase; era demasiado pronto para sacar a relucir su faceta obsesivo-compulsiva. Sin embargo, Jon captó cómo los ojos de Lola se desviaban sin cesar de los suyos a la bolsita dentro de la taza aguada y cuando el reloj de arena descargó su último grano, Jon paró de hablar y sacó la bolsa de dentro de la taza con cuidado. Él hizo un gesto de satisfacción hacia ella, pero no le dijo nada más, y ella sonrió y continuó la conversación.

Cuando había oscurecido, y tocaba despedirse ya, Jon la

acompañó un par de calles desviándose de su ruta hasta la parada de metro.

—¿Y ahora qué? Ahora que ya está... que ya nos hemos visto —dijo ella sin querer dignificar la despedida de ningún modo en particular.

—Ahora tenemos que acabar lo que empezamos. Cuatro minutos, ¿recuerdas? —dijo él estableciendo el cronómetro en su reloj digital y adquiriendo una postura erguida de la que Lola se rio.

Se quedaron de pie frente a la parada de metro, mirándose con intensidad, sonriendo de vez en cuando de forma nerviosa, durante cuatro minutos que en realidad se hicieron, para sorpresa de ambos, cortos. Ante el sonido de la alarma de su reloj, que los avisaba de que el tiempo ya había transcurrido, Jon no abandonó el rostro de Lola, sino que pasó a mirar su boca y, cuando ambos llevaban en silencio unos segundos de más, sin querer interrumpir el final del experimento, Jon estiró la mano para rodear con ella la cabeza de Lola y se dispuso a besarla. Lola observó el sutil gesto de él de sacar apenas la lengua para humedecerse los labios antes de acercarlos a los de ella (por deseo, o por deferencia a ella, no lo sabía). Jon acompañó con la mano la cabeza de Lola y se aproximó hasta tener su rostro pegado al de ella, pero esperó en el umbral de su boca un segundo con los labios entreabiertos. Lola espiró y Jon entonces, y solo entonces, la besó; fue un beso sutil, muy suave al inicio, acompañado del dedo pulgar de Jon que, sobre la piel del rostro de Lola, le acariciaba la mandíbula y el pómulo. Lola no sabía muy bien qué hacer y se dejaba guiar, abriendo la boca y permitiendo con ese espacio que sus lenguas se entrecruzaran puntualmente de manera no invasiva. Jon dejó la mano en su rostro cuando se separaron y le acarició de nuevo la mejilla antes de despedirse, esperando a verla marchar escaleras abajo antes de darse la vuelta y emprender su camino.

La sensación, de vuelta a su cuarto, no parecía querer abandonarla. Seguía hiperventilando y empezaba a marearse. Se hallaba confusa, vulnerable física y emocionalmente. Todavía podía percibir el pálpito sobre su cuerpo en todos los sitios en los que Jon había posado sus manos. Notó un latigazo en el estómago y, antes de dejarse dominar por el siguiente, abandonó su cuarto corriendo en dirección al lavabo y allí, levantando la tapa del retrete, se deshizo de toda esa bola invisible que se había generado dentro de ella esa tarde y vomitó.

Las quedadas comenzaron a hacerse habituales entre Lola y Jon: tardes tras el instituto (y siempre después de que Lola acabase sus deberes y Jon saliese del trabajo), algún viernes dilatado que rozaba casi la noche, sábados a mediodía o domingos por la tarde... Lola salía de casa confiada de sus atuendos, en algunas ocasiones más arreglada que en otras, y Jon la recibía siempre con una sonrisa, lo que la hacía estar cada vez más cómoda en su presencia. Las siguientes veces que se vieron, pasado el primer encuentro y quizás por su desconocimiento o expectativas, Lola esperó que Jon mostrase cierta iniciativa a la hora de besarse (si bien sus ganas de recibirlos eran proporcionales a su incapacidad de pedirlos o ser quien los diera). Sin embargo, percibió un patrón en cuestión de pocos días; Jon siempre estaba muy cerca de ella —la distancia entre ambos apenas podía acortarse más—, pero medía mucho las veces que la besaba o que entraban en contacto, como no queriendo banalizar los gestos, como si por la escasez sus besos creciesen en valor. En cuanto al resto de los gestos, se rozaban las manos, los codos, los brazos, incluso una tarde que pasaron por delante de una pastelería francesa y se llevaron un par de gofres para merendar por la calle, Lola le dio a compartir un trozo del suyo y cuando él fue a morderlo rozó de manera intencionada el dedo de ella con sus labios, regalándose en el gesto, casi con provocación.

Por mucho que ella llegase a pensar que Jon captaba su animadversión al contacto ajeno y pudiese estar respetando su espacio, poco a poco, y con apenas un par de encuentros, Lola ya estableció que la tensión sexual entre ellos iba en aumento de manera intencional. Jon no estaba respetando a Lola, estaba haciendo que lo anhelara en pequeñas dosis. Lejos de lanzarse a experimentar con las posibilidades sexuales que le brindaba el inicio de su relación física, como quizás hubiese hecho otra chica de su edad, Lola decidió entonces aceptar las reglas y comenzó a jugar al mismo juego que Jon, midiendo las distancias y los gestos, buscando elevar la excitación para provocarse mutuamente.

—¿Adónde me llevas? —preguntó ella un sábado que Jon la arrastraba de la mano por la calle con la intención de cruzar por medio del asfalto.

—Me siento aventurero hoy. He tenido una idea... —Sonrió él con picardía señalándole una tienda de ropa interior en la acera contraria y que Lola reconocía por haber estado con Sheila, no mucho tiempo atrás, en su tarde de compras.

Por un momento Lola se vio presa del pánico, pero la manera en la que Jon acariciaba el dorso de su mano con el pulgar al cruzar la hizo calmarse y le devolvió la sonrisa.

—No quiero que pienses nada raro, ni que soy un pervertido —dijo él parándose frente al comercio, antes de entrar.

—¿Te excita ver a menores de edad en ropa interior? Pensaba que eso era algo que los de vuestra clase solo hacíais por internet...

—¿Qué hemos dicho sobre los chistes de menores?

—Perdón... pervertido. Con lo divertido que puede llegar a ser el tema... Va, dime, ¿qué tienes en mente?

—Quiero sacarte de tu zona de confort.

—¿En bragas? —preguntó Lola extrañada y Jon rio.

—Por ejemplo, o con cualquier cosa. Creo que es mejor que vayamos descubriéndonos poco a poco, en pequeñas pruebas, antes de lanzarnos a sobarnos de manera torpe y decepcionarnos.

—Guau, qué mal *feedback* has debido de tener en el pasado...

—Eres una maltratadora, *lab rat*...

—Me gusta. La idea, digo. ¿Esta es tu primera prueba?

—Sí. Y luego dejaré la pelota en tu campo.

—¿Y qué tengo que hacer?

—Nada difícil: entramos, seleccionas las prendas que JAMÁS hubieras escogido para ti, y te las pruebas.

—¿Y el precio a pagar es que me las ponga para ti? —Sonrió Lola ladeando la cara con obviedad.

Jon volvió a carcajearse y rompió la distancia mínima que los separaba para pasar los nudillos de su mano por las mejillas de Lola.

—No, que te las pongas para ti. Que lo disfrutes, que te hagas a ellas... que te sientas cómoda.

A primera hora de la tarde, y poco después de que Naya se hubiese ido y ella se quedase nuevamente a solas, Lola rescató de su cuarto la pequeña bolsa que salvaguardaba el conjunto que Jon le había comprado horas atrás y se aventuró en el lavabo para probárselo delante del espejo. En la tienda se había centrado más en el juego y en mostrarle a él su selección, evitando a toda costa prestar atención al reflejo del espejo del probador. Sin embargo, Lola tenía curiosidad por aquello que habían visto los ojos de Jon, aquello que había hecho que él carraspease y con una sonrisa pudorosa que casi había enrojecido sus mejillas le hubiese dicho que ese conjunto no se podía quedar en la tienda.

Le costó enganchar los corchetes del sujetador, ya que estaba acostumbrada a las mallas deportivas o a los sostenes de gancho frontal y elástico, mucho más cómodos a su parecer. Observó el ribete negro alrededor de la blonda, las tiras cubiertas con una especie de enredadera que le escalaba el pecho hasta alcanzarle las clavículas, la pequeña línea marcada en el escote que veía acentuar sus pechos, juntándolos, por primera vez en su vida (Lola tenía poco pecho y siempre había evitado prestarle atención a su crecimiento). Coló el dedo por el borde de la cinta elástica de la braga, a juego con las tiras de enredadera, y comenzó a siluetear la forma sobre sus glúteos, siguiendo la pauta de la goma, mientras se examinaba en el espejo de manera frontal, sin tapujos. Eso había visto Jon. Esa era ella.

Al llegar a la parte interior de los muslos, excitada, Lola hizo el ademán de colar un dedo dentro mientras seguía observando su reflejo en el espejo. Sin embargo, un ruido en el rellano la asaltó y pensando que Carla estaba entrando en casa, se abalanzó hacia el picaporte y se apresuró a cerrar la puerta del baño con llave; en un instante, el pánico a que la viera así la asoló por completo, enfriándole todo el cuerpo. Segundos después comprobó que el golpe provenía del hueco de la escalera, y con las pulsaciones elevadas y de nuevo incómoda, se cubrió con el jersey y volvió a su cuarto, donde recuperó su ropa interior habitual y escondió el conjunto detrás de la balda de una de sus librerías.

Pasado el rato, y pensándolo bien, Lola se dio cuenta de que, de hecho, no recordaba la última vez que se había cruzado con su madre por casa. Hacía ya un par de semanas que Carla parecía pasar cada vez menos tiempo allí y, si bien era cierto que habían comenzado a hacer vidas prácticamente separadas —eso Lola lo tenía asumido—, antes solían coincidir como mínimo por el pasillo o en la cocina. Había estado tan obnubilada por su relación y sus quedadas con Jon que no había percibido que la presencia de su madre se había evaporado del piso, y su existencia tan solo impactaba la vida de Lola a través de mensajes de texto, ingresos en su tarjeta y el sonido al otro lado de la pared a última hora de la noche o a primera de la mañana, un sonido diferente al habitual: el sonido de Carla sola. Las escenas de hombres entrando y saliendo hacía muchas semanas que habían dejado de sucederse, lo que le dio a Lola la confianza, pensándolo bien, de reconquistar la casa poco a poco, por lo que en los siguientes días comenzó a no abandonar la cocina corriendo tras acabar la cena, o bien a terminar la lectura de su libro o chatear con Jon desde la comodidad del sofá del salón, sin el miedo latente de antaño a ver entrar de frente a su madre acompañada. Al menos, de momento, pensó.

18

Era casi inevitable, y Lola odiaba tener que admitirlo, por eso pasaba por encima del pensamiento cuando este la visitaba, pero se había enamorado de Jon (debido a las treinta y seis preguntas o no, eso jamás lo sabría). Estaba enamorada de la idea de ambos, de quién era ella a su lado, de las cosas que la hacían sonreír, del amplio abanico de posibilidades que se había desplegado frente a ella; hacía apenas unos meses sus alternativas eran estudiar, leer, quedar con Sheila y Sam y pasar mucho rato dando tumbos entre los pensamientos de su cabeza. Meses atrás la única manera que conocía de excitarse era escuchar a su madre gemir en el cuarto de al lado; ahora, en cambio, cada mirada de Jon, cada roce con sus dedos, despertaba su entrepierna de manera espontánea y natural, de manera sana incluso, quería pensar.

La reiterada ausencia de su madre también había hecho que bajara la guardia, aunque por una cuestión circunstancial que le había venido como anillo al dedo, no le importaba quedarse las noches en su cuarto porque no se sentía encerrada en el mismo, y porque aprovechaba esas horas para pasarlas junto a Jon de manera telemática. Las videollamadas no habían tardado en evolucionar y Jon y Lola veían películas juntos compartiendo la pantalla, cada uno desde su casa; también escuchaban a la par los mismos *podcast*, y Lola aprovechaba y se tumbaba en la cama, ladeando el portátil sobre la almohada y colocando la cabeza de Jon a su lado. Él se quedaba mirándola y escuchándola respirar al otro lado de la pantalla, tan solo iluminada por la luz del ordenador, en vez de abandonar la videollamada cuando Lola caía dormida con la cámara todavía encendida...

—¿Ese es tu cuarto? No lo parece... —dijo él cuando Lola activó la cámara del ordenador de mesa de su escritorio.

—Es que desde aquí tienes otro ángulo... —respondió ella señalando el fondo y las paredes que Jon nunca veía cuando hablaban desde la cama.

—Déjame ver, déjame ver... —Jon movió la cabeza, como si pudiese encontrar ángulo para ver por encima del hombro de Lola, y con un gesto le pidió que se apartara entre las risas de ella—. ¿Eso es un póster de *Cumbres borrascosas*?

—¿Qué te esperabas, un póster de Shawn Mendes?

—¿Quién?

—Me voy... —dijo Lola fingiendo que desaparecía y dejando la apertura por completo del plano para él—. Se me olvidaba que habías nacido en 1940...

Jon tuvo entonces acceso al mundo de Lola, al lugar donde muy pocas personas entraban (ni siquiera Sheila y Sam pisaban su habitación): a las montañas de libros apiñados e incapaces de seguir un orden concreto, a las baldas de las estanterías cedidas por el peso y que Carla se cerraba en banda a cambiar por más librerías «de mierda» de Ikea teniendo muebles de calidad para ese uso y en perfecto estado en el pasillo y en el salón. Lola se negaba a sacar sus colecciones fuera del cuarto, Carla se negaba a que Lola siguiese atrincherándose en su habitación, y por eso la estancia parecía el comercio antiguo de un librero loco que acumulaba volúmenes en montañas por las esquinas.

—¿Y cuál es la pared que da al cuarto de tu madre? —Jon

pilló a Lola por sorpresa con la pregunta—. Perdón, ¿lo he dicho muy alto? Espero no estar en altavoz...

—No, tengo los auriculares... —señaló Lola primero a sus orejas, luego inclinó la pantalla hacia abajo para que viera la cama y la pared junto a la que estaba pegada.

—¿Qué? —preguntó Lola con una media sonrisa ante el silencio en el que Jon escrutaba su cama.

—Nada... —respondió él.

—¿Estabas pensando en otra prueba?

—Ciertamente, es mi turno. Pero no, no de momento...

La anterior vez que habían «jugado», como ya se referían a sus pruebas, había sido el turno de Lola para escoger. Ella había sugerido que ambos fuesen a un establecimiento —al inicio no tenía definido muy bien de qué, tal vez de libros de texto o con un entorno familiar— y se hiciesen pasar por padre e hija (Lola incluso se había preparado para interpretar el papel porque, si quería, podía parecer más joven de lo que era en realidad). Jon había dudado de la propuesta, o al menos de las intenciones de Lola, pero comprobó *in situ* la diversión de jugar a confundir a los empleados de una pequeña tienda de deportes que los atendieron entre las caricias extrañas y para nada paternofiliales que ellos se iban propinando mientras preguntaban por diversos productos. Sin habérselo esperado, aventajarse de la diferencia de edad que los separaba resultó hasta emocionante y excitante (en especial cuando Jon entró a ver cómo Lola se probaba unas mallas de deporte e hizo comentarios frente a la dependienta de cómo se ajustaban a su cuerpo).

—¿Crees que la chica se podría desmayar si te beso mientras pago? —había susurrado Jon al oído de Lola en su camino a caja.

Esas mismas mallas, que habían resultado ser mucho más cómodas de lo que Lola hubiera pensado, eran las que llevaba puestas a todas horas por casa, en especial cuando hacía videollamadas con él.

—Al final fueron una buena compra... —dijo él desde la pantalla mientras veía a Lola subirse a la cama para alcanzar el libro de la autora japonesa que él le había comprado en la primera cita, y que Lola había devorado ese mismo fin de semana.

—Tenía mis dudas, pero acertaste... Oye, ¿te lo llevo cuando quedemos? Y tú me traes el tuyo, si te lo has leído...

—Estaba pensando que la próxima vez podías venir a casa a por él, y así puedes someter a escrutinio mi cuarto en directo...

Lola sonrió.

El siguiente sábado por la tarde Lola llegó al trote con el objetivo de regresar a tiempo para poder ver a Jon por videollamada, aunque fuese un rato (el único que habían podido robar de un fin de semana que parecía infernal para encontrar el momento oportuno). Primero porque Lola había tenido que acompañar por la mañana a Naya a la compra semanal, y segundo porque Jon no estaría después en casa, ya que tenía planes para cenar con sus compañeros del trabajo. Solo les quedaba el inicio de la tarde, pero Lola no había podido escaparse de su plan de sábado con SLS bajo pena de muerte, por lo que su encuentro se había reducido a media hora robada entre planes y a través de la pantalla.

—Perdón, perdón, perdón... —exhaló ella casi sin aliento tras apresurarse a responder a la tercera llamada de Jon, después de haber rechazado las anteriores.

—Creía que te había pasado algo... Joder, me tenías preocupado ya —dijo él mientras Lola conectaba su cámara.

—No, no, es que pensaba que podría librarme del plan antes y llegar a casa, pero...

—Habérmelo dicho —le reprochó él—, llevo un rato esperando.

Lola se sintió culpable; Jon tenía razón. Había pasado las últimas horas en casa de Sheila con Sam, tirados en el sofá después de haber pedido unas pizzas para comer, viendo como afuera una gran ventolera los anclaba todavía más en casa. Lola había calculado que cuando saliesen hacia el centro, como cada tarde de sábado, fingiría alguna excusa para poder escaparse, pero allí dentro, bajo la manta, y en mitad de una maratón de episodios de una serie cuya primera temporada Sheila y Sam se habían propuesto acabar del tirón, no fue capaz de pensar ninguna manera de escabullirse. Había aprendido, además, de sus errores, y el teléfono móvil se había quedado guardado a buen recaudo en su mochila, sin volumen y con la pantalla a mínimo de energía (razón por la que tampoco pudo fingir que recibía una llamada urgente de su madre). En el reloj de pared del salón de casa de Sheila había visto pasar las horas, retorciéndose en su lado del sofá, angustiada ante la idea de no poder ver ni hablar con Jon, tal y como habían quedado, pero, sobre todo, de que él se enfadase.

—Pero ¿por qué no te has ido? Si no querías estar allí... —dejó caer él todavía con dureza en la voz.

—Bueno, porque... —A Lola le resultaba difícil de explicar—. Son mis amigos... —susurró.

—Pues entonces con más razón.

—Ya, pero últimamente estoy pasando mucho de ellos y ya llevo demasiados desplantes, no quiero que se enfaden conmigo...

—Joder, Lola, pero ¿a costa de qué? ¿De dejarme colgado? Porque si al menos te lo estás pasando bien y te apetece estar allí, y ellos están por ti, pues mira... ¿Entiendes lo que te quiero decir?

—Ya...

—Pero si me dices que aún encima se burlan —Lola le había contado el incidente del móvil—, y tienes miedo al qué dirán de nosotros... No sé, no me parece que se vayan a llevar el premio a los mejores amigos del año, la verdad... Es igual, ahora ya está, ya lo has estropeado. Si quieres ya hablamos mañana, ¿vale?

—Pero ¿te tienes que ir ya? —Lola intentó no caer presa de la desesperación que se coló en su voz; no había recuperado siquiera el aliento y Jon se disponía a colgar.

—Mejor que sí, además no quiero llegar supertarde, al menos. Te estaba esperando, pero de hecho han quedado antes para hacer las previas y llevan un rato de tascas, lo que ya me he perdido. Pero escucha... —Jon moduló la voz y cambió el tempo a uno más pausado y suave—, puedes compensármelo de alguna manera.

—¿Con qué? —preguntó Lola.

—Ya he pensado la siguiente prueba.

Por suerte para ella, y para poder llevar a cabo esa misma noche la prueba de Jon, Lola se había cruzado con su madre esa mañana antes de ir al mercado y esta la había hecho partícipe de sus planes de pasar el día fuera de casa, por lo que Lola, viendo el reloj, calculó que tenía vía libre al menos durante un par de horas todavía. Estaba, además, convencida de que, si seguía el patrón reciente, Carla volvería sola, así que no tenía ninguna razón para preocuparse.

—No puedo dejar de repetir en mi cabeza las imágenes de los probadores de la tienda de ropa interior... —había dicho Jon, seguido de una carcajada de Lola—. Lo sé, soy un hombre más débil de lo que pensaba, mira en lo que me has convertido. Pero no puedo parar de pensarlo, no puedo parar de visualizarte...

—¿Y quieres que te haga pase privado del conjunto? —preguntó ella.

—No —dijo él con rotundidad en una voz que sonó un poco más grave de lo habitual—. Quiero más.

Una vez abierta la veda de hablar con él de la vida sexual de su madre, Lola no había escatimado en detalles, quizás por eso Jon había tenido la idea y tampoco es que pidiera nada imposible: quería que Lola se colase en el cuarto de Carla, se probase su ropa interior más sexy —«esa que no te atreviste a seleccionar en la tienda por cobardía, pero que seguro que tu madre tiene»— y le enviase fotos.

—Siguiente nivel, ¿eh? —Suspiró Lola ante el requerimiento.

—¿No te atreves, *lab rat*?

A decir verdad, Lola no estaba familiarizada con el contenido de los cajones de la cómoda o del armario de su madre. Nunca había tenido el más mínimo interés por las piezas de ropa caras o de diseñador de Carla, ni había sido una adolescente que compartiese prendas con su madre, por lo que aplicó la deducción y buscó primero en los cajones más pequeños y apartados. Al tercer intento dio en el clavo, y se hizo con un sujetador rojo granada de encaje anudado al cuello que, para ser de su madre, no le quedaba tan grande en el pecho como hubiese esperado. Rebuscó sin desordenar hasta encontrar la braga a juego y dejó su ropa hecha una montaña a los pies de la cama para enfundarse el conjunto completo. Cogió el móvil para hacerse una foto en el espejo a cuerpo entero del vestidor, pero antes de mandarle nada a Jon descartó las imágenes porque bajo el foco se veía muy pálida y deslucida. Entonces tuvo una idea y se coló en el baño de su madre, donde rebuscó entre los neceseres sobre el mármol de terrazo del lavabo hasta encontrar el del maquillaje.

Con los ojos mal perfilados, las pestañas pintadas, los labios oscurecidos por un tono similar al conjunto que llevaba puesto y los pómulos sonrosados, Lola se contempló de nuevo en el espejo y se vio sobrecogida por el parecido que compartía con su madre, tanto que se le hizo extraño no haberse percatado de ello hasta el momento. Quizás era el maquillaje que la hacía parecer mayor, o el conjunto en general, pero Lola podría pasar por una versión joven de Carla sin duda. Había visto fotos de cuando Carla tenía su edad en el álbum que la abuela Nora guardaba en las estanterías del salón de su antigua casa, cuando ambas vivían con ella, cuando el cáncer de mama todavía no se la había llevado. Pero incluso ahora, incluso sin necesidad de recurrir a una Carla casi veinteañera en los años previos a quedarse embarazada y tenerla a ella, Lola podía apreciar el parecido. Solo le fallaba la longitud y el color del pelo y el tamaño del pecho. Quizás ella estaba más delgada y su madre tenía las piernas más estilizadas (las suyas deslucían el conjunto de la foto porque se veían como dos palos largos y afilados).

Lola estaba convencida de que su madre tendría entre sus cosas algún liguero de cintura y unas medias de tirantes, posiblemente de encaje, si no a juego con el siguiente conjunto que se había probado, al menos similar. Iba a esperar a ver cómo le quedaban para seleccionar las mejores imágenes y mandárselas a Jon. Tras encontrar el liguero, y observar que aún no conseguía acertar, Lola concluyó que lo que fallaba del conjunto era que carecía de unos buenos zapatos de tacón. No estaba segura de si sabría subirse siquiera a unos (y no entendía cómo su madre podía caminar con tanta facilidad sobre ellos cada día de su vida), pero siguió abriendo cajones en busca de unas sandalias finas que fueran con todo el conjunto, hasta que, a cuatro patas, y arrastrándose por la alfombra, se quedó paralizada frente al último cajón del armario.

Se había esperado la ropa interior sexy, se había esperado los *stiletto* imposibles, pero para lo que no estaba preparada era para la caja de juguetes sexuales de su madre. Un simple vibrador ya la hubiese incomodado (al fin y al cabo, se trataba de su madre, no de Sheila hablándole sin cesar del Satisfyer), pero el contenido del cajón la perturbó y fascinó a partes iguales. Con cuidado, y bastante confusa, Lola sacó de dentro lo que imaginaba que era un arnés de algún tipo (¿para ser usado con su madre? ¿para usarlo ella?). Debajo intuyó las cajas de un par de vibradores (uno más grande que el otro) y al lado, haciendo una hélice, Lola rescató una cadena de silicona con un gancho en un extremo y de la que colgaban bolas de diferentes tamaños.

—¿Qué leches...? —susurró preguntándose por la utilidad de lo que tenía en las manos.

—¡¿Se puede saber qué estás haciendo?! —La voz de Carla irrumpió en el cuarto desde el umbral de la puerta y Lola, asaltada por su presencia, soltó lo que tenía en la mano y se puso de pie, cubriéndose el cuerpo con los brazos.

El rostro de Carla reflejaba su *shock* y sus ojos, rápidos, viajaron por toda la estancia intentando analizar los elementos esparcidos por ella: Lola maquillada, Lola con su lencería, Lola frente al cajón de sus juguetes eróticos, Lola con sus bolas anales tailandesas en la mano... Por un momento Carla se vio confundida por todo lo que no reconocía de la imagen, pero también por lo que reconocía: la figura tan parecida a ella misma que, en ese instante, había parecido suplantarla.

Lola tuvo dos alternativas: avergonzarse y huir, o entrar en cólera y dejarse dominar por la furia. Históricamente, la segunda siempre le había funcionado mejor con su madre.

—Quiero saber cuánto vas a tardar en traerte a tu nuevo novio a casa para usar eso...

—¿Perdona? —preguntó Carla incrédula.

—¿Oliver? O quien sea, tampoco me importa...

—¿Qué tiene que ver Oliver con esto? ¿Y cómo sabes tú...?

—A dos metros de mí, mamá, ¡a dos metros de mí! —la interrumpió a gritos—. ¿O qué te crees, que estoy sorda como una tapia? ¿O que tus amiguitos no hacen ruido? Normal que os oiga cada vez si os dedicáis a jugar con esas cosas... —Lola hizo un gesto de desprecio hacia el cajón.

Hecha un basilisco, Carla abandonó el umbral y se acercó a su hija, tratando de contenerse.

—No quiero tener esta conversación ahora mismo, así que haz el favor de respetarme, que soy tu madre, y ve a cambiarte. Ya hablaremos.

—¿Respetarte? —Lola levantó la voz—. ¿Como tú me respetas a mí?

—Es mi casa y haré en ella lo que quiera. Y mientras tú estés en ella...

—¿Qué? ¿Sigo tus normas? ¿Es eso? ¿Puedes ser más cliché, por favor? —Lola se carcajeó frente a ella al borde de la histeria.

—No sé, pareces seguirlas al dedillo a juzgar por cómo vas vestida. ¿A qué juegas? ¿A ser yo, a ser eso que tanto desprecias? Háztelo ver, Lola... —A medida que Carla seguía hablando, creciéndose, Lola fue empequeñeciéndose frente a su madre, volviendo a cubrirse con las manos el cuerpo, indefensa—. ¿Sabes qué? Empiezo a estar harta de tus desplantes, de que me juzgues constantemente y en mi propia casa, como si no tuviera suficiente con que ya lo hagan ahí fuera. Quizás este rollo pasivo-agresivo que llevas conmigo te funcione, pero he intentado ignorarlo por el bien de las dos y creo que ya no puedo más. ¿Qué te pasa, Lola? ¿Qué te pasa conmigo, por qué me odias?

Lola no aguantó un segundo más frente a su madre. Recogió a gran velocidad sus prendas del suelo y salió del cuarto entre lágrimas de rabia, esquivando a su madre, que rebufó de enfado a su paso sin hacer ningún ademán de perseguirla. Carla se quedó allí de pie, con los brazos en jarras, tratando de respirar y calmarse, y no reaccionó hasta que escuchó a Lola salir de su cuarto y dirigirse hacia el recibidor.

—¿Adónde vas? —gritó yendo tras ella.

—¡Lejos de ti!

Y cerrando la puerta, Lola bajó las escaleras atropelladamente entre lágrimas, sin saber muy bien qué más hacer, y llamó a Jon.

—¿Lola?

—¿Podemos vernos? —dijo ella con la voz entrecortada, ya desde la calle.

—¿Estás bien? Es medianoche casi y...

—No puedo estar ni un segundo más dentro de esta casa. —La voz se le desgarró del enfado mientras huía a zancadas del portal, temerosa de que su madre la siguiera.

—Claro, tranquila. Ven aquí, ven a casa.

19

La liberación que Lola sintió a cada metro que se alejaba de la casa de su madre alivió el nudo en el estómago que se había creado tras la pelea. Caminó unas cuantas calles casi a marchas forzadas hasta alcanzar una de las arterias principales del barrio, donde de seguro tendría mayor oportunidad de ver pasar un taxi libre (el metro estaba cerrado a esas horas y no tenía el temple como para buscar las líneas de autobuses nocturnos, ni ninguna otra alternativa que no fuese llegar a casa de Jon lo antes posible). Cuando por fin apareció en su piso, Jon la abrazó en el umbral nada más abrir la puerta y acto seguido la hizo pasar.

—¿Estás bien?

—Mejor... —susurró ella sin levantar la vista del suelo, avergonzada, con el rostro todavía ligeramente hinchado.

—¿Por qué no vas a lavarte la cara? —Fijándose en la cantidad de maquillaje corrido de la cara de Lola, Jon le elevó la cabeza con un solo dedo bajo el mentón y la miró con dureza—. Esta no eres tú, no te reconozco.

La llevó por el pasillo y le indicó la primera puerta a la derecha mientras él se adentraba en la cocina para preparar un par de infusiones.

Lola se miró al espejo y entendió lo que Jon veía y el rechazo que leyó en su mirada: el pintalabios color escarlata a manchurrones extendidos por la comisura de los labios, la sombra negra de los ojos corrida en sus ojeras... Su rostro parecía una hoja de papel cuya tinta se hubiese difuminado bajo una gota de agua. Se lavó a conciencia y cuando consiguió sacar a base de agua caliente y jabón la mayor parte del maquillaje, salió del baño para descubrir el resto de la casa de Jon, quien la esperaba en el salón con una infusión.

—¿Quieres hablar de ello? —le preguntó él abrazándola cuando ella se hizo una bola a su lado.

Lola negó con la cabeza y se acurrucó bajo el brazo de Jon, doblando las piernas y metiéndolas dentro de su sudadera de tamaño extragrande. Con las prisas apenas le había dado tiempo a sacarse la ropa interior de su madre y enfundarse unos pantalones y una sudadera para salir de allí corriendo, por lo que cuando las rodillas le alcanzaron el pecho dentro de la prenda, Lola recordó que ni siquiera llevaba ropa interior.

—¿Ves? Estás mucho mejor ahora... —dijo Jon levantándole la cara.

Lola coló su rostro en el cuello de él, se irguió y lo besó. Jon esperaba un beso tierno, breve, del tipo habitual que le proporcionaba ella, pero Lola subió la intensidad y velocidad de sus labios contra los de él y Jon no tardó en rodear las mandíbulas de Lola con su mano, sumándose al ímpetu del momento, colando la lengua en su boca. Lola abandonó su postura acuclillada y, a horcajadas, se sentó encima de él, dejando entrever en el gesto su piel desnuda bajo la ropa. Desde el cuello de ella, Jon bajó las manos acariciándole la espalda y metió las palmas bajo la sudadera, rozándole primero la cintura y luego haciéndose hueco hacia arriba.

Él se apartó de su boca y la miró a los ojos directamente, sin decir nada más, sin necesidad de pedir permiso, mientras sus manos seguían elevándose hasta alcanzar los pechos bajo la ropa, momento en el que Lola emitió un ligero gemido. Arqueó entonces la espalda y elevó la cabeza hacia el techo y Jon pudo estirar más los brazos para seguir acariciándola; en el gesto, que la hizo acercar más la cadera a la entrepierna de Jon, Lola notó por primera vez al otro lado de su ropa un pene erecto y, como por inercia, comenzó a moverse en ligeros círculos, buscando el roce, sintiendo que el interior de los muslos le ardía en deseo con tan solo rozarse con él.

Jon retiró las manos de debajo del jersey de ella y, en un movimiento rápido y atlético, la levantó con él sujetándola por las axilas. En el gesto Lola le rodeó la cintura con sus piernas delgadas y largas. Jon avanzó como pudo por el salón hasta alcanzar su cuarto y allí se inclinó sobre Lola, apoyándola con cierta brusquedad sobre la cama. Besándola, Jon le cogió una mano y se la aprisionó contra la almohada mientras colaba la otra por debajo del pantalón, descubriendo directamente el sexo de Lola que, ante la presencia de la mano de Jon, abrió más las piernas mientras gemía y suspiraba de manera acompasada.

Jon se incorporó para sacarse la camiseta, y en el gesto de retirar la mano de dentro de ella, Lola bufó con decepción, cosa que lo hizo reír.

—Shhh, tranquila, que ya vuelvo... —Sonrió.

Tumbada boca arriba y observándolo, Lola alargó los brazos y acarició el abdomen de Jon de arriba abajo hasta alcanzar la cintura del pantalón del pijama —era de cuadros, como le había dicho— y meter la mano dentro, buscando su pene y sujetándolo en ella, fascinada y sorprendida por la suavidad del mismo. Era la primera vez que sostenía uno entre sus manos y no se había esperado que la piel fina y templada fuese tan agradable al tacto. Con curiosidad, quiso incorporarse y Jon se apartó de encima de ella para que Lola también se pusiese de rodillas frente a él. Lola le bajó entonces los pantalones y en el gesto se lo quedó mirando, casi hipnotizada, inclinándose hacia delante para tenerlo más cerca, sujetándolo en la mano y acariciándolo de nuevo.

—Para, para... me haces cosquillas. —Rio él.

Jon la incorporó y se deshizo de la sudadera de Lola. La acercó a él y la volvió a besar, rodeándole la espalda con ambos brazos, acariciándole los omoplatos y volviendo a deslizar la mano hacia abajo hasta colarla por debajo del pantalón.

—Si hay algo que no te gusta... —le susurró él al oído mientras jugaba con el dedo corazón sobre su clítoris y el resto de la palma de su mano se dejaba empapar por el flujo de ella.

Lola gimió muy cerca de su oreja y Jon comenzó a acelerar la velocidad de su dedo.

—¿Era así...? —le preguntó entonces tras besarla, con el aliento entrecortado y los labios todavía dentro de su boca—. ¿Era así como te tocabas en casa?

Lola asintió, abrió un poco más las piernas y cuando el pantalón no cedió al ancho que ella demandaba, apartó la mano de Jon, sintiendo el anhelo automático de su ausencia, y en un gesto rápido se quitó los pantalones. Jon aprovechó el momento y también se deshizo de la única prenda que le quedaba encima, para volver a posicionarse frente a ella en el centro de la cama y seguir tocándola, esta vez con la mano de frente.

Jon comenzó a introducir la mano dentro de Lola al ver que esta se movía hacia delante y hacia atrás, buscando con sus dedos el roce no solo del clítoris. Entonces se situó a un lado de ella, besándole la oreja, y la sujetó con la mano izquierda por la cintura para poder entregarle su mano derecha a placer.

—No pares... —susurró ella con los ojos cerrados, moviéndose sobre la mano de él.

—¿Vas a correrte? —Ella asintió—. ¿Vas a correrte en mi mano?

Lola giró la cabeza y buscó con la lengua la boca de Jon. Él empezó a comerle la boca casi a mordiscos en los embistes finales de Lola sobre su mano, mientras no paraba de mover con bastante violencia, ya al final, sus dedos. Lola comenzó a correrse, y cuando el primer gemido pudo salir de su boca y colarse en la de Jon, cuando Lola escuchó sus propios gemidos por primera vez en voz alta, sin tener que callarse ni contenerse, sin tener que morderse la mano o tragárselos, siguió gimiendo, cada vez más alto, sin poder parar, casi a gritos.

Jon, entonces, ante semejante muestra de placer de Lola, le soltó la cintura y comenzó a masturbarse con la mano libre, incapaz de controlarse ante los gemidos, con la boca jadeando y mordiendo a la altura del hombro de ella. En cuestión de segundos, cuando ella hubo parado de moverse sobre la mano de él, Jon se corrió sobre la pierna de Lola.

Jon regresó del baño, después de haberse aseado, y encontró a Lola tumbada en la cama sobre un costado, completamente desnuda, con los ojos entrecerrados. Estaba tranquila, esbelta, más adulta, casi parecía transformada. Él se acostó a su lado y le hizo una caricia con el dedo, cuyo viaje comenzó en el hombro, se deslizó por el brazo, y pasó por su cintura para perderse en la cadera. Lola abrió los ojos y tras sonreírle su primer impulso fue el de incorporarse.

—¿Adónde vas?

—Voy a vestirme, me da cosa...

Jon la trajo de vuelta a su lado por el hombro.

—¿Qué dices? No... Déjame verte, quiero verte así... Quiero guardar el recuerdo de este momento.

Lola se cubrió de vergüenza el rostro con las manos.

—Tienes que dejarme hacerle una foto a esta curva de aquí... —dijo él señalando y acariciándole el valle que se había creado entre su cintura y sus caderas—. Y a tus pezones —llevó entonces la mano a uno y dibujó un círculo alrededor con la yema del dedo—, y a la sombra sobre tus clavículas, me encanta...

—Ahora sí que me siento una rata de laboratorio siendo estudiada a conciencia...

—Quiero fotos de todo lo que te hace única, hasta del hueco que tienes entre los dedos de los pies, incluso a ese segundo dedo que despunta por encima del gordo en tu pie izquierdo...

Por instinto, Lola escondió bajo la planta del otro pie sus dedos. Jon estaba señalando todos los rincones a los que ella había cogido manía en algún momento de su vida, en especial a su pie egipcio.

—¿Me dejarás? —le pidió él con voz suave acariciándole el rostro y mirándola a los ojos de esa manera tan intensa y característica suya.

—Odio que me hagan fotos.

—Pero yo tengo fotos tuyas, me las has mandado...

—Ya... —insistió Lola—, pero no es lo mismo hacerse fotos a que te las hagan.

—Tienes miedo a perder el control —afirmó él con rotundidad. Lola rehuyó su mirada, pero no dijo nada ni desmintió la afirmación—. ¿Dónde está la gracia, *lab rat*, si no perdemos el control un poco? Además, yo quiero poder ir atrás en el tiempo y revivir una y otra vez las mejores cosas que me han pasado... Registrarlas es la única manera. —Lola levantó de nuevo la mirada y la clavó en los ojos de él, que recortó la distancia entre ambos y la besó con suavidad en la punta de la nariz—. No quiero olvidar nunca este momento...

Jon se hizo con el móvil, que descansaba sobre la mesita de noche, y registró todos los rincones de una Lola que, pese a mostrarse reticente al inicio, acabó posando al final de forma burlona e incluso sexy. Sacando la lengua y haciendo muecas, de cintura para arriba, tapándose la cara con un brazo mientras mostraba su pecho al descubierto... Como un gato retozando sobre el colchón, dando vueltas y exponiendo su abdomen con la comodidad de la confianza, Lola acabó muerta de vergüenza y persiguió entre risas a Jon por toda la habitación detrás del teléfono para hacer una selección editorial y descartar imágenes.

Al rato, Jon le prestó unos calzoncillos y una camiseta interior, él se puso su pijama de nuevo y ambos durmieron abrazados lo que quedaba de noche.

A la mañana siguiente Lola arrastró a un adormilado Jon hasta el baño y, para ayudarlo a despertar, puso la *playlist* que le había creado para ella en su teléfono, que apoyó en la repisa para escuchar la música desde dentro de la ducha. En el gesto, Lola ignoró todas las llamadas y mensajes de Carla. Jon se enjabonó rápido para dejar a Lola el agua caliente suficiente para que pudiera lavarse el pelo (su calentador estaba en las últimas y no acumulaba grandes cantidades, comodidad que Lola nunca había llegado a valorar en su casa, a decir verdad).

—¿Cuál es el código de desbloqueo del móvil? Voy a ponerte una canción que escuché esta semana en el trabajo y que no me ha dado tiempo de añadir a la lista...

—111136 —dijo ella bajo el chorro, aclarándose el acondicionador y empezando a notar cómo el agua perdía su calidez y se templaba por segundos—. Ignora si puedes los ochocientos mensajes de mi madre —añadió con ironía.

Jon estaba trasteando en las pantallas de inicio para buscar la app de música y poner en cola la canción cuando Lola cerró el grifo, salió de la ducha y se hizo con la primera toalla que vio colgada. Él todavía estaba sentado sobre la taza del retrete con la mirada puesta en la pantalla del móvil.

—¿Qué pasa? —preguntó ella.

—Nada, veo que todavía tienes Blurred instalada...

—Pero no es que la esté usando, ni nada... —soltó ella casi a la defensiva—. A veces me gusta entrar y releer nuestros mensajes...

—No es necesario que te justifiques. —Rio él bloqueando el teléfono y dejándolo al lado del lavamanos para acercarse a ella y ayudarla a frotarse con la toalla—. Solo estaba pensando que ahora que tienes novio ya no la necesitas. Si quieres te ayudo a descargar el historial de conversaciones, que no es difícil, y así te la puedes desinstalar.

Lola fue incapaz de ocultar la estúpida sonrisa que reveló su rostro al oírle decir aquello y dejó que Jon continuase restregando la toalla contra sus brazos para secarla.

Cuando se pudo enfrentar después de desayunar a su teléfono y a los mensajes de Carla, Lola determinó que aún estaba enfadada por cómo habían ido las cosas entre ellas y no estaba preparada para pasar por casa todavía. Jon tenía trabajo que hacer, le dijo, y sentía no poder estar pendiente de ella si decidía quedarse con él allí todo el día. Pero Lola no quiso sentirse una carga y se despidió de Jon para aprovechar el domingo, airearse y dedicar el día a sí misma. Solas la ciudad y ella, por primera vez en mucho tiempo. Sola por la calle, caminando desde el piso de Jon al centro; sola en un parque, donde comió un sándwich a mediodía antes de irse a la sesión del cine de primera hora de la tarde para ver la película que a ella le apetecía; sola un par de horas frente a su merienda en una cafetería, leyendo el libro que Jon había comprado en su primera cita (y que no había tenido tiempo de leer todavía, labor que haría ella primero por él). Cuando al fin oscureció y Lola no pudo retrasar lo inevitable, a su regreso a casa, y quizás por suerte para ambas, Carla no estaba allí.

Las cosas se calmaron pronto en casa y la reciente normalidad que ambas vivían desde hacía meses se reinstauró casi por inercia. Carla y Lola cruzaron palabras distantes la siguiente vez que se vieron en la cocina y Lola encontró en el piso de Jon el salvoconducto para tener que estar menos en casa. Allí Lola empezó a experimentar lo que pronto denominó como «los placeres adultos» que siempre había ignorado; por ejemplo, Jon le decía que estaba convencida de que había probado y descartado el vino, pero, en realidad, era porque nunca lo había bebido «bien». Lola se transformaba en aquel lugar, salía de su zona de confort, y las escenas iniciales de ella pasando la noche en casa de Jon —sin tan siquiera darle explicaciones a su madre, tan solo avisándola por el bien de no declarar otra guerra civil— se repetían a menudo.

Alguna mañana, si Lola se quedaba a dormir con él entre semana, iba directa al instituto, donde a veces llegaba flotando, con la ropa que había llevado la noche anterior a casa de Jon o incluso alguna de sus camisas prestadas. Tal vez se trataba de nimiedades para los demás compañeros de clase o profesores, que no la conocían tanto, pero para Sheila y Sam ver a Lola atarse la sudadera o el jersey a la cintura y mostrar la camiseta interior ligeramente más ajustada era un cambio que no sabían cómo encajar (en especial, porque le estaba sentando bien y, en parte, porque era un reflejo de todas las puyas que ambos habían dejado caer a lo largo de los años, así que no podían hacer otra cosa más que dejarse sorprender en positivo y sonreír). Más increíble les pareció una mañana que Lola no había llevado los deberes hechos por primera vez, según recordaban Sheila y Sam, en todo el bachillerato (algo habitual, por ejemplo, en Sheila, que siempre le rogaba que juntaran más las mesas para leer por encima si le preguntaban a ella algo en voz alta).

Los detalles estaban ahí, y su felicidad se colaba en ellos, como aflojando un nudo que la había atado a conciencia de manera rígida durante mucho tiempo: más abierta, más expuesta, con una actitud más calmada, más confiada, Lola estaba exultante y se sentía acorde a sus vivencias. Notaba la libertad que provenía de hacerse adulta, de verse dueña de sus decisiones; la presencia de Jon en su vida, de su madurez, de sus planes, la hacía sentirse así, más desarrollada, más experimentada, más mujer.

En su regreso a casa un mediodía después de clase, y tras haber pasado fuera las últimas cuarenta y ocho horas, Lola recordó en su ascenso por las escaleras antes de entrar en el piso cómo Jon y ella se habían duchado esa misma mañana y él le había pasado con lentitud y delicadeza la esponja por todo el cuerpo. Todavía sentía el rubor en sus mejillas rememorándolo al entrar en su cuarto y dejar las cosas sobre la mesa cuando, de repente, percibió en el ambiente algo que la descolocó: una fragancia de hombre. En un segundo en el que sus sentidos se pusieron alerta y el olfato corroboró que, en efecto, se trataba del perfume de alguien desconocido allí dentro, en su propio cuarto, Lola vio desvanecerse todas las sensaciones positivas que la acompañaban y se sintió violentada dentro de su propia habitación.

Con un acto reflejo, se desanudó el jersey de la cintura y mientras se lo ponía miró por encima del hombro a su alrededor, en guardia. Ya había vivido aquello, ya había vivido esa sensación, la de la piel de gallina y el pánico sujeto a la raíz del cuello por la presencia de un olor similar allí dentro. El miedo no se había ido; Lola se había confiado y bajado la guardia, eso sí, pero el miedo seguía ahí. Y lo peor era que una vez más estaba dentro del único lugar seguro del mundo.

Xavier

20

Esperó sentada a la barra de la cocina a que su madre volviese (más pronto que tarde) y cuando Carla entró por la puerta principal, Lola saltó de la butaca y la interceptó en el recibidor, sin darle siquiera tiempo a colgar la chaqueta o dejar las llaves sobre el aparador.

—¡Lola! Qué susto... —Suspiró aliviada su madre—. No sabía que estarías en casa y cuando he escuchado...

—¿Has dejado entrar a alguien en mi cuarto? —le espetó Lola desafiante frente a ella, casi bloqueando el paso de Carla al pasillo y, por extensión, al resto de la casa.

—¿De qué me estás hablando? —Carla se sorprendió, sin comprender, pero su propio rostro la delató al cabo de unos segundos cuando pensó que Lola tenía razón: había estado con Oliver—. Vale, cálmate y te lo cuento. Había quedado con Oliver, la persona que estoy viendo, y...

—¡¿Y lo metiste en mi cuarto?!

—No es lo que piensas, Lola, por favor.

—El resto de la casa ya la doy por perdida. Pero ¿MI cuarto? ¿Es que no respetas nada?

—Si dejases de gritarme y me dejases explicart...

—¿Qué será lo siguiente? —la interrumpió Lola todavía más furiosa—. ¿Vía libre sobre tu hija... otra vez?

Carla cambió su rictus y dio un paso firme adelante, como marcando una línea invisible en el suelo que no iba a permitir que Lola cruzase.

—No digas eso —dijo despacio, con la voz un poco más grave, levantando el dedo y advirtiéndola, un gesto que hizo a Lola apocoparse y hasta retroceder—. Sé que puedes comportarte como una adulta y escucharme. Quería enseñarle la casa a Oliver. Subimos cinco minutos antes de ir a comer para que la viera, pasamos volando por tu cuarto, no sé ni cómo... —Carla suspiró—. Es igual.

Carla había estado muy disgustada por la última pelea que había tenido con Lola y, en especial, por su reacción ante las cosas que encontró en su cuarto (la revelación de que su hija no era tonta y escuchaba al otro lado de la pared no le había venido por sorpresa, a decir verdad; las reacciones de Lola la mañana siguiente a sus encuentros la delataban). Sin embargo, Carla quería creer que Lola era ya lo suficientemente mayor y tenía la capacidad de entender a su madre y sus necesidades. Lola tenía que saber ver que Carla estaba tomando las precauciones y medidas necesarias para que ella no se sintiese invadida por su reciente relación, hasta el punto de que se había volatilizado de su propio hogar con tal de no cometer los mismos errores que había cometido en el pasado. Por lo visto, Lola no lo veía igual, y Carla pensaba que, si conseguía explicarle que esa vez no era como las anteriores, que esa vez estaba ilusionada y había conocido a alguien especial, tal vez...

—No puedes acusarme de lo que acabas de hacer porque sabes que no es verd...

Lola no se quedó a escucharla y dejó a Carla con la palabra en la boca, dándole la espalda y dirigiéndose a su cuarto. Allí, con el estómago revuelto tras volver a percibir la fuerte fragancia en la estancia, abrió un par de cajones y guardó en su bolsa unas bragas y una camiseta, con la intención de irse una noche más.

—Ah, muy bien. ¿Vas a volver a salir corriendo? —le reprochó su madre—. Esta es tu casa, te lo recuerdo, no un hotel del que puedas entrar y salir cuando te dé la gana sin dar explicaciones...

—Me voy a pasar la noche fuera, y espero que Naya mañana limpie el cuarto y borre esta peste. Me seguiré yendo, que lo sepas —Lola se encaró a su madre, con un tono de voz amenazante—, hasta que esta casa, como dices, sea un sitio seguro para mí.

De nuevo Lola estaba siendo impulsiva, dejándose dominar por la rabia, y antes de nada, antes siquiera de abandonar el rellano, le mandó un mensaje breve a Jon preguntándole si podía pasar, una vez más, la noche con él. No había previsto que quizás Jon no pudiese acogerla o tuviese planes y ella se quedase puerta afuera; de ser el caso tendría que llamar a Sheila y desde luego Lola no estaba de humor para explicarle cómo estaban las cosas entre su madre y ella, las peleas y las ausencias, por no decir que la existencia de Jon seguía siendo un misterio para su amiga y Sam, quienes no habían vuelto a sacar el tema ni a preguntarle al respecto. Jon era el sitio de acogida perfecto porque allí, donde estuviera él, no tenía que tragarse las palabras ni medir el contenido que revelaban sus frases. «Claro que puedes, *lab rat*...», respondió él al cabo de unos minutos.

Horas más tarde, tumbados en el sofá del salón de Jon con las piernas entrelazadas bajo la manta, él le preguntó, como hacía siempre, si quería hablar del tema y esa vez, y casi de manera inaudita, Lola abrió la boca para contárselo todo, para compartir con Jon la historia que nunca había compartido con nadie, para hablarle de él, de Xavier.

—Xavier fue la última pareja estable que tuvo mi madre. Estoy hablando, quizás, de hace tres años o más... —murmuró Lola en un hilo de voz—. Recuerdo la primera vez que desayunó con nosotros porque por aquel entonces yo no era consciente de las rutinas de mañana y noche, y de hecho no estoy segura de que existiesen todavía. Fue el primer hombre del que fui consciente que mi madre metía en casa, ¿sabes?

—¿Qué edad tenías, catorce...?

—Trece.

Jon se tensó al oír la edad de Lola y siguió tensándose a medida que esta continuaba la narración, sabiendo que en algún momento se torcería, sabiendo que la boca del estómago acabaría ardiéndole de rabia, pero sin anticipar muy bien todavía por qué.

—Fue poco a poco, eso sí. Empezó a venir más a menudo, empezó a estar allí, simplemente, todo el rato, y en cuestión de poco tiempo, no recuerdo que fueran muchos meses, ya se había mudado a casa. No trajo sus muebles, ni nada parecido, que para eso tenía un apartamentazo de lujo carisísimamente decorado, cómo no, por mi madre. Pero ya sabes, tenía sus propios cajones, mucha de su ropa estaba allí, dormía la gran mayoría de las noches en casa... —Lola frunció el ceño, como cayendo en la cuenta en ese momento—: Lo dejamos moverse con tanta comodidad por casa que, ahora visto con perspectiva, creo que él llegó a estar en ella más cómodo de lo que yo lo he estado jamás.

Lola continuó la narración con apenas alguna interrupción de Jon para preguntar detalles o para acariciarla en los muslos bajo la manta de manera reconfortante. Lola, en el cómputo global de la relación de su madre con aquel hombre, no lo había pasado mal los primeros meses con la presencia de él en sus vidas. De hecho, no le había costado, superada la rareza de tener a un hombre en casa, sentirse a gusto con él. Juntos, los tres veían la televisión en el salón por las noches, iban a comer los fines de semana a restaurantes de lo más exclusivos y por los que una preadolescente como ella se dejaba impresionar. El cariño y la confianza, dicho de algún modo, le salieron de manera natural; Lola había deseado toda su infancia tener el regazo de una figura paterna sobre el que sentarse, alguien que la abrazase, que la quisiese de manera incondicional, y Xavier se esforzaba en que así fuera, en hacerla sentir parte de la relación que había establecido con su madre, en ganársela.

Fue la etapa, además, del cambio para Lola. Le vino la regla por primera vez y manchaba la cama y la ropa de manera repetida en sus desarreglos; empezaba a tener un poco de pecho y no sabía cómo gestionarlo; fue consciente del vello corporal que empezaba a poblar sus piernas y axilas. También fue la época, le contó a Jon, en la que escuchó por primera vez a su madre y a Xavier follar al otro lado de la pared, la misma época en la que había descubierto la masturbación (cosa que, por fuerza, sucedió a la par, casi como consecuencia una de la otra).

—Muchas cosas cambiaron en ese tiempo... —dijo ella con un deje en su voz indefinido, opuesto por completo a la añoranza—. Fue la primera vez que fui consciente de la mirada de deseo de un hombre sobre mi madre, sobre su cuerpo. Hasta entonces mi madre había sido mi madre, no una «mujer» que un «hombre» pudiese desear como él hacía con tan solo mirarla.

—Imagino que es un *shock* para todos nosotros, ¿no? —añadió Jon—. El momento en el que descubrimos que existe el sexo y que nuestros padres...

—Ya, para mí no fue solo eso... —añadió Lola para temor de él—. Eso me hizo darme cuenta también, por primera vez, de la mirada de un hombre, de alguien adulto, sobre mí.

Lola pasó a narrarle cómo una mañana, cuando ella ya había cumplido catorce años y Xavier estaba tomando el café y leyendo la prensa digital en la barra de la cocina, Lola había entrado tras su madre porque, una noche más, la compresa no había hecho su trabajo y había manchado el pijama de regla. Carla la urgió a que se sacase el pequeño pantaloncillo y se lo diese para lavarlo y eliminar la mancha cuanto antes. Lola se deshizo de la prenda en la cocina y se la estiró a su madre, que se coló en el lavadero para dejarla en remojo. En ese momento lo vio. Vio cómo Xavier levantaba la vista de la *tablet* y repasando piernas arriba su cuerpo le miró el culo, seguido de una extraña sonrisa, que solo desapareció cuando Carla regresó a la cocina.

—Hay cosas que se perciben, y cosas que se reprimen y contienen inconscientemente. A lo mejor esa mirada había estado ahí siempre y yo no me había dado cuenta, o quizás había sido el cambio de mi cuerpo ese verano lo que había atraído la mirada hacia él, no lo sé...

Desde aquel momento en el que Xavier hizo sentir a Lola como un objeto sexual —aunque ella no lo hubiese definido de esa manera por entonces—, algo en ella se transformó.

—Todos los cambios que se hacen en esa etapa yo los viví encerrada en esa casa bajo la mirada de ese hombre. En cierto sentido, me di cuenta de todo de golpe, dejé de ser inocente de la noche a la mañana.

Y fue de la noche a la mañana también que Lola se volvió irascible con él, que empezó a cubrirse en su presencia, a pedirle a su madre que le comprara ropas anchas, ropas que la tapasen y resguardasen al completo, que no revelasen las formas de lo que había debajo. Lola empezó a huir de él, a no dejarse tocar de manera cariñosa como antaño, a no querer ir con ellos a comer, cenar o pasear. Evidentemente, Carla lo acusó a una adolescencia irascible haciéndose paso, y excusaba cada desaire de Lola de esa manera.

—Hasta recuerdo el modo en el que Xavier chupaba la tapa

del yogur y su manera de restregar la lengua con lentitud, recubriendo toda la superficie, y cómo aquel gesto me perturbaba y removía el estómago.

—Qué incómodo todo... —apreció Jon con el ceño fruncido.

—La cuestión es que la cosa no se quedó ahí...

Ella le contó entonces «el incidente del cuarto», como había pasado a llamarlo. Por aquel entones Lola empezó a percibir de manera repetida el olor del perfume de Xavier en su habitación.

—Cada vez que entraba olía la fragancia de manera clara, no había duda. Él iba allí cuando yo no estaba.

Hasta que una noche Lola se asustó con un ruido proveniente de su habitación, abrió los ojos, y lo vio sentado al borde de su cama. Lola se agitó en la oscuridad y Xavier, con el supuesto objetivo de calmarla, le puso la mano sobre la pierna y comenzó a acariciarla, silenciándola con la mano, susurrando que estaba todo bien. Lola empezó a gritar y cuando Carla entró en su cuarto, Xavier ya había encendido la luz y había simplificado el encuentro: Lola había tenido una pesadilla y él, preocupado, había acudido.

Desde aquella noche, por más que Lola, aterrorizada de ir a dormir, le rogase a su madre que se acostase con ella porque tenía miedo de Xavier, Carla desestimó sus peticiones, incrédula, acusándola de haber malinterpretado las intenciones de él: simplemente, no podía haber sido así. Sin embargo, la duda de que su pareja hubiese llegado a hacer avances con su hija se plantó como una semilla en el cerebro de Carla. La ansiedad que Lola llevaba dentro y ese miedo se tradujeron en repulsión, y aunque fuese por tratar de entender por qué su hija vomitaba cada vez que olía el perfume amaderado de él, Carla le pidió a Xavier que al menos se cambiase de fragancia para facilitarles a todos las cosas. Él la acusó de no estar de su parte y la sutil brecha que abrió el frasco de Hammam Bouquet de Penhaligon's sobre la repisa del lavabo del cuarto de Carla fue, meses antes de que la relación se deteriorara, el inicio del fin.

Lola se había preguntado a sí misma, en las ocasiones que se permitía rescatar el recuerdo de cómo habían sido las cosas, cómo era posible y qué circunstancias eran necesarias para que lo familiar se convirtiese de la noche a la mañana en algo extraño y aterrador, y solo por la aparición de un pequeño elemento intangible como aquel: una fragancia. Se suponía que su hogar era su fortaleza, que históricamente las mujeres se veían enclaustradas en las paredes del mismo —como leía en todas las novelas decimonónicas que tanto le encantaban— para su propia protección. Los gestos, los comentarios, los acercamientos, los tocamientos indeseados... todas esas amenazas y el miedo que conllevaban se hallaban, en teoría, fuera. Sin embargo, en su caso, había sido su madre quien había metido el peligro dentro, arrebatándole esa seguridad.

—Joder...

—Ahora entiendes muchas cosas de esta pequeña y retorcida Lolita, ¿eh? —dijo ella con los ojos empañados.

—Ven aquí, mi pequeña rata de biblioteca... —dijo él apoyando la espalda de Lola sobre su pecho, mientras la rodeaba con sus brazos.

—Pues no te creas —indicó ella—, pero los libros se convirtieron en, y siguen siendo, mi refugio. Me ayudaban a canalizar las cosas, a desconectar de lo que me estaba pasando. Fue entonces cuando empecé a leer sin parar, a desaparecer en capas de ropa, a querer pasar desapercibida allá donde fuera, a evitar que me vieran...

—¿Sabes qué? —dijo Jon—. Yo me alegro de haberte visto, de haberte percibido, de haberte rescatado de ese fondo.

—Bueno, es que creo que ese no era el fondo...

—¿Aún hay más? —exclamó él fingiendo agotamiento para darle un toque de humor a la conversación—. Cuánto drama...

—Lo peor de toda esta historia es que desde entonces he perdido horas y horas de mi vida intentando entender qué hice mal. Me he machacado sin cesar pensando en todas las veces que me había masturbado escuchándolos, como si con eso hubiese empezado todo, como si yo hubiese sido la culpable de atraerlo.

Lola todavía se sentía perseguida por la responsabilidad, por la culpa que ella misma se autoimpuso tras el paso de Xavier por sus vidas. No quería convertirse en un ser «piropeable», tocable, como su madre. No quería ser comentada, acechada o perseguida nunca más. Lo más difícil no había sido, sin embargo, cubrir su cuerpo de pies a cabeza, sino lidiar también con la idea de que, en parte, le había gustado ser mirada así; le había gustado ser ella, por una vez, el centro de atención, y no su madre.

—Nunca le había dicho esto último a nadie... bueno, nada de esto, a decir verdad, ni siquiera a mi psicóloga.

—No sabía que ibas al psicólogo...

—Fui, en pasado. De los once a los catorce. Ya sabes: acusada ausencia de figura paterna, relaciones dificultosas con el género masculino, a quien según mi psicóloga sentía como una amenaza, y cosa que creo que gracias a ti hemos mejorado, en parte.

—Yo también quiero creerlo, gracias. —Jon la besó en la cabeza, provocando la risa de ella.

Lola era muy pequeña e inmadura como para entender todas las razones por las cuales había acabado visitando a Georgina dos veces a la semana, al principio, y luego dos veces al mes durante tres largos años. Clínicamente se trataba de una ansiedad generada por las relaciones interpersonales (Lola les tenía pánico porque temía el fracaso de todo tipo de relación, en especial en una intensa lucha interna por no repetir la situación familiar de ver a su madre sola). Las circunstancias la habían hecho, también, crecer con un rencor terrible hacia su madre, y Lola había pasado de ser una niña buena que no daba problemas, a convertirse en una tirana que discutía por todo. Ella no lo sabía, o al menos se encargaba de esconderlo tan bien que se lo había ocultado hasta a sí misma, pero sus comportamientos tenían y habían tenido que ver con una dependencia emocional a algo inexistente que no llegaba a entender. De ahí su hostilidad hacia su madre, siempre a expensas del ataque, manifestando su agresividad e ira en casa mientras que en entornos como el escolar Lola era el epítome de responsabilidad y brillantez.

—Gracias por contármelo todo, todo esto. Por confiar en mí —le dijo entonces Jon, inclinándose para poder verla a los ojos y besarla en la frente—. Por suerte, no llegó a pasar nada con Xavier porque, he de serte honesto, cuando has empezado a hablar me temía lo peor...

—Pero sí que pasó —le replicó Lola con tristeza y obviedad—. En realidad, si lo piensas, pasó todo lo que tenía que pasar para romperme igual.

El secreto

21

Era día de entrega de una de las obras en las que Estudio RATA había estado trabajando los últimos meses y, como siempre, Carla había ido a comprobar con el equipo que todo estuviese perfecto antes de hacer la entrega de llaves a sus dueños. Adán, el decorador de interiores, atusaba cortinas mientras el contratista iba un paso por delante de Liz y ella señalando los puntos clave donde habían surgido preocupaciones (desde un material que se veía perfecto con la luz de la ventana a una instalación que había dado más de un quebradero de cabeza al equipo). Liz, con una sonrisa burlona en el rostro, propinaba codazos de manera sutil a Carla cada vez que las miraba.

—Mira que haberlo dejado pasar... —le susurró.

—Yo no lo he «dejado pasar» porque, para empezar, no había nada que dejar pasar...

—Te lo perdono porque he visto en directo la manera en la que pierdes el culo por Oliver, que si no... estaría pillando a Adán por el cuello y llevándomelo de aquí para dejaros a solas.

—¿Y convertir esto en el escenario de una película porno? ¿Qué has desayunado hoy? —Rio Carla.

A decir verdad, Liz tenía razón: era casi tangible, su rostro no podía ocultar que solo tenía ojos para Oliver. Se lo había presentado a su socia la semana anterior cuando una tarde tuvo que alargar horas en el despacho y Oliver había pasado a recogerla, aprovechando la ocasión para conocer el estudio de primera mano (y no solo por las narraciones de Carla). Los días posteriores Liz se había recreado haciendo comentarios sobre cómo el rostro se le iluminaba en su presencia, y Carla había aprovechado para enterrar de una vez por todas los chistes sobre el contratista.

—Vale, no es TAN HOMBRE como el contratista buenorro, no lo veo tan rudo...

—Uy, pero créeme, también sabe cómo utilizar sus manos... —la había interrumpido Carla sonriendo.

—Pero... hay un pero, espera, y es que lo importante es que se te ve feliz —le había dicho Liz con tono pausado, visiblemente contenta por su amiga.

La obra estaba perfecta, solo un par de rincones con polvo que Carla solventaría enviando a Naya ese mediodía antes de la entrega de llaves. Adán corrió de vuelta al estudio y Liz y Carla se despidieron del contratista con un apretón de manos en el portal, dirigiéndose en la dirección opuesta con la intención de tomar un café antes de saltar al siguiente compromiso.

—Como hagas una broma más sobre la rudeza de sus manos, te juro que te...

—Nooooo... —bromeó Liz pagando en la barra los cafés antes de llevárselos a una mesa—. Te prometo que entierro el hacha, ya te lo dije el otro día, estoy supercontenta por ti y por Oli y de que te esté yendo todo genial. No puedo llamarlo Oli, ¿verdad? Me sale natural, pero me suena raro...

—Mejor que no...

—Oliver, pues...

—Gracias. Tampoco te creas que me está yendo todo genial... —Suspiró Carla removiendo el pequeño sobre de sacarina que había depositado en su bebida.

—¿Te refieres a Lola? ¿Sigue en pie de guerra?

—Bueno, desde la última ya ni se digna a hablarme. No coge el teléfono ni responde cuando la llamo y ahora se dedica a ignorarme cuando se cruza conmigo y da portazos a mi paso. No hay manera, cierra la puerta y desaparece, no existo.

Lo que no se atrevía Carla a contarle porque no sabía cómo enfrentarse a ello era que Lola, en sus pequeños cruces, aprovechaba para insultarla, susurrando a su paso. Su silencio era dañino, pero Carla se había acostumbrado a él en el pasado. Sin embargo, el hecho de que Lola hubiese pasado al siguiente nivel constituía una falta de respeto que no sabía siquiera cómo abordar.

—¿Y todo esto porque llevaste a Oli... a Oliver a casa? ¡Y que ni llegó a conocerlo!

—No lo entiendo, te lo juro... Intentamos desaparecer del piso para no molestarla y los tres minutos de reloj contados que lo meto dentro, porque ya llevaba semanas hablándole de la casa, me pasan este tipo de factura...

—Para uno que no te follas allí y va y se lo toma peor... —Carla le hizo una mueca de desaprobación—. ¿Qué? El humor nos salvará a todos.

—Y eso que, para mí, ya que sacas el tema, ese era un paso intermedio. Estoy intentando hacer las cosas bien esta vez, ir despacio, hablarle a Lola de él... Pensaba que lo siguiente ya podía ser traerlo a cenar, pero vista la reacción...

—Ya, te hace pensar que quizás meter a la gente a escondidas no era tan mal plan... —Suspiró Liz propinando un trago a su café.

—No sé qué hacer, no quiero joder la cosa con Oliver y que se piense que es todo demasiado complicado, que ya lo es un poco de por sí... Pero tampoco deseo hacer algo que empeore las cosas con Lola. Estoy en blanco.

—Sabes que mis opiniones son un poco impopulares a este

respecto, porque vale que no sé lo que es estar en tu lugar, pero es que me calienta verte así y que ella se lo lleve todo, que pueda hacer todo lo que quiera constantemente, y que seas tú, su madre, la adulta de la casa, la que se aguante... Basta ya de que Lola secuestre tu felicidad, ¿no?

Carla suspiró sin nada que añadir, sopesando las palabras de Liz.

—¿O vas a impedir que tu posible felicidad no avance por una cruzada personal que parece tener Lola y nadie más que Lola?

—No lo sé, ya sabes que en parte no puedo evitar sentirme culpable...

—Carla, querida, Lola tiene diecisiete años. ¿Te acuerdas de cómo eras tú a los diecisiete con tu madre? ¿De cómo éramos todas? —Carla rio asintiendo con la cabeza—. Yo no digo que vayas a joderla. Pero quizás es importante que establezcas de alguna manera, con algún gesto o algo, quién manda ahí.

—Golpe en la mesa.

—Exacto. Yo qué sé, sácale la tarjeta de crédito, alguna cosa...

Liz siguió hablando y dando ejemplos similares, pero Carla se quedó con una frase anterior de Liz atravesada, frase a la que siguió dando vueltas el resto del día: «Basta ya de que Lola secuestre tu felicidad». El gesto podía ser educativo o autoritario, en efecto, pero Carla estaba pensando más en una acción que dejase entrever a Lola que la vida seguía y su madre no iba a seguir posponiendo ser quien era o hacer lo que quisiera por un bufido. Las cosas entre ellas, además, no podían ir a peor. ¿Qué podía hacer Lola si Carla, tal y como quería, aparecía directamente en casa —su casa— con Oliver?

Lola salió del instituto un viernes y Sheila la acompañó hasta el metro, como solían hacer los mediodías, sin Sam, que había salido corriendo porque había quedado con un chico y todavía tenía que pasar por casa. Sheila estaba callada, lo cual era algo extraño en ella, y metía alguna frase que otra en la conversación de manera incómoda. Lola percibió que intentaba decirle algo y se extrañó, ya que su amiga no había tenido nunca problemas en hacerla partícipe de todo lo que se le pasaba por la cabeza.

—¿Qué pasa? —acabó por preguntarle, cogiéndola por el brazo y parándola en mitad de la acera—. Estás rara...

—No, tú estás rara —espetó Sheila sintiéndose liberada a través de esas palabras.

Lola se sorprendió y no supo qué decir, a lo que Sheila se adelantó:

—Lol, no te lo tomes a mal, pero Sam y yo ya llevamos un tiempo notándolo y no sabía realmente cómo decírtelo.

—¿Rara en qué sentido? —preguntó Lola con cierta frialdad y a la defensiva.

Sheila intentó abrir la boca, pero lo único que consiguió fue mirarla de arriba abajo y señalarla con la palma abierta, incapaz de articular. Con el ceño fruncido, Lola bajó la vista hacia su atuendo: llevaba una camiseta blanca de algodón ajustada, unos pantalones vaqueros entallados y la cazadora de piel de marca de su madre, que había robado de su armario sin miramiento en otra de las pruebas que Jon le había lanzado una semana atrás y que consistía en coger una prenda nueva del armario de Carla cada día y ponérsela. En cierto sentido, Lola estaba encantada de que Jon le diese la excusa con los juegos, que poco a poco iban volviéndose más unidireccionales y consistían en pruebas que él le lanzaba, de enfrentarse a todos sus miedos. ¿Qué podía tener de malo eso, pensó al ver el rostro de duda de Sheila?

—¿Es por la cazadora?

—Bueno, sí. Que has cambiado la manera de vestir... —intentó explicarse Sheila— y, oye, está bien, está guay... Pero es raro, es como si no fueses tú, ¿sabes?

—¿Estoy rara porque le he cogido la chupa a mi madre?

—No es eso, Lol, es todo. Estás más hermética de lo normal, y es como si te hubieses convertido en otra persona diferente y ni siquiera lo mencionases, obviándolo y fingiendo que no ha pasado nada...

—A ver si lo entiendo —Lola se puso a la defensiva—, me veis que siempre he estado acomplejada, escondida... y cuando me notáis más cómoda, cuando es obvio que me siento mejor, que me he atrevido a salir de mi zona de confort, ¿me lo echáis en cara? Tía, es increíble, no hay quien os entienda.

—No seas injusta, no es eso. Somos tus mejores amigos, ¿no podemos decirte que te notamos rara? ¿Que estás diferente y nos llama la atención? No te estamos juzgando, solo nos parece que esta —dijo señalando la cazadora— no eres tú.

—¡Y qué sabrás quién soy yo!

—¿Ves? —Sheila elevó la voz y se encaró a Lola, aparcando el cuidado con el que había intentado abordar la situación—. A eso me refiero, que quiero saberlo, queremos saberlo, que nos cuentes qué te ocurre, y nos hables de eso que te hace sentir mejor, como dices. Solo queremos entender qué ha pasado... No hace falta que te sientas atacada o juzgada, joder...

—Cosa que ya os habéis encargado de hacer de siempre... —espetó Lola con los ojos empañados, reanudando su camino.

—¿Perdona? —Sheila le siguió el paso y fue ella entonces la que la detuvo—. Sabes que eso no es verdad, nosotros siempre te hemos querido tal y como eres...

Lola no tuvo argumentos ni ganas de rebatir y suspiró, bajando la cabeza a sus pies, donde observó sus zapatillas deportivas ya desgastadas por la punta. Esas no las había cambiado, pensó.

—Vale... —añadió con desgana para zanjar el tema y reanudó el camino.

—Vale... —dijo Sheila con resignación—. Ya lo hablaremos, si quieres. Cuando te apetezca estoy aquí. Por cierto, nos vemos mañana igual, ¿no? Me toca escoger a mí...

Lola afirmó con la cabeza, le dio la espalda y se alejó de Sheila, pasando de largo de la entrada al metro para ir caminando hasta casa. En efecto, tenía frente a ella otro sábado que, una vez más, no le apetecía pasar con ellos. Le dio vueltas a lo que le había dicho Jon al respecto las últimas semanas: si ya no tenía ganas de verlos, si se le hacía una montaña los compromisos y solo iba por la fuerza de la costumbre, si había sido capaz de deducir por sí misma que apenas les quedaba nada en común... ¿cuánto tardaría en ser capaz de verbalizarlo y hacerlos a ellos también partícipes del pensamiento?

Para ser fiel y honesta consigo misma, o al menos con la idea de no ceder a cosas que no le apetecía hacer, Lola se quiso dar un respiro y se quedó sola en casa el sábado por la noche. El plan propuesto por Sheila consistía en asistir a una fiesta en casa de uno de sus nuevos amigos de la escuela de teatro —una actividad extraescolar que había empezado un par de tardes a la semana— y que, según ella, que fue quien le mandó un mensaje privado fuera del grupo SLS, podría ser perfecto para aligerar las tensiones entre los tres. Sheila había insistido en la oportunidad de conocer a gente nueva, de tomarse unas copas o lo que fuese y hacer el tonto juntos en un rincón, como solían hacer antes. Sheila tenía la esperanza de que con la ayuda del alcohol Lola se soltase un poco y les contase más sobre todos sus cambios; era una situación idónea para los tres. Sin embargo, Lola había rechazado la oferta sin ningún tipo de excusa; antaño, de no haberle apetecido, hubiese buscado algún pretexto más allá de sus libros, que era donde se encontraba sumergida en ese momento.

Entre clases, exámenes y Jon, hacía semanas que no lograba sacar hueco para leer tanto como antes y, en parte, le había gustado volver a pasar horas entre páginas con tranquilidad, encerrada en su cuarto, vestida cómodamente con las mallas y una de las sudaderas de Jon que se había llevado de su casa, sin más plan que el de caer dormida. Era cerca de media noche, tenía la música puesta de fondo en el altavoz de manera suave y había llegado al ecuador de *El retrato de Dorian Gray* cuando oyó abrirse la puerta de entrada. No le dio más importancia y volvió a concentrarse en la línea donde había pausado la lectura, cuando le pareció oír a su madre susurrar: no estaba sola. Las alertas de Lola se activaron y se incorporó como empujada por un resorte, sorprendida. «No puede ser...», pensó entre el asombro y el enfado, y se acercó hasta la puerta de su cuarto para pegar la oreja.

En efecto, al otro lado se escuchaban susurros entre risas ahogadas y los pasos de dos personas que, si Lola hubiese tenido que apostar, diría que estaban un poco borrachas. Le pareció entender una referencia a su nombre, como si su madre se hubiese sorprendido de ver la luz y escuchar su música, como si la presencia de Lola en casa, latente y molesta, la hubiese descolocado. Esperó al sonido de la puerta cerrarse para pasar por su escritorio, subir el volumen de los altavoces, y regresar de morros a la cama. En ese gesto se había perdido la entrada de un par de mensajes de Jon, que le daba las buenas noches.

> **Jon**
> Cómo vas, lab rat? En casa o al final cediste y fuiste por ahí con tus amigos?

> Lola
> No, no, en casa. No fui al final

Lola le había dibujado a Jon la duda de su asistencia al plan de Sheila cuando este le contó que ese sábado tenía la fiesta de cumpleaños de un compañero suyo de trabajo.

> Lola
> Y tú? Cómo va el cumple?

> Jon
> Coñazo. Bebiendo cerveza de la mala, que ya sabes cómo la odio. Por lo demás, pensando en ti. Qué haces? Perdón... quería decir, qué lees?

> Lola
> Oscar Wilde, y leía, en pasado, porque sorprendentemente mi madre acaba de llegar a casa acompañada y voy a tener una de esas noches de mierda como hacía tiempo que no tenía...

Lola rebufó, resignada, ante la incapacidad de no poder levantarse, vestirse e irse; de no poder ahorrarse el espectáculo; de no poder, en definitiva, entrar en el cuarto de al lado y ponerle fin a aquello de una vez.

> Lola
> Ojalá estuvieras aquí conmigo...

> Jon
> Pues haz como si lo estuviera

> Lola
> Qué quieres decir?

Jon, entonces, y quizás por el influjo de la cerveza de dudosa calidad que llevaba en el cuerpo, pensó Lola, la retó a otro de sus juegos.

> **Jon**
> Tócate pensando en mí...

> **Lola**
> Qué? Jajajaja. Estás borracho

> **Jon**
> Y descríbemelo mientras...

> **Lola**
> Sí, claro, con la mano libre...

> **Jon**
> No, mejor todavía. Grábate y mándamelo

> **Lola**
> Y tú mientras en mitad de la fiesta, claro

> **Jon**
> Piénsalo. Qué mejor manera de reconciliarte con el hecho, no?

Jon no leyó el siguiente mensaje de Lola que ponía en duda si iba a llevar a cabo esa prueba o no. Sin embargo, ella se quedó con esa frase, la última que le escribió Jon antes de haber desaparecido en otra lata de cerveza rodeado de amigos, y comenzó a imaginárselo mientras, al otro de la pared, los susurros iban diluyéndose y daban paso a nuevos murmullos y suspiros. Empezaba el *show*, y Lola tenía dos alternativas: ponerse los auriculares con el volumen alto, enterrarse bajo la manta y tratar de concentrarse en su lectura y esperar a que pase aquello, o desnudarse, apoyar el móvil grabando encima del escritorio, y procurarse un orgasmo pensando en él. Escogió la segunda.

Enfocó hacia la cama la luz de la mesita de noche que empleaba para iluminar las páginas de sus libros y después colocó el teléfono móvil frente a la cama y le quitó el volumen por completo a los altavoces. Se sacó las mallas, las bragas y se dejó apenas la sudadera de Jon —pensó que podía ser un gesto sexy—, para pasar a darle al botón de grabar. Se dispuso a arrodillarse sobre el colchón dando la cara a la pared que colindaba con el cuarto de su madre, como estaba acostumbrada a hacer cuando llevaba a cabo el ritual. Sin embargo, esa vez se giró para mirar de frente a la cámara, que la captaba de pleno. Intuyendo su figura en la pantalla del mismo modo que comenzaba a intuir unos gemidos más bien tímidos en el cuarto contiguo, Lola comenzó a masturbarse para la cámara, abriendo las piernas sobre sus rodillas y pasando la mano derecha primero por todo su sexo para después centrarse en su clítoris.

Ya que no iba a seguir el proceso habitual, el que conocía y había llevado a cabo decenas de veces, varió también por primera vez otra cosa en su manera de masturbarse. No lo había vuelto a hacer ella sola desde que conocía a Jon, pero en realidad una cosa importante había cambiado desde entonces: ahora sabía lo que era el sexo con otra persona, lo que pasaba al otro lado de la pared ya no era una proyección, ya no tenía que jugar a imaginarse qué era un pene penetrándola, porque lo había vivido en sus carnes. Bajó de la cama, se sentó sobre el borde, apenas apoyando las nalgas en el mismo y se reclinó hacia atrás. Mientras seguía estimulándose el clítoris alargó el brazo izquierdo, estiró un par de dedos y los situó bajo su coño, introduciéndolos una primera vez, y moviéndose de arriba abajo para intentar trasladar cómo se sentía siendo penetrada. Nunca se le había ocurrido antes emplear las dos manos para masturbarse, solía alternar dentro y fuera con una sola mano, pero mirando a la cámara esa noche se movió verticalmente recreando que estaba encima de Jon, imaginando que esos gemidos que se intensificaban eran los suyos, y con varios dedos de ambas manos ya empapadas, Lola se agitó y los agitó con avidez hasta correrse, de nuevo, en silencio.

Todavía con la palma derecha sobre su clítoris para calmar los latidos y espasmos que a veces le regalaba su cuerpo tras un orgasmo, se estiró sobre el colchón mientras al otro lado los gemidos continuaban su proyección, y tomó aire. Percibía la mano izquierda empapada y pegajosa, al igual que notaba cómo su mano derecha seguía mojándose de los fluidos que acababan de emanar de su cuerpo. Estaba acostumbrada a ensuciarse solo una mano, por lo que cuando se incorporó para seguir el ritual de las toallitas, se encontró con que necesitó no solo un par más para limpiarse, sino para limpiar también el tirador del cajón.

Paró la grabación del móvil y antes de visualizarla, ya vestida con el pijama, decidió cortar el inicio y el final para evitarle a Jon las entradas y salidas de plano. El vídeo no era muy largo, se había corrido rápido, en apenas un par de minutos. La inclinación y la luz le iluminaban el rostro (cerraba los ojos a menudo, nunca había reparado en eso antes) y su sexo estaba expuesto directamente a la cámara. Lo vio un par de veces más antes de mandárselo a Jon, que seguía sin leer sus mensajes.

No mucho rato después el silencio reinó en el cuarto de al lado, y, tras los sonidos habituales que Lola reconocía como los pasos hacia el lavabo, el interruptor y el grifo del agua, las voces comenzaron a susurrar de manera ininteligible. Tuvo la percepción de que ya podía irse a dormir porque se trataba de una posible rutina de mañana, sin embargo, la puerta del cuarto de su madre se abrió al cabo de poco y Lola, con curiosidad y sorpresa, salió de la cama para pegar de nuevo la oreja y espiar las voces que ahora venían del pasillo. Cuando pasaron por delante de su cuarto, a Lola le pareció reconocer la pronunciación de su propio nombre y el trozo de frase «después de tantos esfuerzos», que posiblemente respondía a la pregunta de Carla asegurándose de que él no se quisiese quedar a dormir. Las voces se alejaron hasta la puerta principal y Lola dedujo que su madre y el que se suponía que era su nuevo novio estaban discutiendo el hecho de que durante todo aquel tiempo Lola hubiese estado al margen de la relación y de la desaparición de Carla durante días. Quizás, pensó Lola, después de todo, Carla había intentado ser considerada al respecto con Oliver.

Lola volvió a la cama con el sonido de la puerta y comprobó una vez más el teléfono buscando alguna reacción por parte de Jon: seguía sin ver los mensajes. Al poco le mandó uno más de buenas noches y cuando estaba a punto de apagar la pantalla se percató de que el vídeo y esa frase aparecían como leídos por Jon. Esperó un rato a verlo teclear, pero Jon volvió a desaparecer, dejando los mensajes sin responder. Cansada —y un poco decepcionada, la verdad—, Lola imaginó que Jon habría llegado a casa borracho del cumpleaños y se habría dormido (o estaría, excitado, tocándose con el vídeo). Sea como sea, lo descubriría al día siguiente.

22

Cada día que Lola pasaba en el instituto con Sam y Sheila era un día que ratificaba que la luz entre ellos se había ido apagando poco a poco. Seguían sentándose cerca en algunas clases y todavía iban juntos por el pasillo, pero Lola en realidad sospechaba que lo hacían por inercia y ya no podía fingir que la relación era igual que siempre. Sheila intentaba hablar con ella como si nada, haciéndola partícipe de sus historias, tratando de recuperar la normalidad tras su reciente encaramiento, pero ambas notaban que el intento era forzado. Históricamente, no era la primera vez que uno de ellos dos, Sheila o Sam, se evaporaba ante la aparición de una persona en su vida; los demás se enfadaban, había un ligero drama, pero al final se alcanzaba cierto equilibrio y los cimientos de su relación no se veían afectados.

Lola tenía la sensación de que esa vez era diferente y no veía claro, de querer arreglarlo, qué podía hacer. Cuando intentaba mostrar más interés por ellos percibía que Sheila y Sam iban a la suya y, por primera vez desde que los tres se hicieran inseparables, Lola experimentó pequeños arrebatos de celos. Ambos habían empezado a quedar sin ella, a no decirle nada, y sospechaba que si el grupo de chat de SLS estaba tan silencioso era porque habían trasladado la conversación a otro sitio donde se sintieran más libres; la presencia de Lola les resultaba incómoda. En consecuencia, en esos intentos por ponerse al día y formar parte de la conversación, Lola percibía que se perdía chistes internos o detalles de cosas que habían pasado en sus vidas y que ellos, tal y como había hecho ella con sus propias experiencias recientes, habían obviado contarle. En parte, Lola sabía que se lo merecía: estaba recibiendo de su propia medicina.

Sin embargo, la gota que colmó el vaso y que la convenció para hacer algo al respecto fue cuando escribió a Sam para organizar el cumpleaños de Sheila, que sería en breve, ocasión en la que Sam rechazó su ayuda alegando que ya estaba planificado: «De verdad, Lol, ya está todo hecho, gracias. No hace falta que te molestes». Su tono la había ofendido, pero lo que más la hirió fue el gesto. Solían ser ambos los que preparaban la fiesta en secreto cada año, compraban los regalos, pensaban temáticas y lugares, e ideaban la lista de invitados, que variaba año tras año en función de las nuevas amistades o los dramas de cursos pasados. Ese año, por primera vez, Lola llegó a dudar incluso de si estaba invitada si no hubiese preguntado por el tema directamente.

Ante la ausencia de algo tan típico para ella, le invadió la pena y decidió que no quería desengancharse del todo; estaba perdiendo una de las pocas tradiciones a las que se sentía arraigada. «Quizás hay una manera...», pensó. El único modo posible de solucionarlo, de borrar esa incomodidad que viajaba con ella de ida y vuelta a clase y que se aposentaba también en casa, una incomodidad que empezaba a estar presente en demasiados ámbitos de su vida, pasaba por darles explicaciones: era el momento de hablarles de Jon.

Lola escribió el mensaje en el chat SLS y lo borró varias veces. Por miedo a que alguno de sus torpes dedos lo enviase, abrió entonces la aplicación de notas y les dio vueltas a las palabras de manera segura. Tenía pánico de enfrentarse a ellos y no sabía si era mejor pedirles perdón por mensaje o emplazarlos y hacerlo cara a cara. ¿Cómo podía empezar a justificarse? ¿Tenía que hacerlo, en primera instancia? No era capaz de verbalizarlo en un mensaje, así como no había sido capaz en los últimos meses de decirles nada por miedo a los posibles roces, por miedo a ser juzgada. La idea de abrir y hacer pública su relación con Jon la asustaba, como si la realidad de la misma fuera a venírsele encima y los agentes externos la fuesen a distorsionar o estropear. Sin embargo, por otro lado, estaba siendo más feliz de lo que había sido nunca y eso que sentía tenía que poder ser compartido y evolucionar de algún modo.

—Oye, ¿tú le has hablado a alguien de mí? —le preguntó a Jon una tarde de camino al cine.

Lola lo preguntaba porque sabía que Jon era muy reservado con su vida privada; ya la había hecho partícipe en más de una ocasión de cómo no solía compartir cosas del pasado ni ser muy abierto con sus asuntos, por ejemplo, con compañeros del trabajo.

—¿A qué te refieres? —Jon frunció el ceño buscando las entradas electrónicas en su móvil.

—Si la gente de tu entorno sabe de mi existencia, no sé... tus padres, por ejemplo.

—Pero *lab rat*, ¿por qué preguntas eso? —Jon apartó el móvil—. Mis padres saben que he conocido a una cierta Lola y que es alguien muy especial en mi vida...

—Pero no has profundizado más, ¿no? Quiero decir... —Lola pausó y emitió un suspiro—. En realidad, no sé qué quiero decir.

—Esto es porque tú no lo has hecho. Y estás buscando una excusa en si yo he hecho lo mismo para ahorrártelo. —La voz de Jon perdió ese deje tan dulce y comprensivo que tenía normalmente y adquirió un tono de severidad—. Quizás es una percepción mía, pero me da que prefieres llevarlo en secreto porque no estás segura, o porque te avergüenzas...

—¡No, no! —se apresuró a justificarse—. No me avergüenzo, pero tengo miedo de qué dirá la gente...

—¿La gente, así en general, o quieres decir «tus amigos»? —preguntó él con irritación.

Lola bajó la vista y la centró en los pasos acelerados de sus pies sobre el asfalto.

—¿Y desde cuándo te importa eso? Que les jodan... Vale ya con la tontería adolescente, ¿no?

—Me gustaría ver ese espíritu si tuviese un padre militar con un aparador lleno de escopetas.

Lola trató de recuperar el sentido del humor, pero Jon, que ya se había detenido cuando se encontraban a apenas unos metros del cine, quiso seguir indagando.

—Y tú, ¿qué? ¿Le has hablado ya a tu madre de mí? —le preguntó Jon entonces con acritud—. Porque me parece gracioso que seas tú la que me pregunte, cuando nadie sabe de mi existencia, cuando parece que en realidad soy el único que te apoya en tus decisiones y está ahí para ti sin dramas ni historias. ¿Es por eso por lo que no quieres decirlo ni contárselo a ella? Tienes derecho a ser feliz, Lola, tu madre ya te ha machacado bastante, ¿no crees?

En la esquina de aquella calle, a la intemperie, y mientras veían a una hilera de personas ponerse en una cola que ya casi los alcanzaba, Lola le contó a Jon que todavía no sabía muy bien por qué no le había hablado de él a Carla. Se escudó en que apenas se cruzaban por casa y no se dirigían la palabra como para hacerlo sobre él, pero lo que se quedó para sus adentros fue que realmente a Lola le producía rabia tener que compartir su felicidad con ella, hacerla partícipe y que, de algún modo, esta lo arruinase todo.

—¿Tienes miedo de que nos prohíba vernos, o algo? —le

preguntó Jon—. Porque me parecería una egoísta de mierda, así te lo digo...

—¿Qué? No lo había ni pensado...

—Quizás lo que te da miedo es que tu madre te sermonee con que no te pase lo mismo que a ella... —Lola frunció el ceño, tratando de entender qué quería decir Jon con eso—. Ya sabes, quedarse embarazada tan joven, arruinarse la vida de esa manera...

La cola les alcanzó y Jon hizo un gesto molesto para que se apresuraran en formar parte de ella si no querían entrar tarde. Lola no pudo apartar el pensamiento durante un rato, al menos hasta que la trama de la película consiguió que se evadiese de la idea que Jon acababa de ponerle en la cabeza.

Al acabar la película, mientras tomaban algo, Lola tomó una determinación e hizo a Jon partícipe de su idea: el primer paso clave de su estrategia estaba en la fiesta de Sheila.

—¿Vendrás conmigo?

—¿Qué? No, paso.

—Va...

—¿No crees que la gente pensará que qué leches pinta alguien como yo allí? Ya sabes, el «viejo» de la fiesta...

—Me da igual. De hecho, no sé ni qué «gente» irá. Hazlo por mí, anda...

Lola puso cara de niña pequeña y Jon asintió con la cabeza.

—Está bien, iré contigo... Pero como hagan algún comentario o te digan algo...

—No, no... No les dejaré. Y si lo hacen, si no me apoyan en esto, es que realmente no son amigos míos...

Lola se ilusionó con la idea y, una vez Jon la hubo dejado en casa después de la cena, no tardó en mandar un mensaje al grupo SLS confirmando su presencia en la fiesta de cumpleaños de Sheila, a la que tenía muchas ganas de acudir y a la que asistiría acompañada.

Naya recogía la ropa tendida con la puerta de la cocina abierta cuando vio a Lola entrar, acercarse al fregadero y dejar su vaso de cristal en el mismo. No lo limpió, no lo enjuagó, tan solo lo dejó allí, junto al resto de las cosas para que Naya las fregase, y se dispuso a regresar a su cuarto. Anonadada, pero con premura, Naya entró en la cocina con la cesta medio llena de ropa y fue tras ella, interceptándola antes de que desapareciese.

—Lola, bonita, ¿estás bien? —le preguntó.

—¿Qué? —Lola sonrió sorprendida—. Sí... ¿Por?

Naya llevó la vista con sutileza al fregadero y se apresuró a buscar las palabras adecuadas para expresarle su preocupación. No podía decirle que antes su trabajo le resultaba más fácil gracias a su actitud escrupulosa, ni decirle que había notado como en ciertas conductas Lola se había relajado y había una diferencia latente en el orden de su cuarto, que antaño siempre estaba impoluto, o en cómo le facilitaba las faenas adelantando alguna cosa, no por ayudarla *per se*, sino por el simple hecho de querer hacerlo, porque a Lola le salía ser así. Naya se alegraba, en parte, de que Lola hubiese perdido alguna manía por el camino, pero el descuido general, por contraposición, había activado sus alertas.

—Nada, *mija*, no me hagas caso... Es solo que... te noto... distinta. En parte será porque te veo más crecida, más mujer... —Lola sonrió avergonzada—, pero también un poquito más descuidada y en las nubes.

El rictus de Lola cambió.

—Oye, que todos hemos estado enamorados alguna vez, y siempre perdemos el norte...

—¿Cómo lo sabes? —la interrumpió Lola—. ¿Tanto se me nota?

—Ay, *mija*, más sabe el diablo por viejo que por diablo...

—Mi madre no sabe nada... —le espetó indignada.

—¿Y por qué no se lo dices? —Lola frunció el ceño con obviedad, como no queriendo tener que explicarle los términos de la relación con su madre—. *Mija*, si algo que te hace feliz en la vida es algo que no puedes ni compartir con tu familia, es que ahí hay algo que no funciona...

—Quizás la que no funciona es ella —dijo Lola a la defensiva—. ¿Por qué tengo que ser yo?

—Shhh, calma... —Naya se acercó, pero recordó la animadversión de Lola a entrar en contacto con otras personas y no llegó a estirar el brazo—. Yo solo digo que quiero lo mejor para ti, para las dos.

Lola dedujo que en algún momento su madre debió de contarle a Naya las peleas recientes y suspiró, poniendo los ojos en blanco y haciendo el ademán de irse.

—Hagan las paces... Hablen... No hay nada que no se solucione charlando frente a un buen arroz mamposteao. Mira, te lo dejo preparado en un santiamén, que sé que es de tus favoritos, si me prometes que...

—Vale, vale... —dijo Lola con una sonrisa mientras salía de la cocina para dirigirse a su cuarto.

Naya se marchó un par de horas después avisándola de que el plato estaba sobre el fogón y animándola una vez más a ondear la bandera blanca en son de paz. Lola se coló en la cocina para olfatear el contenido de la cazuela, que aún seguía caliente, y se dispuso a esperar a su madre mientras ponía la mesa. Carla llegó diez minutos después cargada de compras varias y se sorprendió de ver la mesa dispuesta para dos.

—¿Qué es esto? —preguntó sin hacerse demasiadas ilusiones, pero con una clara sonrisa en el rostro.

—¿Hablamos?

Carla dejó sus cosas en el cuarto, se refrescó brevemente y a su regreso a la cocina Lola ya la esperaba, sirviendo el arroz. Se echó una generosa copa de vino y tomó asiento, todavía sorprendida por la repentina amabilidad de su hija, con quien apenas había cruzado palabra alguna en las últimas semanas. Ambas se sentaron frente a frente y comenzaron a comer sin saber muy bien qué decirse. Lola hacía intentos de abrir la boca y emitir por ella «mamá, he conocido a alguien», pero cada vez que lo intentaba o bien se acobardaba o bien las palabras de Jon al respecto de la posible reacción de su madre la paralizaban: lo último que quería Lola era que su madre le dificultase la relación con él, porque si eso pasaba no estaba preparada para la idea de que todo fuese a peor aún.

—Pues... he pensado —carraspeó al fin Lola frotándose las manos contra la tela del mantel— que podíamos hacer una especie de borrón y cuenta nueva, o al menos un alto al fuego temporal, si lo prefieres, y ponernos al día de nuestras vidas, con los cambios, las nuevas personas que hay en ellas...

—Genial —asintió Carla dando otro trago a su copa de vino.

Carla tenía la mosca detrás de la oreja; desde que había llevado a Oliver a casa a pasar la noche, se encontraba desaparecido y no respondía a sus mensajes. Ella tenía miedo de que este se hubiese hartado, miedo de que por no haberse quedado y haberle presentado a Lola se hubiese abierto la brecha que diera pie al inicio del fin. Conocer a Lola de una vez por todas, visto que ella estaba abierta a la idea, era la excusa perfecta para volver a escribirle.

—De hecho, hay alguien de quien quiero hablarte... —El hilo de voz de Lola se vio interrumpido por la voz de Carla, quien interpretó la tregua de su hija y sus palabras como una reflexión madura por su parte para dejarle, al fin, hablar de Oliver.

—Me parece genial, porque ya llevo semanas queriendo plantearte la posibilidad de que por fin conozcas a Oliver, tengo muchas ganas de presentártelo y...

—¿Qué? No, espera... —Lola estaba confusa; su madre estaba volviendo a hacerlo, estaba anteponiéndose a ella—. ¿Cómo?

—Ratón, no tienes por qué reaccionar así. Lo entiendo, pero esta vez te prometo que es diferente, no se va a repetir lo que pasó con Xav...

Con un acto reflejo, Lola soltó el tenedor y retiró la silla hacia atrás. No se levantó, pero su cuerpo estaba en completo estado de alarma por si tenía que huir.

—Bravo... —Bajó la vista y volvió a frotarse las palmas de las manos, esta vez sobre sus muslos—. Bravo, mamá. No sé cómo lo haces, pero siempre consigues que todo sea sobre ti, y no sobre mí, para variar.

—Y yo, de nuevo, no sé qué he hecho mal para molestarte esta vez. ¡Si eres tú la que quería hablar!

—Sí, pero de mí, ¡de mi vida! —Lola se puso en pie y, agitada, comenzó a hacer gestos histéricos y a pasear cocina arriba y abajo, elevando la voz—. ¿Se te ha pasado por la cabeza que yo también estoy intentando ser feliz? ¡Claro que no! Tu felicidad, tu bienestar, siempre han de ir por encima de todo...

Carla dejó la servilleta sobre la mesa y también se puso en pie, aunque intentó mantener, una vez más, la calma.

—¿Recuerdas qué decía la psicóloga de las categorizaciones? No existen los «siempre»...

Lola no parecía estar dispuesta a escucharla, tenía demasiada rabia dentro.

—En serio, ¿no te puedes esperar? ¿Qué tiene de especial este tío que necesites YA MISMO meterlo en mi vida? Pospón tu vida hasta que yo me pueda ir de aquí y entonces serás libre para traértelo a casa veinte mil veces más...

—¿Tú te estás escuchando? ¿Lo que me estás pidiendo? ¿Tanto me odias que te molesta que sea feliz? —Carla estaba entre irritada y confusa; no comprendía el hilo de pensamiento de Lola—. ¿Qué he hecho mal, Lola? Ser una mujer libre, follarme a tíos y molestarte, sí, lo sé. Bla bla bla... Pero ¿qué puede molestarte ahora de que tenga pareja... y que quiera que la conozcas? Porque Oliver ha sido muy sensible con la idea de no importunarte...

—Algo que te has pasado por el forro como bien comprobamos todos los que estábamos bajo este techo el sábado pasado... —musitó Lola con reproche.

Carla intentó respirar y tranquilizarse, pero no tuvo ni un segundo para hacerlo cuando vio cómo Lola se acercaba, levantaba su copa de vino de la mesa y, de manera inaudita, se acababa el contenido de un solo trago. ¿Era esa su hija?

—¿Y eso de que Oliver está siendo muy sensible? —preguntó con ironía—. Basura todo, hasta lo metiste en mi cuarto. ¿También te lo has follado en mi cama o ese es el siguiente reto? Un nuevo divertimento, como ya no te pone nada y tus juguetitos ya son aburridos, te tienes que superar buscando...

Carla le cruzó la cara a Lola de un bofetón que la calló en el acto. El silencio se hizo en la cocina y Carla, en un intento de calmarse, se sentó de nuevo en la silla mientras apartaba la vista de Lola, que se llevó la mano a la mejilla abofeteada. Mientras el sonido de la respiración de su hija llenaba la estancia, Carla quiso creer que Lola no era más que una niña rota, traumatizada por unos hechos inoportunos del pasado llevados a cabo por la persona incorrecta y que pensaba que boicoteando la vida a su madre sería capaz de mantener alejado a todo el mundo y así estaría a salvo. Tenía que sacarla de su error.

—No sé qué más puedes intentar o hacer para que no sea feliz, pero no lo vas a conseguir.

—Jon tiene razón —dijo Lola mirándola con lágrimas en los ojos—, eres una egoísta de mierda.

Lola desapareció de la cocina sin más aspavientos, envuelta en lágrimas, y Carla se quedó allí abatida, notando su mano temblar por el calor de la bofetada mientras pensaba en las últimas palabras de su hija: ¿quién era Jon y por qué se atrevía a llamarla egoísta?

23

El día que por fin iba a presentar a Jon a sus amigos, Lola notaba algo diferente en él. No acababa de reconocer qué era, si se trataba de un cambio físico o algo no perceptible al ojo, pero había algo en él distinto a todas las veces anteriores. Se lo dijo cuando llevaban un rato en casa; en su casa, la de Lola, por primera vez desde que se conocían. Allí estaban, Lola acabando de arreglarse (se había comprado un top para la ocasión) mientras Jon ojeaba sus baldas repletas de libros. Había sido idea de él pasar a recogerla, en vez de quedar directamente en el local donde tendría lugar la fiesta de cumpleaños de Sheila, y a Lola le había parecido el momento oportuno para atreverse a dar semejante paso.

Quizás era un gesto que, a ojos de él, podía parecer carente de significado, pero Lola quería poder llevar a cabo esa pequeña provocación; desde que Jon propuso el plan ella no pudo evitar fantasear con la idea de cruzarse con Carla en casa, y estaba dispuesta a alargar el rato allí con tal de que su madre viese que ella también era capaz de algo semejante. La imagen de acostarse con Jon en su propia cama a modo de venganza había hecho parada también en su mente, pero no se había quedado el rato suficiente y Lola todavía estaba demasiado enfadada como para ser tan transgresora. Lucir a Jon, restregarle por la cara a su madre la imagen de una Lola feliz, una felicidad a la que ella no había contribuido con sus decisiones vitales, era más que suficiente después de cómo habían ido las cosas entre ellas la última vez que Lola había intentado poner paz.

—Es más grande de lo que pensaba, en realidad... —dijo Jon apoyándose en el escritorio de Lola.

—¿El cuarto?

—Sí, por las llamadas, y sobre todo por el vídeo —le guiñó el ojo con picardía—, me lo había imaginado más pequeño. De hecho, desde este ángulo puedo ver...

Jon extendió los brazos como si se tratase de un director de cine buscando el mismo encuadre del vídeo que Lola le había mandado. Lola se abalanzó sobre él deshaciendo el gesto.

—Para, que me muero de vergüenza...

Jon la rodeó con los brazos y la besó en la frente.

—¿Qué dices? Si te dijese la cantidad, la CANTIDAAAD de veces que lo he visto desde entonces... —se burló él.

—Interesante, me fascina el dato. ¿Cuántas?

Jon se deshizo de los brazos de Lola y avanzó un par de pasos hasta arrodillarse sobre la cama y pegar su cuerpo a la pared que separaba el cuarto de la habitación de Carla. Apoyó primero las palmas y después pasó a acariciar el papel pintado de la misma hasta pegar la oreja.

—¿Así que esta es la famosa pared?

Carla entró en casa con bastante ajetreo y cierto nerviosismo. Después de haberle insistido a Oliver con el tema, él había accedido a regañadientes a volver a verse, pero Carla no las tenía todas consigo; sentía que algo no iba bien entre ellos y tenía la esperanza de solucionarlo todo con un encuentro entre los tres. Dejó y el abrigo en su sitio y apoyó el bolso sobre el aparador de cualquier manera. Las luces estaban encendidas, por lo que tomó aire y se preparó: Lola estaba en casa e iba a hablar con ella y cambiar el rumbo de las cosas como fuera (entre ellas y con Oliver).

—¿Ratón? —dijo en voz alta mientras se asomaba a la cocina en busca de Lola—. Estás en casa, ¿no?

Carla abandonó la cocina y en su paso por el recibidor comprobó que las llaves de Lola yacían sobre el platito dispuesto para tal fin; era el código sobre el que restaba la tranquilidad de Carla, que se sentía un poco más segura cuando veía las llaves de Lola en él, aunque la puerta del cuarto de su hija estuviera cerrada a cal y canto. Las últimas semanas ver esas llaves había significado que, aunque no hablasen, aunque Lola no la hiciese partícipe de su vida, aunque Lola la castigase con su silencio, estaba a salvo.

—Estaba pensando —Carla elevó la voz— que podíamos tomarnos un café con calma y hablar, ¿por favor? Las cosas no pueden seguir así y de verdad que creo que podemos arreglarlo...

Carla regresó al pasillo y se dirigió hacia la puerta del cuarto de Lola, donde apoyó la mano, pero sin llegar a llamar.

—Te quiero pedir perdón por el otro día, asumo mi parte de culpa y creo que a las dos se nos fue de las manos...

Ante el sonido de pasos al otro lado de la puerta, Carla retrocedió un poco, aliviada de que Lola no fuese a ignorarla y se quedase encerrada allí dentro (como había proyectado que podría llegar a pasar).

Lola giró con brío el pomo de la puerta y tomando aire sujetó de la mano a Jon, quien rodeó entonces con su brazo la cintura de Lola, presentándose ambos de cara a Carla.

—¿Qué... coño? —balbuceó Carla—. ¿Qué haces aquí?

Lola sonrió con complacencia al notar la confusión y hasta

incredulidad en el rostro de su madre; era obvio que no se esperaba, pensó, verla con un hombre saliendo de su cuarto, y mucho menos con un hombre mayor que ella.

—Mamá, te presento a Jon.

—Pero... ¿qué tipo de broma pesada es esta? No entiendo —espetó confusa.

Carla, entonces, solo pudo fijar la mirada en las manos de él sobre su hija, esas manos adultas extendiéndose y acariciándole el hombro a Lola... y le entró el pánico. Aquello solo podía tener una explicación: su hija estaba en peligro.

—Soy Jon, el novio de Lola. Encantado de conocerte... Aunque he de decirte que tengo la sensación de que ya nos conocemos, la verdad...

Sin hacer ningún movimiento brusco, Carla retrocedió a pequeños pasos hasta que la espalda dio con la pared del pasillo.

—Lola me ha hablado tanto de ti —añadió Jon rodeando a Lola con su brazo, acercándola a él con una sonrisa casi maquiavélica que congeló aún más a Carla.

—Te he intentado hablar de él... —indicó Lola con obviedad ante la reacción de su madre—. Bueno, mira, así no lo alargamos más.

Carla seguía petrificada contra la pared. Pensó en abrir la boca y decir algo, en gritarle a su hija que huyese, que estaba en peligro, pero sabía con certeza que Lola se hubiera alejado de ella sin creerla. Consideró, también, golpearlo, apartar a ese hombre de Lola, pero de nuevo su hija no lo hubiese entendido; además, era incapaz de moverse (aunque hubiese querido, su cuerpo no hubiera reaccionado). Lola, en cambio, se venía más arriba en su actitud altiva a cada segundo que veía a su madre paralizada, sin recursos ni la energía con la que la había abofeteado días atrás. Cogió entonces a Jon de la mano y reanudaron la marcha por el pasillo, dirigiéndose hacia la puerta principal.

La mueca que contenía la sonrisa de Jon se quedó clavada en las pupilas de Carla, que los siguió con la mirada como si estuviese viendo un fantasma hasta la puerta, donde pudo observar cómo él le atusaba la chaqueta a Lola, pasaba su mano por el pelo de ella para apartarle un mechón de la cara y la besaba fugazmente en los labios.

—Adiós —dijo Lola con una sonrisa, cogiendo las llaves por último—. ¡Ah! No creo que venga a dormir. Para que luego no digas que no aviso... —añadió con retintín.

—Un placer, Carla.

Lola y Jon cerraron la puerta a sus espaldas y Carla continuó su paso hasta allí, donde, al alcanzarla, se apoyó y dejó arrastrar la espalda por ella hasta caer al suelo.

Estaba sumida en un estado de *shock*, incapaz de reaccionar y tratando de entender cómo era posible. La confusión no la permitió moverse en todo el rato en el que su corazón, persistente, latía a gran velocidad desde que había visto el rostro de Jon salir del cuarto de su hija; el rostro de Jon presentándose, el rostro de Jon besando a Lola. Carla no alcanzaba a comprender la confusión de pensamientos que volaban por su cabeza intentando negar los hechos: «No es posible, no es posible...». Trató de luchar contra la obviedad de lo que había presenciado, buscando una manera de concebir y justificar cómo era posible que Oliver, el hombre con el que había estado saliendo los últimos meses, el hombre que la hacía feliz, el hombre al que había besado, hecho el amor, cogido de la mano, confesado sus miedos... era el mismo hombre que salía con su hija.

Oliver & Carla

24

Unos meses atrás

La alerta por la entrada de un mensaje directo en Instagram llevó a Carla a dejar de lado los documentos que tenía abiertos en el ordenador portátil y hacerse con el teléfono. Pasaban de las ocho de la tarde y las luces del resto del estudio estaban apagadas, salvo por un pequeño flexo que iluminaba la oficina en la que se había quedado repasando presupuestos. No tardaría en irse, en parte por el cansancio acumulado de la semana, y en parte porque se notaba ya desconcentrada, más deseosa de responder a una reacción cualquiera en las redes que de seguir trabajando. El mensaje era de Elías, un músico con el que había tenido un par de citas y que había buscado la excusa de reaccionar a una *story* del estampado de una tela que Carla había colgado esa misma tarde en la cuenta de Estudio RATA para entablar conversación. Era obvio que cuando su nombre aparecía al otro lado del teléfono era porque Elías estaba cachondo (no gracias a los estampados, azulejos y materiales de construcción que Carla compartía en las redes sociales). Los polvos entre ambos no habían sido maravillosos —más bien desastrosos— y, pese a que dijesen de volver a verse, el reencuentro nunca se dio y Elías tendía a escribirle con nostalgia, buscando un pretexto cualquiera para sacar el tema. «Lo pasamos bien...», leyó Carla después de darle cuerda durante un par de minutos.

Lo habían pasado bien, eso era verdad. En su primer encuentro Carla había acabado en casa de él después de que la cena en un elegante restaurante francés la hubiese dejado borracha, pero famélica. Elías, también con el puntillo, la había subido a su *loft* abuhardillado lleno de instrumentos y le había preparado unos huevos fritos, que se habían comido entre risas como si se tratase del manjar más exclusivo del menú. Le había puesto vinilos, se habían pasado a la cerveza para seguir bebiendo y, aunque Carla había sentido que estaba mayor para ese tipo de trajines (Elías tenía pinta de ser el típico perfil que pasaba por ese proceso de manera repetida con veinteañeras), acabaron follando en el sofá con rapidez y torpeza (los cojines insistían en caerse al suelo). Lo inusitado de la situación había hecho que Carla, pese a no ansiar un segundo encuentro, no opusiese resistencia a volver a verse cuando él lo sugirió, por lo que unas semanas atrás se habían vuelto a escribir y habían pasado por el proceso de nuevo (esa vez Carla se lo llevó a su casa, donde sobre una cama decente constató que realmente el polvo no había sido de los mejores).

Suspiró con rabia dándole largas una vez más y recogió el ordenador para continuar el trabajo en casa. Era muy difícil dejar que saliera la verdad, no podía decirle a Elías que, en realidad, para ella la idea de verlo se traducía en quedarse tumbada de piernas abiertas pensando «¿esto es todo?». Le hubiese gustado tener voz y agencia, poder escribir «realmente nuestros polvos son una mierda, y es una pena, porque creo que podríamos tener química, pero...». La tenían, de hecho; Carla sabía que el olor particular de Elías —¿a músico bohemio?— la atraía sorprendentemente, aunque supiese que con él nada más funcionaba. No estaba dispuesta a dejarse engañar por el recuerdo de una posible atracción si sabía que la función iba a acabar con ella gimiendo y chillando de manera impostada confiando en que él no diferenciase el teatrillo del auténtico espectáculo.

Horas después, tras picotear algo de cena, Carla se sentó de nuevo frente al ordenador en el despacho de casa con una infusión y la intención de acabar de repasar los números después de su llamada nocturna con Liz. Daniel, el periodista que había ido después de su último encuentro con Elías, pensó Carla, tampoco había sido un gran fichaje (aunque el sexo, sin duda, hubiese sido mucho mejor). El móvil se le comenzaba a llenar de números, nombres y conversaciones que no le interesaba mantener, y de un *modus operandi* que acababa por decepcionarla. Liz estaba en lo cierto: tenía que cambiar la manera de buscar si esperaba encontrar otra cosa. Como le había dicho a su socia minutos atrás, había sido feliz los últimos tres años desde la ruptura con Xavier, años en los que había disfrutado de su cuerpo, pero el punto de agotamiento se mezclaba con una reflexión que iba más allá; un polvo podía ser una mierda, un tío podía juzgarla, mirarle el escote o ignorarla, pero desde esa distancia no podía herirla. Sin embargo, una relación en la que, por fuerza, debía confiar en la otra persona sí que tenía ese poder sobre ella y, lo que era peor, sobre Lola.

Salvaguardar la seguridad de su hija había sido su prioridad los últimos años, al menos para enmendar el error que había cometido al no haberla podido proteger de alguien como Xavier, al no haber reaccionado ante la incredulidad; al haber, en definitiva, dudado. Follarse a un par de tíos al mes a escondidas no era una actividad de riesgo; enamorarse, en cambio, sí lo era, y Carla tenía dudas de si había llegado la hora de bajar las defensas y dejar que alguien entrase en su vida y fuese más allá, o era mejor seguir como estaba y acabar hastiada de todo contacto humano por desgaste. Creía tener clara la opción ganadora de entre las dos, sin embargo, le resultaba difícil vivir su propia vida y exponerse a otro posible fracaso emocional además de pensar en el impacto que este podía tener en Lola.

—Quizás ahora es el momento... —le dijo a Liz.

—Calla, que creo que ya sé... —Liz parecía hablar sola—. El otro día oí a Nina hablar de una app que se ve que está arrasando, me extraña que tú no te hayas enterado, que estás tan puesta en estas cosas...

—Muy graciosa. ¿Qué app?

—Cloudy, Blurry... algo así... —Liz le dio vueltas al nombre mientras Carla tecleaba en la ventana del explorador buscando la famosa app.

—¿Blurred? —Centenares de artículos al respecto aparecieron en la pantalla.

—¡Esa! Superrecomendada por ella, decía que es la app de citas de moda y que pinta muy bien. Que tu imagen está borrosa y se desemborrona a medida que hablas con la otra persona, y así no te descarta a la primera de cambio como si fueses un trozo de pescado en el mercado... Nos interesa, ¿no? Para calar señoros...

—No suena mal...

Carla leyó un poco más sobre la app esa misma noche y se la descargó sin llegar tan siquiera a abrirla. Gestionar los mensajes del resto de las apps en las que ya estaba activa la había consumido hasta el agotamiento y necesitaba un descanso. Era el momento de dedicarse un tiempo a sí misma; ahorrar toda esa energía y ponerla en el sitio correcto le parecía una buena alternativa. La idea en su cabeza daba tumbos cuando se adentró en la cocina y vio que Lola, en un gesto casi sin precedentes, había preparado la cena para ambas. ¿Se trataba de una señal? Tal vez el destino, o su propia hija con sus gestos, eran quienes le estaban diciendo que podía dejar de entrar y salir a escondidas de su casa, que podía parar de poner parches temporales a su deseo y dedicarse, por fin, a mirar al frente, hacia el futuro, a una imagen de sus vidas menos vacía.

Durante la cena Carla intentó preguntarle cosas, interesarse por su hija y proponer un plan. Se retó a sí misma, por una noche, a no ir en piloto automático y, pese a tener montañas de trabajo, decidió dejar que se acumularan sobre la mesa del despacho y preguntarle a Lola si le apetecía unirse a su noche libre. Sin embargo, Lola estaba desaparecida en su propio mundo, sorprendentemente sumida en la pantalla del móvil e ignorando lo que para Carla era un intento de cambio interno. Los astros no parecían ir a su favor y, en efecto, después de cenar Carla siguió los pasos de su hija y se metió en su cuarto, donde acabó tumbada en la cama con el móvil en la mano (y en la misma postura en la que se encontraba Lola a escasos centímetros, al otro lado de la pared).

A lo mejor empezar por Lola no era el mejor primer paso para todos. Dedicarse a sí misma no pasaba precisamente por mirar hacia fuera, sino hacia dentro y definir qué era eso que estaba buscando, seleccionar lo que deseaba que los demás percibiesen de ella, y rebuscar ahí fuera algo que la hiciese feliz. Porque era eso lo que quería, y sonaba tan pueril que repetírselo en la cabeza la avergonzaba: quería ser feliz, sin limitaciones, sin miedos. Por eso, en un ejercicio de sentir que estaba plantando un punto y aparte, Carla desinstaló el resto de las apps de citas de su teléfono, repasó largo y tendido su agenda de teléfonos para deshacerse de los números de aquellos hombres cuya cara ni recordaba, y tras dudar si hacer lo mismo con Blurred (después de todo, era una app de citas más), abrió la aplicación para darle una oportunidad al concepto; al fin y al cabo, estaba descartando una manera de actuar que se había impuesto en el mundo digital, la de o bien conocer a alguien rápido o bien desecharlo de buenas a primeras.

Carla esperaba que hubiese otro modo de proceder, quería creer que existía una manera de forjar y encontrar proximidad entre dos personas sin necesidad de centrar todas las decisiones sobre la figura del otro (su imagen, su altura, su edad, su trabajo). Para hacerlo tenía que empezar por ella misma, por estar preparada para incorporar la mirada del otro solo siendo capaz de adaptarlo a su sentido del yo. Hasta ese momento, durante los tres años anteriores, había dejado en pausa muchas de las facetas de su yo para que nadie le gustase demasiado, para procurarse el mínimo placer necesario, y poco más; para, en definitiva, sobrevivir, más que vivir. Lo había hecho por su hija, pero también por miedo (a conocer, a confiar, a equivocarse). Blurred ahora le daba la oportunidad, sobre el papel, de autoexpandirse, de no definirse por sus pechos y curvas o por su rostro bien cuidado, sino de escoger cómo quería ser vista por los demás y de no tener que dar pasos en falso. El resto ya llegaría. Por eso abrió la app y empezó a establecer parámetros, dibujando su «yo» primero, y dejar espacio para que apareciera el «otro» después. Ese «otro» adaptado a ella. El primer paso del cambio.

25

No podía mentirse a sí misma: a Carla, Blurred la aburría. Su experiencia en la app la había emocionado los primeros días, ya que los datos que proporcionaba a hombres variopintos en largas charlas sobre su empresa, sus aficiones, su manera de ver la vida iban por delante de su imagen. Sin embargo, tener que desarrollar el discurso de manera segura, con el pestillo de seguridad puesto —como tenía la sensación de que hacían muchos hombres al otro lado «por si acaso» luego lo que veían no iba acorde con la imagen que habían proyectado— le parecía como si cada día tuviese que contar la misma historia una y otra vez con cero emoción, como si nadie se atreviese a profundizar demasiado por si después resultaba difícil en caso de tener que salir corriendo.

En este sentido, la estrategia de Oliver le pareció muy original cuando este apareció en su pantalla; por eso se entregó a ella con diversión y por eso, más pronto que tarde, Carla descartó otros perfiles y se lanzó a conocerlo. Había algo en sus palabras, en el respeto con el que se dirigía a ella, que la hacían percibir al otro lado a alguien inteligente que la trataría del mismo modo. Oliver, además, le había propuesto un «experimento de generación de cercanía interpersonal» que constaba de treinta y seis preguntas que reflejaban quizás la parte más vulnerable de los sujetos que las respondían fomentando, así, la cercanía. Carla no tenía nada que perder: si salía mal, le habría contado alguna que otra cosa personal a un desconocido; si salía bien, estaría estableciendo y desarrollando una relación personal estrecha, sostenida y, sobre todo, recíproca, lo cual independientemente de cómo acabase era un objetivo en su hoja de ruta. Le suponía un ejercicio difícil (el hecho de permitirse a ella misma mostrarse vulnerable ante otra persona), pero estaba abierta a la idea de probarlo.

Oliver tampoco había resultado ser lo que esperaba cuando, a las pocas preguntas y días de conocerse, él le confesó que la diferencia de edad entre ambos podía ser algo importante: Oliver era diez años más joven que ella. Sin embargo, Carla estaba jugando lejos de su zona de confort, y pese a haber proyectado en su cabeza —lo mínimo que se había permitido— encontrar a alguien un poco más afín a ella, no quiso descartar posibilidades y se dejó llevar. Al fin y al cabo, él había hecho lo mismo cuando había averiguado que ella tenía una hija de diecisiete (que era la prueba de fuego para comprobar si la otra persona desaparecía al otro lado de la pantalla). El proceso del cuestionario los hizo saltar de responder cuándo había sido la última vez que habían cantado a solas y cuándo para otra persona (Carla no recordaba haberle cantado a nadie más aparte de Lola, cuando era un bebé, y de aquello hacía ya demasiados años), a, en el caso de que pudieran vivir hasta los noventa años, qué elegirían durante los últimos sesenta años de su vida, si tener el cuerpo de alguien de treinta o tener la mente (Carla había dudado, no quería sonar demasiado narcisista, pero al final había sido coherente y honesta consigo misma y había escogido el cuerpo de alguien de treinta; no tenía sentido mentir en el «juego»).

En un principio había enfocado aquella presencia al otro lado de la pantalla como un entretenimiento, pero poco a poco la figura de Oliver comenzó a robarle más tiempo y sonrisas de la cuenta. Los mensajes de él mejoraban su día cuando un cliente cambiaba de opinión y la exasperaba hasta el nivel de tener que irse a respirar al lavabo para no perder la compostura; la hacían sonreír cuando alguien por la calle o en alguna obra le hacía un comentario impropio y ella ni prestaba atención porque estaba ocupada respondiendo a cuál era el mayor logro que había conseguido en su vida (pregunta n.º 15); y le hacían perder la noción del tiempo y del espacio cuando Lola entraba y salía de la cocina en su presencia y Carla ya no percibía en sus gestos huraños la perenne tensión entre ambas. Era más, estaba de buen humor las veces que eso pasaba e intentaba que su hija se contagiara (pidiendo cena para ambas, quitándole hierro a sus desplantes), pero Lola prefería irse a su cuarto y dejarla en la cocina esperando a la entrega a domicilio de una pizza mediana que Carla comía sola, entre bocado y respuesta a Oliver.

> **Oliver**
> La n° 21, según el experimento, es "¿Qué importancia tienen el amor y el afecto en tu vida?", pero si me permites voy a hacerle una modificación, ya que me parece que amor y afecto son sinónimos, y creo que es momento de meter la cuestión del sexo en el cuestionario, no crees?

> **Carla**
> Somos adultos, nadie se cree que de 36 preguntas hayamos tardado veintiuna en sacar el tema

> **Oliver**
> Pregunta 21, pues: "¿Qué importancia tienen el amor y el sexo en tu vida?". Eres libre de dejarme responder o, ya sabes, las damas van primero

Le gustaba la manera de tontear de Oliver, de hacer que se sonrojara, de tratar las cosas por su nombre y no menospreciarla en muchos aspectos. En ese sentido, Carla tenía la sensación de que Oliver, pese a su edad, era mucho más maduro que todos los hombres de cuarenta y cincuenta que había conocido en los últimos años.

> **Carla**
> No tengo ningún tipo de reparo en ser la que responda primero, eso es algo que has de saber de mí. Soy de ese porcentaje de mujeres a las que nos cuesta ser creídas cuando decimos que nos gusta tener sexo solo desde el placer, o porque nos interesa acostarnos con alguien porque sí, sin necesidad de tener una visión de futuro

> **Oliver**
> Creo que ya sé a qué te refieres

> **Carla**
> El sexo es una parte importante de mi vida de manera independiente, sin necesidad de estar atado al amor romántico (que también son compatibles, eh?). No hay nada que soporte menos que alguien intente traducir que el hecho de que me guste el sexo (esporádico, como sea, con quien quiera, como quiera) es que en verdad significa que no he encontrado la pareja ideal

Siendo honesta consigo misma, Carla tuvo la sensación de que se había expuesto bastante con su respuesta, pero a la par agradeció que Oliver hubiese sacado el tema a colación de la pregunta para no llevarse sorpresas después. Joven o no, si la figura de Oliver iba a emerger al otro lado de la conversación como un señoro más, quería saberlo ya.

> **Carla**
> Tu turno

Oliver

Creo que en esta pregunta hay en verdad dos posibles respuestas: o hablar de la importancia del amor por un lado y del sexo
por el otro, o responder sobre la importancia que tienen en su
conjunto. Y, curiosamente, yo creo que soy del porcentaje de
hombres que viven con la dificultad de verbalizar que queremos
una pareja, que el sexo está bien, nos gusta, pero que adquiere
realmente sentido y es mágico cuando hay una intimidad entre
las dos personas, cuando estas se entienden en muchos más
aspectos, cuando pueden hablar y hablar durante horas pero
también follar y follar, porque esa compatibilidad que decías es lo
que lo hará mejor

Quizás fue tras la pregunta 21 que algo cambió en ella, pero
llegado el momento, y aunque Carla supiese que no estaba cerca
todavía de conocer en persona a Oliver, aunque todavía fuese a
tardar días en llegar al cien por cien de conversación para desvelar sus imágenes, tomó la determinación de acelerar el proceso
y la compartió con él. No quería llenarse de ilusiones, no tenía
tiempo para ello y ya era bastante mayorcita como para perderse en ensueños y utopías.

Carla

Sabes? Pasará y es lo natural de cómo funciona esta app, pero
creo que no me hace falta saber más, ni esperar a ver tus fotos
para querer conocerte en persona. Es más, me parece que hay
un punto en contra de todo el proceso hacerlo de esa manera,
no crees?

Oliver

Y qué tienes en mente?

Carla

Por qué no nos lo saltamos? Obviamente que podemos seguir
hablando pero por qué no acabamos las preguntas en persona?
Podemos hacer ese "desemborrone" en directo. Qué opinas?

En ese momento también, y durante los días posteriores hasta que ambos establecieron una fecha y lugar concreto para el primer encuentro, Carla se ratificó en que quería darle una oportunidad a esa otra faceta de sí misma; la de querer conocer a alguien más joven que ella, la de establecer de buenas a primeras el hecho de que, fuese como fuese Oliver en directo, no se iba a acostar con él a la primera de cambio hasta no comprobar o establecer esa intimidad de la que él había hablado. Y no necesitaba verbalizarlo, porque tenía la sensación de que él también compartía la misma visión, por eso se habían encontrado en el mismo sitio, por eso el experimento estaba dando sus frutos.

La noche que se conocieron en persona Carla llegó al restaurante tarde y de mal humor, y quizás por el enfado de ambas cosas no tuvo ni un segundo para ponerse nerviosa o dudar de cómo podrían salir las cosas en aquel primer encuentro. Oliver llevaba esperándola veinte minutos con una copa de vino a medias cuando ella y su vestido color burdeos cruzaron la puerta del local de decoración modernista y amplios techos con columnas industriales. Desde el momento en que lo localizó hasta que alcanzó la mesa, Carla pudo ver cómo los ojos de Oliver estaban clavados en los suyos, y en ningún momento los bajó ni un centímetro para fijarse en aquel vestido ajustado cuya elección Liz había puesto en duda por ser demasiado provocativo.

—¿Te creerás que acaban de llamarme zorra por teléfono? —fue lo primero que le dijo Carla cuando se hubo pedido una copa de vino también para ella, antes de ojear la carta.

Oliver se rio a carcajadas y la posible tensión existente entre ambos desapareció al instante. Carla se regaló en la amabilidad de los ojos de Oliver, de un azul verdoso indescifrable, y que la miraban de una manera muy penetrante, y no fue hasta el segundo plato que reflexionó sobre que era la primera vez que lo veía (tenía la sensación de conocerlo ya) y concluyó que estaba cómoda y le gustaba: le gustaba su manera de mirar, su manera de sonreír, su manera de hablar, tierna e intensa. Entre el primer plato y el postre alternaron la conversación clásica con los últimos pares de preguntas pendientes. Así, ante la n.º 31, «Cuéntale a tu interlocutor algo que ya te guste de él», Oliver respondió «su seguridad» y Carla respondió «su colmillo izquierdo ladeado que hace que tenga una sonrisa perfectamente diferente y encantadora». Oliver admitió en la pregunta 34 que, de incendiarse su casa con todas sus posesiones dentro, y después de salvar a sus seres queridos y mascotas, pudiendo solo salvar un objeto, escogería su ordenador.

—Da pena, lo sé... Defecto de profesión, imagino...

Carla, por su parte, tuvo bastantes problemas para no hiperventilar ante la imagen dibujada por la pregunta.

—¡Pues imagínate por mi defecto de profesión! —respondió ella.

La pregunta n.º 35 había puesto la nota lúgubre al postre, cuando Carla, ante qué muerte le parecería la más dolorosa de todas las personas que conformaban su familia (y por qué), respondió con el nombre de Lola.

—Por razones obvias...

Se trasladaron a una coctelería no muy lejos del restaurante para llevar a cabo la parte final de la prueba, una vez respondidas las treinta y seis preguntas: mirarse a los ojos durante cuatro minutos. Sentados en un sillón de felpa color burdeos —a juego con el vestido de Carla— situado bajo las escaleras del pequeño y variopinto local, y expuestos a las miradas de los demás, Oliver y Carla le dieron un sorbo a sus bebidas antes de disponerse a poner el cronómetro.

Para ser alguien que había clamado al cielo por una intimidad tal, Carla estaba un poco arrepentida: mirar a los ojos a Oliver durante cuatro minutos y en completo silencio se le antojaba una experiencia aterradora, a la altura de que le exigiesen que se desnudase allí mismo para ser observada por todo el mundo. Se tomó el primer minuto para concentrarse en respirar y no desviar la mirada, todo al mismo tiempo, y el segundo lo dedicó a percibir cómo los nudillos de la mano derecha de Oliver le rozaban la parte en la que su rodilla se transformaba en muslo. En el tercer y cuarto minuto la experiencia pasó a parecerle asombrosa, como si el reto estuviese en descifrar el color de ojos de Oliver, o en percibir cómo el calor que notaba del trago de su bebida se extendía por su cuerpo para acabar traspasando sus miradas. No pensó nada y lo pensó todo. Llegados al momento crucial en el que la alarma del móvil sonó sobre la mesa, pasados los cuatro minutos, Oliver extendió los dedos de la mano, acariciando la rodilla de Carla, que era incapaz de apartar la vista de él. Los cuatro minutos pasaron y se convirtieron en cinco; Carla se acomodó en el respaldo, tranquila, suspirando y rio al intentar alcanzar su copa extendiendo el brazo sin apartar la vista. Oliver sonrió y Carla entendió que el ejercicio de conocer a alguien nuevamente, de molestarse en que alguien la mirase más allá, como estaba haciendo él, era lo que había estado buscando en realidad.

26

Después de su primera cita, en la que ninguno de los dos hizo el gesto de invitar al otro a pasar la noche en su casa, Carla y Oliver se convirtieron en un par de adolescentes que se tomaban la medida el uno al otro muy a pecho. En los momentos iniciales de su relación, quedaron alguna tarde al salir del trabajo para tomar cafés, fueron a cenar un día entre semana, se escaparon a hacer *brunch* el fin de semana, asistieron juntos al teatro y se pasaban horas al teléfono (o lo que a ojos de Carla parecían horas, aunque fuese una conversación de quince minutos en la que no se decían nada, tonteaban, y ella acababa con una sonrisa bobalicona digna de una chica de la edad de, por ejemplo, su hija). En cualquier caso, Carla y Oliver se cogían de la mano, se besaban en las esquinas, en las puertas de los locales que visitaban cuando, después de pagar la cuenta de manera alterna, se paraban antes de decidir dar su siguiente paso y él la cogía por la cintura y sonriendo la besaba de manera suave. Inevitablemente, los besos empezaron a escalar de intensidad, hasta que la situación tuvo que ser abordada.

—Vamos a dejarnos de tonterías, ¿no? —le dijo él por teléfono una noche que Carla estaba encerrada en su despacho, después de haberle colgado a Liz, con quien evitaba compartir detalles de su estado de euforia por el estúpido temor de gafar la situación.

—Ya somos mayorcitos, ¿no? Bueno, yo más...

—No puedo esperar más, y sé que esto no es la típica estupidez de aguantar más de X número de citas...

—Ni de perder la virginidad... —dijo Carla en una risa exagerada para haber sido su propia broma.

—He reservado algo para «zanjar» este tema. Me lo he querido currar de manera especial, así que dime que te va bien este viernes por la noche porque si no me da algo...

—Me va bien —lo cortó ella—. Me va perfecto. Pero ¿reservado?

—Ahhh, tendrás que confiar en mí.

Había algo en el gesto que hacía la situación especial por varias razones. Primero por la propuesta, que averiguó Carla cuando, después de darle la vara durante la semana, Oliver confesó que se trataba de una suite de hotel y que Carla tendría que reservarse para él hasta la hora del *check out* al día siguiente, desayuno incluido. «Nada hortera, lo prometo...», le garantizó. Segundo, porque a la hora de justificar por qué estaba llevándola a un sitio semejante, Oliver puso a Lola como una de las razones.

—No quiero importunar a tu hija, ni que tengamos que hacer el gesto nefasto de pagarle la cena con sus amigos para que desaparezca. Me parece poco sensible invitarla a largarse de su propia casa... Además, no quiero tener que controlarme —dijo entonces él con una voz más grave y seria—. ¿Sabes a lo que me refiero? No quiero estar pendiente de nada ni de nadie, ni de si es hora de marcharme o de si molestamos a tu hija...

Carla se sonrojó porque cada segundo que transcurría el plan del viernes le parecía más atractivo; la idea de no tener que medirse dibujaba un escenario sin límites.

—Quiero pasar una noche contigo, no quiero tener que entrar y salir a hurtadillas de tu cama... —Oliver constató en aquella frase que no tenía intención de parecerse al resto, a los que Carla había mencionado por encima.

El tema de conversación (que había elevado la temperatura del local cuando había surgido en una de sus cenas) había derivado en Carla confesando su *modus operandi* reciente al hablar de sitios habituales donde practicaban sexo. Ella ya había verbalizado su relación con el sexo en más de una ocasión, y tuvo sus dudas al respecto a la hora de contarle a Oliver que conocía a hombres a través de apps y los llevaba a casa para tener sexo casual, y nada más. Pero si corría el riesgo de que Oliver se alejase de ella a esas alturas por ese tipo de información, entonces Carla prefería saberlo cuanto antes...

—Bueno, si te sirve de consuelo, Lola nunca se ha molestado por nada... —Después de las contundentes palabras de Oliver, Carla sintió que estaba justificando sus acciones del pasado—. Quiero decir, que el plan me parece estupendo, eh, pero que tampoco...

—¿Estás segura? —la interrumpió él—. ¿Estás segura de que tu hija no sabe algo y está siendo incómodo? En fin... No sé...

Carla se quedó en silencio ante esa reflexión; Oliver le estaba abriendo un mundo de pensamientos y posibilidades que no había contemplado hasta el momento. Sí que sabía que Lola no era tonta, y que sus caras largas y desaires justamente las mañanas posteriores a que ella tuviera visita estaban relacionadas, sin duda, con la presencia de un hombre en casa. Pero Carla no había dibujado el escenario, haciendo un repaso rápido, en el que le hubiese indicado al hombre con el que estaba que se contuviese por sensibilidad a la persona del cuarto contiguo. El hecho de que Oliver hubiese tenido en cuenta eso antes que nada la hizo esperar con mayor antelación si cabe la cita entre ambos.

Él ya la estaba esperando en el vestíbulo del hotel cuando Carla llegó con una pequeña bolsa de mano con muda para pasar la noche. En cuanto la vio aparecer, Oliver se deshizo de su teléfono móvil, apagándolo por completo, gesto que no le pasó desapercibido a Carla y que él aprovechó para instarla a hacer lo mismo.

—No quiero que nadie nos moleste.

—No recuerdo la última vez que apagué mi teléfono... —dijo ella suspirando.

La cogió de la mano, se dirigieron al ascensor y Oliver pulsó el botón de la penúltima planta, donde al llegar se adentraron en una estancia de unos sesenta metros cuadrados (Carla tenía el ojo entrenado para calcular ese tipo de cosas a primer golpe de vista). La espectacular sala respetaba el impresionante techo artesonado, original del edificio, combinando la modernidad de una decoración estilo *vintage* años setenta con la lámpara y los rosetones originales. Dejaron las bolsas y el abrigo en la *chaise longue* de la zona de relax y Oliver abrió las puertas color aguamarina de apliques dorados para dar paso a un baño totalmente blanco y acristalado con una bañera ovalada y una ducha en el centro de la estancia que caía del techo. Tanto la distribución como el diseño eran exquisitos, cosa que Carla agradeció por el mal endémico que padecía de escrutar los interiores de todos los lugares que visitaba bajo pago (no era tan cruel de hacerlo con las casas de amigos o familiares, a no ser que estos se lo pidieran).

—Eres tan sexy... —susurró él acercándose por detrás y acariciándole los hombros, bajando sus manos por los brazos de Carla hasta abandonarlos sobre sus caderas.

Carla giró la cabeza hacia él y en el gesto Oliver le retiró el pelo del cuello y del hombro para acercar sus labios y darle un solo beso que le erizó la piel del cuerpo por completo. Carla entonces se dio la vuelta y rodeó el cuello de Jon con sus brazos con intención de besarlo, pero él, que mantenía sus manos en la cintura de ella, dio un paso atrás.

—Dime qué quieres... —le dijo con firmeza.

Carla frunció el ceño.

—¿Como... una fantasía?

Oliver la acercó de nuevo a él y Carla pudo observar las finas líneas marcadas en su frente, cómo el pelo del tupé se exhortaba hacia arriba de manera fuerte y natural, y el par de canas sueltas de posible reciente aparición. Podía deberse a que ella tenía muy presente los diez años de diferencia en sus rostros, pero los ojos de Oliver, redondos y parpadeantes, reflejaban una inocencia que, en cuanto abrió la boca para responder, cambió en un destello a excitación.

—Quiero que pidas, que propongas...

Oliver bajó una mano por el muslo de Carla hasta alcanzar la costura del vestido y acariciar con la yema de los dedos la piel de su pierna. Se acercó a ella y cuando tuvo pegados sus labios a los de Carla susurró:

—No quiero que te quedes nada dentro, ¿me oyes?

Oliver arañó con la mano el final del vestido, lo enganchó en su puño y lo arrastró hacia arriba hasta llegar a las caderas de ella, revelando el inicio de las bragas y sus glúteos. Se puso entonces de rodillas y con ambas manos le amasó el culo mientras besaba el borde de las bragas con su piel, jugando a morderlo. A ella le tembló una rodilla y él aprovechó para llevar las manos a sus piernas y abrírselas un poco. Siguió acariciándole los muslos, ascendiendo por ellos, hasta alcanzar el extremo superior de las bragas y arrastrarlas hacia abajo. Hizo a Carla levantar un pie, luego el otro y las tendió en el suelo.

La propia Carla se recogió el resto de la falda del vestido hasta medio cuerpo y expuso su coño a la altura de la cabeza de

Oliver. Él estiró los brazos, la sujetó por la cintura, y arrastrándose por la alfombra de la habitación de rodillas, la condujo hasta el borde de la cama, donde Carla se dejó caer de espaldas abriendo las piernas en un ángulo recto que él aprovechó para introducirle un par de dedos dentro.

Carla gimió y se encogió, reptando un poco hacia el centro de la cama. Oliver, al verla, se puso en pie, en el gesto de incorporarse le besó el clítoris y luego la cintura hasta inclinarse sobre ella.

—Llevas demasiada ropa para todo lo que estoy pensando —le dijo ella.

Oliver se incorporó y, mirándola toda expuesta, sin apartar la vista de ella, se desabrochó con lentitud uno a uno los botones de la camisa, que dejó caer al suelo. Luego, a horcajadas sobre ella, llevó la mano a su espalda y tiró de la camiseta para deshacerse de ella.

—¿Mejor? —le susurró.

—Casi... —Carla respondió extendiendo sus manos y desatándole el cinturón, solo para lograr el margen de poder desabrochar el botón de los pantalones y poder colar su mano por dentro de la ropa interior de él. Deslizó la palma de la mano primero por el vello púbico, luego por su pene.

Se besaron y manosearon un rato, y cuando Carla quiso incorporarse, Oliver recuperó la verticalidad a los pies de la cama. Carla, de rodillas sobre el borde del colchón, le desabrochó por completo los pantalones, que dejó caer, y al acercarse él al vestido de ella para quitárselo, Carla negó con un gesto de su cabeza y se echó hacia atrás, arremangándolo más todavía, pero sin sacárselo. A cuatro patas, entonces, y exponiendo su culo al desnudo y abriéndose de piernas para que él lo viera, Carla se agachó y se metió en la boca la polla de Oliver. Jugó con la punta de la misma y con la punta de su lengua hasta que intentó profundizar un poco más. En sus idas y venidas empezó a gotear saliva sobre la funda impecable de la cama, que comenzaba a deshacerse. Oliver apoyó las manos en la espalda de ella y se inclinó lo máximo que pudo hasta alcanzar con su mano el sexo de Carla y comenzar a masturbarla.

—Gírate un poco... —le indicó él—. Si te pones de lado, llego mejor.

Carla asintió con la boca llena y le procuró un poco de ángulo. Oliver pudo entonces con una de sus manos introducirle un par de dedos dentro, momento en el que Carla comenzó a gemir, unos gemidos acallados por la fricción de sus labios contra el pene de él.

—O vas más despacio o me voy a correr ya... —gimió él, cerrando los ojos.

Carla, con suavidad, se retiró y se incorporó frente a él, señalando con sus manos la espalda, indicándole la cremallera del vestido. Oliver se hizo cargo y le retiró el vestido, revelando sus pechos, sobre los que no tardó en abalanzarse y besar.

—Te quiero follar de tantas maneras que no sé ni por dónde empezar... —dijo ella cuando él hubo sacado de su boca sus pezones.

Oliver se incorporó a la cama y el ritmo y tacto con el que parecía ejecutar las cosas subió un par de niveles. Las caricias se volvieron un poco más intensas y veloces; el cuidado de sus gestos alcanzó el siguiente nivel de brusquedad necesario para llevarlo todo más allá. La besó cogiéndola por la mandíbula y cuando se hubo separado coló en la boca de ella uno de sus dedos, que Carla succionó y chupó con los ojos muy abiertos frente a él, tal y como había hecho escasos minutos atrás con su pene. Oliver la tumbó boca arriba y se puso encima de ella, pero no la penetró todavía, sino que se dedicó a abrirle más las piernas con la punta de los pies para que su entrepierna lo anhelase más.

—Quédate así... No te muevas.

Oliver se bajó de la cama y con pausa recorrió la estancia en busca de su bolsa, de donde sacó un preservativo que se puso de vuelta a la cama, bajo la atenta mirada de Carla.

—No te has movido, ¿verdad?

Carla sonrió y abrió un poco más las piernas, indicándole con el gesto lo que quería. De rodillas, y a su paso, Oliver se recreó jugando con su lengua en el clítoris de Carla hasta que la vio estirar el brazo, hacerse con un cojín, taparse la cara y resoplar debajo.

—Ehhh... —Oliver escaló más en la cama, se puso encima de ella, y le retiró el cojín de la cara—. ¿Qué te he dicho de no quedarte nada dentro?

Carla iba a replicar cuando Oliver aprovechó el gesto para penetrarla. Carla gimió.

—Más fuerte... —dijo él mientras aceleraba el ritmo de penetración—. No te he oído.

Le lamió los labios mientras la oía gemir y la agarró de las caderas para poder llegar más lejos. Ella le rodeó la cintura con las piernas y se dejó arrastrar por el colchón cuando él se incorporó para seguir acelerando el ritmo. Carla se entregó a él, como si durante meses hubiese sido muda, expuesta a un tipo de placer silencioso, mientras elevaba la voz en unos sonidos que parecían salir de lo más profundo de su garganta. Oliver se lamió el pulgar frente a ella y cuando se reclinó un poco más hacia atrás, coló el dedo entre sus sexos y comenzó a estimularle el clítoris con él.

—Más fuerte... —gimió él acelerando el ritmo y la fuerza con la que la penetraba, bajo el único sonido de sus cuerpos chocando y los gemidos de ambos.

Carla se corrió a gritos y apenas unos segundos después de que la intensidad de los mismos se rebajara, volvió a subir el volumen, corriéndose una segunda vez gracias al dedo pulgar de Oliver. Él sonrió, retiró el dedo, lo chupó y con un par de embistes más, se corrió también.

27

Una vez comprobado que la química entre ambos funcionaba en muchos aspectos, lo que más le gustó a Carla fue que Oliver no solo estaba dispuesto a escucharla en la cama, sino también fuera de ella. Improvisaban sus encuentros para mantenerse alejados de casa de Carla lo máximo posible y ella recibía a veces mensajes en los que Oliver la emplazaba en un sitio a una hora con poca antelación, o paseaban de vuelta de cenar y se colaban unas horas en el primer hotel que veían en la misma acera. Carla había pasado a no planificar nada y dejarse sorprender, no solo por sus encuentros, sino por el deseo de ambos, que podía hacer acto de presencia en mitad de una conversación, como la tarde que Carla lo emplazó a tomar unas tapas y vinos en una pequeña taberna cercana al estudio y después de tontear, beber un par de copas y hablar sin parar, Oliver se levantó de camino al lavabo y en el gesto se acercó a la oreja de ella:

—Dime, ¿qué hago en momentos como ahora, que lo único que querría sería llevarte al lavabo conmigo y follarte contra la pared en silencio?

En esa ocasión, Carla esperó al regreso del lavabo de Oliver y después de pagar lo arrastró de la mano hasta el estudio, donde lo coló en el almacén para encontrar un sofá cómodo en el que dar rienda suelta a su encuentro. El estudio, de ese modo, se convirtió en uno de los lugares socorridos a los que acudir (el despacho, el almacén, la exposición...) y el sitio en el que Carla comenzó a pasar más tiempo.

—Algún día tendremos que recuperar una cama o vas a acabar con mi espalda... —bromeó Carla vistiéndose en el almacén del estudio y sentándose en uno de los sillones cubiertos de plástico—. Soy una señora ya...

—Es más barato que un hotel... y más sexy. —Rio él—. Pero tienes razón, lo importante en esta vida es no abusar.

Oliver había dejado caer en más de una ocasión que prefería no llevarla a su piso de improviso porque su ex estaba al fin recogiendo todas sus cosas después de la ruptura y no quería propiciar un encuentro incómodo.

—Te lo compensaré... —le dijo besándola en la frente y acurrucándose a su lado en el sillón, que hizo un ruido extraño por el roce del plástico.

—¿Qué tienes que compensar?

—Mi pobreza, mi ex vaga que lleva tres meses poniendo excusas para no llevarse sus cosas...

—No tienes que compensar nada... —Suspiró ella—. En todo caso tengo que compensar yo... —Carla detuvo sus palabras—. No sé cómo acabar esa frase, iba a decir «por tener una hija», pero...

—Háblame de ello —le dijo él entonces encajando la cabeza de Carla en su hombro y jugando a entrelazar los dedos de su mano con los de ella.

—¿De Lola?

—No, de cuando la tuviste. Es como si yo tuviese ahora una hija de siete años, ¿no?

—Pues como te puedes imaginar que son las cosas cuando te conviertes en madre soltera con veinticuatro.

Carla no había hecho hincapié hasta el momento en toda la

historia, o al menos no había profundizado para hacer a Oliver partícipe de ella. Hasta aquel entonces se había reducido a decirle que había tenido una hija sola, que los primeros años había echado mano de su madre para poder educarla hasta que esta murió de cáncer, y luego, durante bastantes años ya, los últimos diez, habían estado ellas dos solas. Sin embargo, bajo una lámpara de pie de estilo japonés cuya luz se colaba a través de una pantalla tejida en seda (y que Carla guardaba para una recogida de cliente que tendría lugar en breve), decidió ir un paso más allá en la historia y le contó a Oliver que se había quedado embarazada de Alexis, un hombre casado con el que había mantenido un *affaire* bastante tóxico durante cerca de un año. Le habló también de sus remordimientos sobre su propio comportamiento por aquel entonces.

—Él no era mucho mayor que yo, no tenían hijos todavía, y quizás por eso mantuve la esperanza de que la dejaría por mí. Lo típico...

—¿Te puedo preguntar por qué no abortaste?

—¿Tienes miedo de que ahora te dé una respuesta superconservadora?

—Para nada... —Oliver rio—. Pero pienso en la lógica de una chica de veinticuatro años que se queda embarazada de una persona que se va a desentender de su bebé y cómo, ante la alternativa de abortar, prefiere ser madre soltera y saber que, en cierto modo, va a perder la veintena... ¿demasiado duro expuesto así?

—No, fue tal cual.

—A lo mejor me falta el dato clave, como que quisieses ser madre por encima de todo, y esa fue tu oportunidad, no lo sé... —se aventuró él a sugerir.

—No, no tenía ningún interés en ser madre... No en ese momento, al menos. Pero estaba enamorada y era estúpida, y pensé que quizás seguir con el embarazo fuese una manera de retenerlo...

—Uau... —Suspiró Oliver.

—Lo sé. Se suponía que tendría que haber salido bien y que, al menos, él se hubiese quedado en mi vida... —Carla carraspeó—. Con el tiempo he comprobado que, en parte, que desapareciese y no quisiese saber nada fue lo mejor. Pero en el momento, tonta yo, pensé que quizás si le daba eso, si ese vínculo estaba ahí, también podría tener una parte de él, aunque fuese...

—¿Y Lola sabe quién es su padre?

—No. No sé nada de su vida, tampoco, ni hemos mantenido el contacto. Ambos hicimos como si no hubiera pasado...

Carla tenía el discurso muy interiorizado como para permitirse verse sobrecogida por él, sin embargo, notó cómo la nostalgia se colaba entre sus palabras de manera traicionera, como si ese momento de confesiones fuese el momento de abrir la compuerta que siempre permanecía cerrada para recordar todo el oleaje de emociones que sintió con veintitantos.

—Acabé con el corazón roto y con un bebé, no te lo recomiendo. —Rio entre dientes—. Si lo hubiese sabido...

—Si lo hubieses sabido, ¿qué? —inquirió Oliver—. ¿No hubieras tenido a Lola?

—No lo sé, es posible... Es difícil decirlo. Con el tiempo se ven las cosas de otra manera, pero en ese momento, que ni siquiera tienes claro quién eres ni qué quieres, cuando todos tus amigos están todavía situándose en el mundo, tú estás en el hospital sosteniendo ese pequeño roedor en tus brazos...

Oliver le acarició entonces el pelo y la besó en la frente, recolocándose en el pequeño espacio que les proporcionaba el sillón.

—Tienes un hijo en primer lugar y luego, en algún momento más adelante, es cuando te das cuenta de que estás irremediablemente jodido y buscas empezar de cero de alguna manera, con cosas nuevas, para hacerlo bien esta vez... —Suspiró Carla.

—Como si pudieses dejar atrás esa parte de quién eres y volver a empezar...

—Exacto. Sin que tu vida te pase factura. ¿Es posible?

—No lo sé...

Era media tarde y Carla acababa de salir del piso de un posible cliente, con quien había tenido una primera visita para ver el estado actual del inmueble y las posibilidades del mismo. Callejeaba con la vista puesta en los correos electrónicos que la esperaban en su bandeja de entrada, más atenta a su teléfono que a esquivar viandantes, cuando en la acera contraria vio una pequeña tienda erótica con una gran cristalera llena de cachivaches que le pareció interesante. Guardó entonces el teléfono en el bolso y cruzó para adentrarse en ella. Evitó la sección de vibradores porque de eso ya estaba servida y pasó con curiosidad la mano por las perchas de disfraces y ropa interior; le resultaban cuanto menos divertidas, en parte porque ella prefería comprar lencería de calidad y no de fantasía, que podía acabar irritándole la piel.

Los llamados kit eróticos compuestos de esposas, antifaces y algún tipo de lubricante de sabores tampoco llamaban mucho su atención... Estaba buscando algo más atractivo, algo que pudiese divertirlos a ambos. «Guante masturbador de silicona», lo dejó de nuevo en la balda, junto a una fila de masturbadores realistas que tampoco le parecía que aportasen nada. Estaba animándose ante la idea de llevarse algo y llamar a Oliver, plantarse donde estuviera y utilizarlo, sin más dilación, improvisando, como solía hacer él. Por eso recuperó el móvil e hizo una foto a un par de kits de *bondage* con pinzas y correas para, acto seguido, mandársela a Oliver con un mensaje:

La cosa empezó a parecerle interesante con la selección de *plugs* anales (con vibración, sin vibración, de diferentes tamaños), hasta que se decidió por unas bolas anales tailandesas cuyo diámetro iba en aumento, le explicó la chica en caja, para favorecer la excitación de manera progresiva.

—¿Te pongo un gel relajante anal? —le preguntó a punto de cobrar—. Es a base de silicona y tiene extracto de jojoba para...

Carla asintió sin interés recuperando el teléfono del bolsillo ante el sonido de un mensaje entrante.

Oliver
Cuando quieras, donde quieras... soy todo tuyo

Carla
Qué haces en quince minutos?

Carla rio con excitación mientras recogía el ticket de compra y lo metía en la bolsa.

Oliver
Jajajajaja trabajar. Tú no?

Carla
Aburridooooo. Y luego?

Esperó la respuesta de Oliver en su camino de vuelta a la oficina y comprobó un par de veces más el teléfono mientras se reunía con Liz y el equipo de diseño de interiores para detallar los siguientes pasos de una propuesta a concurso, imaginando que Oliver se había visto envuelto en alguna urgencia o tenía una reunión ineludible. Por su propia salud decidió girar el teléfono y no estar atenta a cualquier notificación, y no fue hasta que bajó la verja del estudio junto a Nina y Adán, que la animaban a sumarse a tomar una cerveza de *afterwork*, que Carla comprobó su teléfono una vez más.

> Oliver
> No puedo, perdona. Te digo algo mañana? Ganas no me faltan, créeme...

Notó una punzada agridulce ante la respuesta; en cierto sentido, Carla sintió que su emoción por pasar tiempo con Oliver y ser impulsiva la estaba llevando a aceptar los términos de él, que era el que siempre improvisaba, haciendo que ella se tuviera que adaptar. Sin embargo, cuando era la propia Carla la que tenía la intención de proponer un plan, Oliver no la seguía de la misma manera. Esa ausencia de reciprocidad la acompañó en el trayecto hasta la taberna, aunque, por suerte, se sacó esos pensamientos con Nina y Adán y un par de cañas de por medio.

Oliver la había emplazado un mediodía para ir a comer y la había instado a librarse del trabajo de la tarde para poder pasarla juntos. Carla había movido un par de reuniones y le había rogado a Liz que hiciese por ella la visita a obra que le tocaba por agenda y, sin nada más planeado por delante, se había reunido con Oliver en la puerta de un restaurante mexicano.

—En realidad vamos a pedir para llevar... —le dijo cuando entraron y Carla vio que él no pedía mesa, sino el menú—. Vivo justo encima —señaló guiñándole el ojo.

Carla sonrió y trató de concentrarse en el menú mientras Oliver le acariciaba la cintura.

Veinte minutos después la bolsa de la comida descansaba imperturbable sobre la encimera de la cocina y Carla y Oliver estaban desnudos en la cama.

—Los nachos fríos no valen una mierda, la verdad... —musitó él masticando un rato después.

—Algo a tener en cuenta, sin duda, la próxima vez. Por cierto, muy chulo el piso, muy... sobrio.

Oliver levantó la vista de sus quesadillas y fingió poner los ojos en blanco.

—No sé si tengo más miedo a la posible reseña que puedas hacer de él o a que intentes ficharme como cliente para alguna renovación. Estoy de alquiler...

—Yaaaaa, era una observación...

Carla devoró la mitad de su burrito y experimentó una especie de regocijo extraño por estar allí dentro, por el gesto que había supuesto por parte de Oliver que la llevase a su casa, como una adolescente cuando decide presentarle su novio a sus padres. Se sentía bien, se sentía rejuvenecida y emocionada. Se sentía libre de tensión.

—¿Qué? —le preguntó él—. ¿Por qué sonríes?

—Nada...

Decidieron no salir de casa en toda la tarde y alternaron la cama con el salón. Carla durmió una breve siesta en sus brazos en el sofá y él la despertó sacándole la blusa y colando sus manos entre las costuras del sujetador.

Finalmente, cuando ya era de noche, Carla dejó a Oliver en la ducha, recogió los restos de la comida y regresó a casa en taxi. Todavía flotaba en una especie de nube de satisfacción por haber disfrutado de una tarde diferente, por haber podido a sus cuarenta y un años tener la opción y la elección de escoger pasar una velada así, cuando llegó a casa y desde la entrada vio reflejada en el suelo del pasillo la luz de su cuarto. Su rostro al asomarse reflejó entonces el *shock*, y sus ojos, rápidos, viajaron por toda la estancia intentando analizar los elementos que había en ella: Lola con el rostro maquillado, Lola vestida con uno de sus conjuntos de lencería, Lola frente al cajón abierto de sus juguetes eróticos, Lola con sus nuevas bolas anales tailandesas en la mano...

—¡¿Se puede saber qué estás haciendo?! —Su voz irrumpió en el cuarto desde el umbral de la puerta y su hija, asaltada por su presencia, soltó lo que tenía en la mano y se puso en pie, cubriéndose el cuerpo con los brazos.

Lo que sus ojos observaban era lo último que se hubiese esperado encontrar en su cuarto. Por un momento Carla se vio confundida por todo lo que no reconocía de la imagen, pero también por lo que reconocía: por la figura de Lola tan semejante a ella misma que, en ese instante, había parecido suplantarla. ¿Todo eso había estado pasando y ni ella misma se había percatado de los cambios en su hija? ¿Se había centrado tanto en Oliver y en la idea de ambos juntos que no se había fijado en la transformación de Lola? ¿Estaba Lola, de hecho, convirtiéndose en ella?

—Quiero saber cuánto vas a tardar en traerte a tu nuevo novio ese a casa para usar eso... —espetó Lola señalando su cajón.

—¿Perdona? —preguntó Carla incrédula, todavía incapaz de hacerse a la escena o reaccionar.

—Oliver, o quien sea, tampoco me importa...

—¿Qué tiene que ver Oliver con esto? ¿Y cómo sabes tú c...? —La confusión inundó más los pensamientos de Carla.

—A dos metros de mí, mamá, ¡a dos metros de mí! —la interrumpió Lola a gritos—. ¿O qué te crees, que estoy sorda como una tapia? ¿O que tus amiguitos no hacen ruido? Normal que os oiga cada vez si os dedicáis a jugar con esas cosas... —Lola hizo un gesto de desprecio hacia el cajón.

Carla pasó del *shock* al enfado y abandonó el umbral de la puerta para acercarse a su hija y decirle tratando de contenerse:

—No quiero tener esta conversación ahora mismo, así que haz el favor de respetarme, que soy tu madre, y ve a cambiarte. Ya hablaremos.

En ese momento Carla asimiló la confirmación de todo lo que las caras largas de Lola habían estado intentando transmitirle las mañanas siguientes a que llevase a alguien a casa. De hecho, Oliver había intentado decírselo, o al menos sugerir que su presencia o la de cualquier otro hombre podrían haber estado haciendo mella en su hija. Durante unos segundos, todos sus esfuerzos al respecto, el haberse mantenido alejada de casa durante semanas, el haber evitado caer en la tentación de llevar a Oliver allí, tuvieron en parte sentido.

—¿Respetarte? —Levantó entonces Lola la voz—. ¿Como tú me respetas a mí?

—Es mi casa y haré en ella lo que quiera. Y mientras tú estés en ella...

—¿Qué? ¿Sigo tus normas? ¿Es eso? ¿Puedes ser más cliché, por favor? —Lola se carcajeó frente a ella al borde de la histeria.

—No sé, pareces seguirlas al dedillo a juzgar por cómo vas vestida. ¿A qué juegas? ¿A ser yo, a ser eso que tanto desprecias? Háztelo ver, Lola... —En efecto, había tratado de ser respetuosa y, por lo visto, no había funcionado—. ¿Sabes qué? Empiezo a estar harta de tus desplantes, de que me juzgues constantemente y en mi propia casa, como si no tuviera suficiente con que ya lo hagan ahí fuera. Quizás este rollo pasivo-agresivo que llevas conmigo te funcione, pero he intentado ignorarlo por el bien de las dos y creo que ya no puedo más. ¿Qué te pasa, Lola? ¿Qué te pasa conmigo, por qué me odias?

Lola recogió a gran velocidad sus prendas del suelo y salió del cuarto entre lágrimas de rabia, esquivándola. Sin hacer ningún ademán de perseguirla, Carla se quedó allí de pie tratando de respirar y calmarse, hasta que escuchó a Lola salir de su cuarto y dirigirse hacia el recibidor.

—¿Adónde vas? —gritó yendo tras ella.

—¡Lejos de ti!

La puerta principal se cerró antes de que Carla pudiese llegar al recibidor. Podía entender a su hija, si hacía el esfuerzo; la frustración y el odio conviviendo con el deseo en el mismo sitio, la incomprensión a los cambios de su cuerpo, las dudas... Pero por otro lado consideraba que ya había tenido bastante paciencia con ella y que las faltas de respeto habían llegado a un callejón sin salida. Algo tenía que cambiar. Lola tendría que entenderla, por las buenas, o por las malas...

28

Oliver y Carla habían quedado una tarde después del trabajo; él saldría de la oficina y pasaría a recogerla por el estudio para ir a tomar algo. Cuando Oliver llegó a la hora de supuesto cierre, como tantas otras veces en las que Carla lo esperaba a solas dentro, o ya con la verja bajada, se encontró con las luces todavía encendidas y la mitad del equipo aún trabajando.

—Pasa, perdóname, no me ha dado tiempo ni de avisarte... —le dijo Carla mientras cerraba la puerta con llave y colocaba la señal de CERRADO—. Nos ha pillado el toro con la presentación de un concurso y tenemos que quedarnos un poco más...

—No te preocupes, me quedo un rato.

—Tampoco quiero que...

—Si vemos que se alarga —la interrumpió él—, pues ya te espero con una copa de vino, o algo...

Carla sonrió y lo cogió de la mano, avanzando por la oficina hasta llegar a las mesas donde Nina, Adán y Liz fijaban su vista, concentrados, en sus pantallas de ordenador (Magda, de contabilidad, se había ofrecido a arrimar el hombro, así como el par de becarios nuevos, pero Liz los había mandado a casa).

—Chicos, os presento a Oliver. Oliver, estos son Estudio RATA.

Oliver pasó y se presentó por las mesas hasta llegar a Liz

que, desde el despacho del fondo, intentó de manera inútil contener su emoción al verlo al fin en persona.

—¡Ha tenido que haber una crisis para poder conocerte! —exclamó Liz bajo la mirada asesina de Carla.

Oliver se sacó la americana, pasó y se sentó en el sofá que había frente a la gran mesa de reuniones que ocupaba el centro de la estancia.

—¿Vas a aprovechar para conocer el estudio de primera mano... o ya habías estado? —preguntó Liz por curiosidad al verlo tan acomodado.

—No, no, no había estado. —Dudó él frunciendo el ceño y buscando la corroboración de esa historia en la mirada de Carla—. Pero estáis liadas hoy, ya me lo enseñaréis...

—Qué lástima... —musitó Liz con una medio sonrisa volviendo a ocupar su sitio frente al ordenador.

Oliver se entretuvo unos minutos con su móvil mientras Carla se sentaba junto a Nina y repasaba las pantallas de los ordenadores de todos, oficina arriba oficina abajo. Pasado el rato, Oliver la llamó con un gesto desde el otro lado del cristal y ella acudió:

—He tenido una urgencia, una cosa tonta del curro —dijo señalando el móvil.

—¿Te tienes que ir?

—No, no, pero si me dejas un ordenador me salvarías la vida...

—¡Claro!

Carla lo llevó hasta su despacho, donde Liz y ella tenían sus escritorios, y le abrió su sesión, dejándolo frente al ordenador.

—No sé si necesitas... —dudó ella— algo más.

—Qué va, me va perfecto.

—Mira, ahora ya no me sabe tan mal que estés perdiendo el tiempo mientras esperas. —Rio Carla besándolo con rapidez en los labios.

—Ja-ja-ja... Graciosa.

Oliver se volcó en teclear, Carla regresó junto al equipo y cerca de una hora más tarde todos consiguieron salir de allí, Liz a casa con los gemelos y Oliver y Carla a cenar algo directamente.

La ocasión le dio la idea a Carla; había sido tan normal entrar de la mano con él, presentárselo al equipo, irse juntos después, ver cómo él hablaba con Liz, que normalizar la relación y que Oliver empezase a formar parte de su vida era el siguiente paso y el más lógico. A fin de cuentas, Oliver no era un hombre más con el que compartía un par de cenas y polvos, y Carla quería dejar de pensar en los gestos que la habían comedido en todos sus avances los tres años anteriores tras la ruptura con Xavier. Con él no hubiera dudado en llevarlo de cañas con la gente de la oficina, de presentarlo en cenas a algún amigo; no hubiera dudado en, como fue el caso al principio, llevarlo a casa.

—Quiero que veas mi casa —le dijo ella un mediodía que habían quedado de manera fugaz para comer, ya que él tenía planes las dos noches siguientes y Carla se había comprometido a coger el trabajo de Liz mientras esta se escapaba con su marido fuera de la ciudad un par de días.

—¿Y Lola? —preguntó él con dudas—. Ya sabes que prefiero ser cauto con este tema, y no quiero disgustarla de ningún modo.

Carla le había contado muy por encima el último encontronazo con Lola y los malos términos en los que había acabado la pelea. Cierto era que las cosas se habían calmado en casa relativamente pronto y que la «normalidad» de cruzar cuatro palabras de manera pasivo-agresiva cuando se veían en la cocina se había instaurado casi por inercia.

—Bueno, no tiene por qué estar ella en casa...

Oliver iba a contestar, pero de nuevo Carla se adelantó:

—Quiero decir que, ahora mismo, por ejemplo, está en el instituto. Subimos cinco minutos antes de ir a comer para que la veas, nada más... Lo prometo. —Sonrió ella con malicia—. Pasamos volando y nos vamos.

—Está bien... —Rio él dejándose arrastrar por Carla.

Quince minutos después Carla le estaba enseñando la casa, describiéndole con cuatro apuntes cómo había sido la reforma, de qué cosas se había encargado ella personalmente y los cambios más grandes con relación a cómo estaba el piso cuando lo había comprado de segunda mano (y hecho un verdadero desastre). Oliver paseó por el pasillo en forma de L como si se tratase de un museo e hizo la broma de no querer entrar en su cuarto.

—¿Por?

—Por si no puedo salir... —Sonrió y lo ojeó desde la puerta.

La siguiente puerta fue el cuarto de Lola, donde Oliver solo iba a asomar la cabeza, pero, ante semejante colección de libros, decidió entrar y repasar el contenido de las baldas. Carla, incómoda por si Lola sabía que habían estado allí, prefirió quedarse en la puerta.

—Se pasa el día leyendo... —emitió Carla casi con un bufido.

—No me parece algo malo...

—No, no. Si no me quejo, ¿con esa edad? Podría ser infinitamente peor...

Carla arrastró a Oliver fuera de casa para no perder más tiempo (y antes de que Lola saliera de clase) y se lo llevó a comer por el barrio.

No fue hasta que regresó por la tarde a casa que pagó cara aquella visita. Nada más entrar por la puerta principal, Lola la interceptó en el recibidor y sin permitirle siquiera dejar las llaves la increpó sobre el tema: «¿Has dejado entrar a alguien en mi cuarto?».

—¿Cómo va el golpe en la mesa? —le preguntó Liz en la cola del sitio de comidas preparadas que acababan de abrir en el mismo tramo de calle que el estudio. Carla puso cara de no saber a qué se refería—. ¿Con Lola?

—Ah... eso. —Avanzó un par de pasos—. Le he estado dando muchas vueltas a una cosa que me dijiste el otro día.

—¿Qué te dije?

—Que basta ya de que Lola secuestre mi felicidad.

—Joder, qué inspirada estaba, ¿no?

Carla suspiró y avanzó más en la cola, pero Liz la cogió del brazo.

—Va, que sí, que ya me acuerdo. Por eso te preguntaba lo del golpe en la mesa, el gesto que decíamos de quién manda ahí.

—Sabes cómo soy con el tema —comenzó a decir Carla—, pero no me parece que meter a Oliver en casa sea faltar al respeto a Lola...

—No me dejes entrar a opinar sobre esto que ya sabes cómo me pongo —canturreó Liz entre dientes—. Un momento, ¿eso quiere decir que...? ¿Que ya...?

—No, pero es que ya no me quedan muchos más sitios en el mundo. Y qué leches, es mi casa, Liz. Es mi novio y es mi casa —la voz de Carla parecía exasperarse por segundos—, de verdad.

—Un momento... ¿Lo habéis hecho en el estudio?

Carla sonrió tratando de mantener la compostura y llegó al mostrador, donde seleccionó una ensalada de pasta.

—¡¿En el almacén?! —Liz levantó la voz un poco escandalizada. Carla rio mientras estiraba el móvil para pagar con él—. De verdad que... En fin, pues sí, chica, te mereces un colchón en condiciones, que ya no somos tan jóvenes. ¿Porque no tiene casa él o qué...?

—Liiiiiz...

—¿Qué? ¿Tiene un colchón de mierda?

—Oye, ¿qué haces luego? —le preguntó Carla a Oliver dando un trago más a su copa de vino y atragantándose de la risa, ligeramente embriagada y todavía en el primer plato de la cena.

Oliver extendió el brazo para alcanzar la mano de Carla y retirarle en broma la copa.

—Ya sabía yo que la segunda botella había sido mala idea...

—Ehhh... —Carla se lamentó como una niña pequeña y se puso de morros hasta que él le devolvió la copa.

—¿Qué hago después, decías? Pues pasar la noche, o parte de ella, al menos, con la presente compañía, si se me permite.

—Ya, ya... —afirmó Carla echando un poco más de vino en la copa de Oliver—. Pero ¿dónde?

—¿Tienes alguna idea? —Oliver ladeó la cabeza, pensando en la sugerencia de Carla, y alcanzó la copa con recelo.

—Ven a casa conmigo. —Carla vio cómo él bajaba la copa e iba a abrir la boca, pero se adelantó—. Hagamos las cosas lo más normal posible. Lo normal es eso, Oliver, lo normal es que una mujer de cuarenta y un años pueda llevar a su novio a su casa... y no vivir en un arresto domiciliario por parte de su hija adolescente.

—¿Y si esto solo empeora las cosas? —dijo él con cierta alteración en la voz—. No están finas últimamente, por lo que me cuentas y...

—Piénsalo... —Carla estiró la pierna por debajo de la mesa y le tocó el muslo con sutileza—, ¿no te apetece ni un poquito?

Carla quiso decirlo, pero en lugar de abrir la boca y verbalizarlo se recreó en la idea del morbo que tenía el hecho —después de tantas semanas, después de que fuese el único gesto prohibido para ambos— de fingir que Oliver era uno más de aquellos hombres y colarlo a escondidas.

—No quiero cagarla y que Lola «nos» odie a la primera de cambio...

Carla suspiró con decepción, pero, apenas un segundo después, reaccionó.

—Está bien, ¡tengo una idea! No pasa nada, iremos poco a poco y no la verás.

—¿Qué quieres decir? —replicó Oliver con suspicacia.

—Te prometo que no te vas a cruzar con mi hija. Lola NUNCA sale de su cuarto de noche, además. A partir de ahí, ya iremos viendo...

El camarero interrumpió la conversación y ambos se inclinaron hacia atrás para dejar que retirara los platos y trajese los segundos. Oliver recuperó la copa de vino y no apartó la mirada de Carla en todo el rato que estuvieron en silencio.

—De acuerdo... —dijo cuando el camarero se hubo marchado—. Acepto.

Un par de horas después, el final de la botella de vino y dos *long island* en la barra del mismo restaurante, Carla arrastraba a Oliver por el pasillo de casa de camino a su cuarto entre risas ebrias y siseos. Posiblemente debido al alcohol en sus cuerpos, Carla no percibió el volumen de la música proveniente del cuarto de Lola, no al menos hasta que se encerró en su habitación con Oliver y ambos se quedaron a salvo allí dentro.

—Sé que no es la cosa más sexy que quieres oír ahora mismo, pero... —susurró Oliver acercándose a ella—. ¿Tienes baño aquí dentro?

—¿Tú también te estás meando? —Carla intentó carcajearse sin levantar mucho la voz—. Voy yo primero volando, porfa.

Carla desapareció en el lavabo durante apenas un minuto y dejó que Oliver pasase después, sugiriéndole que se tomase su tiempo, con la intención de cambiarse la ropa interior por uno de sus conjuntos de lencería. El volumen de la música al otro lado de la pared se elevó y Carla trató de ignorar el sonido de fondo mientras se subía por las piernas unas medias con liga a medio muslo.

Unos cuantos minutos después, Oliver salió del lavabo y Carla, con un kimono satinado y mangas de encaje, lo esperaba de rodillas sobre la cama.

—Uau...

Carla se cubrió los labios con el dedo índice, indicándole que tuviese cuidado con los sonidos que emitía. Oliver sonrió y se deshizo de los zapatos en su camino hacia la cama, donde alcanzó el borde y cogió a Carla de la cintura, acercándola a él y besándola. Carla le quitó la ropa con lentitud, tratando de no hacer ruido, pero Oliver, en un arrebato, aceleró el ritmo, se quitó su parte de arriba y buscó el botón de los pantalones vaqueros, que acabaron en el suelo antes de saltar a la cama con Carla.

—¿Te gusta mi kimon...? —le susurró ella al oído mientras él le colaba las manos por debajo del mismo.

—Precioso, me encanta, quítatelo ya —dijo él rápido y con humor, lo que provocó una carcajada en Carla que él censuró de inmediato—. Shhh... ¿no?

Las manos de Oliver siguieron recorriendo el cuerpo de Carla debajo del kimono y una de ellas acabó encontrando la manera de colarse dentro de sus bragas. Oliver introdujo un dedo suavemente dentro de ella para mojarlo un poco y, como un pincel, lo retiró y lo subió buscando estimularla. Carla, que no dejaba de besarlo también con urgencia, se apresuró a meter su mano bajo el bóxer de él, única prenda que todavía cubría el cuerpo de Oliver, y sujetó su pene con fuerza con una mano.

Tras tocarse el uno al otro un par de minutos, entre gemidos controlados, Oliver retiró el kimono de Carla, le sacó las bragas y trató de tumbarla boca arriba. Carla, entonces, le hizo con el dedo un gesto de negativa y lo tumbó a él boca arriba para, acto seguido, desnudarlo por completo. Carla se puso encima de él a horcajadas y se bajó sensualmente las tiras del sujetador a la altura del brazo, dejando que la propia cadencia de sus movimientos arrastrase la pieza de ropa interior lo suficiente como para que sus pechos rebosasen.

—Espera... —Se alteró él al comprobar que Carla estaba muy cerca de dejar que la penetrase sin haberse puesto protección primero.

Carla, de nuevo, le pidió silencio con una señal y recuperó su posición, con sus labios vaginales encima del pene de él, pero sin ser penetrada. Empezó a moverse horizontalmente, frotándolo de arriba abajo mientras ella se estimulaba de esa manera el clítoris. Oliver extendió los brazos y alcanzó a rozarle los pezones, que ya sobresalían de la blonda de encaje, mientras Carla suspiraba, cogía una de las manos de él y se la llevaba a la boca, chupándole el dedo, y se corría.

Apenas segundos después, se inclinó sin perder tiempo hacia el lateral de la cama, sacó de la mesita de noche un preservativo, se lo puso a Oliver y sin más dilación cogió su polla con la mano y se la metió dentro. Oliver gimió sin ser capaz de controlarlo y Carla siguió moviéndose encima de él a varias velocidades. Sin parar de entrar y salir, se inclinó sobre él y él acercó su boca a la oreja de ella.

—Hoy no me hagas sufrir mucho... —susurró. Oliver hacía referencia a la cantidad de alcohol en sangre que llevaba y la poca capacidad que le estaba dando de poder controlarse y alargar cuanto quisiera.

Carla se hizo con un par de cojines grandes a los laterales de la cama, se los puso en la espalda a él y lo incorporó ligeramente hacia ella. Él en el gesto estiró los brazos y rodeó las nalgas de Carla, cada una con una mano. Con el pelo suelto tapándole parte del rostro, Carla apoyó sus manos sobre los hombros de él para mantener el equilibrio y coger impulso, y aceleró el ritmo.

—Cuando te diga... —susurró ella entre gemidos ahogados— méteme un dedo en el culo.

Oliver entonces alcanzó la boca de Carla con una de sus manos y vio cómo le chupaba el dedo índice, lubricándolo con su saliva. Bajó la mano de nuevo y situó el dedo cerca del orificio anal de Carla, que seguía agitándose encima de él.

—No voy a aguantar mucho más... —se quejó él con la yema de su dedo ya casi dentro, sabiendo que en el momento en el que ella dijese la palabra y notase el dedo subiendo, no sería capaz de controlarse y se correría.

—Méteme... el... dedo... —gimió ella ahogadamente mientras empezaba a correrse una segunda vez (esta vez, por dentro).

Desde su posición tumbada, Oliver se sumó al movimiento de caderas de Carla para poder penetrarla un poco más al fondo, alzó el dedo entre las cavidades calientes del orificio anal de Carla y se corrió.

No fue hasta más tarde, una vez ella hubo salido del baño tras asearse y ponerse ropa más cómoda, que vio cómo Oliver se vestía con intención de marcharse.

—¿Te vas?

—Sí, si no te importa, prefiero no pasar la noche aquí.

Carla se quedó helada ante la reacción. Estuvo a punto de insistir, pero lo acompañó hasta la puerta con decepción y en silencio.

—¿Es por... —le preguntó en un susurro ya en el pasillo— Lola? ¿Tienes miedo de tirarlo todo por la borda después de tantos esfuerzos...?

Él la besó con fugacidad ya frente a la puerta principal sin responder siquiera.

—Ya hablaremos.

Ella asintió y él se fue.

Ese punto de inflexión en la relación que Carla sospechaba que se estaba fraguando no estaba lejos. De hecho, desde que había llevado a Oliver a casa, este estaba un poco desaparecido y tardaba en contestar a sus mensajes, por lo que después de un par de días, en los que había tratado de allanar el camino para que Lola estuviese más receptiva, las cosas entre ellas se precipitaron de manera automática, como si fuese insostenible que se mantuviesen así por más tiempo. El hecho de que Lola fuese amable con ella, la excusa de que tanto Liz como todos los integrantes del estudio conocieran ya a Oliver, y un plato de arroz mamposteao preparado por Naya la esperaban un mediodía sobre la mesa. La situación era perfecta.

Sin embargo, ni los intentos de Carla de sacar el tema, ni el haber hecho saber a Lola que tanto Oliver como ella habían sido sensibles con tal de respetar su espacio surtieron efecto. La conversación acabó mal de nuevo y Carla terminó por arrearle un bofetón a Lola, de lo que se arrepintió segundos después. Se lo contó a Oliver por mensaje nada más ver cómo Lola desaparecía por la puerta, pero no obtuvo respuesta (y lo entendía, entendía que las cosas se podían estar complicando demasiado para alguien como él).

Un par de días después, y visto que allanar el terreno no parecía la mejor opción para zanjar aquel pequeño grano de arena que se estaba convirtiendo en un alud de grandes dimensiones, Carla consideró que lo mejor era sacar la tirita de golpe, y así se lo sugirió a él, de manera natural, sin aspavientos, «tomamos un café juntos los tres, de manera casual, sin más». Sentía que se estaba convenciendo de que se trataba de su última oportunidad, de que si no funcionaba, aquello acabaría allí.

Él, tras un silencio que la hizo sospechar lo peor, respondió.

El engaño

29

Todavía en *shock* en el suelo del recibidor, frente a la puerta principal, Carla intentó reaccionar y levantarse, pero sus piernas le fallaron después de haber estado sentada bastante rato (no sabía cuánto, en realidad, llevaba allí tirada). Se arrastró como pudo hasta la barra de la cocina y antes de caer rendida sobre ella, sacó la botella de la nevera y se sirvió una copa de vino, a la que pegó un generoso trago mientras intentaba poner en orden sus pensamientos. Las imágenes se repetían en bucle en su cabeza y no era capaz de deshacerse de ellas: el rostro de Oliver saliendo del cuarto de Lola; el rostro de Oliver presentándose como si no se conocieran, como si no se hubiesen besado hasta la saciedad o hablado hasta las tantas, como si no hubiesen follado en esa misma casa; el rostro de Oliver besando a Lola... a su hija Lola.

—No es posible... —musitó en voz alta y percibió cómo su mano temblaba intentando alcanzar de nuevo la copa de vino, que no se había dado cuenta que estaba ya vacía.

¿Quién era Oliver? ¿Se llamaba Oliver, en verdad, o Jon? ¿Había fingido cada una de las facetas y gestos que había mostrado con ella? Para Carla era como si la existencia de aquel hombre del que se había ido enamorando como una adolescente se hubiese volatilizado de la faz de la tierra. Oliver no existía, Oliver era un engaño. En su cabeza la idea no tenía sentido: había querido presentarle a su hija un hombre que no existía. Un hombre que ella, de hecho, parecía ya conocer.

La mirada en el rostro de él, una mirada que Carla fue incapaz de impedir que retumbase por su mente, le ponía los pelos de punta. Cómo él la había visto y se había aproximado, y cómo ella, paralizada por la incertidumbre, pero también por el pánico, se había limitado a quedarse parada en el pasillo. No había pensado en el dolor que le podía suponer ver al hombre que quería con otra; Carla solo había vislumbrado el daño que esas manos podían infringir en su hija.

Su hija. ¿Sabía Lola algo? Parecía estar disfrutando del momento, del impacto de la presencia del tal Jon en casa, frente a su madre. Pero ¿era tan retorcida como para que todo aquello fuese un truco de ambos para joderla? En la cabeza de Carla la idea (que Jon se hubiese hecho pasar por Oliver todo ese tiempo) sonaba demasiado complicada como para que se tratase de un ardid de Lola para darle una lección. Era imposible que su hija hubiese accedido a una cosa así: follarse al mismo hombre para joderla, era demasiado retorcido incluso para ella. No quiso mantener esa duda en su mente y la descartó con otro trago a la copa de vino, que no tardó en rellenar. Ese hombre, fuera quien fuera, la estaba haciendo dudar hasta de su propia hija.

Retiró con la palma de la mano el par de lágrimas que con quietud empezaron a resbalar por su rostro y por fin consiguió levantarse para alcanzar un trozo de papel de cocina y sonarse la nariz. Intentó repasar, como pulsando el botón de rebobinado de un mando, los últimos días con él. En cierto modo, no podía evitar tener la sensación —pese a desconocer su objetivo— de que él lo había planificado todo, la había usado para buscar ese efecto en ella: Oliver había querido que Carla se enterase de que era Jon, de que era el supuesto novio de su hija, del mismo modo que había rehuido ese posible encontronazo durante semanas, pensó. Todo tenía sentido: las veces que Carla había sugerido llevarlo a casa, la supuesta sensibilidad de él para evitar molestar a Lola, la desaparición reciente...

—Será hijo de puta... —musitó, ya con el rostro seco de lágrimas, pero hinchado.

Agotada, y con apenas el culo de la botella de vino por acabar, Carla se arrastró hasta su cuarto. Las paredes se volvieron inhóspitas, el pasillo no parecía el mismo pasillo por el que caminaba cada día. La puerta de la habitación de Lola estaba entreabierta, y dentro reinaba la calma, a oscuras. Se adentró en su propio cuarto, pero sintió un escalofrío cuando fue a cerrar la puerta: no se sentía segura. Ya no percibía la casa de ese modo, sino más bien como un lugar desagradable, como si él con su presencia hubiese cargado el ambiente de una inseguridad que la atormentaba. Todo era incierto: dónde estaba su hija, con quién, qué podía pasarle, cuál era el objetivo de ese hombre, cuáles serían sus siguientes pasos. Carla no sabía qué hacer.

Lola (a quien había tratado de llamar sin éxito) no volvió a casa esa noche y Carla pasó cada hora de la madrugada en vela, dando vueltas en la cama, pensando qué hacer. Consiguió conciliar el sueño un par de horas, se despertó temprano y se duchó, apenas probó bocado y en su camino al estudio le mandó un mensaje a Oliver: «Hoy a las siete en el estudio». No sabía cómo iba a lograr pasar el día, ni cómo iba a enfrentarse a él, o si iba a ser capaz tan siquiera de pedirle explicaciones, pero al menos había concluido que lo haría a solas, en su terreno.

Cinco minutos después de la hora acordada, desde la penumbra del estudio a oscuras, Carla vio su figura aparecer en la puerta y, antes incluso de que llamara, se acercó para abrirle, intentando rehuir su mirada, concentrándose en bajar la verja ante la duda de saber si estaba haciendo lo correcto (¿y si tenía que salir corriendo de allí? ¿y si le pasaba algo?). Oliver tenía el rictus cambiado, como si fuese otra persona, como si su rostro se hubiese transformado. Una especie de sonrisa complaciente se plasmaba en su cara con una seguridad que le ponía los pelos de punta a Carla. Dieron los pasos suficientes como para alcanzar la sala de reuniones y sin ir más lejos, Carla se giró en mitad de la oficina y de pie, frente a él, se lo quedó mirando. Él mostraba una actitud de satisfacción que parecía totalmente incongruente con la situación.

—Primero de todo, ¿cómo te llamas en realidad? Jon, Oliver...

—Jon —la interrumpió él con sequedad—, me puedes llamar Jon.

Carla apartó la vista, tratando de controlar su enfado y desagrado.

—Vamos, hazlo —la retó.

—¿Perdona?

—Llámame Jon.

—No sé qué coño pretendes, pero esto se acaba aquí.

Jon sonrió y dio un par de pasos en dirección a Carla, quien levantó el brazo para indicarle que se quedase donde estaba.

—Esto solo acaba de empezar... —le susurró cuando, obviando sus indicaciones, se situó a apenas un par de palmos de ella.

Carla levantó la vista y se le rompió el corazón: sentía repulsión pero, a la par, cada uno de los centímetros de ese rostro le resultaban tan íntimos y cercanos...

—¿Qué quieres? ¿Quieres joderme, más todavía? ¿Quieres dinero? No lo entiendo...

—Qué vulgar todo esto que estás diciendo... Si quisiera tu dinero, ya podría haberlo tenido.

—Aléjate de mí y de mi hija.

—Ay, Lola, la buena de Lola... No te mereces una hija así. —Él chasqueó la lengua, se alejó de Carla y se apoyó en uno de los escritorios del estudio.

—¿Qué le has hecho? ¿Qué le has contado? —preguntó Carla con cautela, tratando de mantener la calma.

—Lola no sabe nada —dijo él como si quisiese tranquilizarla. Sin embargo, acto seguido, cambió el tono de voz—: Pero yo, en cambio... yo sí que lo sé todo de tu hija. A qué le tiene miedo, qué le gusta, el tamaño de sus pezones, su desayuno favorito...

Carla cerró los ojos y frunció los labios. Él continuó...

—Lola entera está al alcance de mi mano, ¿no lo ves? De una manera que ni te imaginas...

Para su sorpresa, Jon entonces le listó de manera lenta y calculada hasta dónde llegaba su acceso a la vida de Lola: podía entrar en su calendario *online*, ver su historial de búsquedas y de compras, cada uno de los archivos que se descargaba, saber su ubicación constante, las visitas que realizaba, el material que guardaba en la nube, todas las cuentas sincronizadas, hasta sus contraseñas... En definitiva, controlar la vida de Lola. La conmoción de lo que estaba escuchando hizo que Carla abriese los ojos por completo, aterrorizada: hubiese creído que el control de Jon sobre Lola era emocional, pero él lo había llevado más allá.

—Por no hablar de todas las fotos de Lola, que no son pocas... Para no gustarle que la fotografiasen, tu hija se ha dejado sacar material bastante comprometedor, Carla. ¿Quieres que te hable de él? Mi favorito, sin duda, es el vídeo de Lola masturbándose mientras nos escucha follar al otro lado de la pared... La ironía dramática del momento es maravillosa...

Carla apretó el puño bien fuerte y en un impulso se abalanzó sobre él y le arreó un puñetazo en la cara. Forcejearon y ella comenzó a golpearle con los brazos con tanta rabia e ímpetu que las lágrimas se asomaban por sus ojos. Él, que hasta el momento había mantenido una actitud burlona y desafiante, cambió el rictus y la cogió con bastante fuerza por las muñecas. Carla le había golpeado la ceja y el dolor lo había molestado.

—Si supieses, Carla, que también tengo toda esa información de ti, a lo mejor te estarías quieta...

Carla siguió forcejeando y consiguió soltarse, agitada, alejándose de Jon de un empujón.

—¡¿Qué?!

—Lo que hacen la confianza y un código de acceso, ¿no? —dijo él recuperando su tono desafiante.

El acceso a su ordenador, a su *smartphone*... y alguien que sabía lo que tenía que hacer (*rootear* primero sus dispositivos e instalar la aplicación RAT necesaria usando un *rubber ducky* para tomar control remoto de los mismos): a Jon no le hizo falta nada más.

—Puedo saber dónde estáis en todo momento, qué hacéis... Y si no te portas bien, Carla —indicó con tono amenazante—, puedo arruinarte la vida, arruinársela a Lola, con tan solo un clic. Esa carrera de profesora de colegio no tendrá mucho futuro con según qué imágenes por ahí circulando.

Sorprendida, Carla entendió entonces un poco más la capacidad de control que tenía Jon sobre ella en ese momento: quizás la hubiese soltado, pero la tenía maniatada en un sentido figurado.

—Porque eso es lo que quiere hacer —apuntó él con sarcasmo—, por si no te habías molestado en averiguarlo.

Carla hizo el gesto de abalanzarse sobre él por las implicaciones de sus palabras, pero, en cambio, apretó el puño fuerte en su sitio.

—Y estoy seguro, también, que si te hubieses parado a fijarte un poco en tu hija te reconocerías incluso en ella... Más de lo que piensas, a decir verdad. Y ya no solo hablo de robarte la ropa o follar como su madre... bueno, casi igual de bien, eso lo tengo que admitir. —Sonrió él.

—Eres un hijo de la gran puta. —Carla dejó que la rabia inundase su rostro—. Hazme lo que quieras, jódeme de mil maneras, pero aléjate de Lola, ¿me entiendes? A ella déjala en paz...

A Carla se le rompió ligeramente la voz al pronunciar esa petición final.

—¿Todavía no lo entiendes? —Jon se acercó de nuevo a ella—. En realidad, eso es lo que quiero.

Hasta ese momento Carla había esperado que Jon, en cualquier instante, le hubiese lanzado una suma de dinero, chantajeándola a cambio de que toda esa información se viese salvaguardada. Hubiese esperado, si no, algún tipo de petición monetaria o material que esclavizase a Carla a su voluntad en compensación por alejarse de Lola y romperle el corazón. Lo que no se había esperado era que el verdadero objeto de la extorsión de Jon tenía que ver más con una cuestión de control.

—Ah, genial —rio Carla con un deje de triste ironía—, eres un perturbado que disfruta engañando a niñas y jodiendo a sus madres...

—Te equivocas —la interrumpió Jon con un tono de voz más serio que la puso en alerta—. Yo quiero a Lola, y disfruto ayudándola a encontrarse a sí misma...

—Poniéndola en contra de su madre, quieres decir —se encaró ella—. Moldeándola a tu antojo. Adoctrinándola. Ya veo por dónde vas...

—El único poder que ejerzo es sobre ti, Carla. La relación que mantengo con Lola es real a tantos niveles... Ahora Lola es libre gracias a mí —dijo él con una credulidad que asustó a Carla.

—¿En serio te crees esa mierda?

—Bueno, eso pregúntaselo a ella. —Jon hizo el papel de sacar el móvil de su chaqueta y ofrecérselo—. Llámala, adelante. Pregúntale por nuestra relación, pregúntale si cree que a día de hoy se ha convertido en la mejor versión de ella misma... —Chasqueó la lengua con dramatismo—. No sé, yo querría ver a mi hija feliz, después de todo por lo que la he hecho pasar: los tíos en casa, el ex abusivo que la dejó hecha mierda...

Carla respiró hondamente y cambió de estrategia. Se exigió a sí misma mantener la cabeza fría para poder enfrentarse a él o Jon acabaría desequilibrándola hasta agotarla emocionalmente. Él estaba buscando la situación de conflicto para romperla más, abusando de su posición estos meses atrás. Ella se había mostrado vulnerable durante todo ese tiempo, revelando sus secretos, abriéndose a él. En su cabeza comenzaron a volar de un lado a otro las conversaciones en las que le había dado información personal que ahora, alguien tan manipulador como él, podía utilizar en su contra de mil maneras. Si Lola había hecho lo mismo, como parecía ser, ambas se lo habían dado todo.

—Vale —Carla estaba agotada—, tú ganas. ¿Qué coño quieres ahora?

—La quiero a ella. Quiero a Lola. —Carla hizo el amago de abrir la boca para rechistar, pero él se adelantó—: Tendrás que dejar que sigamos la relación como si nada, eso es lo que quiero. Que te alegres por Lola, por su felicidad.

Jon hizo un gesto, incorporándose de la mesa donde se había apoyado, como si su intervención hubiese acabado ahí y ya hubiese soltado su discurso.

—Ya iremos hablando... —dijo dirigiéndose hacia la puerta.

—¿Y por qué me tuviste que meter a mí en medio? —le preguntó ella alzando la voz, que resonó en la oscuridad de las paredes de la oficina—. Si la quieres a ella, ¿qué pinto yo en todo esto?

—He de confesar que, en tu caso, no he podido evitarlo... Cuando descubrí a través de la app que erais madre e hija, viviendo bajo el mismo techo... Todo vino rodado, resultaba muy fácil como para decir que no.

—Y lo aguantaste hasta que ya no pudiste más, hasta que te estuvo a punto de explotar en la cara... —dijo ella en referencia a todas las veces que a Jon la jugada podría habérsele ido al traste, en algún encontronazo o desliz.

—¿Sabes una cosa, Carla? —Jon dio unos cuantos pasos para volver a acercarse a ella—. Estabas tan desesperada por que te trataran como una persona y no como un objeto que no pude...

Carla lo abofeteó de manera seca y rápida, sin dejarlo siquiera acabar de hablar. Jon se llevó la mano a la cara y apretó la mandíbula, pero después negó con la cabeza y se dio la vuelta, dispuesto a marcharse.

No quería oírlo hablar más, ni sobre su hija, ni sobre su necesidad de hacerla pagar por salirse de la norma ni por cómo todas sus acciones de las últimas semanas y meses la iban a penalizar. Sabía que él contaba con que ese mecanismo le funcionase; fabricar la situación de conflicto para hacerla salir de sus casillas y así llevar la sartén por el mango. No iba a permitírselo. No sabía cómo, pero Carla sabía que no iba a dejarse manipular.

30

Pese a no pegar apenas ojo esa noche y haber perdido por completo el apetito, Carla fue a trabajar al día siguiente con aparente normalidad y habiendo tomado una determinación; Liz pudo percibirla un poco más seria de lo normal en los momentos en que Carla se quedaba pensativa, mirando a la nada, frunciendo el ceño, pero entonces volvía en sí y le restaba importancia: «No he dormido bien». A mediodía, mientras los demás aprovechaban el descanso de la comida para ir a algún restaurante, Carla usó la excusa de los recados para escaparse y acercarse a la comisaría de Policía más cercana.

—Quiero poner una denuncia. Por acoso... —dijo en la ventanilla de entrada.

El hombre de recepción la guio hasta una sala después de hacerla esperar un cuarto de hora y un agente uniformado con un ojo en el ordenador y otro en su narración comenzó a hacerle preguntas.

—¿Puede describir los hechos? Si es posible, facilite el mayor número de datos que tenga del presunto autor o autora...

—Autor —interrumpió ella con cierto nerviosismo.

—De acuerdo —asintió el agente con frialdad.

Ambos se miraron y Carla pasó a narrar de forma más o menos ordenada cómo un hombre había tenido relaciones con ella y con su hija, tomado imágenes y accedido a todos sus dispositivos, para acabar chantajeándolas.

—¿Ha recibido amenazas? —preguntó el agente tras teclear la descripción de Carla.

—Sí.

—¿De qué tipo?

—Bueno, este hombre ha amenazado con publicar las imágenes y vídeos comprometidos de mi hija si no... —Carla tuvo problemas para continuar con la frase.

—¿La está extorsionando? ¿Le ha pedido dinero?

—No, no es eso.

—Entonces ¿con qué la ha chantajeado?

—Bueno, con que publicará las imágenes si no lo dejo seguir saliendo con mi hija.

—Este hombre es el novio de su hija, entonces...

—No —espetó Carla—. Sí..., bueno, en realidad...

A Carla no le gustó cómo el hombre tecleó ese dato con desdén, como si el caso se redujese a que el novio de su hija la hubiese amenazado para convencerla de que los dejase seguir siendo pareja; como si se tratase, simplemente, de un amor adolescente prohibido, exagerado por la narración de una madre histérica.

—No lo entiende, este hombre nos tiene controladas y sabe todo lo que hacemos, y ha amenazado con que habrá represalias si no le seguimos el juego. Ahora es esto, pero podría estar planeando hacerle daño a mi hija, o a mí misma.

—¿Ha habido historial de abusos físicos o maltrato psicológico en el pasado? —preguntó el agente mecánicamente.

—No, en realidad no...

Carla suspiró y empezó a desesperarse. Le estaba resultando más difícil de narrar de lo que pensaba.

—Deme los datos de esta persona. Buscaremos en la base de

datos antecedentes de casos previos de abuso, posibles extorsiones o delitos.

—Se llama Jon.

El hombre tecleó enseguida las tres letras y se detuvo, esperando a que Carla continuara. Ante el silencio de ella, apartó la mirada de la pantalla y la dirigió hacia ella con un gesto, animándola a continuar.

—Jon... En realidad, no sé su apellido, conmigo empleó un nombre falso.

—Entonces ¿no sabe cómo se llama?

—Sí, se llama Jon, sé que ese es su nombre real, pero cuando estaba conmigo me hizo creer que se llamaba Oliver.

—Entiendo —afirmó el agente en un suspiro que indicaba que estaba perdiendo la paciencia—. ¿Y quién es este Jon o este Oliver? ¿Tiene algún dato más de él?

—Tiene unos treinta, treinta y un años... —se apresuró a decir. El detalle, a juzgar por la mueca en el rostro del agente, no fue de mucha ayuda.

Carla intentó escudriñar en su mente todos los posibles recuerdos u ocasiones en las que algún dato de Jon saliese a la luz; recordó las veces que lo vio pagar con tarjeta de crédito, o algún ticket de alguna compra con su nombre en él... Repasó en su cabeza y llegó a una imagen del portal de él. Su buzón. Ahí podría encontrar el nombre.

—Sé donde vive.

—¿Tiene la dirección? Démela y la cotejaremos...

—Mmm... tendría que buscarla, pero podría conseguirla, deme unos segundos.

El agente empezó a golpear la mesa con un bolígrafo mientras Carla buscaba en Google Maps la dirección exacta del restaurante mexicano donde él la había emplazado el día que la había llevado a su casa. Acto seguido, entró en el modo de vista de calle y reconoció el portal, proporcionándole al agente el nombre de la calle y el número.

—¿Planta? ¿Piso?

—Eh... ¿Tercero? Tercero, sí.

—¿Puerta?

—No lo recuerdo.

—En realidad, honestamente, no tenemos muchos datos de los que partir... —concluyó él intentando mostrar un poco de sensibilidad en sus palabras—. Podemos hacer una búsqueda del perfil de esta dirección e indagar sobre antiguas denuncias, pero aun así, con la poca información que tenemos y sin prueba alguna, no creo que podamos ayudarla mucho ni procesar una denuncia a estas alturas, la verdad...

Carla resopló con indignación.

—Se tiene que poder hacer algo. —De repente, cayó en la cuenta de algo y le pareció increíble que no hubiese empezado por ahí—. ¡Mi hija es menor de edad! Tiene que haber alguna manera de protegerla.

—Pero ¿ha amenazado a su hija o a usted?

—No, a ella no. Pero mantiene relaciones con ella.

—¿Cuántos años tiene su hija?

—Diecisiete.

—¿Y el sexo es consentido? Porque no es lo mismo un menor de catorce, por ejemplo, que uno ya de diecisiete —preguntó el agente con rigor.

—Sí, imagino que sí... —balbuceó Carla—. Pero él tiene imágenes, no sé si las graba o cómo las consigue, pero tiene imágenes de ella, de una menor... Eso tiene que ser el inicio de algo, eso se puede denunciar...

—¿El extorsionador, entonces, ha obtenido o expuesto esas imágenes de la menor sin permiso?

—No, diría que no...

—Entonces ¿qué ha hecho este hombre?

—Ya se lo he dicho, me ha chantajeado con publicar imágenes de mi hija. Y ha amenazado con que tiene control y acceso a todos mis movimientos *online*, cuentas...

Carla comenzó a mover la pierna con rapidez de arriba abajo, dejando que el sonido del repiqueteo nervioso de su tacón contra el suelo inundase la estancia.

—¿Ha notado algún movimiento inusual en sus cuentas? ¿Le ha suplantado la identidad digitalmente? Porque eso es otro tipo de denuncia que podría procesar en la Unidad de Delitos Telemáticos de...

—No, no me entiende —lo interrumpió una vez más—. Me tiene controlada, atada de pies y manos... en sentido figurado.

—Por lo que me está contando, señora, ninguna conducta de esta persona, hasta el momento, es jurídico punible. —Carla se llevó las manos a la cara para cubrir la rabia de su rostro—. Me temo que tenerla bajo control, tal cual dice que se siente, no es ningún delito en sí.

—Pero... le estoy diciendo que esta persona me está amenazando, que podría hacerle daño a una menor, que tiene acceso a todos mis datos, ¿y no hay nada que puedan hacer para protegernos?

—Así, a bote pronto, la ley no contempla que nada de lo que ha hecho esta persona hasta el momento sea un delito... Insisto, acuda a la Unidad de Delitos Telem...

—¡Increíble! —esputó ella levantándose de golpe y arrastrando la silla por el suelo con un chirrido.

—Señora, puede ir al banco y cambiar los accesos a su cuenta. Por lo demás, le recomiendo que a partir de ahora use un gestor de contraseñas o la verificación en dos pasos si no quiere que el novio de su hija...

—¡Que no es el novio de mi hija, que es el mío! —gritó desesperada.

Cogió su bolso y su gabardina, respiró y tratando de calmarse le pidió perdón al agente antes de abandonar la sala.

—Ya sabe —le dijo él antes de que Carla cruzara la puerta—, si sucede algo más o pasa cualquier otra cosa que constituya acoso, dejaremos el borrador de la denuncia abierto para poder procesarla...

De camino a la salida Carla vio la hora en su teléfono y tres llamadas perdidas de Liz; el tiempo había volado y llegaba tarde a la reunión con un cliente que tenía agendada para las cuatro de la tarde. Tecleó una respuesta rápida y paró un taxi para regresar a la oficina lo antes posible. La desesperación y la rabia le recorrían el cuerpo, incapaz de deshacerse de la sensación de impotencia que sentía. Parecía estar, en efecto, atada de pies y manos, y lo que más la hacía arder por dentro era saber que tenía que esperar a que él cometiera algún error.

Carla se disculpó ante el cliente por su tardanza y su estado de agitación valió como excusa de más para que todos comprendiesen la posible urgencia que la había entretenido. Al acabar la reunión, notó la mirada de Liz buscando en sus ojos una explicación. Sin embargo, Carla la rehuyó al ver en su móvil un mensaje de Jon (cuyo contacto todavía tenía memorizado bajo el nombre de Oliver), y se encerró en el lavabo para poder leerlo.

> Oliver
>
> Sé a dónde has ido este mediodía... como también sé que no te ha valido de nada. Te dije que te portaras bien...

Quiso lanzar el teléfono al suelo y romperlo a pisotones para que él no pudiese volver a mandarle mensajes así, pero luego pensó en Lola, en las posibles consecuencias, y tan solo dejó el mensaje como leído. Se lavó la cara y esperó a calmarse antes de volver al trabajo. Era consciente de que él había sabido aprovecharse mejor que nadie de las cosas que la hacían vulnerable, de todos esos datos o información que se proporcionan sin preocupación alguna y que están ahí, escondidos inocentemente. Carla tendría que ser más lista y controlar sus emociones si no quería que él la sacase de sus casillas.

Al llegar a casa, Carla se sentía como si un camión le hubiese pasado por encima. Después de la insistencia de Liz, había acabado contándole —más como una excusa para evitar el tema que por otra cosa— que Oliver y ella habían roto. No quiso profundizar más ni contarle una narración falsa porque necesitaba tiempo para pensar en su estrategia, en sus siguientes pasos, qué hacer, con quién hablar, cómo enfrentarse a todo ello... Sabía que no podía quedarse de brazos cruzados, pensó mientras se dirigía directa a la cocina a hacerse con una copa de vino. Sin embargo, era incapaz de rehuir el pensamiento: había vuelto a fallarle a Lola. Había intentado protegerla y, de nuevo, no había sido capaz. La sola idea de que le pudiese ocurrir algo la paralizaba cuando, en realidad, si lo pensaba, ese «algo» que temía ya le estaba pasando en el momento en el que su hija estaba en brazos —en ese mismo momento, incluso— de alguien como Jon.

Se sentó a la barra de la cocina, lejos de su teléfono móvil, que aparcó en la entrada (antes lo hubiese llevado con ella hasta el lavabo, pero ahora sentía cierto rechazo hacia al aparato), y comenzó a darle vueltas, tratando de ser lo más fría y analítica posible. El planteamiento de Jon hasta el momento era de «o me sigues la corriente o yo haré algo al respecto», y esperaba que ella actuase de forma sumisa por lo que había en juego. Si Carla accedía a ese tipo de maltrato, pensó, estaría enfrentándose a una situación que podía prolongarse en el tiempo. En cambio, si decidía plantarle cara y no tolerar ese ataque, se enfrentaba a la posibilidad de que las represalias apareciesen y se intensificasen, algunas de ellas podrían poner incluso a Lola en riesgo. Además, no estaba segura de que realmente eso fuese lo que buscase Jon, como si la perversión de todo el asunto se basase en verla luchar y resistirse; no tenía claro que él no disfrutase provocándola para que reaccionase y él pudiese contraatacar.

El sonido de las llaves al otro lado de la puerta de entrada la hicieron levantarse de la silla y acudir al recibidor, donde Lola entró y dejó sus cosas en el perchero, como si nada. Carla se acercó y, sin preguntarle siquiera, la abrazó con intensidad. Lola no se resistió, pero tampoco reaccionó de manera positiva; más bien se quedó inerte, como un peso muerto que muestra de ese modo su rechazo al gesto.

—¿Qué te pasa? —le preguntó con repulsa, una vez Carla la hubo soltado, reemprendiendo el camino hacia su cuarto.

—Nada, ¿cenamos juntas hoy? —Ante la duda en el rostro de Lola, que la miraba con extrañeza, Carla añadió—: Así me cuentas cosas sobre Jon, que el otro día fue un poco a medias todo, ¿no?

Tragó saliva, con los ojos bien abiertos y en tensión, y esperó a que su hija reaccionase favorablemente. Lola frunció el ceño y asintió con la cabeza.

Carla recuperó su teléfono, pidió cena en una de las apps de comida habituales y, a diferencia de otras veces, se preguntó si Jon sabría qué estaba haciendo y cómo (¿tenía la cuenta duplicada, había instalado algo en su teléfono...?). Improvisó lo que imaginó que a Lola le podría apetecer y dio vueltas por la cocina con cierto nerviosismo, poniendo la mesa mientras pensaba en cómo encarar la conversación. Sabía que no podía atacar a Jon directamente o Lola se pondría en su contra, algo con lo que él ya contaba si ella decidía reaccionar de esa manera. Lo último que necesitaba Carla en ese momento era que Jon se presentase a ojos de Lola como el agredido por su propia madre. Si ella era su objetivo, por así decirlo, parecer responsable de lo que estaba ocurriendo y victimizarlo sería del todo contraproducente. En cambio, si Carla estaba del lado de Lola y le seguía la corriente, la mantendría cerca y así podría protegerla en cierta medida (no había sabido hacerlo en años anteriores e ignoraba cómo iba a poder hacerlo ahora, pero tenía que intentarlo). Estaba convencida de que Jon esperaba un combate entre él y Carla ante los ojos de Lola, una lucha en la que reforzar su figura y acabar de destruir la de Carla por completo sin tan siquiera estar presente. No iba a darle esa satisfacción.

Por eso cuando Lola entró en la cocina, y con la cena recién traída por el repartidor, Carla llenó los platos, se sentó frente a Lola y del modo más amable posible le preguntó por Jon fingiendo un supuesto interés sano.

—Háblame de él, va...

—¿Ahora quieres que te hable de él? —preguntó Lola con suspicacia.

—Ratón... —Carla estiró la mano pero esa vez se curó de no tocarla; con el gesto fue más que suficiente para que Lola percibiera su intención de acercamiento—, he sido tonta al no fijarme en el cambio, pero se te ve más feliz. Porque... estás feliz con él, ¿no?

Carla dudó y a Lola se le iluminó inevitablemente el rostro, tirando por tierra la remota posibilidad de que Lola le confesase en ese momento que todo era un espejismo.

—Sí...

—Pues me alegro por ti. De veras.

Carla tragó la bola que estaba masticando y se ayudó de otro sorbo de vino para que bajase por la garganta; estaba haciendo de tripas corazón. Así tenía que ser hasta que se le ocurriese otra alternativa, hasta que planease su siguiente paso: forzar que las cosas fuesen mejor entre ellas, en buenos términos, intentar pasar más tiempo con su hija y sacarle toda la información posible referente a él... Eso sí, sabía que siempre la iba a acompañar la sensación de estar bajo el ojo de Jon, siendo vigilada, y con la duda real de que él en verdad no las estuviese observando todo el tiempo.

31

Se sentó delante del ordenador portátil en su despacho una noche que Lola no estaba en casa, asumiendo que Jon estaría con ella en esos momentos, y abrió una ventana de incógnito del explorador. Carla no sabía si un gesto tal marcaba la diferencia o no, pero prefirió curarse en salud. Pensó en todos los datos que tenía sobre Jon (los pocos que le había podido sonsacar a Lola y los que había listado de su propia experiencia) y se pasó cerca de una hora viajando por diferentes posibilidades: su nombre y su dirección, su profesión, las posibles cuentas asociadas a nombres parecidos... Internet estaba lleno de datos, pero ninguno parecía pertenecerle a él; ningún resultado ni rastro de huella digital la iban a poder ayudar a profundizar un poco más. Jon no tenía redes sociales, perfiles profesionales ni noticias asociadas a su nombre. Ningún correo, mención o imagen que pasaba por delante de sus pupilas cuadraba: Jon era un fantasma.

Carla se dio cuenta de cómo realmente no sabía quién era él, a pesar de haber pasado muchas horas de su vida en su presencia, intercambiando información, creando un supuesto vínculo. Pese a todo eso, no lo conocía lo suficiente como para encontrarlo en el vasto mundo de información que le proporcionaba la red. Le parecía increíble cómo un cambio de nombre en una persona hacía que perdiese toda su identidad. Cerró el ordenador con un bufido, no sin antes intentar asegurarse de que el historial de búsqueda no había dejado rastro de sus pesquisas, y regresó a su cuarto, pensando en todo aquel juego maquiavélico de las treinta y seis preguntas con el que se había iniciado su relación a través de Blurred. Entendía el *modus operandi*, y cómo él había dado por hecho que la mayoría de la gente pensaba en el amor como algo que sucede, a secas. Para él, en cambio, gracias al cuestionario, que alguien se enamorase de él había supuesto una cuestión de acción. A Jon le había sido posible, simple incluso, generar esa confianza e intimidad perfecta para que los sentimientos prosperasen. El amor no había sucedido, Carla no se había enamorado de Jon (u Oliver, o quien fuera) porque tuviese que suceder, sino porque había tomado una decisión consciente. Por eso dudaba: ¿había sido Jon capaz de fingir una relación entera todo ese tiempo, sin dejar colar ni un solo trazo real de su verdadera personalidad?

No pegó ojo hasta que escuchó la puerta de entrada, los pasos de Lola por el pasillo, la cadena del váter y la puerta de su cuarto cerrarse, al otro lado de la pared. Se dispuso a apagar la luz y tratar de descansar, ahora que sabía que Lola estaba a salvo, cuando vio la pantalla de su móvil iluminarse. Era él.

> **Oliver**
> ¿Te lo has pasado bien en tu pequeña búsqueda online?

Alterada, Carla se incorporó en la cama de golpe y encendió la luz de la mesita de noche. Bajo el nombre de Oliver en línea podía leer «escribiendo...».

> **Oliver**
> ¿Sabes acaso con quién estás jugando? no soy un amateur, tendrás que esforzarte un poco más

No sabía si él disfrutaba con verla resistirse en pequeños gestos como el de esa noche o consideraba lo que Carla había hecho como una supuesta ofensa.

> Oliver
> Ahora bien, y si no quieres aprender por las buenas...

Jon acabó la conversación ahí y dejó de estar en línea. Carla cerró la aplicación, que mostraba a Jon que había leído sus mensajes, y volvió a meterse en la cama con la luz apagada.

Carla trató de pasar los siguientes días sin llamar mucho la atención respecto al tema; iba al trabajo, visitaba obras o tenía reuniones con clientes, almorzaba en algún restaurante cercano al estudio acompañada de Liz o se hacía con un plato preparado y lo comía delante del ordenador, volvía a casa directa, le hacía la lista de la compra a Naya, pedía cosas *online* y subía, como siempre, publicaciones a Instagram en la cuenta de Estudio RATA. Lola y ella se cruzaban por la mañana en el desayuno y a última hora para cenar si ninguna tenía planes. Carla respiraba tranquila cuando Lola se encerraba en su cuarto o sus llaves reposaban en el aparador del recibidor; de momento, no podía pedir más.

Hasta que una mañana, de vuelta al estudio tras visitar un muestrario de telas (se había dejado el teléfono conscientemente en la oficina para poder tener un par de horas de paz, en el caso de que él viese necesario torturarla con más mensajes), cuando pasó por delante de las mesas del equipo y le pareció escuchar a Magda justificándose al teléfono por lo que parecía un error. No le dio más importancia hasta que a la altura de la sala de reuniones, donde el resto del equipo la estaba esperando, Liz la hizo entrar.

—Carla, querida, no te preocupes... —le dijo al verla extrañarse por las caras de preocupación de todo el equipo.

—No sabemos qué está pasando... —Nina levantó los brazos, con el móvil en la mano, sentada frente al portátil.

—Nos están llamando algunos clientes y proveedores —la interrumpió Liz—, se ve que todos ellos han recibido varios correos con información sobre ti...

—Completamente difamatoria —añadió Nina.

—No entiendo... —Carla se acercó para tratar de ver la pantalla, donde imaginaba que Liz tenía alguna de las respuestas.

—Algún *hacker* ha debido de acceder a nuestra lista de correo masiva —justificó Adán.

Carla se sentó y pasó los ojos en diagonal por la pantalla mientras Nina le mostraba mensajes de clientes confusos y algún correo de ejemplo adjunto donde Carla era insultada (con el adjetivo «puta», para más señas) insinuando tratos de favor y bajadas de precio a cambio de sexo, tanto con contratistas, clientes y proveedores. Los correos hacían hincapié en cómo repetidamente Carla, y por extensión Estudio RATA, se había ganado cierta fama en el mundillo y las reacciones de los destinatarios de estos correos no se habían hecho esperar.

—Llevan llamando toda la mañana...

—¿En serio? —Carla apretó el puño y bajó la pantalla del ordenador con toda la contención de la que pudo hacerse acopio, sin intención de seguir leyendo.

—Hay algunos mensajes en redes también, pero los he ido borrando y bloqueando —le indicó Liz.

—Es obvio que esto es una campaña de difamación como la copa de un pino... —dijo Nina para salir en su defensa.

—O un *troll*... —añadió Adán—, algún o alguna gilipollas que te tenga... que nos tenga tirria.

Carla se puso en pie con compostura y se dirigió hacia la puerta de la sala.

—¿Alguna consecuencia de los correos? Más allá de las llamadas o las respuestas, que son comprensibles...

—No, en principio no.

—Pues trabajemos, por favor, en una respuesta para disculparnos por las posibles molestias causadas por los correos, ¿vale? La vemos después —dijo mirando directamente a Nina, quien asintió con la cabeza—, y la mandamos al final del día.

Carla salió de la sala y se dirigió a su despacho donde, nada más entrar, cerró la puerta a sus espaldas, señal inequívoca para Liz de que quería estar un rato sola. Activó el ordenador, que estaba en reposo desde primera hora, y se quedó mirando la pantalla, reflexiva: así había tenido que ser como lo había hecho Jon, accediendo a sus datos el día que, bajo la excusa de aquella urgencia de trabajo, le dejó usarlo. ¿Qué más habría hecho, además de robarle y guardarse para un posible caso así las bases de datos del estudio? Se quedó paralizada frente a la pantalla sin saber qué hacer. Quizás habría alguna manera de rastrear sus pasos, con el historial de uso o algo, alguna cosa que escapara a su comprensión, pero que pudiese darle una pista de hasta dónde había llegado él.

Lo que tenía claro Carla era que ser llamada «puta» podía ser una cuestión moral, una cuestión que tuviese consecuencias reputacionales para su empresa, pero, en cualquier caso, no era ningún crimen. Debía mantener la conciencia tranquila, pensar que nada relacionado con sus actos tendría que llegar a salpicar el buen trabajo que habían llevado a cabo durante años en la empresa para que prosperase. Si lo pensaba, sin duda, le parecía una manera muy machista de atacarla por parte de Jon; no se trataba, de ningún modo, de una manera aleatoria de castigarla. Él había ido a por ese aspecto de la vida de Carla como primera agresión: había usado el sexo.

Pero Carla no era culpable de nada, y quería seguir creyéndolo, no debía enarbolarse pensando en que nada de aquello hubiese surtido efecto si, en vez de Carla, se hubiese llamado Carlos y en los correos hubiese escrito «PUTO» en vez de «PUTA». Lo único de que había hecho talante Carla era de conocer su cuerpo, de hablar de lo que quería, de lo que pasaba y hacía con él. Se suponía que en pleno siglo XXI las mujeres estaban liberadas, no necesitaban dar explicaciones, podían hacer lo que quisieran... Sin embargo, ella seguía siendo señalada; la sensación de libertad era una falsa liberación, la dicotomía al respecto de su libertad sexual no había cambiado. De un supuesto Carlos quizás no, pero de ella..., de ella sus clientes iban a dudar y poner en tela de juicio su integridad moral porque en un correo ponía «PUTA» y se hablaba de sexo, y porque Carla era culpable de ser una mujer libre y, por lo tanto, eso la convertía en una «guarra». La sombra de la duda estaría ahí; habría gente que desecharía los correos sin prestarles más atención, algunos cuchichearían al respecto o hablarían de ello a su paso en una obra. Lo que tenía claro Carla era que no se iba a librar del juicio por sus acciones, de los «pues un poco cierto sí que es, porque se acuesta con muchos hombres...» que podrían llegar a salir de boca de sus propios trabajadores.

Liz entró al cabo de un rato y le trajo una infusión recién preparada.

—Vaya percal... —Suspiró depositándola en la mesa y sentándose frente a su ordenador, cediéndole el espacio para que fuese ella la que sacase el tema, si es que quería hablar de ello—. ¿Estás bien? ¿Crees que deberíamos llamar a la policía para poner una denuncia?

—No... es una tontería, se pasará en dos días.

—Oye... ¿Crees que ha sido Oliver?

—No lo sé... —Carla le dio un sorbo a su infusión—. Pero

Liz, si todo se queda en esto, pues ya está. Quiero pasar página...

No era capaz de hablar del tema porque, más allá de las razones por las cuales Jon estuviese haciendo eso, Carla no podía dejar de pensar en si las pistas que delataran un comportamiento así habían estado siempre ahí y no las había sabido ver.

—¿Te apetece que luego nos vayamos a tomar unos vinos...? —comenzó a decirle Liz—. Para rebajar la tensión de todo esto y...

—Tenemos un problema. —Magda las interrumpió y les indicó que salieran del despacho llevándolas hasta la mesa de Nina quien, colgada al teléfono, parecía exasperarse.

—Pero tiene que haber algo que... —Nina cogió aire, viéndose interrumpida al otro lado del teléfono y cerró los ojos, asintiendo con la cabeza, mientras escuchaba—. De acuerdo, de acuerdo...

Colgó la llamada y se llevó las manos a la cabeza, rebufando, ante la atenta mirada de Liz y Carla.

—El concurso de los hoteles...

—¿Qué? —la increpó Liz.

—Se ha ido a la mierda...

—¡¿Cómo?!

Mientras Liz y los demás rodeaban a Nina y se quedaban a escuchar cómo narraba la llamada en la que el reciente concurso ganado —y cuya facturación iba a resultar un impulso bastante grande para la empresa— había hecho aguas por lo visto por una serie de llamadas que ponían en duda los procedimientos del estudio, Carla se alejó y regresó al despacho, donde cogió su teléfono con determinación para hacer un par de llamadas. Cuando colgó abrió el chat y tecleó «eres un hijo de p», pero respiró antes de acabar de escribir y enviárselo, lo borró y se desentendió del móvil con un grito que el resto del equipo escuchó desde fuera.

Esa misma tarde llamó a Raquel, su abogada personal y la que les gestionaba los asuntos del estudio, que hizo hueco en su agenda y se reunió con ella y con Liz en su despacho. La versión oficial por la cual Carla había contactado con su abogada, al menos mientras Liz estuvo presente en la reunión, se centró en la consulta de posibles represalias y las posibilidades a la hora de denunciar los hechos que habían vivido ese mismo día.

—Pero, antes de nada, ¿estamos seguras de que ha sido él? —preguntó Raquel.

—Por fuerza... —se adelantó Liz en responder.

—¿Ha, vamos a decir, reclamado la autoría de los hechos?

—¿A qué te refieres, como con un atentado?

—Sí, bueno, si había habido amenazas de algún tipo...

—No... —Carla salió de su silencio para recalcar esa última parte.

—Oficialmente, no se sabe quién lo ha enviado —explicó entonces Liz—, porque nadie firma esos correos ni sabemos quién ha hecho esas llamadas, pero seguro que ha de haber alguna manera informática, o algo, de rastrear su origen.

—Lo que está claro es que aquí hay una serie de consecuencias, cuantificadas en pérdidas de un contrato que se ha ido a pique debido a esta acción malintencionada, y que hemos de empezar por ahí...

—Bueno, se ha de poder denunciar por calumnias o algo. Eso se ve cada día en la tele... —Liz buscó la aprobación de Raquel, que descartó con una sonrisa el comentario.

—Vamos a centrarnos en los daños punitivos, primero, que es lo más cuantificable.

—Otra cosa... —dijo entonces Carla—. Es posible que esta persona, para hacer todo esto, nos haya hackeado de algún modo... Eso es algo que también podemos demostrar para una denuncia, ¿no?

—¿Crees que...? Pero eso es... —preguntó Liz, quedándose a medias mientras miraba a su alrededor.

—En ese caso, entonces, os recomiendo que venga alguien, vuestro informático u otro profesional, a chequear vuestros sistemas, que haga un análisis, y a ver si por delito cibernético o incumplimiento de ley de protección de datos también podemos sacar algo.

—Bueno, ya veremos... —sentenció Carla, dando la reunión por zanjada.

Cuando Raquel se hubo marchado, Liz persiguió a Carla hasta el despacho buscando una explicación.

—¿Qué insinúas, que nos ha metido un bicho o nos espía? Sí que es cierto que eso explicaría cómo han podido acceder a la lista de correos, pero ¿tan lejos ha podido llegar por despecho?

—Dejémoslo estar de momento, Liz. Era solo una idea.

—Hombre, pues yo muy segura no me siento al respecto si...

—Hazme caso —la interrumpió Carla—, *porfa...* —Su voz sonó cansada de repente, como si estuviese perdiendo fuerzas por haber intentado mantener el tipo todo el día y Carla estuviese a punto de venirse abajo.

—Está bien —asintió de manera comprensiva—. Oye, lo de los vinos si quieres lo dejamos para otro día...

—Mejor...

En efecto, Carla consiguió arrastrarse hasta casa, derrotada. Le dolía la cabeza y el día se le había hecho eterno. Al entrar por la puerta vio que las llaves de Lola no estaban en el aparador y un pinchazo fue directo a la boca de su estómago. Con apenas fuerzas para meterse bajo la ducha y cubrirse con una manta, estuvo a punto de desconectar el teléfono, si no hubiese sido porque Lola no estaba en casa y tenía miedo de que la llegase a necesitar, por cualquier razón, y no la pudiese localizar. Sabía que tenía un mensaje de Jon que no quería leer porque cuando había puesto a cargar el teléfono un rato atrás había leído «Oliver» en la pantalla. Ya tumbada, y dispuesta a cerrar los ojos y descansar, se prestó a pasar por el pequeño infierno al que la exponía él con sus mensajes. Lo que la sorprendió, en ese caso, fue el contenido del mismo:

> Oliver
>
> Espero que haya ido muy bien tu reunión con la abogada. Parece muy profesional esta tal Raquel Andrés Bach, n° de colegiada 20030, profesional activa desde 2006. Espero que te pueda ayudar con todo este tema, de verdad

El nudo en el estómago de Carla comenzó a retorcerse.

> Oliver
>
> Veo que no captas mucho de qué va eso de "portarse bien" (ni tampoco de lo que soy capaz). Ya tienes pinta de ser un poco díscola. Quizás tengo que empezar a hablar un idioma que entiendas

El siguiente mensaje fue una imagen adjunta de Lola: de pie, con apenas unas braguitas posando con una sonrisa y de manera sensual para la cámara en lo que Carla reconocía como el salón del piso de Jon. La imagen podía haber sido tomada en directo en ese mismo momento; Lola no había vuelto a casa todavía.

> Oliver
>
> Así como han llegado esos correos, esta foto podría llegar a toda esa gente...

El nudo en el estómago de Carla comenzó a agrandarse y el dolor de cabeza hizo de nuevo acto de presencia, o al menos así lo percibió cuando, desesperada, se incorporó sobre el cabezal de la cama: iba a ser incapaz de dormir. Pensó en teclear una respuesta, dejó un par de frases inconclusas, pero finalmente las borró y esperó. «Oliver» estaba escribiendo.

> **Oliver**
>
> Pero eso no es lo peor que puedo hacer. ¿Una foto? No, eso es fácil. Tengo más poder sobre tu hija que una triste lista de correo. Le puede pasar algo peor, algo que a Lola no le guste, y podrías ni llegar a enterarte

Una lágrima de impotencia y de verdadera tristeza empezó a resbalársele por la mejilla mientras notaba cómo el nudo del estómago se convertía en un agujero que comenzó a palpitarle.

> **Carla**
>
> Atrévete a ponerle un dedo encima...

> **Oliver**
>
> Carla... me acuesto con ella. La línea entre hacer algo que quieres y algo que solo quiere el otro es tan delgada... Imagino que eso tú lo has de saber mejor que nadie, por tu amplia experiencia...

El grado de soberbia y misoginia que se colaba en cada una de las palabras de Jon fue lo que, junto con el contenido de las mismas, llevó a Carla al sollozo. Abandonó el teléfono entre las sábanas y se levantó a por papel con el que secarse la cara y sonarse los mocos. Le costaba impedir el llanto y pronto se quedó sin aire, en lo que parecía el inicio de un ataque de ansiedad.

Jon actuaba como si Lola fuese una posesión, algo de su propiedad con lo que poder jugar; sin embargo, lo que más miedo le daba a Carla era lo dependiente que podía resultar Lola de él, y lo fácil que lo tenía Jon para hacer con ella lo que quisiera, desde privarla de todo apoyo exterior hasta cruzar una línea muy delgada en el ejercicio de una violencia que casi resultaba invisible: la violencia que provenía del control de la sexualidad que ejercía él sobre ella, sobre las expresiones y las vivencias sexuales de Lola. Porque Lola no era Carla, no era alguien experimentada que sabía dónde poner los límites cuando no le apetecía prestarse a algo; Lola era apenas una niña iniciándose en ese mundo, alguien de sexualidad débil y controlable, incapaz de diferenciar cuándo algo iba en contra de sus deseos o de la voluntad de su cuerpo y, tal vez, usada como objeto para dar placer a alguien como él. Ese hecho suponía la verdadera amenaza para Carla en ese momento, y lo que pasó a intensificar el terror en el que vivía sumida. Jon lo sabía; no había mayor miedo para una madre que ese... Ese miedo, de hecho, la dejó de pie en plena habitación completamente paralizada con el rollo de papel en la mano mientras las lágrimas le resbalaban por la cara.

El narcisista

32

Cuando se cruzaba con Lola, o los momentos que pasaban juntas, Carla intentaba por el bien de ambas mantener una actitud positiva, hacer de tripas corazón y preguntarle cómo iban las cosas, tratando por todos los medios de no agobiarla o de que Lola no se sintiese atacada; tenía miedo de que, ante cualquier reacción, Lola saltase o saliese corriendo. Por eso Carla no le iba con monsergas a su hija cuando veía que Lola pasaba muchos días entre semana en casa de Jon, o llegaba a horas intempestivas y ni la avisaba de sus movimientos. Carla trataba de hacerse la madre enrollada y comprensiva, disfrazando su actitud alentadora tras la excusa de que ella también había estado enamorada de joven.

Pasó por su cuarto, cuya puerta Lola había dejado entreabierta esa misma mañana, y se metió dentro. Recordó, entonces, el día que había llevado a Jon por primera vez a casa (¿habría sido la primera vez de verdad o él la había engañado y Lola ya lo había invitado antes?), y repitió en su cabeza fragmentos de la conversación, cuando Carla le había dicho a «Oliver» que Lola se pasaba el día leyendo en el cuarto, a lo que él había replicado que no le parecía nada malo y ella, sin saber lo que vendría, le había respondido «No, no. Si no me quejo, ¿con esa edad? Podría ser infinitamente peor...». Podía y lo era, de hecho.

Decidió, entonces, llamar a su hija; para saber cómo estaba, que viera que su madre no había desaparecido y todavía tenía intención de formar parte de su vida; en definitiva, para que Jon —que posiblemente estuviera con ella o pudiese verlo— lo supiera.

—Ratón... —dijo con avidez al oír la voz de Lola—. ¿Cómo estás?

—¿Qué pasa? —respondió Lola con tono cortante.

—Naya ha dejado preparada una remesa entera de su arroz con leche. Como veo que no has pasado por casa en días, a lo mejor no lo habías visto...

—Ah, guay, vale. Guárdame uno.

—¿Vas...? —Carla midió sus palabras y dudó cómo construir la frase—. ¿Vas a venir a dormir?

—Emmm, no lo sé, puede que sí. Pero no me esperes. Ya si eso nos vemos mañana...

—Vale, bueno... Avísame, si puedes.

—*Okay*...

—Buenas noches, ratón...

—Un poco pesada con eso de ratón... ¿no? —dijo Jon, que estaba sentado en el sofá de su casa junto a Lola cuando esta colgó—. ¿Qué quería?

—Nada... Saber si iba a ir a dormir...

Lola se inclinó para buscar sus calcetines del suelo y ponérselos —tenía frío en los pies—, y en el gesto se soltó del brazo de Jon.

—Pero no te vas a ir, ¿verdad? —le dijo él con un tono persuasivo, inclinándose hacia la mesa de centro y rescatando una gyoza, ya templada, del recipiente de plástico en el que se las habían entregado.

—No lo sé, quizás me esté pasando un poco durmiendo tantas noches fuera de casa... Especialmente entre semana, con clases por la mañana...

—Quiere que vuelvas a la madriguera, *ratón*... —acabó diciendo él con énfasis y retintín en la palabra—. Olvídalo, es una manera de controlarte, ¿no lo ves?

—Oye, tú te has pasado meses llamándome rata de laboratorio, no es que sea mucho mejor... —se quejó Lola volviendo a sus brazos, restándole importancia.

—Y, ahora que lo dices, así tan blancuzca y delgada, sí que tienes un poco pinta de rata... —añadió él—. ¿No te lo habían dicho nunca? Quizás deberías tomar el sol, o engordar un poco, no sé... Toma, cómete la última gyoza.

Al ver que Jon lo decía con tono serio y casi de reproche, sin parecer tan siquiera bromear, Lola se rio tímidamente y dudó si acurrucarse de nuevo junto a él. Jon percibió al instante su gesto dubitativo.

—Yo, si tengo voz y voto a este respecto —añadió entonces con el mando ya en la mano y preparado para darle al botón del *play* y reanudar la serie que estaban viendo—, prefiero que te quedes. Soy un poco egoísta, te quiero solo para mí —y la arrastró hacia él.

—Si me lo pones así...

Tras las reacciones por parte de Jon ante su visita a la policía, sus búsquedas en internet y hasta la reunión con su abogada en el estudio, Carla se sentía tan expuesta y vigilada que tomó la determinación, como medida temporal y por su propia salud (que empezaba a resentirse), de dejar el móvil apagado en casa. Llegó a dudar de si mandarle un mensaje a Lola para avisarla, fingiendo que el teléfono estaba estropeado, y advirtiéndola de que en caso de querer localizarla llamase a Liz o al estudio. Sin embargo, Jon había dejado claro en su conversación que tenía el mismo tipo de acceso a Lola que a ella, por lo que haciéndolo estaría dándole inútilmente la primicia de su intento de apagón.

Los momentos que se hallaba sin teléfono, pese a ser consciente de no tenerlo consigo encima, la llevaban a buscarlo entre sus bolsillos o bolso de manera repetida, como un resorte inconsciente; se percató de lo mucho que lo consultaba o acudía a él cuando se acordaba de algo que podía gestionar caminando, de un lado a otro, o cuando tenía un par de minutos muertos, en los que tendía a llevar la mano a un móvil ausente para hacer pasar el tiempo (de manera normal, comprobando Instagram, las noticias o sus correos electrónicos). Incluso caminaba sin saber qué hora era porque hacía años que había desechado el uso de un reloj de muñeca. En apenas unas horas, Carla se dio cuenta de lo mucho que dependía de él.

Sin embargo, su pequeño intento por sentirse liberada del yugo de Jon, aunque fuese de manera temporal, pronto demostró tener más efectos adversos que beneficios. Carla no solo apreció cómo la paranoia se apoderaba de ella cuando se sintió igual de observada por Jon en todos sus movimientos —desde pagar el taxi con tarjeta de crédito hasta acceder al correo o iniciar sesión desde cualquier ordenador, Jon podía estar detrás de esos gestos—, sino que su desconexión le empezó a pasar factura en el trabajo —no estaba enterada al instante de información crucial como cambios de última hora, era imposible de localizar y muchos de los procesos que acostumbraba a seguir a diario no eran simplemente factibles sin estar conectada durante todo el día—. Carla no hubiera imaginado que toda la tecnología que le había proporcionado millares de ventajas tanto en su vida profesional como personal, y de cuyo valor prácticamente dependía, iba a acabar encarcelándola más todavía.

—¿Dónde estabas? Te he estado llamando, pero tenías el te-

léfono apagado, y he probado a casa, a mandarte mensajes...
—le reprochó Liz nada más entrar por la puerta.

—¿Qué, qué pasa?

—Se ha adelantado la reunión con los del restau...

—Del restaurante Baker —dijo Carla a la vez—. Mierda. ¿Todavía están aquí?

—No... He intentado no cagarla demasiado —la reforma del restaurante era un proyecto cuya propuesta había estado liderando Carla—, pero vamos, han entendido que tenías una urgencia, les he dicho que era algo relacionado con Lola, no se me ha ocurrido nada más para dar pena...

—Lo siento mucho, Liz...

Carla se disculpó dejando las cosas en su despacho después de pasar por delante del resto del equipo y saludarles en la distancia.

—¿Qué pasa?

—Nada, se me ha muerto el móvil y...

—No, no. ¿Qué está ocurriendo? ¿Qué te pasa? —le preguntó Liz cerrando la puerta del despacho—. No estás bien, llevas unos días actuando muy raro, como a medio gas, no pareces tú...

Carla resopló con agobio y se mordió los labios, sin saber muy bien qué hacer a continuación.

—¿Vas a contármelo o vas a meterme una bola? Entiendo que todo lo que ha sucedido con Oliver te ha dejado hecha una mierda, pero tía, el estudio es el estudio y...

—Ya, no. No es eso.

Nerviosa, Carla miró hacia los lados, y detuvo la mirada en su ordenador de mesa, al que se acercó para comprobar que estuviese apagado.

—¿Tengo que preocuparme? —preguntó Liz frunciendo el ceño al verla actuar de manera tan extraña.

—No, no es nada, un poco de insomnio. ¿Sabes qué? —dijo entonces con un tono de voz más enunciativo y entusiasta—. ¿Vamos a por un café y me cuentas qué tal la reunión con Baker?

—Vale...

Liz fue a por su bolso, pero Carla la interceptó.

—Ya te invito yo, tranquila...

—Déjame que coja la chaquet...

—Uy, hace una calda increíble... —se apresuró a decir arrastrándola por el brazo hacia la puerta de entrada—. Con el pañuelo ya vas bien...

Cuando pasaron por delante del resto del equipo, Carla también alzó la voz de manera muy declarativa.

—Vamos a por unos cafés, ¿le traemos algo a alguien? ¿Nina?

Nadie quiso nada y Carla por fin sacó a Liz fuera del estudio, donde se sintió más segura.

—Dime que no has traído tu móvil ni llevas nada más encima... —le preguntó al girar la esquina.

—¿Qué? No... ¿qué te pasa? ¿Estás paranoica por el posible hackeo de la semana pasada?

—Liz, lo que te voy a contar te va a dejar muerta, pero tienes que prometerme por tus hijos que no abrirás la boca ni volverás a mencionarlo en voz alta, jamás, a no ser que yo te saque el tema.

—Me estás asustando, Carla, querida...

Carla entonces la cogió bien fuerte del brazo y comenzó a caminar, primero hasta la cafetería donde solían ir a por café, como había dicho en el estudio que haría, y luego dirigiéndose hacia una tienda de antigüedades cuatro calles más arriba, con la posible excusa de que la escapada catalogase como visita de trabajo y su charla, en confianza, refiriese al proyecto del restaurante. Durante el trayecto, y bajo el rostro anonadado de Liz, Carla le narró paso a paso todo lo que había sucedido desde el momento que Jon se plantó en casa con Lola y reveló su verdadera identidad.

—Tienes que ir a la policía... —la interrumpió.

—Ya lo he hecho. Ha sido inútil.

—Insiste.

—No hay nada en contra de él...

—El hackeo, los correos... Todo lo que me has contado lo señala como culpable —le dijo con obviedad.

—¿Y a qué precio, Liz? —A Carla le tembló la voz—. ¿A que si lo descubre el siguiente blanco no sea yo, sino Lola?

Carla pasó a compartirle todas sus líneas de pensamiento, las que la mantenían en vela cada noche, tratando de desenmarañar el entuerto, buscando la salida al laberinto. No podía ir y decírselo a Lola porque estaba en una fase de enamoramiento estúpido y Jon la tenía atada por donde quería. Además, si Carla echaba pestes de él, se convertiría automáticamente en la mala.

—No entiendo cómo lo primero que has hecho no ha sido cambiarte el móvil, las cuentas...

—¿Qué parte no has entendido de las represalias? Lo ve todo, escucha todo, sabe todo... Si actúo así, a saber qué será lo siguiente...

—Pues compra otro teléfono, uno al que él no tenga acceso, y llama desde allí a alguien, pide ayuda a... no sé, un experto en seguridad informática, a un investigador... —Liz estaba alterada—, ¡a un puto sicario, me da igual!

—¿Cómo? ¿Con tarjeta? Lo sabrá y pam. ¿En efectivo? Me localiza en tienda y pam.

Liz se mordió los labios, rebanándose los sesos.

—Estamos jodidas... ¡Pero lo puedo hacer yo!

—¿Y si a ti, no sé cómo, también te tiene pinchada por el curro? Necesito tiempo para descartar esa opción así que no, por muy seguro que crea que sea el plan, no puedo arriesgarme a que lo descubra y me «castigue», como él lo llama.

—Joder, me están entrando ganas de vomitar.

Llegaron a la altura de la tienda de antigüedades y entraron a saludar al dueño. Se dieron un par de vueltas con la excusa de buscar una pieza de coleccionista, y siguieron susurrando mientras Carla le pedía a Liz que le siguiera el juego.

—Pero, escúchame —dijo Liz en voz baja acercándose a Carla y fingiendo que le señalaba una figura de un elefante de madera—, si tal y como te dijo él en verdad se cree que quiere a Lola, jamás le haría daño. Tienes que tener al menos esa tranquilidad...

—Hay muchas maneras de hacer daño, Liz. Su forma de actuar ya le ha hecho daño a Lola de un modo u otro. No quiero saber qué viene después.

Carla y Liz se despidieron del dueño de la tienda, no sin antes pedirle que por favor les mandase el catálogo al correo electrónico de ambas («tal y como hemos acordado, con la fecha de hoy», insistió Carla), y retomaron el camino de regreso al estudio a paso lento.

—Creo que sé por dónde va este tipo...

—¿A qué te refieres? —preguntó Carla entre dudosa y esperanzada.

—Justamente escuché hace poco en Deforme Semanal, un *podcast*, porque ahora me ha dado por ahí antes de dormirme, que hablaban de un perfil psicológico con un comportamiento obsesivo parecido. Ya sabes, peña cero empática y que precisamente se caracteriza porque lo que quieren es control, ratificar ese control sobre otros, y eso es en lo que encuentran...

—Gratificación —sentenció Carla—. Eso cuadraría: de maneras distintas, pero Jon nos tiene controladas a las dos.

—Decían las periodistas que es un tipo de patología que refleja la necesidad de poder, que necesita afirmar ese control sobre los demás. Y, en serio, es lo que está haciendo contigo. No quiere nada más: no quiere pasta, quiere subyugarte... Estoy convencida de que si tú te quedases quieta y aceptases, por decirlo así, el *statu quo*, él intentaría de igual manera provocarte y sacarte de tus casillas para tener una excusa...

—No gesticules con tanta mala leche, porfa. Que parezca que estamos hablando de trabajo —le indicó Carla, mirando a su alrededor, al ver que Liz se indignaba con su propio discurso.

—Ay, cálmate, que estamos por la calle...

—¡No me puedo calmar! —gruñó Carla entre dientes esperando a cruzar un semáforo—. Cada vez que hago o digo algo parece que esté en mi cabeza. Es que se lo he dado todo, Liz, las llaves a mi mente, a mis sentimientos, se lo he contado todo, es... es frustrante. Maldito el día...

—Pero no te culpes, joder —Liz intentó consolarla—. Tú también, qué mala leche. Confías en un tío y acabas en manos de un psicópata narcisista que controla todos tus movimientos.

Carla intentó sacar una pequeña sonrisa ante el tono amigable de Liz, pero tan solo consiguió dibujar una mueca de dolor en su rostro. Era incapaz de más.

—Lo que te decía, que con esta gente, además, es normal actuar así —reaccionó Liz para seguir ayudándola como podía—. En el *podcast* también explicaban que justamente este tipo de perfil suelen ser superencantadores, inteligentes, y que mienten de forma casi patológica, por eso pueden atraparte fácil y, además, comportarse luego sin remordimiento alguno.

A Carla las piezas empezaban a encajarle con la narración que Liz se apresuró a acabar antes de que llegaran de vuelta al estudio. Jon era un manipulador cuyo objetivo era establecer una relación de poder y abuso, en este caso sobre ella y Lola. Lo había conseguido a la perfección, de eso no había duda, y ahora

Carla tenía que seguir pensando cómo enfrentarse a alguien así; debía intentar entenderlo y tratar de adelantarse a sus propios pensamientos para poder ponerlas, a Lola y a ella misma, a salvo de algún modo.

—Si quieres puedo buscarte más info al respecto...

—¡No! No hagas nada...

—Pero puedo hacerlo desde casa, o desde el ordenador de Martin... No es la misma red...

—Por favor, Liz, nada de nada. Me lo has prometido —le recordó señalando que estaban de vuelta al trabajo.

—Está bien... —respondió Liz cogiéndola de la mano y dándole un pequeño apretón reconfortante.

33

Daba igual qué hiciera o cómo pretendiera gestionarlo; Carla podía estarse quieta, abandonar el teléfono bajo la almohada, apagado e inservible, o incluso intentar no usar el ordenador del trabajo (con todas sus consecuencias e incompatibilidades con su vida); o bien podía tratar de llevar una vida normal. Sea como fuere, Jon se encargaba de hacerle saber de manera constante que su presencia continuaba al otro lado del teléfono, mandándole cada par de días mensajes provocadores que narraban conversaciones de teléfono enteras entre Carla y sus clientes, el número de correos profesionales que ella enviaba al día, las compras que había hecho con su tarjeta de crédito, qué había comido, con quién...

La cosa no se quedaba ahí y, para no hacerla dudar, a veces Jon llevaba a cabo el mismo ejercicio con Lola, y le compartía —aunque supiese que Carla no tenía modo de comprobar la veracidad de los datos— las canciones que había escuchado su hija esa semana, cuáles habían sido sus búsquedas en internet, los trayectos exactos que había hecho entre su casa, el instituto y las tiendas del centro, y hasta qué objetos figuraban en la lista de deseos de sus tiendas *online* favoritas. Con cada uno de aquellos mensajes, Carla comprobaba la veracidad de la suposición de Liz; Jon, en efecto, no podía estarse quieto y, cuanto más pasiva fuese Carla al respecto, más necesidad parecía sentir él de provocarla con el objetivo de que saltara y picara el anzuelo. En definitiva, Jon buscaba excusas para seguir castigándola. Si Carla no se resistía, la extorsión de Jon no tenía sentido en parte.

El teléfono se iluminó a las siete de la mañana con un nuevo mensaje que Carla leyó adormilada, todavía desperezándose entre sus sábanas, y con el ceño fruncido, molesta por la luz de la pantalla sobre sus ojos:

> Era Lo, sencillamente Lo, por la mañana, un metro cuarenta y ocho de estatura con pies descalzos. Era Lola con pantalones. Era Dolly en la escuela. Era Dolores cuando firmaba. Pero en mis brazos era siempre Lolita.

—Cabrón... —musitó dejando caer el móvil sobre el edredón y suspirando.

El momento para enviar ese mensaje no podía ser más oportuno: Lola no había pasado la noche en casa (una vez más) y Carla estaba empezando a perder la paciencia. Se había quedado sin ideas; hiciese lo que hiciese, Jon estaba al otro lado buscando una excusa ante cualquier paso para reafirmar su control sobre ella. Todas las alternativas que pasaban por su cabeza, además, ponían en riesgo a Lola de algún modo, y seguir quieta, como una avestruz que mete la cabeza bajo tierra esperando a que todo terminase, tampoco era una opción.

Había prohibido a Liz hacerle cualquier tipo de referencia al tema, así que su amiga tan solo se dedicaba a comunicarse con ella con miradas y en alguna ocasión con un método a la antigua usanza y que Carla solo recordaba haber empleado en clase cuando se pasaba notitas con los compañeros; escribir en una hoja y leerla a escondidas. «¿Sin novedades? ¿Lola bien?», le preguntaba Liz. Carla asentía. «¿Y tú?» La mueca de su rostro agotado daba la pregunta por respondida.

Visto que Carla no tenía ningún as en la manga y no quería promover con sus movimientos otro tipo de castigo que pusiese en peligro la integridad de Lola, Jon cambió de estrategia al comprobar que sus provocaciones por escrito no causaban el efecto deseado. Pronto la ausencia de Lola en el piso se convirtió en la presencia de ambos, y Jon insistía en ir a recogerla a casa, en vez de quedar con ella directamente en su propio piso los días que se veían —que solían ser la gran mayoría a cómputo global de la semana—. Carla se veía forzada a presenciar cómo él se disfrazaba del supuesto novio perfecto, entraba con sus ademanes educados en casa y esperaba en la cocina a que Lola se preparase la bolsa con la muda para irse juntos. En esos instantes, en los que Carla era pillada *in fraganti* en la cocina y no podía escaparse al cuarto o encerrarse en ningún lado ni decir nada fuera de tono, Jon aprovechaba para manipular el discurso y tergiversaba las cosas. A sabiendas de que Lola entraba y salía de la cocina vestida con una sonrisa complaciente al tener a Jon en casa, y en buenos términos con su madre, él aprovechaba esos gestos frente a ella para disfrazarlos y emitía en voz alta su preocupación por la relación entre ambas.

—Creo que es muy importante que intentéis llevaros lo mejor posible. Yo ya se lo digo a ella... —manifestaba él señalando en la dirección en la que Lola acababa de desaparecer.

Carla tomaba aire y mantenía la compostura, tratando de concentrarse en su respiración y no prestar atención a las provocaciones de Jon.

—Yo solo quiero que Lola sea feliz, solo busco su felicidad. Lo he hablado también con ella, no te creas.

—¿Hablado de qué? —Disimulaba ella con el ceño fruncido, entrando por la puerta de la cocina, visiblemente incómoda de que Jon le estuviese sacando el tema a su madre.

—Sé lo que te ha hecho, Lol, pero todos tenemos que poner de nuestra parte para buscar tu felicidad, ¿no creéis? —preguntaba él a ambas con provocación, haciendo que Lola se incomodase y poniendo a prueba la paciencia de Carla.

—¿Nos vamos ya? —interrumpió Lola molesta.

—Claro...

Jon no escatimaba en gestos cariñosos hacia su hija frente a Carla; rodeaba la cintura de Lola con el brazo, posaba las manos en su cara, le hablaba muy de cerca y, en general, se recreaba en gestos que ponían en relevancia la dominación que tenía sobre Lola, algo sutil, casi invisible, pero real (la manera en la que la tocaba decía más que dónde la tocaba).

Horas después de que se marchasen y Carla se quedase con un nudo en la garganta que trató de deshacer con una copa de vino, entre lágrimas que se le acumulaban en los párpados y que se negaba a derramar, Jon seguía escribiéndole desde su casa. No contento con sus intervenciones en vivo y en directo, y presuntamente cuando Lola estaba en el lavabo aseándose o poniéndose de nuevo la ropa, Jon le hacía llegar imágenes a Carla de su hija. A veces eran de ella en ropa interior, a veces tan solo escondiéndose bajo la manta del sofá; otras, las peores, eran de Lola con poca ropa, dormida, vulnerable y a su merced por completo. Ningún texto acompañaba las imágenes; Jon dejaba que hablasen por sí mismas y que Carla pudiese colar sus miedos entre ellas.

La siguiente vez que Carla se los encontró en el salón nada más regresar a casa del trabajo (era posible que Jon hubiese rastreado sus pasos para causar el efecto deseado), trató de ir directa a su cuarto y evitar verse sometida al bochorno planeado por él.

—Seguro que tenéis planes, no os quiero molestar... —dejó caer cuando entró de nuevo en la cocina tras cambiarse y los vio allí, tomando algo.

—Vale... —comenzó a decir Lola, pero Jon pronto la interrumpió.

—No te preocupes, Carla. De hecho, estaba pensando que podíamos quedarnos —dijo él para sorpresa de Lola, hacia quien se giró—. ¿No, rata?

Carla abrió los ojos, extrañada y sorprendida por el mote con el que él se había referido a su hija, y contuvo la respiración. Apodos aparte, todavía impactada porque Jon hubiese elegido un nombre tan parecido al suyo —posiblemente con alguna intención más allá—, Carla cruzó los dedos para que Lola hiciese talante de ese carácter suyo tan particular que siempre la había hecho tan independiente y se plantase; era obvio que a ella tampoco le hacía gracia y que ambas se estaban viendo encerradas en una situación por la que no querían pasar.

Sin embargo, Lola buscó en el rostro de Jon su aprobación, y al ver que él tenía muy claro qué quería hacer, ella otorgó con la mirada su permiso, cediendo, y bajó la cabeza.

—Claro, podemos hasta cenar juntos los tres, y así nos conocemos mejor —dijo él con una sonrisa.

Carla cerró los ojos y tragó saliva.

Creía que las cosas no podían ir a peor; Carla se sentía prácticamente un zombi encadenado que cada día llevaba las mismas rutinas para que el patrón no llamase la atención ni hiciese saltar las alarmas de Jon. Sin embargo, él buscaba las fisuras por las que hacerle daño, provocando y yendo detrás de sus reacciones. Carla estaba tan triste y apagada que había perdido las energías para combatir. Tan solo quería ver a Lola a salvo. Por eso casi le salió el corazón del pecho cuando una noche de jueves estaba poniendo sus prendas en la lavadora y vio que Lola la llamaba al móvil.

—¡¿Estás bien?! —Fue lo primero que se le escapó con urgencia de la voz al responder.

—¿Qué? —preguntó Lola confusa.

—Nada, que si todo bien...

—Sí, esto... Nada, era por saber si estabas en casa.

—Sí... ¿por? ¿Necesitas algo? —se interesó Carla con una suerte de esperanza absurda.

—No, nada. Nos vemos ahora.

Lola colgó sin que Carla pudiese indagar más, pero la sequedad habitual en el tono de voz de su hija, en parte, la tranquilizó.

Veinte minutos después escuchó la puerta y acudió al pasillo para recibir a Lola cuando vio que esta entraba de la mano de Jon. Carla, confusa, se detuvo antes de alcanzar el recibidor. Si tenía que volver a soportar otra cena en la que Jon pondría en práctica sus juegos mentales, bloqueándole la voluntad y provocándola con frases de doble sentido mientras, a la par, veía en directo cómo su hija estaba completamente sometida a él, prefería tirarse por la ventana.

—Hola... —dijo Lola con desgana al verla.

Carla quiso darse la vuelta y regresar a su cuarto, pero Lola, para su sorpresa, siguió hablando.

—Jon se va a quedar esta noche a dormir aquí —indicó sin ápice de duda en su voz; no preguntaba, afirmaba.

Carla frunció el ceño y, por un instante, recuperó la fuerza de su presencia, la de una madre que empezaba a perder la paciencia y, como era lógico, iba a establecer unos límites.

—Se le han quedado las llaves dentro de casa —se excusó Lola, viendo el rostro de su madre, antes de que pudiese rebatir la decisión.

—Soy un desastre, me he quedado puerta afuera —indicó él justificándose con voz inocente—. Tengo otro par en el trabajo, pero la oficina ya está cerrada y hasta mañana a primera hora no habrá nadie.

Lola apretó los dientes y fijó la vista en los ojos de su madre.

—No vamos a dejar que se quede en la calle —le espetó quedándose a unos decibelios de transformar su voz en un grito.

Lola tenía la determinación de alguien, pensó Carla, que no sabía que la decisión no había sido tomada por ella. «Pobre Lola», pensó Carla cerrando los ojos y bajando la cabeza, sabiéndose sin alternativa. De nuevo Jon había logrado ponerla en la posición de la mala frente a Lola si no claudicaba, y había logrado urdir un plan para jugar con ellas a su antojo. Carla podía saberse una marioneta de los ardides de Jon; sin embargo, lo que más le dolía era ver a Lola perder la voluntad frente a él, creyéndose la única dueña de sus acciones y decisiones, ajena cien por cien a que el dueño de sus movimientos, en cambio, era él.

Tenía que haber alguna manera de echarlo, de no permitir que aquello pasase; sin embargo, todas las ideas que se le pasaban a Carla por la cabeza acababan con ella y Lola a gritos. Por eso regresó a su habitación mientras los escuchaba entrar en el cuarto de Lola y fue directa al cajón de la mesita de noche. Liz se había hecho con una receta de ansiolíticos gracias a su cuñada y le había conseguido pasar en secreto una caja para que pudiera descansar de noche y mantener los nervios a raya. Carla, cuya dosis media rondaba la ingesta de un par de pastillas de cinco miligramos a media mañana y otra antes de irse a dormir, sacó del blíster tres pastillas y se las metió directamente en la boca antes de volver a la cocina, donde tenía planeado hacerse un sándwich rápido y encerrarse en su cuarto.

En un intento de pasar desapercibida, se apresuró por el pasillo y escuchó a sus espaldas cómo la puerta del lavabo se cerraba. Cruzó los dedos para que se tratase de Jon y Carla tuviese un segundo a solas con su hija, por lo que se dirigió al cuarto de Lola, donde al abrir la puerta se encontró a Jon tumbado en la cama con los brazos doblados sobre la almohada, sujetando su cabeza, de manera provocadora. Al verla entrar, sonrió con malevolencia.

Carla intentó darse la vuelta y huir de allí lo más rápido posible, pero Jon se incorporó con agilidad y se acercó a ella.

—Cómo giran las tornas, ¿no?

Carla apretó la mandíbula y deseó que las pastillas le hubiesen surtido efecto a esas alturas.

—Quiero decir... —dijo él buscando desafiarla—, al menos Lola te presenta a la persona que mete en su cuarto y va de cara. No lo mete a escondidas...

—Como te acerques un paso más o sigas hablando pienso chillar y golpearte hasta romperte la nariz. Ya se me ocurrirá cómo justificarlo —dijo ella con rotundidad.

—¿Sabes qué? —Jon se apoyó sobre el escritorio y señaló la pared que separaba el cuarto de Lola del de Carla—. Ella ha tenido que escucharte decenas de veces... Ahora vas a tener que escucharla tú a ella.

Carla se alarmó y perdió la postura firme bajo el umbral de la puerta. Dio un par de pasos rápidos con intención de abalanzarse sobre él, pero Jon añadió con rapidez las palabras exactas para detenerla.

—¿Qué prefieres, ser tú el único testigo o el mundo entero?

Jon logró su objetivo y Carla no alcanzó a adentrarse más en el cuarto. Él, entonces, señaló con un gesto rápido de cabeza el ordenador de mesa de Lola, que apuntaba hacia la otra pared del cuarto, donde estaba la cama. Acto seguido, se acercó a Carla y se situó tras ella, guiando su mirada al mismo sitio.

—La he visto dormir —le susurró—, la he visto leer, la he visto vestirse, tocarse...

La rabia le impidió emitir palabra alguna. Se apartó de él y se dirigió hacia la puerta con intención de abandonar el cuarto cuando Lola regresó del lavabo.

—Ratón... —se aclaró la garganta— ¿queréis pedir algo? Le estaba preguntando a... —Tomó aire, como si le costase hasta pronunciar el nombre de él o seguir soltando más mentiras por la boca.

—¿Tú quieres algo? —le preguntó Lola a Jon, pasando por al lado de su madre con gesto gélido y un poco extrañada.

—No, gracias, Carla. Estamos bien —dijo él sin tan siquiera preguntarle a Lola, rodeándola por los hombros y dando por despedida a Carla con el gesto.

Ella asintió y no extendió más su presencia allí. Fue a la cocina, se llenó un vaso de agua, al que propinó un generoso trago, y regresó a su cuarto, donde sin dilación alguna volvió a abrir el cajón y hacerse con otra pastilla más. Quería gritar, quería escribir a Liz o llamarla y pedir ayuda, pero no sabía si tan siquiera le saldrían las palabras. Se le pasó por la cabeza esperar pacientemente a que la luz del pasillo se apagase y después escaparse a la cocina, hacerse con un cuchillo, e irrumpir en el cuarto de Lola para rebanarle el cuello a Jon. Quizás así la policía vendría al fin, quizás así Carla podría descansar.

Comenzó a pasear por el cuarto, de un lado al otro, nerviosa, hasta que empezó a notar el efecto de las pastillas con un ligero mareo que la trastabilló. Necesitaba perder el sentido, no estar presente ni atenta porque un solo sonido la volvería loca. Escaló el colchón, se tumbó boca arriba, abrió de nuevo el cajón de su mesita y se tomó otras tres pastillas con un gran trago de agua, que se le resbaló por la comisura de los labios. Rescatando sus auriculares inalámbricos a tiempo de que los susurros de Jon se hiciesen latentes al otro lado de la pared, Carla se los enchufó en las orejas aislando el sonido de la habitación y esperó a que en cualquier momento se le cerrasen los ojos, dispuesta a apagarse y caer inconsciente.

34

Hacía horas que Lola y Jon habían abandonado el piso cuando Carla comenzó a despertarse. Todavía entumecida, le llevó muchos minutos recuperar el sentido. Se sentía agotada y cuando trató de incorporarse comprobó que le dolía la cabeza con apenas la luz de la mesita de noche. Lo primero que hizo, todavía encamada, fue alcanzar como pudo el vaso de agua —notaba los músculos débiles, aletargados— para paliar la sensación de boca seca con la que se estaba despertando. Las piernas no le respondieron el primer par de veces que trató de flexionarlas para bajar de la cama, y la debilidad hizo que le fallaran los muslos cuando puso los pies en el suelo. Se sentía mareada y destemplada, así que al incorporarse trató de alcanzar la bata colgada tras la puerta. Perdió el equilibrio y se tuvo que apoyar en la pared para llegar hasta ella.

La respiración le iba despacio y tenía el estómago revuelto, por lo que tras un par de segundos de confusión frente a la bata, Carla consiguió posarla sobre sus hombros y fue al lavabo dando tumbos. Allí, a oscuras, se tiró frente al suelo del váter y se forzó a vomitar metiéndose un par de dedos hasta la garganta. El intento fue inútil. Tras lograr incorporarse, se lavó la cara y fue añadiendo luz al cuarto poco a poco para que no le molestara. Sabía que no podía tomar algo directamente para paliar el dolor de cabeza o su estómago entraría en huelga, irritándose más aún. El malestar estomacal, de hecho, no parecía tener la intención de abandonarla en un buen rato.

Cuando alcanzó la cama, se volvió a recostar sobre los almohadones y buscó entre las sábanas su teléfono móvil, cruzando los dedos para que no hubiera ningún mensaje de Jon, rezando —si es que implorar a algún tipo de deidad se consideraba tal— que él no hubiese llevado la tortura más allá y la hubiese hecho partícipe de la noche anterior de manera gráfica. Casi era mediodía y, en consecuencia, Carla tenía varias llamadas perdidas de Liz, un número de mensajes de preocupación acordes, preguntándole si estaba bien, y la cantidad habitual de correos y mensajes acumulados por trabajo. Por suerte, ninguno de Jon... todavía. Antes de intentar nada más, pulsó la pantalla para devolverle la llamada a su socia.

—¡Por fin! Joder, ¿estás bien?

—Sí... —Un gañido salió de su boca—. Me he quedado dormida, no he pasado muy buena noche...

Carla se notaba la garganta seca y tenía la sensación de arrastrar las palabras, cosa que no pasó desapercibida para Liz.

—¿Quieres que vaya?

—No, no... no hace falta.

En realidad, Carla quería volver a meterse bajo la manta y desaparecer.

—¿Puedes encargarte de todo hoy? No estoy muy fina y...

—Claro, tranqui. Descansa.

Carla dejó caer el teléfono y se arrastró bajo la colcha, cerrando los ojos.

Cuarenta minutos después, la despertó la mano de Liz sobre su rostro (Carla tenía un juego de llaves extra en el despacho por si acaso y, dada la situación, Liz se había sentido con la libertad de emplearlo). La luz de la mesita de noche le molestó cuando intentó abrir los ojos, pero Liz siguió acariciándole el rostro, viendo el estado de somnolencia y confusión en el que se encontraba.

—*Estoy bien, estoy bien...* Mis cojones... —Suspiró.

Al cabo de un rato, Liz regresó con una infusión y ayudó a Carla a incorporarse, siendo testigo de su debilidad y ausencia de coordinación, y le echó una mano para insuflarle un poco de energía.

—Tranquila, no te voy a pedir que me cuentes nada... —le dijo haciendo un gesto obvio hacia el teléfono, refiriéndose con él a Jon y a su supuesta omnipresencia.

Carla comenzó a llorar.

—No puedo más... —sollozó.

Liz se inclinó para abrazarla, le proporcionó un rollo de papel que recuperó del lavabo y al cabo de un rato la ayudó a levantarse, vestirse y la guio hasta la cocina, donde le preparó algo caliente de comer en un respetuoso silencio que la propia Liz, de igual modo, no supo cómo romper.

Mientras la veía comer, le habló de trabajo para restarle importancia al momento, asegurándole que podía cogerse ya el fin de semana para descansar y volver el lunes con más energía.

—¿Sabes qué es lo peor de todo? —suspiró Carla cuando hubo acabado su plato y la segunda taza de té la había devuelto un poco a su ser—, que Lola se cree que es feliz. Que algo, en todo este engaño, la tiene pensando que por primera vez todo le va bien.

Liz se sentó con su taza a medias frente a ella y estiró la mano para acariciarle el dorso.

—¡Qué moderna su madre! —exclamó Carla con indignación e ironía—, que deja que su novio venga a dormir a casa... ¡Qué bien va todo entre ellas!

Carla no tenía energías para pensar si Jon tenía posibilidad alguna de escucharla en ese instante, ni emparanoiarse más todavía si existía algún tipo de dispositivo, cámara o manera de que él pudiese ser testigo de ese momento, de su momento más bajo.

Liz buscó en el rostro de Carla su aprobación para poder abrir la boca.

—Tienes que hablar con ella —sentenció de manera lenta, pero con voz firme.

Esperó a que Carla rebatiera su sugerencia, pero ella tan solo bajó la cabeza, derrotada.

—No puedes seguir así, ni puedes consumirte mientras sabes que él la está consumiendo a ella. *Tenemos* que hacer algo. —Liz hizo énfasis en el uso de la primera persona del plural, como queriendo dejarle claro que no se estaba enfrentando a todo esto sola.

Carla afirmó con la cabeza y dio un último trago al contenido de su taza de té.

Jon había cruzado una línea invisible, una línea de la que no se podía regresar, y Carla reafirmaba en cada uno de sus pasos hacia el mercado, acompañada de Lola, que advertir a su hija —pese al posible precio que pudiese acabar pagando por esa conversación—, era lo mejor. No tenía más alternativa, de eso estaba segura, y se sabía más maniatada que nunca, pero tenía que confiar en el criterio de su hija, en que alguna de sus palabras resonaría en su interior y abriría la posibilidad de que Lola dudase.

Para cubrirse las espaldas, Carla había apagado su teléfono y lo había dejado en la mesita de noche y mientras Lola fregaba los platos del desayuno —único momento en que su hija había soltado su móvil—, se lo había escondido con tal de que ningún dispositivo las acompañase en su excursión de sábado por la mañana. El mercado, además, era el sitio perfecto en caso de que Jon hubiese conseguido colarse en sus vidas hasta tal punto: un lugar ajetreado, por el que pasaban muchas personas y en el que había mucho ruido de fondo.

Había sido relativamente sencillo arrastrarla hasta allí teniendo en cuenta que las cosas habían mejorado entre ellas, gracias, en gran medida, al maltrato que Carla estaba sufriendo por parte de Jon en sus repetidas visitas. En ellas, Lola no tenía la oportunidad de chillarse con su madre; tan solo se dedicaba a entrar y salir, por lo que las peleas se habían volatilizado. En cierto sentido, por eso Carla temía también la posible reacción de Lola: en el momento en el que todo parecía ir a mejor, Lola solo vería el discurso de su madre como un intento más de sabotear su felicidad y, por ende, su vida. De ser así, Carla se responsabilizaría de las consecuencias; las había sopesado antes de tomar la decisión. Lo que tenía claro era que no iba a pasar una noche más como la del jueves.

—Ratón... —le dijo parándose en una esquina y mirándola de frente, entre la tienda de legumbres a peso y la charcutería con productos locales—, no te asustes, ¿vale? Pero tengo algo que contarte.

Lola, que hasta entonces había paseado distraída entre las paradas, estirando el brazo hacia su bolsillo con tal de localizar un teléfono que no estaba ahí (un gesto que Carla reconoció de los días que ella misma había salido de casa sin móvil), se giró y fijó la mirada en la suya. Era el momento.

—No te lo he dicho hasta ahora, pero creo que deberías saberlo, ya por tu propio bien. —Carla tomó una gran bocanada de aire—. Jon no es quien tú crees que es. No es una buena persona, deberías alejarte de él.

Lola frunció el ceño en un inicio, confundida por las palabras de su madre. Cuando el silencio se hubo extendido entre las dos, ella sin entender y Carla esperando a que su hija reaccionase, Lola se giró y comenzó a caminar, alejándose.

—Vete a la mierda... —musitó, tratando de ignorar lo que acababa de escuchar.

Carla le fue detrás y le puso la mano en el hombro para que se detuviera, gesto que la enervó al instante y la hizo encararse a su madre.

—¿Y se puede saber en qué te basas para lanzar semejante acusación? —espetó Lola, más altiva que nunca, si cabía, e importándole más bien poco que un par de personas de ese pasillo se girasen a su paso al verlas elevar la voz—. Porque vaya fundamentos, ¡vaya fundamentos! ¿Esto es porque te has quedado sin novio, eres infeliz, porque solo hay que verte..., y ahora has decidido que vienes a por mí para joderme?

Carla intentó pasar por alto la alusión a su deplorable estado físico y probó a reaccionar de otra manera, aunque esperó primero a que Lola se calmase de su arrebato para explicarle la historia.

—¿O vas a pegarme el rollo de la edad? Que tenga cuidado porque él es mayor y se va a aprovechar de mí, bla, bla, bla... Porque Jon ya me advirtió de que llegarías a hacer esto.

Semejante alusión motivó que Carla midiese muy bien qué partes de la historia narraba y qué partes no, con tal de que nada de lo que Jon hubiese podido adelantarle a Lola para allanar el camino le fuese a ir a la contra. Cuando Lola le hizo el gesto con los brazos de estar esperando su justificación, Carla entonces comenzó a explicarle con voz pausada y provista del máximo detalle posible un resumen de la historia: había conocido a Jon en una aplicación, la misma en la que creía que él la había conocido a ella también, y habían estado juntos. En la aplicación Jon se hacía pasar por Oliver y la relación había durado meses sin altercado alguno y sin que tuviese idea alguna del nexo de él con Lola, hasta el día que ella se lo había presentado en casa.

—Estás loca... —espetó Lola—. ¡Estás loca! ¿Me oyes? Se te ha ido la olla... —Lola quiso volver a irse, pero Carla fue tras ella.

—Tengo fotos con él, mensajes, tengo pruebas, ¿o qué te crees, que me inventaría algo así porque sí?

—¿Ah sí? ¿Dónde están?

Lola esperó impaciente a que su madre sacase las supuestas pruebas, pero Carla no llevaba consigo el teléfono.

—Al llegar a casa te las enseño para que me creas. —Lola puso los ojos en blanco, hastiada, y Carla insistió, tratando de no perder la compostura—. Es una persona peligrosa, tiene nuestros dispositivos controlados, me ha amenazado con publicar vídeos y fotos tuyas bastante comprometedoras si no accedo a que sigáis juntos.

La actitud molesta y soberbia de Lola se tornó en enfado al oír la mención de su madre al material que la exponía.

—Tiene una personalidad controladora que lo único que quiere es dominarte y alejarte de todo el mundo. ¿No lo ves?

—Qué veo, mamá, qué veo... Si Jon no ha parado de intentar que tú y yo solucionemos las cosas entre nosotras... —lo defendió ella.

—¡No! —espetó Carla, perdiendo la paciencia—. Eso es justamente lo que pretende, es otra de sus estrategias. Te hará creer cosas y luego las jugará en tu contra...

Lola buscó de nuevo la puerta con la mirada y se dirigió hacia una de las salidas del mercado, acelerando el paso por el pasaje lateral para llegar a la avenida principal y escapar de su madre. Carla la siguió elevando la voz.

—Pronto empezará a centrarse en tus fallos, si no lo ha hecho ya, y te dará la sensación de que siempre lo haces todo fatal. Te hablará mal de mí, o de tus amigos, para alejarte de nosotros. ¿Qué te dice de Sam y Shei, eh? ¡Lola! —Carla aceleró el paso y la alcanzó en la acera—. Su objetivo es conseguir que seas una persona insegura para manipularte. También lo hace conmigo. Menospreciar, humillar, ese es su juego. Y quizás ahora no te des cuenta, pero a lo mejor ya estás haciendo cosas que no quieres hacer pero que él te...

—¡Déjame en paz! ¡Que me dejes en paz! —le gritó Lola acelerando el paso.

—Te estoy diciendo que me he acostado con él, Lola —espetó Carla, deteniendo sus pasos, tratando de recuperar el aire—. ¿Ni siquiera eso te hace poner en duda que alguien que te quiere TANTO como tú crees sea capaz de algo así?

Fue Lola la que se detuvo, se dio la vuelta, retrocedió un par de pasos rápidos en su dirección y abofeteó a su madre.

Carla se llevó la mano a la cara, no por el dolor de la bofetada, sino por el impacto emocional del gesto. Se le empañaron los ojos de lágrimas y vio cómo Lola también tenía los ojos llorosos, aunque los suyos estaban inundados de furia.

—No tengo la culpa de que te creas que ahora soy tu puta competencia, ni que estés tan molesta porque tu hija, al fin, sea feliz... —le dijo manteniendo el llanto a raya con frialdad—. Aléjate de mí, aléjate de Jon, y si quieres ligarte al novio de alguien, ve a por el marido de Liz o a por uno de tus novios casados de Tinder, pero a nosotros déjanos en paz.

—Lola...

Carla emitió su nombre en un lamento, agotada, rompiéndose para sorpresa de ambas delante de su hija. Estaba cansada, se sentía derrotada y no sabía cómo elaborar el discurso y mantenerse en pie para tratar de convencer a Lola del peligro real al que estaba expuesta. Si no iba a escucharla, al menos iba a verlo.

—¿Dónde está Oliver, si no? —sollozó Carla con las lágrimas recorriéndole el rostro—. Te he hablado de él, me has visto hablando con él. ¿Dónde se ha metido, entonces, si no te estoy diciendo la verdad?

Ligeramente impactada por ver a su madre vulnerable de una manera de la que jamás había sido testigo, Lola tragó saliva, dolida. Carla tuvo esperanzas al ver un ápice de duda visitar el rostro de Lola, pero esta acabó por darle la espalda y marcharse.

—Si tanto odias mi vida... —Carla elevó la voz en un último intento—, no cometas los mismos errores que yo.

La vio alejarse por la esquina, imaginaba que en dirección a casa de Jon, y buscó un banco en el que sentarse para controlar su respiración, que había entrado en espasmos por el llanto. Sin quererlo, y aun a sabiendas del riesgo que suponía, con ese intento de ponerlas a salvo Carla había empujado a Lola todavía más hacia los brazos de Jon.

Rata y ratón

35

Tras tener que aguantar las palabras de su madre retumbando en su cabeza, Lola se alejó unas cuantas calles de manera aleatoria hasta que se detuvo y puso orden a sus pensamientos; no sabía qué hacer o hacia dónde ir. Trató de rescatar de nuevo el móvil de su bolsillo, pero otra vez se sintió estúpida al no recordar que lo había dejado en algún rincón de casa. No tenía intención alguna de cruzarse con Carla; todavía estaba enfadada, por lo que se situó y emprendió el camino a casa de Jon a pie. Necesitaba abrazarlo y quitarse el mal cuerpo de encima, la ira que le agarrotaba la espalda.

Caminó hasta allí tratando de no pensar en nada de lo que su madre le había dicho, intentando que el enfado dejase de dominarla. Tal vez por verse presa de su enojo, o porque la idea no le parecía tan macabra, a Lola lo único que la hacía sentirse bien consigo misma era la posibilidad de que ella hubiese sido la elegida por Jon, por encima de su madre.

«Igualmente —pensó—, está loca.» Si Lola analizaba de cerca su relación con Jon tomando, por ejemplo, las últimas semanas, no era capaz de vislumbrar los huecos por los que la narración de su madre se podía colar y cobrar sentido. El ejercicio de control y la supuesta manipulación que ejercía sobre Carla... Jon no tenía tiempo para nada de eso si se pasaba el día con ella. Sin embargo, al adentrarse en la calle donde vivía Jon, Lola se quedó con el resquemor de no encontrar justificación alguna a por qué su madre se inventaría que había estado con Jon. La extorsión, el espionaje, el control emocional..., todo eso le parecía una locura. ¿Pero el hecho de que su madre insistiese en que se había acostado con él? ¿Habría perdido ya el control de las personas que llevaba a casa? No lo comprendía...

Cuando pulsó el botón del interfono, solo tenía ganas de quitarse todas las dudas que retumbaban en su cabeza. Pulsó y volvió a pulsar con insistencia varias veces, hasta que se confirmaron sus temores: Jon no estaba en casa y ella no tenía teléfono para hacerle saber que lo estaba esperando allí. La idea de regresar a su casa no era una opción para Lola, por lo que prefirió esperarlo sentada, apartándose cada vez que alguien entraba o salía, y caminando de un lado al otro de la acera cuando las piernas se le dormían. Se aburrió, repasó todos los escaparates de las tiendas de la calle, vio a los *riders* recogiendo pedidos de mediodía en el restaurante mexicano del portal contiguo y trató de buscar un pasatiempo mejor para que la espera no se le hiciese eterna. Sin embargo, la voz de Carla seguía retumbando en su cabeza: «Quizás ahora no te des cuenta, pero a lo mejor ya estás haciendo cosas que no quieres hacer».

Esa frase en particular la llevó a un par de noches atrás cuando, tras cerrar la puerta de su cuarto a sus espaldas, Jon se acercó a ella con coquetería y empezó a buscar sus pechos debajo de la camiseta del pijama.

—Jon... —Rio ella con voz baja, haciendo una señal obvia hacia la pared que colindaba con el cuarto de su madre.

—¿Qué? —preguntó él con la boca en su cuello y ya colando una de sus manos bajo el pantalón y las bragas de Lola.

—Mi madre... —Lola se sentía ligeramente incómoda ante la determinación de Jon.

—Tu madre ¿qué? No tengo intención de invitarla...

Él se burló de la situación y Lola lo apartó un poco, sentándose en la cama. Jon resopló, se sacó los pantalones y calcetines, y se tumbó junto a ella.

—Rata, dime, ¿no te da ni un poquito de morbo? —le preguntó estirando su dedo y jugando a hacer círculos sobre la piel de Lola.

Ella se acurrucó junto a él, dándole la espalda, y lo besó en el brazo, al que se agarró. No parecía muy convencida, pero estaba tan bien allí tumbada a su lado...

—No me hagas esto... —Suspiró él, cogiendo entonces la mano de Lola y llevándola a sus calzoncillos, donde sobresalía el bulto de su pene empalmado—. No lo puedo evitar, estamos en tu cama, en tu casa, te he visto con este pijama...

Lola no sabía cómo hacerle entender que no se sentía del todo cómoda con la situación, y Jon volvió a colar la mano bajo sus bragas, metiéndole directamente un par de dedos dentro. Continuó besándole el cuello desde atrás, esperando a que ella se girase para prestarle su boca. Lola accedió y, en el gesto, poniéndose de lado, abrió las piernas y arqueó el cuello, esperando a que sus labios y los de Jon se encontrasen a medio camino. Jon entonces siguió besándola, masturbándola y buscando con la mano libre sus pechos. Cuando notó que Lola estaba lo suficientemente húmeda, la cogió de la cintura, la levantó y la puso a cuatro patas en el centro de la cama de tamaño individual. Le bajó el pantalón y las bragas y cuando ella hizo un ademán de incorporarse, él le pidió en voz alta, sin intención alguna de susurrar, que se quitase la camiseta y mantuviese la postura. Él se quitó su parte de arriba y arrastró los calzoncillos hasta las rodillas.

La cogió entonces por la cintura y se sujetó la polla con una mano para ayudarse a buscar los labios de ella, con los que jugó con la punta.

—Pero aquí no tengo condones... —susurró ella al ver que él estaba a punto de penetrarla.

—Shhh, no te preocupes, me correré en tu espalda —dijo él a la par que introducía su pene en ella.

Ella inspiró con impresión (nunca antes había sido penetrada sin preservativo) y se dejó llevar por el impetuoso vaivén de Jon, que le sujetaba las caderas con fuerza. Lola trató de guardar silencio, manteniendo la postura, evitando emitir gemidos cuando él cambiaba de velocidad o la embestía con más fuerza. En cambio, Jon jadeaba y disfrutaba, metiendo de vez en cuando la mano entre las piernas de ella para masturbarla.

—Ábrete un poco más de piernas...

—Shhh... —Lola le hizo un gesto para que bajase la voz y Jon salió de dentro de ella, cerró sus rodillas y abrió las de ella para tener más ángulo.

—Estás seca... —dijo lamiéndose la mano y pasándosela por el coño antes de volver a penetrarla—. ¿Mejor así?

—Sí —susurró Lola, que volvió a inclinarse sobre la almohada cuando Jon le bajó la espalda con el brazo, reanudando el ritmo de sus embistes.

—¿Te vas a correr ya...? —preguntó él gimiendo al cabo de un rato—. Porque yo estoy a punto...

—Sí, sí... —dijo ella en voz baja mientras él movía el dedo sobre su clítoris.

Lola se lanzó al cabo de unos segundos a emitir unos gemidos más o menos disimulados, con tal de que él no pensase que ella no iba ni tenía ganas de correrse, y así pudiese correrse él sin retrasarlo más. Al primer gemido de Lola, Jon dio tres o cuatro embistes más a gran velocidad, se la sacó de dentro de ella y acabó masturbándose con la mano los segundos finales, corriéndose en la espalda de Lola, que notó cómo un poco de semen salía disparado y la impactaba en la parte interior de uno de sus omoplatos. Luego, en un susurro, le indicó a Jon cuál era el cajón de sus toallitas y se quedó allí tumbada, inerte, esperando a que él se limpiase y la limpiase a ella también.

Vista en perspectiva, de la escena le había llamado la atención el egoísmo inherente al acto llevado a cabo por parte de Jon, que no había parecido tenerla en cuenta, como si hubiese estado él solo acostándose con un cuerpo, casualmente el de Lola; Jon había disfrutado del encuentro en sí, de la situación, del escenario, de las circunstancias. Lola no se había dado cuenta hasta ese momento de que el sexo entre ambos había pasado de ser algo deseado a ser algo incómodo y que, de hecho, solía ser así. No había prestado atención a la cantidad de veces que claudicaba por verlo disfrutar a él, sin tener en cuenta su propio deseo, sin querer ser vocal al respecto y decir «no»; su objetivo era que él disfrutase de acostarse con ella y la sensación de darle placer, en sí, ya era maravillosa y ya la hacía feliz.

No sabía cuánto rato llevaba esperando a Jon en el portal, pero se le estaba haciendo eterno, especialmente con el resto de las frases de su madre retumbando en su cabeza en bucle: «Pronto empezará a centrarse en tus fallos, si no lo ha hecho ya, y te dará la sensación de que siempre lo haces todo fatal. Te hablará mal de mí, o de tus amigos, para alejarte de nosotros».

Lola era incapaz de meter en esa línea de pensamiento cosas como lo acontecido un par de semanas atrás, cuando le había dicho a Jon que el sábado por la tarde —otro más— iba a quedar con Sheila y Sam, con quienes se había reconciliado en parte gracias a la fiesta de cumpleaños de Sheila, donde la presencia de Jon había triunfado entre ellos el poco rato que estuvieron presentes (él había insistido en que se fueran pronto), y donde él estuvo, como siempre, encantador. Sin embargo, de camino al centro para encontrarse con ellos, cuando lo había llamado para decirle que se verían más tarde porque ella había quedado con SLS, Jon no había reaccionado bien.

—Joder, siempre me haces lo mismo —espetó él—. ¿En serio tienes que verlos cada sábado? Ya os visteis el sábado pasado...

—Es así el plan, un sábado escoge uno y... —intentó justificarse Lola.

—Ya, ya, pero es que entonces no habrá manera de pasar tiempo contigo. Siempre me dejas tirado. ¿Por qué no vienes a casa directa y pasamos la tarde juntos?

—Bueno, es que ya hemos quedado y me están esper...

—Pues diles que no, que has quedado conmigo. No seas tonta, Lol, que siempre te manejan como les da la gana. Plántales un poquito de cara, ¿no?

Lola dudó. No quería decirle a Jon que no y que se enfadase con ella; además, ya había metido la pata esa semana, cuando él le había pedido que de camino a su casa llevase una botella de vino y ella se había equivocado, trayéndole una de una denominación de origen que a él no le gustaba.

Al final, había pensado Lola, no se trataba del plan organizado por ella, y mandándoles un mensaje había cambiado de rumbo para reunirse con Jon.

Eso mismo quería hacer allí sentada, mientras lo esperaba, reunirse con él. Por suerte, no mucho rato después, y cuando Lola se había entretenido en contar el número de pedidos y repartidores de todos los restaurantes de la manzana, Jon llegó y se la encontró sentada con las piernas entumecidas.

—¿Qué haces aquí? —le preguntó, ayudándola a incorporarse.

—No tenía teléfono para avisarte y...

—Pero ¿cómo te has quedado fuera? Esto no puede ser... —Más que sorprendido, Jon parecía irritado.

—He tenido una pelea con mi madre —dijo Lola disgustada.

Jon abrió el portal y la dejó pasar, indicándole con un «ahora me lo cuentas» que esperase a que hubiesen llegado al piso.

Una vez en su casa, Jon se puso a hacer cosas sin prisa alguna en vez de escuchar la narración de Lola, y ella, sin saber qué hacer, lo esperó en el sofá. A medida que pasaban los minutos los nervios en su estómago comenzaron a anudarse y removerla por dentro, así que cuando Jon por fin se hubo sentado a su lado con una cerveza, Lola era un manojo de nervios al que le temblaban los labios cuando quiso abrir la boca y preguntar:

—¿Tú conocías a mi madre? —Jon se giró hacia ella frunciendo el ceño y Lola se abalanzó a hablar—. Me ha contado una historia de lo más bizarra sobre ti y ella, y que...

—Rata, rata... Espera... —Él apoyó en la mesita auxiliar su botellín de cerveza y se inclinó hacia ella, cogiéndola de las manos—. Vamos a calmarnos y lo hablamos todo desde el principio... No tienes de qué preocuparte, ¿vale?

—Entonces ¿es verdad?

Jon le confesó a Lola que, en efecto, Carla y él se conocieron en Blurred al inicio de su relación, cuando Lola y él ni siquiera se habían visto en persona. Jon dibujó rápido un escenario en el que entre él y su madre hubo un par de citas de lo más normales (Carla ni siquiera había tenido interés por hablar con él a través de la app y había sugerido conocerse en persona directamente, «era una de esas»), pero que cuando ella había intentado llevar la cosa un paso más allá e invitarlo a su casa, él había rehusado la oferta.

—La cosa se quedó ahí, en un par de cafés. Y me sentí supermal cuando me la presentaste porque hasta ese momento no caí que era la misma persona, ¿cómo iba a hacerlo? No quería disgustarte, tampoco, y por eso no te dije nada...

—O sea que... —dijo Lola tras escuchar toda la narración, que Jon había compartido con una voz de disculpa y pena a partes iguales—... tú nunca habías estado dentro de mi casa.

No fue una pregunta, fue una afirmación que Lola necesitó escucharse a sí misma decir en voz alta para creerse.

—Contigo, cuando me llevaste por primera vez... —dijo Jon con dulzura en la voz.

—Y nunca te has acostado con mi madre... —Lola vio cómo Jon abría la boca para justificarse, pero se adelantó y continuó—, porque no podría superar eso, Jon. No podría procesar algo así...

—No, no... Eso no pasó. —Jon la abrazó, meciéndola en sus brazos para calmarla, y cambió el tono de voz—: Y si te lo ha dicho tu madre es que está mal de la cabeza.

Lola, entre lágrimas, nerviosa y pálida por tener que enfrentarse a semejante tema y a él, con temor a cada una de sus respuestas, comenzó a hablar más rápido.

—Pero ella vino a casa con un hombre... Los oí... El día que te mandé el vídeo...

—Pues sería otro tío más que conoció en una app, yo qué sé. Lol, de verdad, me arrepiento mucho de cada uno de los minutos que pasé con ella, si llego a saberlo... Ojalá le hubiera dado calabazas el primer día.

Sin embargo, Lola frunció el ceño, todavía invadida por las dudas.

—Pero mi madre me quería presentar a su novio, al hombre que dice que eras tú...

—Pues debió de ser otro que conoció en la app después de mí —se excusó él.

—Pero si mi madre no tiene razón, ¿dónde está ese tal Oliver?

—¡Se habrá ido, como todos los demás! —espetó Jon, enfadado, cambiando el enfoque de sus respuestas—. ¿No te das cuenta, Lola? ¿Acaso viste a alguno de esos hombres quedarse en casa, desayunar contigo alguna vez? Han podido ser tres, han podido ser veinte diferentes, con tu madre ya sabes cómo es. Nadie ha querido quedarse... ¿Por qué iba a hacerlo ese hombre?

Cierto era que Lola le había contado con todo detalle el *modus operandi* de Carla y los datos no eran congruentes del todo. Algo no cuadraba en la narración de Carla, pero tampoco en la de Jon; al fin y al cabo, le había mentido en cuanto a que conocía a su madre. Lola necesitaba creer a Jon, que esa versión de los hechos fuese la verídica, más que nada porque no soportaba la idea de que el hombre del que estaba enamorada se hubiese acostado con su madre (por no hablar, ya, ni de empezar a pensar en las consecuencias que tendría para su vida si alguna de las otras cosas que le había contado su madre eran verdad).

—Mira, Lola —Jon se puso en pie y con tono duro y asertivo se dirigió a ella de frente—, quería ser respetuoso porque es tu madre, pero... ¿no lo ves? Es una cualquiera con un comportamiento sexual promiscuo. Es algo que yo tuve la suerte de detectar en un par de cafés y de lo que me libré. Está intentando, imagino que porque le di largas y no quise acostarme con ella, ponerme en tu contra y cargar contra mí, y se ha inventado esta historieta con tal de conseguirlo.

Lola asintió a cada una de las palabras de Jon con todo el sentido que le correspondían.

—Lo peor de todo es que en este entuerto la víctima acabo siendo yo, que no he tenido nada que ver, más bien al contrario, que intento que os llevéis bien y estoy por ti para lo que sea. ¿Adónde habrías ido hoy, si no, por ejemplo?

—Jon, no te pongas así...

Lola se sintió culpable de haber dudado de él y se compadeció. La confusión la llevó de nuevo a las lágrimas y comenzó a sollozar. Jon, lejos de abrazarla, siguió defendiéndose, como si estuviese exponiendo su caso en un juicio.

—Y estás así ahora por su culpa —la señaló él, mientras ella se secaba las lágrimas—. Porque, Lol, es que además no te respeta. Cuando me contó que tenía una hija, yo le pregunté por ella, como es normal, ¿no? Créeme que esto fue muy al inicio, cuando tú y yo apenas habíamos empezado a hablar, y lo poco que me contó de ti... Ahora que lo recuerdo, menos mal que no sabía que era sobre ti. Es que si hubiese sabido que eras tú, Lol, la hubiese puesto en su sitio. Faltaría más.

—¿Qué? ¿Qué te dijo? —Lola tomó aire y Jon, entonces, sin perder un ápice de exaltación, la cogió de la mano y se sentó a su lado.

—Es que recuerdo que ya me echó para atrás en ese momento. Porque, como te dije, le pregunté por el tema, por ti, y la manera en la que habló de ello... Que si había sido madre demasiado joven, que te había tenido de un *affaire* con un tío casado del que estaba enamorada con el único objetivo de que él dejase a su mujer y se quedase con ella. ¿Tú sabías esto?

Lola frunció los labios y trató de contener más lágrimas mientras negaba con la cabeza. Jon estaba al tanto, porque Lola se lo había contado en el pasado, que no sabía quién era su padre.

—Alex, Alexis... algo así me dijo que se llamaba. Muy fuerte que le contase eso a un completo desconocido, pero bueno...

Lola se lanzó a sus brazos y Jon comenzó a mecerla y besarla en la cabeza.

—Lola —le susurró—, me dijo que si hubiese llegado a saber que el truco no le iba a funcionar, no te hubiese tenido... Que había perdido la veintena por hacerlo, pero que ella, en realidad, no estaba interesada en ser madre...

A medida que seguía hablando, Jon notaba cómo Lola sollozaba bajo sus brazos.

—Quizás por eso me llamó mucho la atención cuando la oí

llamarte ratón, y por eso me saca de quicio cada vez que la oigo llamártelo...

Lola incorporó la cabeza para mirarlo a los ojos y con el rostro enrojecido, y un poco confundida, le preguntó:

—¿A qué te refieres?

—Me contó, ahora me acuerdo, que mientras sus amigos estaban por ahí, ella tenía que estar en el hospital sosteniendo una rata en sus brazos. Te lo juro, sus palabras literales. —Indignado, Jon apretó los dientes y abrazó a Lola más fuerte—. La comparativa me pareció atroz, y no creo que fuese trivial, porque es que las ratas novatas, nada más nacer, se comen a sus crías, están como trastornadas. De hecho, esto lo sé porque de pequeño tuve roedores y recuerdo aprender que a las hembras primerizas se recomienda no dejarlas criar bebés solas para que no se los coman.

El rostro de Lola estaba hundido en confusión y horror a medida que Jon seguía hablando.

—No sabía nada de esto cuando empecé a llamarte *lab rat*, y luego, cuando caí en que esa señora era tu madre, pensé que lo mejor que podía hacer era cambiar el significado del mote para bien, que viniera de alguien que te quiere, que lo dice con cariño de verdad... —Jon se soltó de Lola y la miró de frente—. No llores más por ella, que además se te pone la cara fatal. Carla se arruinó la vida y ahora quiere arruinártela a ti.

Las últimas palabras de su madre, mientras se alejaba de ella, hicieron eco en la mente de Lola: «Si tanto odias mi vida, no cometas los mismos errores que yo».

Pasado el rato, las cosas se calmaron y Lola se sintió más descansada después de haberse pegado una ducha y haber comido algo (era última hora de la tarde y llevaba con el estómago vacío desde el desayuno). Todavía estaba un poco confusa, pero al menos la cabeza no le iba a toda velocidad, quizás debido al cansancio.

Fue saliendo de la cocina de Jon cuando él, al verla entrar en el salón, dejó el teléfono móvil sobre la mesa y se acercó a ella con una sonrisa en la cara.

—He tenido una idea. —Él hizo una pausa y sonrió—. Ven a vivir conmigo.

—¿Qué?

—Sé que puede sonar a locura, o que sea demasiado pronto, pero escúchame. —Lola quiso replicar, pero él la cogió de las manos y continuó—: Primero que no se me ocurre otra manera con la que evitar que estés un segundo más con esa persona en esa casa. No me gusta la idea... Además, ¿no dices siempre que allí no tienes tu propio espacio, que es como si vivieses encarcelada? En ese piso no está tu sitio, no está tu hogar, pero aquí conmigo, sí. Esta puede convertirse en tu casa... de verdad.

36

Después de la pelea en el mercado, Carla tardó en reaccionar y se quedó un rato sentada en el banco en plena calle, hasta que el último pañuelo del paquete se convirtió en una bola amasada en su mano. Como estaba a medio camino entre el piso y el estudio, se arrastró hasta este último y allí se hizo un ovillo en el sofá del despacho, hasta que se acordó de que en el *office* tenían todavía algunas botellas de los lotes de Navidad y se echó en una taza un par de dedos de ron. Entonces se sentó a la mesa de Magda y descolgó el auricular del teléfono fijo (antaño, cuando habían montado el estudio, cada empleado tenía una línea propia pero, en la actualidad, todo el mundo funcionaba con teléfono móvil). No tuvo que buscar el número, se lo sabía de memoria.

—¿Es... una urgencia del... estudio? —preguntó Liz al otro lado tratando de ser sutil.

—Es por el tema de siempre, Liz, ya me importa tres pimientos si ese hijo de puta nos espía... —dijo Carla echando otro trago a su bebida.

—¿Puedes venir a casa? Creo que será mejor...

—Está bien... —Carla colgó, se acabó de un trago el contenido de la taza, la dejó en el fregadero, apagó las luces y, tan pronto como había entrado, abandonó la oficina.

Al llegar a casa de Liz, se lo contó todo sin mirar alrededor y sin pensar que el teléfono de ella también estaría pinchado de alguna manera (estaba casi segura de que era imposible que Jon supiese en ese momento dónde estaba). Liz le sirvió una copa de vino, la invitó a quedarse a comer con su familia («los niños pueden comer antes»), y al acabar se la llevó al salón acompañada de lo que quedaba de la botella mientras su marido se iba con los gemelos al parque.

—Era de esperar que Lola no te creyese... —apuntó Liz cuando Carla no paraba de fustigarse por el error que había cometido—. Además, ¿le dijiste que tenías, vamos a llamarlas, «pruebas»? Puede que no te creyese hace un rato, pero si se las mandas...

Carla afirmó con lentitud mientras sorbía los restos de la copa.

—No sé, piénsalo, ¿qué tienes que perder? En este momento él ya sabrá que se lo has contado a Lola.

—¿Qué consideras que es lo peor que me puede pasar a estas alturas? —le preguntó Carla a su amiga después de reflexionar bastante rato.

Liz frunció el ceño en una mezcla de confusión y miedo.

—Lánzate, vamos. ¿Qué crees que puede ser lo peor?

—No lo sé... —respondió Liz con retraimiento—. No quiero saberlo, la verdad.

—Yo creo que preferiría conocerlo de antemano, ¿me entiendes? Saber el límite de este sádicohijoputa... y estar preparada.

—No demos a Lola por perdida, querida.

Liz tenía razón. Después de cogerse un taxi de la casa de Liz a la suya —que pagó en efectivo—, nada más regresar al piso Carla fue directa a por su teléfono móvil. Pese a jurar haberlo dejado apagado, se lo encontró encendido y, para su sorpresa, cuando accedió a su memoria de imágenes para buscar las pruebas que necesitaba, y que planeaba enviarle por mensaje a Lola, las fotos de ella y Jon (haciéndose pasar por Oliver) no estaban. Ninguna, no había rastro alguno. Repasó su fototeca de arriba abajo y vio que había sido vaciada. Jon había accedido remotamente y las había eliminado.

Carla se sintió estúpida por no haber hecho copias, por no haberlas impreso o haber pensado de alguna manera que aquello podría pasar. Lo cierto era que no sabía si ese acto había tenido lugar ese mismo día o Jon se había asegurado semanas atrás de no dejar prueba alguna. Justo después se le ocurrió que el intercambio de mensajes entre ambos, en los que Jon la amenazaba y le enviaba imágenes de Lola en circunstancias comprometidas, también podría ser prueba suficiente para demostrarle a su hija que no estaba mintiendo. Carla accedió entonces con cierta urgencia a su historial y, de nuevo, comprobó que no existía; por existir, no existía ni el registro del contacto con el número de Jon asociado al nombre de Oliver.

Lo había vuelto a hacer, y Carla estaba convencida de que ese último gesto Jon lo había llevado a cabo después de que Lola le hubiese confesado la charla de esa misma mañana. Jon se había evaporado, eliminando toda posibilidad de aportar pruebas a su discurso, y Carla se sintió muy estúpida por no haber pensado mejor, casi incluso de manera estratégica, el único movimiento posible que había tenido. Ahora, casi por haberse rendido y quedarse sin opciones, se encontraba en un verdadero callejón sin salida: no tenía a nadie a quien acudir y había perdido definitivamente la confianza de Lola.

Se tumbó en la cama y comenzó a darle vueltas a la posibilidad de que alguien experto en el tema pudiese rastrear los movimientos de Jon y evidenciar lo que había hecho en su teléfono, cuentas y conexiones. A esas alturas estaba más que demostrado que Jon tenía vía libre para hacer lo que quisiera, y un informe profesional podía constituir una prueba para presentar una denuncia definitiva... Lo único que Carla no estaba teniendo en cuenta en ese mundo de posibles soluciones era que, aunque decidiese deshacerse de su hackeo y saberse libre para comunicarse, Jon todavía tenía en sus manos la posibilidad de hacerle daño a Lola. Era la pescadilla que se mordía la cola y siempre empezaba y acababa en el mismo sitio: la integridad de su hija.

Agotada, y sin intención de pasar por la cocina a pegar bocado alguno, Carla se tomó un par de ansiolíticos y apagó la luz de la habitación, tumbada como estaba por encima del edredón. Al rato, la luz de la pantalla del móvil iluminó el techo del cuarto y Carla se abalanzó sobre el mismo: un número desconocido, no guardado en la memoria del teléfono, le había escrito un mensaje:

> No deberías haberle dicho nada a Lola... Que tu hija dude de mí es algo que vas a pagar. Se avecina un castigo.

Carla fue lo suficientemente rápida como para hacer una captura de pantalla antes de que Jon, después de que el programa marcase su mensaje como leído, borrase la conversación. Abrió los ojos atenta en la oscuridad mientras veía desaparecer las palabras que acababa de leer y gracias a ese gesto sintió como si Jon estuviese presente en su propia habitación. La idea la repulsó, pero siguió atenta, tratando de ver si él estaba interviniendo su teléfono de alguna otra manera, por si tenía que explicárselo a un informático experto en ciberseguridad llegado el momento. Apenas unos minutos después, Carla cayó rendida sobre la almohada con el teléfono en la

mano mientras la captura de pantalla desaparecía de su fototeca.

La noche siguiente, cuando acabó de secarse el pelo después de
pegarse una ducha, Carla escuchó las llaves de Lola golpear
el platillo de la entrada. Se lanzó al pasillo en busca de su hija,
pero cuando la vio girar en dirección a su cuarto, Jon la tenía
cogida de la mano. Carla se quedó quieta en mitad del pasillo,
tensa, esperando a ver la actitud de ambos para dar el siguiente
paso.

Con frialdad, Lola se acercó un poco y Jon, para no soltarla,
se adentró con ella en el pasillo.

—Tenemos una noticia que darte... —le espetó Lola en la
distancia—. Me voy a vivir con Jon.

—¿Qué? No puede ser... —Carla se acercó a ellos, pero la
actitud defensiva de Lola, que no podía ver a su espalda cómo
Jon le sonreía a Carla con malicia, la hizo detener sus palabras.
Sabía que si lo peleaba, podía ser peor.

—Entiendo que sea complicado de aceptar, Carla... —se
aventuró él a decir—, pero te juro que voy a cuidar muy bien de
Lola.

Ese era su castigo. Carla iba a pagar el haber abierto la boca a
un precio demasiado caro.

—Lola —la llamó solo a ella, tratando de que su hija la mirase, tratando de ignorar la presencia de Jon—, ¿estás segura, ratón?

Jon pegó un bufido al oírla. Carla, entonces, se acercó y quiso ponerle la mano en el hombro a Lola, pero ella le hizo un
gesto de desprecio y la esquivó, adentrándose en su habitación,
desde donde la oyó decir:

—Iré recogiendo mis cosas poco a poco y ya pondremos un

día para llevarme lo gordo... ¿no? —Lola buscó una reafirmación en Jon, quien sonrió y asintió con la cabeza.

Liz ya se lo había adelantado; el perfil de alguien como Jon era el de un maestro del engaño, un virtuoso en desviar la atención de sus comportamientos y pasar a interpretar el papel de la víctima. Así le había funcionado con Lola hasta el punto de que había transformado un posible colapso de todo su plan en el golpe maestro. Jon había pasado de estar a punto de ser descubierto a arrancarle su hija de su propio hogar.

Carla pasó de largo mientras ambos se metían en el cuarto, supuestamente a hablar de los siguientes pasos y de planes logísticos, y se dirigió hacia la cocina, donde apoyó sus manos sobre la barra sin saber muy bien qué hacer. Quería lanzarlo todo por el aire, destrozar la vajilla que con tanto cuidado había seleccionado. Quería romper las sillas contra la mesa, hacer añicos los cristales de los aparadores, despedazar la madera de la alacena... Sentía tanta rabia, injusticia e impotencia corriéndole a la vez por las venas que si se movía, iba a explotar.

El sonido de los pasos de Jon se hizo presente a sus espaldas, y Carla no se dignó siquiera a girarse. Hubiese podido implorarle que no le quitase a su hija, hubiese podido rogarle un poco de misericordia, pero sabía que eso era justamente con lo que él contaba.

—Carla, yo quiero a Lola —dijo Jon con la voz lenta y un ápice de inocencia impostada que le ponía los pelos de punta a Carla—. Estoy enamorado de ella y, si lo piensas, sabes que voy a cuidarla más de lo que tú la has cuidado...

Carla no iba a caer en la agresión ni en el conflicto que buscaba Jon con su provocación, por eso se quedó allí quieta, esperando a oír los pasos de él de regreso al cuarto de Lola.

Allí Jon vio cómo Lola estaba sentada frente al ordenador de su escritorio.

—¿Qué haces?

—Tengo deberes para mañana... —dijo ella sin apartar la vista del ordenador.

—Ah, ¿que te quieres quedar aquí a dormir? —se extrañó él.

—Bueno, mis cosas están aquí, tengo que acabar esto y mañana tengo clase... Pensaba que...

—Coge una muda y nos vamos a casa mejor —la interrumpió él.

—¿Y esto? —señaló ella el ordenador.

—Mándatelo al correo y lo haces desde mi despacho. O llévate el portátil, mejor.

Jon vio la duda en el rostro de Lola, a la que no le apetecía moverse de un lado al otro como si fuese un caracol que se lleva la casa a cuestas, y se acercó a ella, acariciándole la mejilla.

—Pensaba que habíamos acordado que era mejor pasar el menor tiempo posible aquí... —dijo él por lo bajo.

Lola miró hacia la puerta, vigilando que su madre no apareciese.

—Ya, pero tampoco vamos a llevárnoslo todo ahora... Y estoy bastante cansada, además de que empiezo a ir retrasada en algunas clases...

—Tranquila. Coge cuatro cosas para pasar un par de días, ya irás viniendo y, si eso, hacemos la mudanza el finde que viene. ¿Qué te parece?

Lola asintió, acatando las órdenes de Jon sin rechistar.

Cuando se hubieron marchado, Carla se adentró en su despacho y desde el ordenador buscó si era legal que su hija, con diecisiete años y todavía menor de edad, se emancipase. Leyó varios artículos sobre cómo la edad por la cual un menor podía casarse, emanciparse y trabajar eran los dieciséis años. Sin embargo, siguió indagando para averiguar si había algo que estuviese en su mano para poder evitarlo de manera legal. Para que dicha emancipación fuese legal, leyó Carla, los padres o tutores tenían que otorgar su permiso; de lo contrario, según un par de portales, Carla podía llamar a la policía, quienes traerían a Lola de vuelta a casa al instante.

La luz de su móvil se iluminó con un nuevo mensaje del mismo número desconocido:

> Sí. Lola sí que se puede emancipar. ¿En serio vas a querer impedírselo tal y como están las cosas?

Borró el mensaje antes de que Jon lo hiciese y siguió buscando información al respecto; necesitaba tener todas las opciones claras. Si Jon iba a ser capaz de adelantarse incluso a sus propios pensamientos, Carla tenía que estar preparada.

Naya llamó a la puerta principal del piso, cargada como iba con bolsas, y comenzó a quejarse de que Carla no le hubiese respondido a sus mensajes a medida que se adentraba en la cocina y vaciaba el contenido sobre la mesa. Carla, al ver la cantidad de vegetales, bebidas e infusiones, pensó en si no debería decirle a Naya que comprase menos la próxima vez, avanzándole que Lola planeaba irse de casa, por lo menos durante un tiempo. Se veía incapaz de pronunciar las palabras en voz alta, con toda naturalidad, como si se tratase de una noticia feliz que compartiría otra madre en otra circunstancia; como si Jon fuese un novio a secas y Carla se alegrase por la felicidad de su hija, una supuesta felicidad que, en realidad, se estaba fraguando a costa de su propia salud.

—También estuve llamando... —Las palabras de Naya la devolvieron a la cocina—. Uy, *mija*. ¡Qué mala cara!

Naya frunció el ceño al ver el rostro ojeroso y cansado de Carla, quien solía lucir en su presencia resplandeciente y elegante. En cambio, la visión que tenía Naya de Carla aquel mediodía distaba mucho de la imagen habitual. Con los pantalones del pijama y un jersey por encima, Carla llevaba un moño desarreglado, las gafas que utilizaba para protegerse de la luz azul de los ordenadores, y ni una pizca de maquillaje en su rostro. El cansancio era el complemento estrella del *look*.

—Perdóname, de verdad. He estado desconectada de todo y todos estos días, trabajando desde casa y con solo el fijo funcionando. Desde ahora, llámame ahí para lo que sea. Lo tienes, ¿no?

Al amparo de los últimos gestos de Jon, y buscando un poco de paz momentánea, Carla había decidido adentrarse en la oscuridad digital más absoluta y había desterrado de su vida teléfonos móviles, correos y hasta internet. Solo podía ser contactada por clientes o la gente del estudio a la vieja usanza: a través del teléfono fijo. Liz se había inventado un ciberataque en los dispositivos de Carla para justificar su nueva manera de proceder y le había encargado un móvil nuevo para poder darle un respiro y que no se sintiese tan aislada y perseguida. Mientras llegaba, Carla trabajaba desde casa en lo poco que podía, dadas las circunstancias, aguantando el vendaval.

—¿Dónde está mi Lolita? —le preguntó Naya frente a la nevera abierta, que iba rellenando por momentos—. Hace muchos días que no la veo, ¿anda por ahí con el novio?

Carla levantó la vista, como si intuyese que Naya sabía más de lo que decía, y se acercó a ella a echarle una mano.

—Pues sí, está con él. De hecho, estará con él, Naya. Quiere irse con él a su casa... a vivir. La perdemos.

—Madre mía, la de tonterías que hacemos por amor cuando somos jóvenes. —Naya desechó el dramatismo de la noticia con la facilidad pasmosa de alguien que lo veía todo desde fuera—. Ya se dará cuenta cuando madure un poco y se le pase. Es muy jovencita.

—El problema está en que este tipo está enfermo —espetó Carla, llamando la atención de Naya—. Es un psicópata, y he intentado avisarla, pero... En resumidas cuentas, quiero que se aleje de él y no hay manera...

Porque sabía que no podía estar escuchándola y no tuvo miedo a las represalias, Carla disfrutó por un instante de haber llamado «psicópata» a Jon en voz alta.

—¿Pero está en peligro? ¿Un psicópata... psicópata?

—Lo que sea, no lo sé. —Naya se acercó y le puso la mano en el hombro de manera comprensiva—. Y es que, además, la tiene obnubilada, absorbida...

—Como hipnotizada, entiendo...

—Ya no sé qué hacer para que me crea y lo vea por sus propios ojos...

—Lola es una chica muy inteligente, Carla —dijo Naya intentando convencerse a sí misma—. En cuanto tenga la mínima sospecha, saldrá corriendo.

—¿Y si es demasiado tarde? ¿Qué puedo hacer para traerla de vuelta, para evitar que se vaya?

Naya suspiró, encogiéndose de hombros y tratando de atar un par de ideas en su cabeza.

—Bueno, piensa que los humanos somos animales de costumbres, y más, tipos como este. Si está haciendo algo así con nuestra *mija*, es posible que ya lo haya hecho en el pasado. Es más, todo lo que ya hemos hecho es un poco como una bolita que predice lo que haremos en un futuro... Quizás por ahí puedas convencerla si...

—Si encuentro alguien que ya haya pasado por eso con él...
—Carla acabó la frase con un tono revelador, como si con las
palabras de Naya hubiese empezado a intuir un destello, la luz
al otro lado del túnel que, si bien no le indicaba que la salida estaba cerca, al menos le daba una pista de por dónde tirar.

37

Esa semana Carla se había atrincherado en casa, en parte por el apagón digital que tenía entre manos, y en parte porque de ese modo las oportunidades de cruzarse con Lola y tratar de hacerla entrar en razón se incrementaban. No podía permitir que llegase el fin de semana y Jon arrastrase a su hija fuera de su vida. Sin embargo, parecía que Lola no tenía intención alguna de aparecer por allí, y de hacerlo sería de la mano de Jon, lo que impedía a Carla llevar a cabo su cometido. Con Jon presente no podía tener una charla honesta, de madre a hija, e intentar convencerla de algún modo de que no se fuese con él, al menos no de la manera estable y definitiva que parecía esconderse detrás de las intenciones de Jon.

Había pensado bien cómo hacerlo para no meter la pata; quería enfocarlo de dos maneras: primero, dejándole caer que, según cómo, para emanciparse siendo menor de edad necesitaba su permiso —y a Lola todavía le quedaba más de medio año para cumplir la mayoría de edad—, pero si eso era demasiado brusco y Lola se enfrentaba a la conversación a la defensiva, Carla tendría que preguntarle, entonces, por el plan de vida de ambos de manera amable. Ahí sacaría el tema del dinero, de cómo Jon pasaría a hacerse cargo de todos sus gastos y mantenerla; quizás, llegado el momento, Carla se pegaría el farol de que si

Lola se emancipaba, su madre dejaría de ser responsable de ella (si ya no de manera legal, al menos con las intenciones claras de que así fuera), y Lola podría olvidarse, por ejemplo, de ir a la universidad.

Un mediodía que los platos preparados y congelados de Naya se le habían acabado, y sin la oportunidad de pedir comida a domicilio a través de una app (podría haberlo hecho a la vieja usanza, llamando por teléfono al restaurante, pero siempre dependía de internet para buscar los números y no tenía ningún *flyer* a mano), decidió pegarse una ducha rápida y salir del piso para comer algo caliente y recién preparado. Estuvo ilocalizable durante un rato, y cuando regresó cargada con un par de bolsas de la compra para reponer algunos básicos de higiene, vio la puerta del cuarto de Lola abierta... y a su hija dentro.

—¿Ratón? ¿Eres tú?

Se apresuró a dejar las bolsas sobre la barra de la cocina para ir hacia el cuarto con la esperanza de que Lola estuviera sola. En efecto, cuando alcanzó el umbral de la puerta, la vio frente a su ordenador encendido.

—Tengo examen de literatura mañana y voy bastante mal... —dijo Lola con el ceño fruncido sin apartar la vista de la pantalla.

A Carla le extrañó oír aquello; Lola nunca fallaba en los exámenes, y menos en los de sus asignaturas favoritas. Tanto tiempo en casa de Jon estaba penalizando su rendimiento en el instituto.

—No te robaré mucho rato, pero necesito que vengas a la cocina... —le dijo, tratando de convencerla con algún pretexto para que abandonase el ordenador, detrás del cual sabía que se encontraba Jon.

La esperó diez minutos mientras guardaba los rollos de papel de cocina y limpiaba los platos hasta que Lola apareció con su taza y la intención de aprovechar la pausa de estudio para prepararse una infusión.

—¡Qué buena idea! —exclamó nerviosa Carla, y puso agua a calentar—. ¿Earl grey?

—Sí... —musitó Lola.

—Yo me haré otro...

Lola se extrañó ante la manera errática de actuar de su madre, además de que hasta ese momento no había prestado atención a su atuendo ni a su aspecto dejado; su madre parecía otra. Cuando Carla hubo preparado las tazas y estuvo a punto de abrir la boca para comenzar su discurso (la versión receptiva del mismo, viendo la actitud pausada de Lola), sonó el timbre de la puerta. Lola fue hasta el recibidor, donde contestó, pulsó el botón y abrió la puerta.

—¡Es Jon! —dijo volviendo a la cocina—. ¿Estás contando los minutos de infusionaje?

Carla quiso chillar, insultar y maldecir su mala suerte, pero tan solo se dedicó a extraer las bolsitas de té de las tazas y ver cómo Lola se hacía con la suya y regresaba a su cuarto justo cuando Jon cruzaba el umbral de la puerta. Su presencia empezaba a ser agobiante, y hasta un tanto extraña, pensó Carla. ¿Jon no tenía que estar trabajando a esas horas? ¿Cómo lo hacía para adaptarse a los horarios de Lola y permanecer pegado a ella? Esa insistencia de no dejar a su hija a solas con ella ni un segundo le pareció sospechosa: ¿sería posible que Jon tuviese miedo de algún tipo? ¿O se trataba tan solo de una actitud obsesiva con su hija?

—¿Recoges cuatro cosas para el resto de la semana y nos vamos? —le dijo él al ver que Lola dejaba su taza sobre la mesa del escritorio y se sentaba nuevamente—. Podemos llevarnos el ordenador ahora, en un taxi mismo, si quieres, y así ya puedes ir directa a casa los mediodías que salgas antes del instituto...

—He estado pensando... —Lola se giró hacia él, que se había

sentado en su cama—, creo que es mejor intentar normalizar las cosas con mi madre.

—¿En qué sentido?

—Bueno, aunque parezca que de momento se ha tomado más o menos bien el hecho de que yo me vaya contigo, si se rebota al respecto puede ponérnoslo difícil y...

—¿Quieres quedar bien con ella pese a lo que ha hecho? Porque sí que es cierto que debí decirte todo lo sucedido y que las cosas no son cómodas entre los tres..., pero es que ha intentado jodernos, Lol.

—Ya, pero es mi madre, Jon, y tiene todas las de ganar... No sé, solo digo que vayamos con cuidado y no nos pasemos con ella... Además, no la veo muy bien.

Jon frunció el ceño. Cierto era, pensó, que Lola no sabía por qué Carla estaba siendo tan indulgente con los cambios que estaba habiendo, y podía llegar a sospechar, conociendo a su madre. Además, todo lo que supusiese mostrarse agradable con Carla podía sacarla aún más de quicio, así que accedió.

—Por ti sabes que hago lo que sea... —Jon se inclinó y la besó, levantándose y haciéndole un gesto para que Lola recogiera sus cosas. Sin embargo, Lola se giró y volvió a centrarse en la pantalla—. Ah, ¿te refieres ahora?

—No, ahora tengo que estudiar.

—Entonces ¿para qué he venido? —Jon bufó, enfadado—. Pensaba que iba a ayudarte a llevar cosas...

—Ya, pero mañana tengo un examen, no me puedo poner ahora a mover el ordenador...

—Lola, joder —resopló él—, siempre me haces lo mismo.

Antes de que pudiera rebatirle nada, el teléfono de Jon sonó, comprobó la pantalla y salió al pasillo a hablar. Carla, desde el despacho —cuya puerta había dejado entornada—, trató de prestar atención a la conversación sin mucha suerte.

—Tengo que volver a la oficina... —dijo Jon entrando de nuevo en el cuarto de Lola—. ¿Te veo luego en casa? —preguntó con un tono que más que esperanzador, sonaba exhortativo.

—No, esta noche me voy a quedar aquí. —Lola se giró y buscó la mirada de Jon, que parecía enfadado—. Así puedo estudiar con calma y aprovechar para hacer alguna maleta e ir separando las cosas que me quiero llevar... ¡Dos en uno!

El sonido de un par de mensajes entrando en el teléfono de Jon le dieron la excusa perfecta a Lola.

—Ve al trabajo, anda, yo me quedo... Ya nos vemos mañana, ¿vale?

Jon se acercó y la besó en la frente a regañadientes. Parecía que haberse escapado del trabajo no le había salido bien del todo, y ahora le urgía regresar y solucionar un par de problemas.

—Ve pensando que necesitaré baldas fuertes para todos mis libros... —Sonrió ella cogiéndolo por la camisa para devolverle el beso en los labios.

Desde el despacho, Carla prestó suma atención a cómo Lola acompañaba a Jon a la puerta y regresaba a su cuarto. Era el momento, pensó, y dejó todo lo que tenía a medias —en realidad, había fingido que estaba trabajando—, para dirigirse a la habitación de Lola y hablar con ella. Sin embargo, antes de darle tiempo a levantarse, Lola se asomó a la puerta del despacho con un papel en la mano.

—Mamá, ¿podemos hablar?

—Por favor...

Carla tuvo miedo de qué podía ser ese papel. ¿Una petición de emancipación que necesitaba su firma, tal vez? ¿Por eso Lola estaba siendo tan cauta y agradable, porque quería pedirle algo?

Acelerada, antes de que Lola comenzase a hablar, Carla se aseguró de que el ordenador estuviese cerrado y, cogiéndola con fuerza de la mano, la arrastró por el pasillo.

—Espera, aquí no, ven...

Al entrar en la cocina, Carla cerró la puerta a sus espaldas y abrió el grifo del agua a su máxima potencia mientras se giraba hacia Lola.

—¿Y tu móvil? Dime que no lo llevas contigo...

—No, está en el cuarto... —dijo Lola mientras su madre activaba la campana extractora y ponía los electrodomésticos más ruidosos en marcha.

En cierto modo, Lola sintió pena de ella al verla en pleno estado maníaco. Carla, tratando de calmarse, apoyó las manos sobre la barra y miró a Lola, que la observaba con una mueca de pavor.

—Sé que ahora debes de pensar que se me ha ido la olla y que estoy loca, pero...

—Creo que tienes razón —la interrumpió Lola.

Ambas se callaron, rodeadas por el sonido de la lavadora vacía, el extractor, el agua golpeando el fregadero...

—Creo que tienes razón sobre Jon —puntualizó.

Carla bajó la mirada y esperó a que Lola tomase asiento en un taburete al otro lado de la barra, dándole margen para que se explicase.

—¿Cómo...?

—Bueno... El día de la pelea del mercado Jon me dijo una cosa de ti... —Lola detuvo sus palabras y se agarró a la hoja de papel que no había soltado desde que había entrado en su despacho—, en la que supe que me estaba mintiendo. Fue ahí cuando empecé a desconfiar.

Lola pasó entonces a trasladarle, más o menos, la parte del discurso de autodefensa de Jon en el que había cargado contra

Carla por su historial común —historial en el que Carla no quiso indagar por el momento—. Le dijo cómo a Jon le sacaba de quicio que Carla la llamase ratón, porque ella misma le había contado a él —supuestamente— que el nombre venía de que Lola era una rata con la que se había tenido que conformar en vez de estar con el hombre que quería —el padre biológico de Lola—, y que se había arrepentido de tenerla.

Carla temió que Jon hubiese empleado la historia de su *affaire* para meter en la cabeza de Lola la idea de que no la quería, y trató de justificarse.

—Pero, ratón, no...

—Me habló de cómo las ratas novatas devoran a sus hijas. Me dijo que le habías contado que te sentías así, y que como te había arruinado la vida al nacer, ahora querías arruinármela tú a mí.

Carla se llevó la mano a la boca y tras ella musitó «qué horror...». Lola, sin embargo, reanudó su narración en voz baja y con un nudo en el estómago, aunque con aparente tranquilidad.

—¿Te acuerdas de los ejercicios que me mandaba hacer Georgina? —rememoró aludiendo a la psicóloga a la que Carla había llevado a Lola a los once años—. Los test con mis características, los autorretratos, los dibujos y las redacciones de los recuerdos especiales. Tenía que listarle actividades que definiesen cómo era y cómo quería ser, y yo ya por aquel entonces le decía que leer era una de mis favoritas...

Su madre asintió con la cabeza.

—Me acuerdo de que hubo un ejercicio en el que yo debía escribirte una carta con todos los recuerdos positivos que habíamos vivido, nuestras características buenas, dando las gracias... Tú también tuviste que escribirme una a mí, pero luego no nos las podíamos dar. Era un ejercicio de conciencia, para una misma, porque sabías que la otra persona, además, nunca la iba a llegar a leer.

—Me acuerdo...

—Yo leí la tuya —sentenció Lola, levantando el papel en sus manos—. Me colé en tu despacho cuando estabas en el trabajo y removí todos los cajones hasta encontrarla.

Lola, entonces, desplegó la hoja y leyó un fragmento en voz alta:

—Cuando naciste parecías un ratón. La gente te cambiaba el sobrenombre que te había puesto (la abuela Nora, por ejemplo) y te llamaban ratita de manera cariñosa. Pero no, yo insistía, no eras una rata, eras un ratón. No es lo mismo. Tenías las orejas grandes y la cabeza pequeñita, y las ratas, en cambio, tienen las orejas pequeñitas. Eras muy peluda, de un vello de tonos marrones claros. Pronto te convertiste en un animal nocturno que daba la vara por la noche, como los ratones, y eso es lo que hacías constantemente. Te querías salir de la cuna como un roedor enjaulado, querías explorar... —Lola se aclaró la garganta y buscó el siguiente punto de lectura, saltándose un par de líneas—. El mismo día que te sujeté en brazos por primera vez me di cuenta, y lo sigo reafirmando a día de hoy, que nada en esta vida hubiera tenido sentido sin ti. Y me podré arrepentir de muchas cosas en mi vida, pero NUNCA de haber tenido a mi ratón.

Doblando de nuevo la hoja, Lola levantó la vista y miró fijamente a su madre.

—Por eso supe que me estaba mintiendo. —A Lola se le rompió la voz y las lágrimas brotaron de sus ojos.

Carla dio la vuelta a la barra y abrazó a su hija, que estiró los brazos de manera errática y se dejó rodear, comenzando a sollozar. A ella también se le escaparon las lágrimas y la apretó fuerte, disfrutando en parte de la pequeña victoria que suponía ese momento. Lola llevaba todos esos años guardando ese papel. «Gracias al cielo por ese papel...», pensó. Sin él, Lola no estaría en sus brazos, no hubiese aguantado el resquemor en su interior los últimos días por miedo a que él la hubiese visto dudar, esperando el momento oportuno, a solas, para confesarle a su madre sus sospechas.

Jon podía tratar de manipularlas; podía extorsionar a Carla, entrar en sus dispositivos, controlar su ubicación, sus correos, el histórico de sus compras... Pero no había podido entrar en sus recuerdos, en la historia compartida entre ambas. Le faltaba información: la vivida entre ellas, la no registrada en ningún otro sitio más que en su memoria.

—Entonces... —susurró la voz de Lola entre los brazos de Carla—, ¿todo lo que me dijiste... es verdad?

Carla asintió, le acarició el cabello y la abrazó más fuerte para que Lola contase con su apoyo en el momento en el que todo lo vivido los últimos meses pasaba por su cabeza a gran velocidad; Carla lo sabía, ella lo había vivido también en su momento y era más que probable que Lola no estuviese siendo capaz de procesarlo todavía. Mientras mecía a su hija aprovechó el contacto de una manera que casi la hizo sentirse egoísta: hacía años que no abrazaba a Lola y era la primera vez en mucho mucho tiempo que sostenía en sus brazos, de nuevo, a su ratón.

38

Esa misma noche, y después de que Lola se hubiese recompues-
to un poco, aunque todavía se mostrase hermética, madre e hija
salieron a dar un paseo (lejos de casa, de cualquier dispositivo
rooteado, mientras Carla miraba repetidamente por encima del
hombro por si Jon las estaba vigilando). Después del encuentro
en la cocina, y con un mecanismo de defensa que Carla ya le
había visto usar en el pasado, Lola se volvió un poco más fría y
distante, quizás con la intención de no dejarse impactar ni so-
brecoger por los hechos. Caminando le contó a su madre cómo
había pasado los últimos días desde la pelea, cuando la sospecha
se había instalado en la boca de su estómago. Lola le había dado
vueltas a toda la información que Carla había compartido con
ella en el mercado; de ser verdad todo aquello, tal y como sospechaba, Jon podía leer sus mensajes si le escribía a su madre para
hacerla partícipe de sus dudas. Por eso siguió actuando como si
nada, por eso lo lógico fue seguirle la corriente a Jon con la idea
de irse a vivir con él: tenía que hacerle creer que estaba ganan-
do... por si acaso.

—Y has hecho bien... —le dijo Carla—. Estás siendo super-
fuerte con todo esto. Más que yo...

Lola, que caminaba con los brazos cruzados, replegada y a
una distancia prudencial de Carla, contempló en el rostro de su

madre las consecuencias de todos los actos de Jon. No sabía ni por dónde empezar a procesar todo lo que les estaba pasando. Por suerte, Carla iba un par de pasos por delante de ella y no le permitió regodearse en aquello ni por un segundo; no tenían tiempo de venirse abajo.

—Vas a tener que seguir siendo fuerte, al menos hasta que todo esto se solucione. Tenemos que trazar un plan.

—¿Y no podemos ir a la policía?

Carla, entonces, puso a Lola en antecedentes de la manera más sensible posible: sus intentos por deshacerse de él, las imágenes borradas, la localización constante, las amenazas, los castigos... y, por encima del resto, el mayor riesgo de todos: cada vez que daba un paso, la ponía en peligro a ella.

—Tiene que haber alguna manera de... —respondió Lola irritada.

—No lo entiendes, ese es su juego. Si no lo sigues, todos los vídeos y fotos que tiene de ti verán la luz, y créeme que he sido testigo de cómo es capaz de hacer llegar bien lejos algo cuando se lo propone.

—No, no, no... —Lola negó con la cabeza, frustrada y enfadada. Frente a ella, con apenas esa frase, Lola pudo ver todos sus miedos reunidos. Tanto tiempo de cubrirse, de protegerse de los demás... no había valido de nada.

—Si no queremos que nos joda la vida más de lo que ya lo ha hecho, me temo que tienes que seguir actuando como si nada hasta que demos con la manera de deshacernos de él.

Irónicamente, para evitar que Jon siguiese haciéndoles daño, Lola tenía que arriesgarse a que se lo hiciese y seguir expuesta al peligro por un bien mayor.

—O sea que... —preguntó con temor.

—O bien encuentras la manera de librarte de ir a vivir a su casa sin que sospeche... que lo hará, ya te lo advierto, porque no debe de haber encajado muy bien que estés en casa conmigo a solas, sin poder escuchar nada de lo que dices...

—O me voy a vivir con él... —afirmó ella con sequedad con un hilo de voz gélido.

—Y me sigues odiando, en su justa medida, ya sabes... —Carla trató de hacer una broma, pero Lola todavía estaba en lo que podría definirse como un estado de *shock*.

—No puede ser, tiene que haber otra manera... —insistió Lola mostrando una desconfianza ante las sugerencias de su madre que a Carla le resultó molesta.

—Por una vez en tu vida, Lola, confía en mí. La idea no me hace ni puta gracia, ya te lo digo. Pero más miedo me da todo lo demás...

Lola llevaba la mirada clavada en sus pies mientras seguían dando vueltas a la manzana; estaba atrapada y debía tomar la determinación de seguir el camino que le pautaba su madre y fiarse de ella, o enfrentarse a las consecuencias. No tenía muchas alternativas.

—Lo que está claro —añadió Carla— es que con un perfil como el suyo, con un trastorno de personalidad tan manipulativo, seguro que hay algo que se le habrá escapado, algo en su pasado... Tenemos que encontrar el hilo adecuado y tirar de él. ¿Me estás escuchando? —preguntó al ver que Lola apenas reaccionaba—. ¿Estás bien? Entiendo que esto es mucho para ti y que ahora mismo no...

—No, tienes razón —afirmó con la cabeza para sí misma, convenciéndose—. Si me meto en su casa, desde dentro tendremos más posibilidades de encontrar algo...

—Prométeme que vas a tener mucho cuidado...

—Nada de mensajes, de llamadas, de búsquedas... —repitió Lola como un mantra.

Carla la detuvo antes de llegar al portal.

—Prométemelo...

—Voy a tener cuidado —dijo con determinación y enfado en su voz—. No va a dudar que soy la tía más enamorada de la tierra.

Como era de esperar, a Lola no le fue bien en el examen de la mañana siguiente y cuando recibió la nota, una semana después de haberse instalado definitivamente con Jon, tanto Sam como Sheila se quedaron boquiabiertos al verla. Lola se había pasado todo el examen aprovechando el silencio para buscar un poco de concentración y ordenar cada uno de sus pensamientos en relación con lo que le estaba ocurriendo. Una nota, en ese instante, era la última de sus preocupaciones; no les pareció así, en cambio, a sus amigos, que no tardaron en reaccionar.

—Tía, esto es muy fuerte... —dijo Sam al salir de clase.

—¿Estás bien? —le preguntó Sheila—. Quiero decir... YO he sacado más nota que tú. YO, que soy un desastre y me lo invento todo en vez de estudiar.

—Sí, sí... Es que con el tema de la mudanza me pilló fatal la semana y no tuve ni un segundo. Pero vamos, que lo puedo recuperar sin problemas...

La mudanza. Desde que les había hablado de ella, Sheila y Sam reaccionaban con muecas cada vez que sacaba el tema. A Lola no le hubiese parecido natural no hacer partícipes a sus amigos de semejante noticia, de haber sido legítima, y se recreaba falsamente en su alegría ante la idea de poder salir al fin de casa de su madre por si, por un casual, Jon conectaba el micrófono de su móvil o leía sus mensajes en el grupo SLS.

—¿Y te queda más lejos del insti? —fue lo único que le preguntó Sheila por el pasillo entre clase y clase cuando les dijo que ya vivía allí con él.

—No, más o menos igual, pero en otra dirección. Bueno, llevo semanas viniendo muchas mañanas desde allí directa...

—Y... —El rostro de Sam se moría de ganas de decir algo mordaz, algo que seguro que Lola hubiese agradecido en ese momento, pero estaba convencida de que Sheila lo había amenazado con controlar su genio para no disgustarla, ahora que las cosas habían vuelto más o menos a la normalidad entre los tres—. ¿Bien...? ¿Todo... bien?

—Sí, bien.

—¿Y no te parece un poco pronto? —acabó por espetar.

—¡Sam! —le recriminó Sheila con un codazo.

—Joder, reina, tenía que preguntarlo. ¡ES PRONTO!

—Tranqui, Shei, si ya lo sé. Que no estoy ciega, joder... —les dijo tratando de quitarle hierro al asunto—. Es pronto, pero es que... estoy muy enamorada de él.

—No te jode, yo también me he enamorado, pero no he llenado un par de bolsas con mis calzoncillos y me he metido en su casa a los quince minutos de conocerlo...

Lola se rio a carcajadas, pensando que necesitaba aflojar la tensión acumulada.

—Bueno, Lol, es tu vida... —claudicó Sam.

—Y nos alegramos por ti —añadió Sheila—, de que estés enamorada y seas feliz...

—Lo soy —dijo ella con una mueca un poco insensible.

—Piensa que te quedas sin *cleaning lady*, eh...

Los tres se rieron y bajaron las escaleras en dirección a la cafetería del instituto. Lo cierto era que ahora, con toda la información y la perspectiva que Lola tenía, los echaba de menos; cómo la hacían reír, lo rápido que se le pasaban las horas estando con ellos, cómo siempre le habían dejado su espacio para ser ella y nadie más, sin presionarla, el amor incondicional que se profesaban. Le gustaba saber que detrás de los comentarios mordaces de Sam había un cariño inmenso y que si, por un casual, Lola les dijese qué se escondía detrás de la figura de Jon, ninguno de los dos dudaría en ir a patearle el culo por haberse atrevido a manipularla. Había sido así desde aquel viaje a la nieve en sexto curso, cuando a los tres les había tocado sentarse juntos en el autobús, y Lola sabía que por mucho que las cosas se hubiesen torcido, ese sentimiento que tuvo al final del día, en su regreso a casa de la excursión, de que había encontrado por fin su lugar en el mundo no había cambiado en cinco años.

—Oíd... —Los detuvo frente a secretaría, antes de meterse en el bullicio en que se convertía la cafetería en el descanso—. Quería pediros perdón por haber sido tan tonta estos últimos meses, por haberos dejado plantados y... bueno, por estar un poco gilipollas.

Sam frunció los labios con las maneras de una diva.

—Te escucho... Más, más...

Lola rio y vio cómo Sheila le agradecía con la mirada el gesto.

—No voy a lameros el culo, eh, solo eso. *Sorry, sorry, sorry.* Prometo que, en algún momento... —Dudó de cómo enfocar el discurso; en su cabeza quería decir «cuando se acabe todo esto» sin tener muy claro cuándo pasaría o cómo podían interpretarlo ellos—. Bueno, que os lo compensaré.

—Chica, *love is a bitch.* —Sam le lanzó un beso por el aire y reanudó el paso hacia la puerta de la cafetería—. Si yo tuviese que pediros perdón cada vez que me pongo en modo zorra por un tío, no acabaría nunca...

—Pues aplícate el cuento... —le recriminó Sheila.

Lola se acercó por la espalda a ambos y sobreponiéndose al segundo de duda pasó sus brazos por los hombros de los dos y los abrazó.

—Creo que me apetece tortilla... —les susurró con tono jocoso.

—¡Uy! ¡Está enferma! ¿Aceite, tú, a las once de la mañana?

Liz y Carla quedaron una noche después del trabajo para cenar juntas y, supuestamente, ponerse al día. El estudio se estaba resintiendo de los problemas que acarreaba Carla —clientes descontentos con la atención recibida, alguna que otra queja—, y con la excusa de hacer una reunión de socias y tomar alguna que otra medida ambas disfrazaron el encuentro, dejaron los teléfonos móviles en casa, pagaron todo en efectivo y establecieron el lugar de la cita de viva voz, para que no hubiera registro de dónde se encontrarían.

—Si lo piensas, es como volver veinte años atrás. Quedabas con alguien por teléfono y luego no había manera de desdecirse o de avisar si llegabas tarde... —dijo Liz echando el culo de la botella de vino en la copa de Carla antes de que el camarero se la llevase.

—Bueno, entonces ¿qué tenemos? —resopló Carla.

Se habían pasado cerca de una hora peinando cada uno de los movimientos de Jon, tratando de analizar la información que este le había proporcionado en su día a Carla cuando todavía se hacía pasar por Oliver... Entre copa y copa habían pensado trampas, maneras enrevesadas de que confesase; ningún plan parecía ser efectivo ni proporcionarles garantía alguna...

—No sé. —Suspiró Liz—. Perseguirlo para averiguar más info sobre su vida es lo único que rescataría...

—Es demasiado arriesgado, y no veo claro qué podríamos sacar en firme.

—No, claro, para sacar algo en firme habría que hacerle exactamente lo mismo que os está haciendo a vosotras. Que Lola le robase el teléfono y pinchárselo de algún modo... Tenemos que contratar a un *hacker* o a un cibernauta.

—De nuevo, demasiado arriesgado. —La voz de Carla sonaba alterada, y su pie no paraba de golpear el suelo—. Además, no tenemos ni puta idea de estas cosas, Liz, y si nos saliese mal no quiero ni pensar...

—No sé, querida. Estoy segura de que ya se nos ocurrirá algo...

—¡No! ¡Tenemos que pensar algo ya!

Carla elevó la voz, histérica, y se llevó las manos a la cabeza.

—Tienes que tranquilizarte...

—No puedo. NO-PUE-DO. Cada segundo que estamos aquí pensando sandeces y sorbiendo vino ese tío se está follando a mi hija. La está alejando de mí, metiéndole a saber qué mierda en la cabeza... Cada segundo es un segundo de control que gana sobre nosotras. NO puedo dejar pasar ni un segundo más.

—Carla... —Liz extendió el brazo y acarició el dorso de la mano de su amiga de modo tranquilizador—, Lola está de tu parte. Sé que puede ser difícil de creer, pero está de tu parte. Si eso no cuenta como terreno ganado...

Carla frunció los labios y tomó una gran bocanada de aire.

—Ya, pero ¿por cuánto tiempo?

—¿Dudas de ella? —Liz se extrañó del comportamiento de su amiga, que ya no se fiaba de nada ni de nadie a esas alturas.

—Joder, Lola tiene diecisiete años, y le estoy pidiendo un esfuerzo muy grande. Además, de quien dudo es de él, de lo que es capaz. Se está volviendo más inseguro, lo percibo, más desconfiado... y eso solo puede ir a peor.

—¿Como si no acabase de creerse que le está saliendo bien...?

—Es impredecible, y es cuestión de tiempo que se aburra y acabe, a saber... cansándose de ella o algo mucho peor. Tenemos que diseñar un plan ya.

—Vale. ¿Qué era lo que te había dicho Naya? Lo de la bola

del futuro que se predice por el pasado... Hay que ir a su pasado. Ese es el único plan posible, entonces.

—¿Y cómo se hace eso cuando una persona parece que no haya existido?

—No lo sé... No lo sé.

Carla se fue a la cama dándole vueltas y, por una noche, dejó las pastillas que la ayudaban a desconectar en el cajón de la mesita y se propuso sacar partido a esas horas de desvelo. Paseó en su cabeza por todos los recuerdos que podían ayudarla: las menciones de Jon a su trabajo (escasas), las respuestas a las treinta y seis preguntas de Blurred (con toda seguridad, mentira tras mentira)... Pensó en la vez que estuvo en su piso —por defecto de profesión, Carla solía ser muy observadora en cuanto a los espacios y la decoración y lo que revelaban de sus dueños—: repasó el baño de Jon (dos frascos de perfume en la balda, unas cremas de cuidado facial, jabón en pastilla —cómo olvidarlo—, un libro desgastado a mano para leer en el váter), la mesa de la cocina despejada (donde dejó los platos vacíos del restaurante mexicano, y poco más), el salón sobrio cuya decoración ella había mencionado... De entre las imágenes que le venían a la cabeza, de pronto rescató la existencia de un pequeño marco de fotos hundido al fondo de una balda, entre hileras de libros. Un único marco.

La imagen de una chica morena.

Se incorporó como un resorte. Había descartado esa información porque con el tiempo había concluido que las menciones de Jon a su ex vaciando el piso como excusa para no llevarla a su casa solo pretendían ocultar la presencia de Lola por aquel entonces. Carla no le había dado importancia a ese marco ni había reparado en él debido a que Jon le había hablado de la existencia de una exnovia que Carla había catalogado *a posteriori* como ficticia. Pensó en las imágenes que él le había mandado de

Lola en su salón, esas fotos que apenas se había molestado en ojear; quizás en ellas hubiese podido confirmar sus sospechas, indagar más. Sin embargo, Jon había borrado todo rastro e historial de su teléfono.

Tenía algo de lo que partir, al menos: un marco de fotos y una exnovia a la que encontrar. Quizás ese era el inicio del hilo que las ayudaría a salir del laberinto.

Con la excusa de ir recogiendo algún que otro libro cuando le faltaba un volumen clave para la siguiente tarea de la asignatura que tenía entre manos, Lola se escapaba de manera repetida a casa con tal de comprobar si Carla tenía algún mensaje para ella. Si tenía que decirle algo, se lo dejaba escrito en la pizarra blanca que usaba para la lista de tareas de Naya. De momento, era la manera más segura que habían encontrado de comunicarse; Jon no preguntaba nada, pero la veía volver cargada y Lola actuaba como si nada, pese a sospechar que él no perdía ojo del geolocalizador de su teléfono (que le dibujaba el mapa exacto de sus recorridos y le daba toda la información precisa para tenerla constantemente vigilada). En más de una ocasión, cuando Lola no había seguido la ruta habitual del instituto a casa o viceversa, él había encontrado la manera de preguntarle durante la cena qué había hecho a mediodía o a dónde se había escapado por la tarde. Jon se creía que los hilos de su control eran invisibles, pero Lola percibía el truco y, para no levantar sospechas, actuaba acorde con el papel que él le asignaba en su función.

Esa tarde, el mensaje de su madre en la nevera le pedía a Lola que peinase el piso en busca de un marco con una foto de la ex de Jon; si se había molestado en ponerla tras un cristal, tenía que tratarse de algo importante. Si Lola la encontraba, bastaría con hacerle una foto definida y Liz y ella se encargarían del resto.

Al volver a la casa de Jon, Lola dejó sobre la mesa del salón los libros de literatura hispanoamericana que había usado como excusa para que él los viera nada más entrar y fingió interesarse por un par de ejemplares en las estanterías del salón y sacarlos de las baldas mientras buscaba el marco. Tal cual le había dicho su madre, en una de las baldas superiores y casi sepultado por libros, Lola localizó el pequeño marco. Sin embargo, para su sorpresa, la imagen que contenía era la suya propia, una de los centenares de imágenes que Jon ya había tomado de ella a esas alturas.

—¿Qué haces? —le preguntó él saliendo de la cocina y ojeando de pasada los libros sobre la mesa.

—¿Tienes *El guardián entre el centeno*? —preguntó ella disimulando.

—Pensaba que tenías examen de hispanoamericana...

—Sí —señaló ella buscando entre las baldas—, pero quería hacer un ejercicio de comparativa de narradores con *El túnel* de Ern...

—Luego te lo busco —la interrumpió—. Si no lo tengo, vamos a comprarlo...

Lola detuvo su exploración y siguió a Jon hasta la cocina, donde había preparado algo para que ambos picasen a media tarde. Lola urdió entonces un plan y, para que fuese lo más realista posible, se pasó la cena entera bebiendo cantidades ingentes de agua y tomando una infusión tras otra. Tuvo así la excusa para levantarse un par de veces alrededor de la medianoche e ir al baño; en uno de esos momentos, y con mucho cuidado de que sus pisadas por el pasillo no la delatasen, se escapó al salón guiada por la sola iluminación de la pantalla de su móvil. El sonido de las sábanas proveniente del cuarto de Jon la alarmó, y Lola trató de hacer el menor ruido posible, deteniendo su recorrido, pensando en qué excusa podía inventarse si Jon la pillaba lejos del lavabo o la cocina. Nerviosa, esperó unos segundos acompañada tan solo por el sonido de su corazón palpitando, y al comprobar que la respiración de Jon seguía su curso acompasado, reanudó su misión para probar su teoría: abriendo el marco y levantando la tapa trasera de cartón, comprobó que Jon había puesto su imagen encima de la anterior. Allí estaba: los ojos almendrados, casi negros, el pelo oscuro... Era la chica.

Sabía que, si le hacía una foto con su móvil, iría directa al carrete y Jon podría acceder a ella, descubriendo su plan. Sin pensárselo mucho, Lola tomó la decisión quizás más arriesgada, sacó la imagen de dentro del marco, la guardó entre las páginas de uno de los libros y volvió a la cama con la idea de llevarla a primera hora al instituto, pedirle a Sheila y a Sam que le hiciesen una foto, y volver a dejarla en el mismo sitio ya por la noche.

En efecto, a la mañana siguiente Lola desayunó con Jon (a quien le preparaba sus tortillas de avena los días que se iban del piso a la misma hora), introdujo en la mochila un par de libros (entre ellos el que contenía la foto) y se fue como siempre al instituto rezando en el camino por que la obsesión de Jon por el control no le hubiese llevado a instalar cámaras de seguridad de visión nocturna por todo el piso (era ridículo pensarlo, pero Lola se había contagiado de la paranoia de su madre y todavía tenía que cambiar el chip).

Ya en el instituto, se dejó adrede el teléfono en la mochila a la hora del recreo y en la cola de la cafetería interpretó el papel de novia celosa que descubre una foto de la ex. La sacó del bolsillo y pidió a Sheila y a Sam que cotilleasen en las redes sociales —«como solo vosotros sabéis»— quién era y qué información podían sacar de ella. Sin mediar más palabra, y emocionados con el encargo, ambos le hicieron la esperada foto a la imagen y no tardaron en ponerse a teclear. En la barra, mientras pagaba su café con leche, Lola escuchó:

—Encontrada. ¿Qué quieres saber de ella?

—Todo.

¿Quién es Jon?

39

Fue de Liz la idea de que Carla rescatase su teléfono móvil y volviese a actuar como si nada frente a Jon. Él ya sabía que ella podía desaparecer de su vista si quería; había aprendido de sus errores y su vida se había dificultado a raíz del apagón tecnológico. Resignarse y recuperar su vida, en parte, podía ser beneficioso para todos. A Carla, al inicio, le costó compartir ese punto de vista.

—¿En qué me puede beneficiar a mí que él sepa y vea en todo momento qué hago, con quién hablo, qué compro?

—¿No lo ves? —le espetó su amiga con obviedad—. Si justamente haces todo eso, si te mueves y usas la tarjeta, y haces fotos, mandas mensajes, llamas, si vuelves a ser funcional como se te pide que lo seas en pleno siglo XXI... Jon tendrá mucho trabajo.

—¿Y queremos mantenerlo ocupado...? —Dudó Carla.

—Si está ocupado con el ojo puesto sobre ti todo el tiempo, estará entretenido y despistado, y no tendrá tiempo de estar al cien por cien sobre Lola. Así ella podrá moverse con un poco más de libertad para poder averiguar algo... Ya sabes, como en *El señor de los anillos*.

Carla frunció el ceño, esperando a que Liz acabase de clarificar.

—Cuando se van todos a montar el pifostio a la puerta para que el ojo de Sauron no esté encima de Frodo y pueda subir a tirar el anillo.

Se miraron con una mueca graciosa, pero que reafirmaba la idea de que, en efecto, el plan de Liz no era absurdo del todo.

—No sabía yo que eras tan friki de...

—Ahórrate la broma. Las ponen en la tele cada Navidad, paso más tiempo en la Tierra Media que con mi familia.

Así fue como, tras esa conversación, Carla reactivó su teléfono y volvió a emplearlo para sus correos de trabajo, llamadas con clientes, reanudar la publicación en la cuenta de Estudio RATA —que tenía olvidada—, y hasta escribirle a Lola, mandándole mensajes de preocupación, haciendo entender a Jon que Lola y Carla apenas tenían contacto y dejando entrever que, cuando su hija pasaba por casa, madre e hija no cruzaban palabra. Liz incluso había elaborado una cadena de mensajes sobre cómo tenía que olvidarse de todo lo ocurrido con Oliver, y la emplazaba a quedar para cenar con el famoso contratista con el que tanto intentaba emparejarla; de ese modo, Liz pensaba que Jon sacaría el foco de sospecha de que estuviera involucrada y también sería un agente libre para moverse y ayudarla en las pesquisas necesarias.

Carla entró, así, en piloto automático, recuperando aspectos de su vida que hasta antes del apagón, antes de la aparición de Jon, había dado por hechos (desde mandar correos hasta valerse de internet para saber a qué hora cerraba un comercio o consultar su estado bancario). Sin embargo, volver a una vida normal —o al menos fingirlo—, le estaba costando cuando por dentro todavía se sentía del todo rota; eso, irónicamente, no estaba registrado en ningún lado. Porque una cosa que no podía percibir Jon en el espionaje constante al que la sometía era cómo Carla abría la puerta del cuarto de Lola y se situaba en el centro, cerraba los ojos y dejaba que la fragancia de Lola se colase por sus fosas nasales. Inspiraba, captando el olor único y particular de Lola y que se mantenía en la atmósfera de la habitación, aunque ella no estuviera dentro. Echaba de menos ese olor, y se le rompía el corazón al volver a abrir los ojos y ver la mitad de las baldas de libros vacías y las perchas colgando desnudas del armario. Tenía miedo de que, de algún modo, él lograse salirse con la suya y esa situación fuese a ser así de modo permanente; Carla no conseguía escapar al temor de que, llegado el momento, él hiciese dudar a Lola y terminase poniéndola en su contra.

De hecho, sin conocer el caso, desde fuera, Jon bien podría haberse percibido como un novio que copaba de atenciones a su chica, que se cuidaba de que no le faltase de nada, le proporcionaba todo lo que ella necesitaba —libros, ropa...— e incluso iba a recogerla a los sitios para que no tuviese que volver sola a casa... En realidad, todo aquello no eran más que expresiones de su control: Jon se hacía cargo de todo eso porque quería hacerla dependiente de él, y la llevaba y traía porque no se fiaba de dónde estaba cuando no estaban juntos. Jon, de hecho, se hallaba más volcado en Lola que nunca, tanto que había empezado a salir un poco antes del trabajo para poder ir a recogerla al instituto y así pasar todas las tardes con ella. A excepción de las horas de clase, se había asegurado, de algún modo, de permanecer todo el tiempo con ella.

Sheila y Sam no decían nada, y Lola trataba de ocultar en su rostro el agobio que le producía el hecho de salir por la puerta principal, en dirección al metro —como solía hacer siempre para pasear con sus amigos— y que él la estuviera esperando. Su rictus tenso se veía forzado a transformarse y convertirla en una persona que sentía que ya no era... Quizás meses atrás aquellos gestos la hubiesen hecho sentirse especial, pero ahora Lola era incapaz de reaccionar de manera natural a nada que viniese de Jon, algo que la tenía en vilo de manera constante; temía que él percibiese que ya no estaba cómoda. Sin embargo, ella había deducido que, en realidad, él siempre había sido de esa manera; Jon había sido así de penetrante, de constante, de intenso en su vida desde el primer segundo.

Por esa intensidad misma, a Lola le había resultado difícil trazar un plan para hacerle llegar a su madre la información que había obtenido de Loreta, la chica de la fotografía dentro del marco (y supuesta exnovia de Jon). Su invisibilidad en las redes sociales la había hecho nula, de haber tenido que llevar a cabo ella misma ese tipo de investigación, pero por suerte contaba con dos expertos como Sam y Sheila, que en apenas veinte minutos habían encontrado los perfiles sociales, nombre completo, profesión, gustos varios y algún que otro dato más que Lola fingió estar ávida de averiguar. Para devolver a su sitio la imagen, la guardó un par de días entre las páginas de uno de sus libros y siguió el mismo proceso para retornarla a su lugar detrás del marco. En esos días, si coincidía y abría el libro que empleaba para salvaguardarla, Lola se quedaba mirando la sonrisa de esa chica, una sonrisa no muy diferente a la suya no hacía tanto tiempo. ¿Habría pasado ella por la misma situación que Lola, o el suyo era un caso aislado?

Como no podía hacer otra cosa respecto a Loreta, más que pensar en ella, Lola se impacientó con el descubrimiento que tenía entre manos. Pensó en pedir a Sheila o a Sam que le entregasen a su madre todo escrito de su puño y letra, pero no podía pedirles mucho más de lo que ya habían hecho o empezarían a sospechar que algo no iba bien si se obsesionaba con la figura de otra mujer (al menos si ella quería atenerse a su narrativa de la historia de amor idílica). Además, de querer averiguar más de Loreta por su propia cuenta, o contactarla de algún modo, Jon se lo hubiese puesto difícil, ya que parecía empeñado en no permitir que pasara ni un minuto sola (lo cual Lola no quería ver como sospechoso, pero que la dejaba desarmada en cualquier caso: no podía hacer nada sin que él lo supiese y, aunque no sospechase de su alianza con su madre, Lola temía dar un paso en falso). ¿Cómo, entonces, podía hacerle llegar a su madre toda la información que tenía en su poder? Todas las opciones a su disposición se desintegraban por sí mismas: si pasaba por casa a dejárselo todo escrito, era probable que Jon decidiese en el último segundo acompañarla; si se creaba en el ordenador de la mediateca una cuenta falsa y le mandaba un correo a su madre, él lo vería porque la tenía también *rooteada* a ella...

Lola se había quedado sin ideas, y no fue hasta que la llamaron a secretaría, cuando vio el ardid por parte de su madre para contactarla. Después del aviso por parte de un profesor, aprovechó uno de los intercambios de clase para acercarse a secretaría (dejó, eso sí, bajo custodia de SLS sus cosas, incluido su teléfono, por si acaso) y una señora de poco buen humor, con un sarcástico comentario, le entregó un paquete remitido por un tal Martin (el marido de Liz).

Salió al pasillo abriendo el paquete y dentro encontró un teléfono móvil nuevo de lo más rudimentario; no se trataba de un *smartphone* al uso, sino más bien de un móvil que su madre hubiese definido como «de los de antes», en el que no se podía instalar app alguna... Por tener, no tenía ni pantalla táctil, apenas unos números grandes en el teclado. Era tan solo un teléfono para llamar, ya cargado y con la tarjeta insertada, listo para usar. Lola desplegó la hoja que había al lado y vio las indicaciones: había un único número guardado en la memoria al que tenía que llamar. No perdió un segundo; se adentró por el pasillo y pulsó el botón. La voz de Liz le contestó al otro lado.

—¿Tienes papel a mano? Voy a estar en esta dirección hasta la hora de la comida, ven.

Lola, entonces, volvió a secretaría, le pidió prestado un bolígrafo a la señora que le había entregado el paquete y anotó en el reverso la dirección que Liz le estaba proporcionando y, ya que estaba, todos los datos que había memorizado de Loreta. Técnicamente, hacía diez minutos que tenía que estar en clase de literatura hispanoamericana del siglo XX, por lo que cogió aire y viendo a su alrededor la tranquilidad de los pasillos vacíos, decidió que esa era su oportunidad. Aprovechó que se cruzó con la cocinera, que empujaba un carro lleno de comida de camino a la cafetería, para preguntarle por la dirección escrita en el papel (de normal la hubiese buscado en Google Maps); estaba a tres calles de allí. Sin tan siquiera avisar, sin preocuparse de cómo quedaría la imagen de abandonar el instituto a media mañana, salió por la puerta principal, desprovista de chaqueta alguna ni teléfono móvil inteligente por el que guiarse, tan solo con una hoja de papel, el teléfono nuevo y unas indicaciones en su mente.

Aceleró el paso a medida que huía del edificio e, instintivamente, no pudo evitar mirar hacia los lados en el trayecto, no solo por si alguien del instituto la detenía (para lo que había preparado una excusa en su cabeza), sino por si la presencia de Jon la sorprendía. Se sentía en estado de alerta de manera doble porque se sabía en riesgo y tenía miedo de que algo de aquello le saliese mal. Al girar la calle y llegar al portal cuyo número concordaba con la dirección indicada por Liz, no tuvo más que seguir el rastro de cal y huellas de los obreros escaleras arriba para encontrar el piso en obras en el que la amiga y socia de su madre la esperaba. Al cruzar con timidez un arco sin puerta, vio a Liz enganchada a su teléfono en medio de una sala diáfana llena de materiales, paredes de cemento y suciedad. Liz colgó al verla, le señaló con el brazo que la esperase en silencio donde estaba, se acercó a un operario y colocó el teléfono cerca de una taladradora en funcionamiento para que el ruido interfiriera, por si acaso. Toda precaución podía ser poca.

—¿Cómo estás, querida? —le preguntó Liz con ademán de abrazarla, pero quedándose a medio camino; conocía a Lola desde pequeña y, si bien estaba preocupada por su bienestar, también sabía que no le gustaba que la tocaran.

Lola, en cambio, se abalanzó sobre ella y la abrazó en un suspiro, sin decir nada más, con tal agradecimiento y descarga en el gesto que Liz intentó durante ese abrazo hacerle saber que no estaba sola y que contaba con todo su apoyo. Lola aprovechó y, antes de soltarla, le metió la hoja en el bolsillo, indicándole que toda la información que había podido recopilar estaba en ella.

—Ahora nos toca a tu madre y a mí...

—¿Qué vais a hacer? ¿Cuál es el plan?

—No lo sé, todavía. Encontrarla y ver qué puede salir de ahí...

Lola pareció decepcionarse ante la inconsistencia del plan. Iban a necesitar mucho más que improvisación para deshacerse de Jon.

—Pero no te preocupes —espetó Liz con rapidez ante su reacción—, que algo lograremos, ya verás. Los tipos como Jon suelen tener un perfil de coleccionista, por eso puede ser de utilidad buscar en las cosas que atesoran, porque lo que guardan suele ser de importancia.

—¿Me mantendréis informada?

—Claro... Oye, y llama a tu madre al número ese cuando

quieras. Yo que tú mejor no sacaría el teléfono nuevo del instituto por si...

—Sí... sí, claro. Obvio —susurró Lola todavía con un nudo de nervios en el estómago.

—Tu madre te manda un b...

—Me tengo que ir... —la interrumpió Lola.

Salió de allí corriendo, incapaz de pensar en otra cosa que no fuese volver a clase y sentirse de nuevo a salvo. Se agitó el polvillo de la ropa de vuelta al instituto (un regreso que hizo al trote entre el miedo y el nervio) y llegó justo a tiempo para reincorporarse a la siguiente clase (historia del mundo contemporáneo), bajo la preocupada mirada de Sheila y de Sam, a quienes gracias a sus ojos vidriosos pudo engañar con un pretexto, diciéndoles que se había sentido indispuesta del estómago justo al salir de secretaría.

—Sí que tienes mala cara... —observó Sheila.

—Ya te digo yo que lo de la cafetería no es comida ni es nada... —esputó Sam con mala baba, preocupándose por ella a su manera.

Aprovechando la excusa del estómago, Lola consiguió volver a escaparse en medio de la siguiente clase y esa vez aprovechó para esconder el teléfono en una de las estanterías de la biblioteca del instituto, entre los tomos de enciclopedia que ya nadie consultaba nunca gracias a la inmensa información y a la comodidad que ofrecía internet.

Por las noches, tumbada en la cama y con el brazo de Jon cruzándole el pecho, agarrándola de lado a lado, Lola no podía conciliar el sueño y se quedaba quieta, tratando de no moverse ni despertarlo, pensando en maneras de entender lo que le estaba pasando y en cómo no se sentía libre de ese brazo sobre ella en todos los sentidos posibles. Empezaba a ver borrosas las líneas de todo lo que acontecía entre ambos, como si, al no ser aconsejable que se alejase de él en cada acercamiento, beso o abrazo —por si él notaba su reticencia—, Lola se hubiese ido acomodando de nuevo en esos gestos, como si en la naturalidad de los mismos se encontrase la verdad de su relación: Jon, en realidad, la quería.

Se sentía triste cuando se giraba y lo miraba a la cara, cuando observaba ese rostro dormir a apenas unos centímetros de ella. En ese momento notaba un agujero en el estómago, como si la hubieran desprovisto de todas las emociones que había ido atesorando en los meses que lo había conocido y se había enamorado de él. Allí estaban todavía esos ojos amables; Lola todavía reconocía en sus facciones las cosas que habían forjado su amor por él, y eso le daba más angustia incluso, porque era el mismo rostro, la misma voz, el mismo tacto, los que la habían querido y los que la estaban aprisionando.

En cierto modo, Lola se sentía culpable de que una parte de ella —una parte grande— todavía lo quisiese y fantasease con la idea de que pudiesen recuperarse de aquello, de que a la mañana siguiente al despertarse todo se confirmase como una broma o él le pidiese perdón, cambiase y volviesen a vivir el inicio de su romance. Lola quería creer, en parte, que el verdadero Jon se había mostrado ante ella y se había enamorado de verdad de quién era. Quería creer que, de plantear la opción de hablar con él y exponer la situación de frente, él admitiese el error en sus actos y pudiesen construir desde ahí con todo lo bueno que Lola sabía que había tenido para ella aquella relación.

Porque no podía haber sido todo tan malo... Lo cierto era, pensaba Lola, que se podía interpretar lo sucedido de muchas maneras, pero Jon jamás le había hecho daño alguno ni la había amenazado. ¿Qué podía pasar realmente si a la mañana siguiente, frente al desayuno que ya le preparaba de manera automática cada día, Lola le sacaba el tema con naturalidad? ¿Recibiría una confesión por su parte? ¿Le admitiría Jon todo lo acontecido con su madre... o reaccionaría de otra manera?

40

A la mañana siguiente, Lola se quedó pegada a las sábanas y no abrió los ojos hasta que Jon, al salir de la ducha, fue a buscarla a la cama.

—¿Todavía estás así? Vas a llegar tarde... —le indicó casi en una reprimenda mientras rescataba del armario un par de piezas de ropa.

—Creo que no me encuentro muy bien... —susurró ella entre los cojines.

—¿Estás bien? —Jon se acercó y le puso la mano en la frente, pero Lola no parecía tener ni excesivo calor ni excesivo frío—. ¿Es del estómago?

—No sé, estoy como muy muy cansada... No he pegado ojo y tengo un poco de dolor de cabeza.

—Ven a comer algo y te tomas una pastilla.

Lola se desperezó y siguió por el pasillo el sonido de Jon en la cocina, donde él estaba preparándose un café.

—Voy a llegar tarde... —musitó enfadado mientras abría puertas y cajones de manera acelerada—. Odio salir sin desayunar...

Lola se arrastró hasta la nevera y sacó un yogur, cuyo contenido devoró en unas cuantas cucharadas mientras Jon acababa de comerse un plátano de pie frente a ella y buscaba la tableta de ibuprofenos en los cajones.

—¿Dónde la has puesto? En esta casa nunca se encuentran las cosas...

—¿Por qué no te quedas hoy conmigo en casa? —sugirió ella con un hilo de esperanza en la voz.

—¿Para hacerte de enfermero?

—No, no... —se apresuró ella a aclarar—. Pero he pensado que así podíamos comer juntos, descansar en el sofá, hablar un rato... No sé, planificar cosas para la casa... ¿No decíamos que íbamos a hacerla también mía? Podemos valorar qué cosas podemos camb...

—Lola, tengo que ir a trabajar —la interrumpió—. Quizás tú puedas saltarte las clases cuando quieras, pero yo tengo un trabajo y responsabilidades, y no me puedo quedar cuando quiera a hacer pijamada en casa con mi novia. Vamos, es lo que tiene la vida adulta...

—No lo decía por eso...

—Ya, ya imagino...

Jon le acercó un blíster con un par de pastillas restantes.

—Además, te vas a pasar el día hecha un trapo, que tampoco es que sea la cosa más agradable de ver...

Lola tragó la pastilla y siguió a Jon por el pasillo, que continuaba con su rutina matinal como cualquier otro día.

—Te llamo luego para ver cómo estás, ¿vale?

—Ok...

Lola se dirigió de nuevo al cuarto para volver a meterse en la cama...

—Bueno, hablamos luego... —escuchó en un hilo de voz justo antes de oír como la puerta principal se cerraba y Jon pasaba la llave al marcharse.

Lola volvió a la cama, dio vueltas tratando de dormirse de nuevo, leyó un poco y deambuló por el piso sin destino fijo, primero yendo al baño y luego a la cocina. Era la primera vez que disponía de la casa de Jon para ella sola y, ante la perspectiva de no poder enfrentarse a Jon —cosa que, de todos modos, no tenía clara que hubiese hecho de haber accedido él a quedarse—, cambió el plan y comenzó a repasar cada detalle de la casa con lupa. Las palabras de Liz se le repetían sin cesar en su búsqueda y, si tal como decía ella, Jon tenía un perfil coleccionista, investigar un poco entre sus cosas podía dar como resultado alguna pista más para bien indultarlo (que quizás era lo que Lola deseaba en secreto) o condenarlo. Al fin y al cabo, un coleccionista, pensaba Lola, guardaría mementos de algún tipo...

Con el cuidado de no alterar nada y el temor de que él supiese que estaba fisgoneando por toda su casa, Lola intentó pensar si Jon tenía cosas de ella, más allá de las imágenes a las que había hecho referencia su madre. Quizás Liz estaba equivocada y Jon era un tipo de persona que prefería observar en vez de conservar, y su búsqueda estaba poniéndola más en riesgo que producirle beneficio alguno. A fin de cuentas, Lola vivía con Jon en ese piso, no estaba de pasada, y era posible que él se hubiese curado de guardar bien algo de no querer que ella lo encontrase.

Después de abrir cajones al azar, Lola repasó por encima todas las estanterías del salón. En un rincón reparó en *La campana de cristal*, el primer libro que le había recomendado a Jon y que él le había pedido con el objetivo de que, al leerlo, pudiese conocerla mejor. Lo recuperó de la balda con nostalgia, pero al sostenerlo entre sus manos se dio cuenta de algo extraño: el libro estaba nuevo, inalterado, como si nadie hubiese pasado las páginas después de comprarlo y colocarlo allí, y sintió una pequeña punzada de decepción. Pese a haberle dicho que le había fascinado, y hasta haberle dado las gracias por semejante recomendación, Jon nunca había llegado a leer el libro.

Por último, Lola se adentró en el despacho de Jon, donde él tenía dispuesta su mesa y ordenadores. En los cajones del escritorio solo había cables, ratones de ordenador viejos y discos duros. ¿Por dónde empezar? Ni se le pasaba por la cabeza encender el ordenador, tenía demasiado miedo a que él lo descubriese o le llegase una alerta nada más hacerlo, por lo que pegó un último vistazo y fue a ver la última cajonera antes de volver al cuarto (todavía no había explorado el armario). Se esperaba más cables o artilugios tecnológicos, pero al acceder al último cajón, Lola encontró numerosas carpetillas pequeñas enumeradas y ordenadas que le llamaron la atención. Al sacar una y abrirla, comprobó que dentro todas tenían un nombre de mujer asignado y un conjunto de folios que cubrían y seguían la misma estructura: las treinta y seis preguntas del experimento. Todas y cada una de esas carpetas contenían el test con decenas de respuestas de otras chicas que, presuntamente, Jon había conocido como a ella en Blurred.

Alertada y confundida, Lola abrió un par para comprobar que, en efecto, el test siempre era el mismo, pero las respuestas a las preguntas habían sido redactadas con todo tipo de detalle, narradas en tercera persona, como si Jon se hubiese molestado en rellenar todos los datos de esas mujeres y almacenarlos. No quiso contar el número de carpetas, tan solo ver su existencia y lo bien organizadas que estaban le produjo una arcada y su falso pretexto de enfermedad terminó por convertirse en realidad cuando Lola acabó con la cabeza metida dentro de la taza del váter y un incipiente ataque de ansiedad.

Nada era verdad. Todavía recordaba lo que había supuesto para ella responder a esas preguntas, abrirse en canal. Más que conocer algunos aspectos sobre él, Lola había disfrutado sobre todo con la cantidad de cosas que había aprendido sobre sí misma a través de sus respuestas. Jon, en cambio, se había dedicado a aprovecharse de toda esa información íntima de cada una de sus víctimas para manipularlas y fortalecer su control. Posiblemente él adaptaba la narrativa sobre sí mismo en función de a quién tenía que ofrecérsela; se conocía tan bien las preguntas que mientras estas hacían imposible a los demás confiar en esa narrativa pautada, a él le daban la hoja de ruta perfecta para lograr su objetivo. Si Lola lo pensaba, las respuestas de Jon, cuando no habían sido neutras, habían casado a la perfección con las de ella. ¿Era eso lo que le gustaba a él? ¿Esa sensación de control y de poder que le proporcionaba esa información tan pura y real, obtenida de primera mano? Esas carpetillas, la información que contenían, eran su propio memento... Y Lola se sintió manipulada de tal manera que quiso negarlo ante la obviedad que la rodeaba, el propio piso en el que se hallaba: ¿era Jon así o se había amoldado a ella, en ese caso, para atraerla hasta allí? ¿Lo hacía con todas las chicas (con Loreta en el pasado)? ¿Y las cosas y circunstancias a su alrededor se habían adaptado a ellas también? Una nueva arcada la impidió abandonar el lavabo.

Lola quiso volver al cajón y descubrir la carpeta que llevaba su nombre. Tenía curiosidad por saber cómo Jon había tergiversado toda su información para manipularla y acabar adaptándose a ella. Necesitaba comprobar en todas esas hojas de manera fehaciente que él, en realidad, no era así, no era como se le había mostrado; quería ver cómo había moldeado y calculado la información que le proporcionaba en función de la de ella; quería pruebas de cómo la había atesorado, cómo había metido el dedo en la llaga para asegurarse de que la había herido.

Se dirigió de nuevo por el pasillo hacia el despacho, pero entonces oyó como el teléfono sonaba en el cuarto y fue corriendo hasta la cama para rescatarlo de entre las sábanas. Jon la llamaba.

—¿Cómo te encuentras, rata?

—Pues justo vuelvo del lavabo de vomitar. —Lola no faltaba a la verdad.

—Pobre... —La voz de él sonaba más dulce y comprensiva que esa mañana—. Me voy a escapar a mediodía y así te llevo algo o te preparo algo de comer, ¿te parece?

—Vale...

—Descansa y no te muevas de la cama, ¿vale? —dijo entonces con rotundidad—. En un rato estoy por ahí...

Al colgar el teléfono Lola se quedó paralizada, dudando de si las últimas frases de Jon habían sido intencionadas o una simple coincidencia. Con miedo, cerró los ojos y se metió debajo de la manta, empequeñeciéndose y sintiéndose peor por momentos. Quizás había sido la víctima perfecta de Jon; lo que había hecho que el experimento funcionase para él había sido justamente que ella, al hablar de sí misma, le había pautado todo lo que tenía que hacer para, en un principio, liberarla de su yugo, pero luego, ponerla bajo otro diferente, en el que se encontraba atrapada en ese momento: Jon no disponía de ningún memento físico de ella más allá de la carpeta porque, en resumidas cuentas, el juego había pasado al siguiente nivel: ella misma era el memento y estaba encerrada entre esas paredes.

Liz no dudó en cómo tirar del hilo con la información que Lola le había proporcionado, y pronto le pidió a Nina, la comercial de Estudio RATA, que concertase una cita con Loreta. Cuando Nina le preguntó si se trataba de un nuevo cliente, Liz le indicó que le pidiese la reunión para solicitar sus servicios de asesoría financiera (Loreta era asesora fiscal en una gran corporación). Hasta allí se dirigieron Liz y Carla el día y hora señalados; llegaron a la gran torre que albergaba las oficinas donde trabajaba Loreta, quien las recibió personalmente y acompañó a una pequeña sala de reuniones con vistas a toda la ciudad. Su pelo negro atusado, sus grandes ojos oscuros, la falda de lápiz que marcaba su cuerpo delgado y largo, y sus maneras educadas a la par que discretas y tímidas... Liz y Carla enseguida se sintieron impactadas por el curioso parecido que podía tener Loreta en la manera de ser y de moverse con Lola.

—Teníais un estudio de interiorismo, ¿no? He de decir que me resulta curioso que hayáis preguntado por mí... —dijo ella mientras se acomodaban—. Normalmente las primeras citas con nuevos clientes las suele atender mi *manager*, y luego ya me derivan a mí el cliente... ¿Os habían dado alguna referencia o venís de alguien conocido?

Loreta les sirvió agua y se sentó frente a ellas con actitud receptiva.

—A decir verdad... —empezó a decir Carla.

—No estamos aquí por nada relacionado con finanzas ni fiscalidad —añadió rápidamente Liz.

—¿Requerís de otros servicios de...?

—No, no... Estamos aquí por Jon —dijo Carla con rotundidad, y esperó a la reacción de Loreta para continuar—. Bueno, a decir verdad, no sé si cuando estuvo contigo se llamaba así, imagino que sí...

—Jon —susurró Loreta. Su rictus cambió al pronunciar su nombre, como si la fortaleza que había mostrado hasta el momento hubiese abandonado su cuerpo—. ¿Qué le pasa?

Liz, entonces, en la medida de lo posible, intentó resumirle que Carla, y en especial su hija, estaban envueltas en un embrollo y él las tenía atadas de pies y manos; para tratar de salir del tema, e investigando, habían llegado hasta ella, y esperaban que pudiera echarles una mano de algún modo.

—Sentimos el falso pretexto... —indicó Carla—. Me sabe muy mal todo esto y entendería que no quisieses ayudarnos...

Loreta identificó el cansancio en el rostro de Carla y la desesperación en su voz.

—No es la primera vez que hace esto... —le dijo, yendo al grano—. Estuvimos juntos cerca de un año, y cuando me enfrenté a él, después de meses y meses de sentirme así, Jon también amenazó con publicar toda mi vida, mis fotos desnuda... Irónicamente, pese a haber sido él el artífice de crear ese contenido, me llamó de todo por haber posado para él... En ese instante, además, admitió que tenía pinchados mis dispositivos y sabía lo que hacía en todo momento.

—¿Y qué hiciste?

—Huir. Dejarlo todo e irme, claro —Loreta tragó saliva—. Hasta ese momento vivía con ataques de ansiedad porque no entendía nada: estaba enamorada de él, pero era consciente de lo que hacía para mantenerme en esa posición. Sin embargo, cuando le dije cómo me sentía y me amenazó, todo cambió.

—¿Y lo conseguiste? —preguntó Liz—. Irte, sin más...

—Qué va... Me seguía acosando, me escribía para decirme que sabía qué hacía en cada momento... Tuve que cambiarme el número, el teléfono, cerrar las cuentas en las redes, hasta me cambié de banco.

Loreta se hizo con uno de los vasos de agua dispuestos para ella y dio un trago.

—He estado meses en tratamiento para conseguir sacarme de encima la ansiedad de sentirme perseguida y controlada en todo lo que hago, y cuando habéis dicho su nombre... En fin. Jon es un tipo de persona que si detecta que el otro avanza sin él o se recupera pese a sus ataques, pese a sus esfuerzos, seguirá insistiendo y haciendo presencia en su vida de algún modo, directa o indirectamente. Es lo que intentó conmigo, hasta que hace unos meses desapareció...

—Cuando nos conoció a Lola... y a mí. —Suspiró Carla.

—¿Sabéis por qué creo que se cansó de mí? ¿Por qué dejó de intentarlo?

Liz y Carla asintieron, abriendo los ojos, expectantes de recibir el dato clave.

—Porque Jon no quería dar conmigo ni perseguirme, a secas. Quería controlarme. Por eso creo, y por lo que me decís ya me cuadra, que cuando supo que ya no lo podía hacer, que yo ya no era su marioneta, pasó a la siguiente, pasó a... ¿Lola, era?

—Sí.

—Qué hijo de puta... —musitó Liz—. Puto manipulador de mierda...

—Es alguien que quiere control, y cuando lo pierde no le hace gracia.

—Pero ¿cómo?

—Pues yo no cedí a sus presiones, no tomaba las decisiones que él me pautaba, le hacía saber que no estaba cómoda, que necesitaba tiempo... Por ejemplo, él quería que nos fuésemos a vivir juntos y presionaba de mil maneras para hacerlo.

—Ya... Mierda... —Suspiró Carla, bajando la cabeza.

—Lola ya vive con él —le indicó Liz a Loreta al no entender la reacción.

—Y es culpa mía... —musitó Carla, derrotada.

—No, no es culpa de nadie. Bueno, si un caso de él... —indicó Loreta—. Además, alguien como Jon no la dejará ir fácilmente, porque ODIA el rechazo, pero Carla, créeme, es posible liberarse. De mí se cansó. Se cansó de mis negativas, de ver cómo le decía que no de manera asertiva y estaba en control de mis emociones. Piensa que él está acostumbrado a que le respondan que sí a todo...

—Te creo, y me parece una gran idea, te lo agradezco un montón... Lo que pasa es que en nuestro caso las amenazas han llegado tan lejos, y la manipulación es tal, que no sé si con decirle que no a todo la cosa va a acabar. Ya he visto las consecuencias y tengo miedo, por mí y por Lola. Tengo miedo de que le haga daño a mi hija...

—A ver, es obvio que no es fácil, y sé que vuestras circunstancias son muy diferentes. Al principio, claro que intentó manipularme y se resistió. Me gritaba, me amenazaba, se hacía la víctima, que eso se le da muy bien. Pero nunca llegó a hacerme daño... físico, quiero decir. De hecho, os voy a decir una cosa: Jon no es un asesino.

—¡Lo que es casi peor! —espetó Liz.

—Serás bruta... —le reprochó Carla, y Loreta emitió una media sonrisa a modo de alivio dramático.

—Bueno, quiero decir que un tipo cuyas amenazas son invisibles es casi peor.

—Para mí lo peor es que él insiste en que todo esto lo hace porque está enamorado de Lola —indicó Carla.

—Y lo está —afirmó Loreta con rotundidad—. Me lo creo al cien por cien. Vamos, no lo descartaría para nada. Según él, yo era el amor de su vida. Por eso tuve tanto miedo de dejarlo, y por eso llegué incluso a dudar de querer dejarlo... Alguien como Jon puede hacer que te enamores de él con tanta fuerza que incluso sientes que renuncias a una parte de tu vida y todo...

—Pues imagínate cuando tienes diecisiete años...

—¿Lola tiene diecisiete años? Ufff... —bufó Loreta impactada—. Joder... Lo siento mucho, de verdad. Ojalá pudiera hacer algo más para ayudaros...

Carla trató de coger aire y recuperar la compostura; estaba derrotada. Había confirmado todos sus miedos, que Jon tenía a su hija como uno más de sus objetos fetiche y por el que ahora sentía predilección.

—Solo puedo insistir en que se puede salir de esto. Sales con una autoestima de mierda, eso sí, y es difícil. Jon es un vampiro emocional. Como tal, lo que hace es vampirizar. Ataca el amor propio del otro, la confianza en sí mismo, la autoestima. Es por ahí por donde coge poder, y por eso su obsesión no se limita a una persona.

Liz y Carla sopesaron las palabras de Loreta, y Carla no pudo evitar pensar en la idea de que su hija había sido el reemplazo de la chica anterior y, si no revertían esa inercia de alguna manera, Jon le encontraría un reemplazo a ella también cuando Lola saliese de su vida.

—Por eso lo repite como un patrón —indicó Liz.

—Yo misma encontré cosas de la chica anterior a mí. Es un momento horroroso, fue como si se abriese un agujero en la tierra y me tragase. Quería morirme.

En ese momento Loreta hizo el ademán de abrir la boca, como si quisiese añadir algo, pero hubiese optado por callárselo. Carla no perdió detalle de ese gesto y la instó a hablar.

—¿Qué? Dime, de verdad... Necesito saberlo todo para encontrar la manera de... —Carla no supo cómo acabar la frase.

—Bueno, es que no quiero que os asustéis. Cuando encontré cosas de la chica anterior, Jon me contó, a saber si era otra de sus manipulaciones y mentiras, que Anabel, su ex, se había suicidado.

Loreta, entonces, con toda la sensibilidad de la que pudo hacer acopio, les narró cómo ella había llegado a concluir con el tiempo que, de ser verdad y de no ser una excusa que él se había puesto para justificar cómo otra persona había huido de su lado, esa chica había acabado con todo.

—Jon consigue hacerse con las cualidades morales más difíciles de robar... La alegría de vivir, la sensibilidad, la creatividad... Si las destruye, si destruye esas virtudes, puede provocar lo que quiera. La putada es que cuando te das cuenta del «hechizo», por así decirlo, ya estás atrapada en sus redes. Y tú quieres salir, pero las líneas de lo que está bien y lo que está mal son tan delgadas... Mi terapeuta me dijo que, de haber sido verdad, el hecho de que esta otra chica hubiese cometido suicidio podría haber sido casi como una gran victoria para él.

—¡¿Pero si las quiere, si te quería y quiere a Lola...?! —espetó Liz, indignada.

—No intentes entenderlo, Liz —dijo Carla con calma y pesadumbre en la voz.

—Exacto. No intentéis entenderlo, solo intentad salir de ahí.

Carla hizo ademán de levantarse y Loreta la acompañó hasta la puerta. Liz recogió su abrigo tras ellas, con la misma sensación de derrota que la que se percibía en la atmósfera de la sala.

—Si hay algo más que pueda hacer por vosotras, ya sabéis dónde estoy... —les dijo antes de abrir la puerta.

—Si se te ocurre algo, cualquier otro dato que pueda servirnos de ayuda, no sé...

—Sea lo que sea, ten cuidado en cómo nos contactas —le advirtió Carla—. Quiero decir que, ya sabes, Jon me tiene controlada, mejor pregunta por Liz si llamas al estudio...

—Descuida. —En su rostro se podía percibir que Loreta estaba triste y afectada por la historia de Lola y Carla—. No quiero que os vayáis con una mala sensación, de verdad que yo considero el mío un final feliz. Y el vuestro también puede serlo. Quizás es cuestión de encontrar ese algo con el que pierda la confianza... No sé, podéis tirar por algo de su empresa, o de uno de sus proyectos, que son como su otra gran niña mimada.

—¿Qué empresa? —preguntó Carla frunciendo el ceño—. Sabemos que Jon es informático, pero... ¿tiene una empresa?

—Es socio y CTO de una empresa de programación que hace apps. Yo estoy un poco *off* de estos temas, como comprenderéis..., y no sé si ha visto ya la luz o no, pero en los últimos meses que pasé con él estaba a punto de lanzar una aplicación de citas tipo Tinder, pero que...

—Blurred —la interrumpieron Liz y Carla al unísono—. La app se llama Blurred.

41

De regreso al despacho, Liz y Carla compartieron el taxi en silencio; Liz se dedicó a ponerse al día de las llamadas del estudio, Carla a darle vueltas a todo lo que Loreta les había contado, en especial a aquel último dato revelador. Ambas acordaron que retomarían el tema al final del día y con lo que saliese, le escribirían un mensaje a Lola (tanto Liz como Carla empleaban el teléfono móvil que Martin les había comprado solo cuando no había cerca ningún otro dispositivo inteligente que Jon pudiese tener *rooteado*).

Con esa información en su cabeza, Carla no pudo evitar volver al primer encuentro que tuvo con Jon justo después de saber que no se llamaba Oliver. En aquella conversación, cuando Carla le había preguntado qué pintaba ella en todo aquello, Jon ya había dejado asomar la pata de lo que podía significar aquella información cuando le había dejado caer que había descubierto que ambas eran madre e hija a través de la app. «Viviendo bajo el mismo techo...», había dicho. Jon no hubiese tenido otra manera de averiguar que esos dos dispositivos estaban empleando la misma aplicación de no tener acceso y control a la información que había detrás de sus perfiles, de no haber estado tras la app.

Carla llevaba unas semanas siendo muy consciente de lo mucho que había infravalorado y despreciado hasta el momento la cantidad y el valor de la información que compartía cada día. En la palma de su mano estaba el botón que, básicamente, minaba la solidez de las paredes de su casa y la convertía en una casa de cristal, un lugar desde el que cualquier persona podía atender al terrorífico diario de su vida que se generaba de manera automática gracias al acceso correcto. Ella había dado el primer paso al instalarse Blurred, sin pensar en el valor de la información a la que estaba concediendo el permiso de acceder, pero todo el mundo a su alrededor —incluida su hija— estaban expuestos al mismo riesgo. Jon solo tuvo que cotejar los datos: dos fichas con la misma geolocalización, conectadas a la misma red WIFI, en la misma planta del mismo edificio, con edades y apellidos que concordaban a la narrativa. El resto (cuándo y adónde iba, con quién se movía, a quién llamaba, si subía o bajaba) era una información que ella misma estaba proporcionando con su teléfono siempre pesando en el bolsillo, conectando cada cinco minutos a una antena que suministraba esos datos de manera automática a quien estuviese atento al otro lado.

Carla también había aprendido que las personas no se comportaban igual cuando se sabían vigiladas, fuese a través de un móvil, un ordenador, o incluso por radares o cámaras de la calle. Ella había cambiado su manera de actuar, había pasado a ser consciente de cada uno de sus movimientos. Antaño creía que toda esa información analizada por algoritmos, esos perfiles con sus datos, no valían para nada... hasta que un día, el día que Jon entró en sus vidas, su valor se multiplicó de forma exponencial. Jon había sido el catalizador, pensó, pero al fin y al cabo, solo se trataba de un oportunista con la herramienta correcta en el lugar y el momento idóneos; la existencia de esa misma información era lo que había hecho a Carla y a Lola vulnerables de una manera que ninguna de ellas hubiese podido anticipar. Todo lo que parecía que les hacía la vida más fácil era en verdad lo que las había condenado.

—¿Qué le vas a decir a Lola? —le preguntó Liz cuando salieron del estudio a última hora.

—Todavía no lo sé...

—¿Y qué vamos a hacer? Con lo que nos ha contado Loreta...

—Hay que encontrar la manera de atar todos los cabos. Ahora mismo solo tenemos una teoría: que Jon se beneficia de los datos personales de la app...

—¡Pero para acosar a mujeres! Para...

—Ya, pero no hay pruebas —la interrumpió Carla—. Es nuestra palabra contra la suya...

—Eso es lo que tienes que decirle a Lola. Olvídate de la historia del suicidio. Céntrate en lo que insistía Loreta, que de ahí se sale a base de «noes», y que Lola nos eche una mano para encontrar lo que nos falta para demostrar lo que dices...

—Ya...

Carla no se sentía extasiada por la nueva información que había salido a la luz ese día, ya que era incapaz de pensar fríamente en una cosa que Loreta había plantado en su cabeza: las consecuencias. Para pasar por ahí, Lola tenía que dejarse machacar primero, y Carla dudaba de que su hija fuese lo suficientemente fuerte para ello. Todo podía salir mal, más allá de que se librasen de Jon o no; podía tener consecuencias psicológicas en Lola a largo plazo. Y aquello era algo a lo que no se había enfrentado todavía: el precio que iban a acabar pagando. Si la propia Loreta admitía que había sido difícil aun sabiendo cómo salir de los brazos de Jon, ¿cómo podía Lola, confusa, pasar de querer tanto por primera vez en su vida a una persona a aguantar el chaparrón con tal de hundirlo?

Además, todo aquello tenía que ver con algo que Jon, consciente o inconscientemente, ya le había dicho cuando se había dedicado a mandarle frases de *Lolita*, la célebre novela de Nabokov. En uno de sus mensajes hirientes, Jon había escrito «el veneno estaba en la herida y la herida permaneció siempre abierta», y Carla sintió un escalofrío al recordarlo. Tenía miedo de que la herida de Lola jamás se cerrase.

Fue la misma Lola la que la contactó, antes de que su madre le mandase un mensaje con sus averiguaciones (y que Lola ignoraba). Se apresuró a salir puntual de clase en el descanso y se escapó a la biblioteca para rescatar el teléfono de entre los volúmenes de la enciclopedia, dispuesta a decirle a su madre que Jon tenía guardadas carpetas enteras con información sobre sus víctimas. Nunca le había preguntado, y de hecho no sabía si quería saberlo, si a ella también le había hecho el experimento de las treinta y seis preguntas cuando ella y Jon, haciéndose pasar por Oliver, hablaban por Blurred. Tampoco había pensado si Jon había empleado perfiles distintos para hablar con otras chicas o solo había creado puntualmente el perfil Oliver para hablar con su madre...

Cuando rescató el teléfono de la balda superior, comprobó que no tenía batería, por lo que cogió el cable y se sentó en el suelo a cargarlo, al fondo del pasillo, entre un par de estanterías. Sabía que la campana para regresar a clase sonaría no dentro de mucho y el teléfono, que no seguía el funcionamiento habitual de un móvil al que ella estuviese acostumbrada, tardaba en encenderse. Cuando por fin introdujo el código PIN, Lola abrió la bandeja de SMS y comprobó que todavía no tenía ningún mensaje de su madre. Tecleó despacio, apretando los botones de manera rudimentaria, y fue directa al grano. Dejó el teléfono cargando bajo una chaqueta, le pidió al bibliotecario —que ya la conocía de las tardes enteras que se pasaba leyendo allí— si podía guardarlo, e intentó regresar al mediodía.

Sheila y Sam notaron enseguida las desapariciones de Lola, que se les antojaron un tanto sospechosas, pero no dijeron nada; entre su rostro pálido, los supuestos cólicos estomacales que la tenían o bien sin ir a clase o bien atada al lavabo, y las ausencias en los recreos, por mucho que la viesen fingir y sonreír, la conocían demasiado como para ignorar que algo no marchaba bien.

Cuando las riadas de alumnos habían abandonado la escuela para ir a comer a casa y volver en un rato para las clases de la tarde, Lola se apresuró a regresar a la biblioteca antes de que cerrase a mediodía y recuperó el teléfono; su madre le había escrito «llámame cuando puedas». Se escapó al lavabo y cuando se aseguró de que estaba sola, Lola llamó a Carla.

—Ratón, ¿estás bien? —fue lo primero que le preguntó la preocupada voz de su madre al otro lado.

—Sí, estoy bien. ¿Y tú?

—También.

—¿Has leído lo que te he mandado? —le preguntó con premura.

—Todas las piezas encajan: los perfiles de otras mujeres que has encontrado en su casa, el patrón que sigue con las chicas...

—¿Por? ¿Habéis descubierto algo más de Loreta?

—Jon es el dueño de Blurred, Lola. Bueno, el jefe técnico, el programador. Liz y yo tenemos la teoría de que abusa del acceso que tiene a la app para localizar perfiles...

—Como yo.

—Bueno, o como yo, da igual. Para acceder a información, para usarla de forma negligente y abusiva, para engañar y manipular. Por ahí está nuestra salida.

—Vale, ¿y qué tengo que hacer? ¿Encontrar pruebas? ¿Una confesión? —Lola estaba acelerada y la cabeza le iba a mil, tratando de procesar toda la información.

—No, no... calma. Creo que lo mejor que podemos hacer es

que salgas de ahí de inmediato. Vuelve a casa, cerramos cuentas, apagamos teléfonos, buscamos un abogado y...

—¿Y después qué? —la interrumpió Lola sorprendida—. ¿Dejamos que publique todo lo que tiene sobre nosotras? Los vídeos, las fotos... Piensa en el estudio, mamá, piensa en...

—Quizás es algo que ni hace, o que hace y tampoco llega muy lejos. No sé, Lola, no quiero que pases ni un minuto más con él...

—¿Y prefieres eso? —espetó Lola enfadada—. ¿Prefieres que todo el mundo nos vea el coño?

—¿Y qué más da? Sí, lo prefiero. Prefiero eso a que siga tocándote, a que siga minándote el cerebro y la autoestima...

Lola resopló y tomó un par de bocanadas de aire.

—No, no. Es ahora o nunca. Si no vamos a por él, da igual las fotos, podrá seguir persiguiéndonos y acosándonos, aunque no tenga acceso a nosotras... Encontrará la manera. —Lola afianzó la dureza de su voz y la cólera se apoderó de ella hasta el borde de romperla—: Tenemos que hundirlo.

La imagen de todas aquellas carpetillas la acompañaba desde entonces cada vez que pasaba la página de un libro o hacía los deberes; los centenares de respuestas, de datos íntimos, lo expuesta que se sentía al verse como el sujeto de una investigación más de una mente perversa... Aquello la había roto más que todo lo demás y estaba determinada a hacer algo al respecto. Estaba demasiado enfadada como para venirse abajo.

—No quiero que Jon le haga daño a más gente, ¿me entiendes, mamá?

La fortaleza y seguridad en la voz de Lola sorprendieron a Carla.

—Tenemos que aprovechar ahora que estoy más cerca que nunca... Te haré llegar los papeles, que ya son algo, y lo otro... pues... voy a probar que lo que hace con la app es cierto.

—¿Cómo? —le preguntó su madre—. No quiero que hagas nada estúpido ni peligroso...

—Hay que provocarlo. Que muestre su verdadera naturaleza. Que me enseñe que es un monstruo.

—Menos mal que he dicho que no hagas nada estúpido y peligroso...

—¿No me pediste al inicio de todo esto que confiase en ti? Pues ahora vas a tener que confiar tú en mí.

—¿Y qué ocurre si se pone violento? Si pasa de ser pasivo a estar irritable... —dijo Carla preocupada, pensando en todo lo que le había contado Loreta—. Lola, aunque hasta ahora lo hayas visto de una manera, aunque haya sido calculador en sus movimientos, no puedo asegurarte que, si le lesionas el ego o lo irritas, no vaya a tener una reacción desproporcionada. Te puede insultar, te puede humillar, no sé... Te puede hacer daño.

—Que lo intente.

—Lola, no...

Lola colgó la llamada y la voz de Carla se cortó. El número guardado intentó volver a contactarla, pero Lola decidió colgar de nuevo y apagar el teléfono. Lo guardó en el bolsillo y se dispuso a salir del baño en el que se había encerrado con intención de volver a esconder el móvil en la biblioteca antes de la clase de la tarde. Cuando empujó la puerta, vio a Sheila y a Sam apoyados en el lavamanos, mirándola, de brazos cruzados.

—Mierda... —esputó Lola.

Apartó la vista y se quedó allí quieta, esperando el aluvión de preguntas y recriminaciones. En cambio, cuando vio que no pasaba nada, levantó la vista y ambos se abalanzaron sobre ella y la abrazaron.

—¿Estás bien? —le preguntó Sheila al oído.

Lola intentó resistirse y alejarlos, pero entre ambos la rodearon y tuvo que ceder.

—Muy bonito perseguirme... —los acusó.

—Te habías dejado la mochila en clase, bonita —le respondió Sam.

—Mierda, mierda, mierda... —musitó Lola al darse cuenta de que Sam y Sheila llevaban consigo su teléfono y ella había estado hablando sobre el plan en su presencia. Jon podría haberla escuchado.

El pánico en su rostro hizo que Sheila se adelantase y tratase de calmarla.

—Mira —dijo apartando la mochila de su alcance, abriendo la puerta del baño y lanzándola todo lo lejos que pudo en el pasillo—, no sé qué está pasando y no tienes que contarnos nada que no quieras, pero estamos decididos a ayudarte.

—Bueno, no tiene que contarnos tampoco mucho, que podemos ser un poco bichas malas, pero sabemos sumar dos más dos... —dijo Sam—. Si hay que ir a por un hijo de puta, *I am in*. ¿Qué necesitas, reina?

—Es mucho más complicado de lo que os pensáis...

—Si se trata de joder a alguien, estás en la mejor compañía.

—¿Qué es eso que has dicho de que vas a provocarlo para que enseñe que es un monstruo? —le preguntó Sheila.

Lola, entonces, se acomodó en el suelo del baño de un instituto prácticamente vacío al amparo de los váteres y el papel de manos sucio que los estudiantes tiraban por error al suelo y no se molestaban en recoger, y les contó la versión resumida de qué estaba pasando con Jon. Se ahorró detalles y fue directa a la parte en la que ahora tenía que trazar un plan para que él le demostrase su uso fraudulento de la información a través de la app. Solo así su madre y ella tendrían herramientas con las que contraatacar y exponerlo.

—Oye —dijo Sheila con el ceño fruncido como si se le hubiese ocurrido una idea que o bien podía ser estúpida o bien brillante—, ¿no dices que puede ver todo lo que haces en el teléfono?

—Y oír, y leer y...

—Bájate Blurred.

—¿Qué?

—Bájate Blurred a sus «supuestas» espaldas y empieza a tontear con otros. Pero a topísimo, eh. No sé, no se me ocurre mejor manera de provocarlo para comprobar si es verdad que él sabe todo lo que haces dentro de la app.

—¡Claro! —dijo Sam.

—Puedes sacarte fotos provocativas a saco y subirlas al perfil, porque, aunque estén borrosas para los demás, él podrá verlas... ¿no? Desde su perfil de administrador o algo...

—Además, nosotros podemos seguirte la bola —añadió Sam—. Ya sabes, nos lo cuentas en el grupo, nos vas diciendo que con él estás «meh», que mientras no te sale nada mejor te quedas en su casa por no soportar a tu madre... No sé, lo puedes llamar hasta viejo.

—¡Nos puedes ir mandando fotos de los perfiles con los que hablas!

—¿Para qué? Si están borrosas, Shei... —le dijo Sam con obviedad.

—Ya lo sé, idiota, pero para que vea que nos reímos, para que sepa que esta vez Lola nos lo cuenta... Que él ha podido ser el primero, pero ya no es el único.

Esa última frase iluminó el rostro de Lola. Había algo de retorcido en hacer creer a Jon que ahora que ella se había convertido, supuestamente gracias a su ayuda, en una mejor versión de sí misma, no fuese a contentarse con él. Aquello que la había condenado durante tiempo (su cuerpo) y aquello que la había condenado a la situación en la que se encontraba (Blurred) podían ahora empoderarla y convertirse en las herramientas perfectas para condenarlo a él.

Porque en el fondo Lola sabía que Jon no estaba enamorado de ella, sino del control que había ejercido sobre ella, aunque él creyese que la relación que mantenían era real. Quizás siempre había sido así en el pasado, con Loreta, con las anteriores... con las que estarían por venir. Detrás de su aparente superioridad, Lola sabía que se escondía alguien extremadamente frágil cuya necesidad de destruir a la otra persona pasaba por hacerla creer que era en nombre del amor.

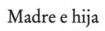

Madre e hija

42

—¿Has hablado recientemente con tu madre? —preguntó Jon a Lola mientras esta se cepillaba los dientes antes de irse a la cama.

—Sí... —respondió ella con la boca todavía llena de espuma—. ¿Cómo lo sabes?

—No, lo preguntaba por saber...

—Me llamó esta semana... —reconoció Lola con tono frío mientras se secaba la boca y se dirigía al cuarto—. Tenía tono lastimero. Que me echa de menos, bla bla bla...

La conversación, de hecho, había tenido lugar tal cual Lola se la estaba narrando; ambas la habían orquestado para comprobar si Jon seguía atento a sus teléfonos.

—Bueno, imagino que habrá notado la diferencia de no verte nunca... —dijo él metiéndose ya en la cama.

—¿Tú crees? Yo hubiese pensado que le vendría bien no tenerme por allí, pero ya ves tú...

—Seguramente lo esté aprovechando, no vamos a engañarnos, rata...

Lola suspiró.

—¿Y tú? ¿Tú cómo estás? —le preguntó él cuando Lola se tumbó en el otro lado de la cama y Jon trató de acercarla más a él con sus brazos.

—Estoy bien sin mi madre, si lo preguntas por eso... —dijo ella con dureza.

—¿Y estás feliz aquí, conmigo?

—¿Lo estás tú conmigo? —Lola respondió con una pregunta, girándose para darle la cara—. ¿No soy un coñazo en tu vida? Ya no ves nunca a tus amigos, ni quedas con la gente del trabajo... Te tengo todo el día secuestrado. ¿No prefieres salir de vez en cuando y perderme de vista..., aunque sea solo un sábado?

—¿Qué dices? No necesito nada ni a nadie más que a ti... —respondió él con tono cariñoso.

Jon hizo un ademán de bajar el brazo y colar su mano por debajo del pantalón de Lola, con intención de adentrarse en sus bragas. Ella se giró hacia el lado contrario de la cama y se deshizo de la mano con el gesto. Él, entonces, se apresuró a acercarse por detrás y Lola notó su erección contra sus nalgas. Jon volvió a colar la mano ahora bajo la parte superior de su pijama, y le tocó los pechos. Lola, entonces, llevó su mano a la de él por encima de la prenda y la detuvo.

—Buenas noches... —dijo estirando el brazo y apagando la luz de su lado de la cama.

Él la besó en el cuello y activó de nuevo el movimiento del brazo, volviendo a bajarlo hasta sus bragas, donde metió una vez más la mano para tocarla.

—Jon... —Suspiró ella removiéndose—. Mañana tengo clase.

—¿Y qué? —preguntó él susurrando mientras continuaba besándole el cuello.

—Que es tarde...

—¿Desde cuándo es un problema?

Lola estiró el brazo y le cogió con fuerza la muñeca, deteniendo el movimiento de la mano de él sobre su sexo.

—Bueno, es que estoy cansada...

—Ya me dirás de qué, si solo haces que ir a clase y volver...

Lola bufó y él volvió a situarse a su espalda, bien cerca, cogiendo una de las manos de Lola y llevándosela a su paquete.

—¿No has visto cómo está la cosa? Anda... —insistió con voz juguetona—, no me vas a dejar así...

—Es que no me apetece.

Él, entonces, se separó de ella en un arrebato y se fue con un bufido a su lado de la cama.

—Joder, macho, lleva semanas sin apetecerte. ¿Hace cuánto que no follamos?

—No seas exagerado... No es verdad —se defendió ella, girándose para no darle la espalda.

No soportaba cuando Jon se enfadaba (y ahora podía ver que lo verdaderamente machista de la situación era la subordinación que la obligaba a hacer algo o a hacerlo de una determinada manera con tal de ahorrarse sus enfados). En el pasado, pensó, hubiese hecho lo que hubiese estado en su mano para evitarlo, desde irle detrás hasta llorarle para que la perdonara por algo que, ahora que lo pensaba en la distancia, no había sido culpa suya en primera instancia.

—Pues lo parece, la verdad. Y no hace ni puta gracia, porque si ya estamos así ahora, rata... —le echó él en cara.

—No te enfades...

Lola hizo el ademán de acercarse para abrazarlo y ver si así se calmaba un poco, pero Jon rechazó su intento apartándola con el brazo.

—Es que si siempre vas a encontrar un excusa... Que si es tarde, que si estoy cansada, que si tengo exámenes, que si me ha venido la regla... Vale ya de la broma.

—Para, por favor.

—Me fascina la capacidad que tienes de pasar de pedir que te meta mano todo el día a no querer ni tocarme...

—Jon, de verdad, que no es así...

Lola se incorporó y volvió a encender la luz de su lado. Jon se dio media vuelta para encontrarse con ella en el medio de la cama y cambió de nuevo el tono, rebajando la intensidad del enfado.

—Pues si no es así, demuéstramelo, ¿no?

Lola se acercó y lo besó en los labios sutilmente, de manera rápida. Cerró los ojos y lo abrazó, esperando que el gesto lo apaciguase mientras notaba cómo él la rodeaba con sus brazos, de una manera un tanto agobiante. Cuando ya la tuvo cogida, volvió a rodar hacia su lado de la cama, arrastrando a Lola y poniéndola encima de él. En el gesto, Lola acabó a horcajadas sobre Jon y volvió a notar la erección bajo el pijama.

—Ja-ja-ja... muy gracioso —le dijo haciendo el gesto de salir de encima y regresar a su lado de la cama.

Sin embargo, Jon se lo impidió y la retuvo por las piernas.

—Lo que no puedes hacer es ir calentándome y luego pasar de mí...

—¿Perdona? —Lola frunció el ceño—. Yo no he hecho tal cosa...

—Qué más te da... —rogó él de nuevo con voz insistente estirando los brazos hasta que sus manos le tocaron los pechos.

Forcejeando, enfadada, Lola se liberó de sus manos y volvió a tumbarse.

—Vete a la mierda —le espetó él levantándose y yéndose del cuarto hecho una furia.

Lola entonces, aprovechando su ausencia, se hizo con el teléfono y le escribió en el grupo a SLS:

> Lola
> Un poco harta hoy... Quién iba a decir que hubiese preferido estar en casa con Carla que aquí...

Jon esperó a que Lola apagase la luz para regresar y tumbarse a su lado, rebufando con la intención de hacer latente su enfado. Lola cerró los ojos y fingió que estaba dormida hasta que él apagó su luz y le dio la espalda.

La misión seguía viento en popa, y Lola ya se había reinstalado la app, alterando los ajustes y comenzado a hablar con todos los perfiles que le aparecían en el tablón. Una de las primeras cosas que hizo fue actualizar sus fotos, aprovechando el recorrido hasta el metro a la salida de clase para que Sheila le sacase un par de imágenes al más puro *street style*. Lola posaba desinhibida para ellas, interpretando un papel, del mismo modo que se hizo un par de selfis un poco más sugerentes frente al espejo del lavabo del piso de Jon para acabar de completar el perfil. En parte estaba tranquila porque sabía que las imágenes tenían un propósito y aparecerían borrosas, pero también sabía que lo peor que le podía pasar era que alguien las viera... No era para tanto, ni había sentido drama alguno al sacárselas, por lo que tras subirlas, dejó a conciencia el resto de las tomas en el carrete y pasó a la siguiente parte del plan.

Mantener el ritmo de varias conversaciones simultáneas era duro, en especial si quería llevar su misión lo más lejos posible. Gastaba todas las horas libres que antaño hubiese invertido en leer en fingir que estaba interesada en chicos, con los que había comenzado a tontear de manera superficial en mensajes constantes que no paraban de gotear en las notificaciones del móvil. Sheila y Sam la ayudaban a elaborar frases y juegos de palabras seductores y a flirtear de manera más bien obvia (de hecho, de no haber sido por el contexto, Lola hubiera admitido que se lo estaba pasando bien). Tal y como habían pautado, les hacía llegar imágenes de los perfiles de chicos y se burlaban en el grupo SLS de lo que se intuía detrás de ellas. Cuando se le presentaba la oportunidad, Lola no la dejaba escapar para decirles que la app le estaba dando vidilla y aliviando su aburrimiento, dejando caer que haberse ido a vivir tan pronto con Jon había sido un error y que se sentía un poco enclaustrada, como si ya estuviese atrapada en un matrimonio.

El juego le duró a Lola apenas un par de días. Al tercero, cuando fue a acceder a la app a primera hora de la tarde nada más salir de clase, vio que su tablón estaba vacío. Lola sabía que aquello podía llegar a ser posible si el algoritmo no detectaba perfiles acordes a los preestablecidos por el usuario. Sin embargo, supo al instante que ese no era su caso y que por fuerza Jon había modificado el algoritmo manualmente con tal de que ella no pudiese interactuar con nadie más. En ese momento, al confirmar sus sospechas, se dirigió a la biblioteca del instituto. Allí rescató de entre las enciclopedias el teléfono, que usaba prácticamente cada día para comunicarse con su madre, y le mandó un mensaje: «Todo según lo planeado, SLS van ahora para allá. Puede pasar en cualquier momento».

«Ten cuidado», respondió Carla.

Lola apartó los tomos que cubrían las entradas de la A a la D y de detrás de ellos sacó las carpetillas con los nombres de mujer y los test del experimento que había ido llevando el último par de días en su mochila cada mañana mientras Jon se duchaba. Cuando volvió a colocar los tomos, a diferencia de otras veces, se guardó el teléfono en el bolsillo y buscó a Sheila y a Sam en el pasillo. Les hizo entrega de todas las pruebas y ellos sintieron un poco de respeto cuando Lola las depositó en sus manos, como si supieran la relevancia del contenido que había dentro.

—Es vuestro turno... —les dijo.

Ambos sabían lo que tenían que hacer y, tras guardar la mitad cada uno en sus mochilas, se dirigieron a pie hasta el Estudio RATA mientras Lola se desviaba de su ruta natural y paseaba por el centro. Sacó el teléfono de prepago que le había hecho llegar su madre y se escribió un mensaje a sí misma, con destino a su móvil normal, citándose en un sitio a una hora y empleando un tono coqueto y de flirteo. Conscientemente, deambuló por un par de calles, entró en una tienda y después pasó cerca de hora y media en la cafetería cuya dirección se había enviado a sí misma, tomándose una infusión y leyendo un libro mientras esperaba que la información que Jon proyectaba en su cabeza fuese que Lola estaba teniendo una cita con alguien de Blurred.

Cuando ya estaba oscureciendo, reemprendió el camino a casa y cogió aire a escasos metros de alcanzar el portal, ignorando el par de llamadas perdidas de Jon que tenía en su teléfono. Si todo iba bien, el *show* estaba a punto de comenzar.

Inspiró, metió la llave en la cerradura y empujó la puerta del piso. La luz del pasillo estaba apagada, pero la lámpara del salón, al fondo, iluminaba el camino: Jon la estaba esperando.

—¡Hola! —gritó desde la entrada mientras dejaba su mochila y chaqueta en el perchero, a excepción del pequeño teléfono, que se guardó en el bolsillo trasero del pantalón.

Jon no respondió.

Avanzó por el pasillo y se sorprendió al no verlo tampoco en el salón. Lo buscó con la mirada y estuvo a punto de ir al cuarto, pero Jon emergió de su despacho y apagó la luz lentamente, dirigiéndose hacia ella. La imagen era intimidante, pero Lola trató de no dejarse dominar por los nervios. De hecho, el encuentro podía resultar incluso un punto emocionante y excitante, y sintió un chute de adrenalina cuanto más se acercaba Jon a ella.

—Te he llamado un par de veces.

—¿Ah sí? —preguntó ella—. *Sorry*, ni he mirado el teléfono...

—¿Dónde estabas? —le preguntó.

El tono de Jon era altamente irascible y su presencia fría y cortante. Pasó por el lado de Lola para situarse en el centro del salón.

—Con Sheila y Sam, hemos ido a dar una vuelta al centro y...

—Podrías haberme avisado —la interrumpió.

—¿No te lo dije? Pensaba que te lo había comentado esta mañana... —Lola trató de calmarse y lo siguió, para tumbarse de manera casual en el sofá.

—No.

—*Sorry*...

—Vale ya del *sorry*, ¿no? Pensaba que sabías hablar.

—Ostras, ya veo que hoy no estás de buen humor... ¿Te ha pasado algo o...?

—¿Dónde has estado? —volvió a preguntar él, interrumpiéndola una vez más.

—Ya te lo he dicho, he ido al centro con Shei y Sam.

—¿Por qué me mientes?

—¿De qué hablas? —le preguntó ella con un tono más impostado de lo que le hubiera gustado.

Jon rebufó y se llevó las manos al cabello; estaba empezando a perder la paciencia. Lola sonrió para sus adentros.

—Sé lo que has estado haciendo, y te juro que he intentado encontrarle una explicación... Así que te estoy dando la oportunidad de que me digas la verdad... y lo hablemos.

—No sé de qué me estás hablando, Jon —insistió ella con la voz cortante.

—¡Anda ya! —gritó él—. ¿Blurred?

—¿Qué pasa con Blurred? —Lola se incorporó del sofá para plantarle cara.

—Sé que te has bajado Blurred de nuevo... Así que ya me explicarás para qué coño quieres una app de ligar si vives con tu-jo-di-do-no-vio.

—¿Perdona? —le espetó ella haciéndose la indignada—. ¿Y cómo sabes tú que me la he bajado? ¿Me has estado espiando el móvil? Porque esto se acaba aquí, si no confías en mí, si...

—¡¿De qué confianza estás hablando?! —Jon se salió de sus casillas y golpeó el mueble del salón.

—Eres un gilipollas... —le espetó ella—. No me la bajé para mí, ¿vale? Estábamos haciendo una broma con Sheila y Sam y...

—¿Y pretendes que me crea eso, cría de mierda? Vete a mentirle a otro...

—Te lo digo de verdad... —insistió ella, profundizando en su mentira con actitud peleona, buscando seguir pinchándolo, a ver si daba en la casilla correcta.

—Lola, ¡que no me trates de tonto!

—Que no he sido yo, que no eran ni mis fotos, te lo juro...

—¡Que he visto tus conversaciones! —gritó Jon. Lola sonrió—. ¡He visto y he leído todo! Y vaya gilipollas estás hecha, con tus flirteos estúpidos, con tus frases tontas... Era seguir leyendo y la siguiente frase me daba más asco que la anterior.

Lola apretó la mandíbula y se acercó a él, fingiendo que entraba en cólera.

—¿Y se puede saber cómo has accedido a ellas?

—¿Es con uno de esos con los que has estado esta tarde en el centro? ¿Con Dany? ¿O con Tobías?

—¿Cómo sabes todo eso? —le gritó ella, buscando enfurecerlo todavía más.

—¡¡Porque lo he visto, Lola!! Tengo acceso a todo, a tus fotos, a tus chats, a tus-tus gilipolleces... ¡Si lo que quieres es convertirte en una zorra como tu madre, vas en buen camino!

—Una zorra más como todas las que has ido espiando gracias a tu app de mierda, ¿eh? —le espetó ella. Jon no se esperaba que Lola le saliese con eso y se paralizó un segundo, el necesario para que continuase con su embiste, buscando sacarlo más de quicio—. Qué fácil es ir detrás de niñas de diecisiete años cuando coges todos los datos de Blurred y descubres dónde viven, qué les gusta, sus fotos, por dónde se mueven, qué leen...

—¿Cómo sabes tú eso?

—¿Saber qué? ¿Que el señor programador de Blurred se creía muy listo pinchándole el teléfono a la tonta de su novia...? Venga, atrévete a negarlo... ¿Vas a negar que ya habías visto mi foto antes de llegar al cien por cien? ¿Vas a negar que ya tenías toda mi información gracias a la app y que la aprovechaste en tu favor?

—Visto cómo has acabado actuando, igualita que tu madre —espetó él con asco—, era obvio que hacía bien. Pensaba que tú eras diferente a las demás... entre toda la purria desesperada de la app.

—No pensabas una mierda... Lo sabías. Yo y otras tantas. ¿Qué te hizo decidirte por mí... y no por Alba? ¿O por Bea? Esas dos tenían más o menos mi edad...

Con rapidez y brusquedad, Jon hizo el ademán de abalanzarse sobre Lola, pero cuando se acercó a ella, Lola, asustada, retrocedió un par de pasos y de la impresión se le empañaron los ojos.

—Dilo. —Jon la acorraló contra la pared y acercó su rostro al de ella, rodeándola con los brazos de manera amenazadora—. Dilo: soy una zorra como mi madre.

Lola tragó saliva y trató de no apartar la mirada desafiante mientras se le resbalaba una lágrima por la mejilla.

—¿O qué? ¿Vas a envenenarme a palabras hasta que me mate... como hiciste con Anabel?

Jon se echó hacia atrás de la impresión de oír el nombre de Anabel pronunciado por la boca de Lola y, en el gesto, ella aprovechó para separarse de la pared y caminar hasta el pasillo sin perder contacto visual, como un animal acorralado buscando la salida. Él permanecía todavía sin reaccionar, atando cabos.

—Jon... —lo llamó para que le devolviese la mirada—. Sí... lo soy.

Él frunció el ceño confundido.

—Soy una zorra como mi madre.

Lola salió entonces a trote por el pasillo, cogió su mochila al vuelo en la entrada y abandonó el piso de Jon corriendo.

Al alcanzar la calle mantuvo el paso rápido en busca de un taxi. Mientras se subía al primero que encontraba y comprobaba que él no le seguía los pasos, sacó el teléfono del bolsillo y paró la grabación que había activado nada más entrar en el piso. Al comprobar que, en efecto, todo se había grabado y se escuchaba a la perfección, le mandó un SMS desde el mismo teléfono a su madre: «Ya está, mamá. Estoy de camino».

43

La parte que quedaba por ser ejecutada del plan ya no estaba en manos de Lola y Carla; ahora todo dependía de que aquello que les había contado Loreta fuese verdad: Jon no iba a dejar a Lola irse con tanta facilidad porque odiaba el rechazo. Para ello, ambas se atrincheraron en casa y mientras que Lola dejó su teléfono móvil encendido y funcionando en su cuarto, proporcionándole el dato que él tenía que saber de ella (dónde estaba), Carla hizo lo propio y a la mañana siguiente fue a primera hora a llevar el suyo a la oficina para luego regresar a casa con Lola y, juntas, esperarlo. Si Jon estaba acostumbrado a que le dijeran que sí a todo, ambas confiaban en que volviese a ellas, volviese a por Lola.

En efecto, el plan surtió efecto, y no era ni media mañana cuando sonó el timbre del interfono y Lola, seguida de su madre, acudió a atenderlo.

—Lola, ábreme, por favor —dijo Jon con tono lastimero.

Su voz dejaba claro que había decidido enfocar el reencuentro desde el perdón, y posiblemente fuese a intentar manipularla desde ese ángulo, aludiendo a lo mucho que se querían... Lola jugó su carta.

—Jon, vete de aquí. —Lola colgó, pero no se alejó, ya que esperó a que el timbre volviese a sonar, cosa que sucedió al instante.

—Rata, escúchame. Soy yo, ¿vale? Me conoces... Ábreme y hablamos. Solo te pido eso...

Lola rebufó sonoramente para que él la oyese y pulsó el botón. Carla le puso la mano en el hombro y apretó con suavidad. Ambas cogieron aire y, mientras Lola abría la puerta principal de casa, Carla se metió en la cocina para que él no la viese de buenas a primeras.

Cuando Lola lo vio llegar al rellano, percibió enseguida el cambio en el rostro de Jon; sus ojos, más apagados, buscaban dar lástima; su rictus y su pose eran apocopados; su voz, cuando se dirigió a ella, era melosa. Jon no parecía la misma persona que casi la había atacado la noche anterior.

—Rata... —susurró al entrar—. ¿Qué haces aquí?

Lola cerró la puerta a su paso y se quedó quieta en el recibidor, esperando a que él comenzase su cantinela.

—Sé que he hecho muchas cosas mal, pero...

Carla no tardó en salir de la cocina y detener con su presencia las palabras de Jon. Lo cierto era que podían estirar aquello todo lo que quisiesen, pero ya había perdido bastante tiempo de su vida con la palabrería de Jon, y ahora les tocaba a ellas.

—¿Qué...? —preguntó él al verla—. Ah... entiendo.

El rictus de Jon cambió por completo al comprobar cómo Lola se acercaba a su madre y juntas lo antagonizaban.

—Resulta que ahora sois amiguísimas... Mira qué bien —espetó con ironía—. Es increíble que hayas caído tan bajo, Lola. Poniéndote de su parte después de todo lo que te ha hecho...

Carla se sorprendió de que Jon tratase todavía de emplear la estrategia de poner a Lola en contra de su madre.

—Estás jodido, ¿eh, Jon? —le dijo entonces Carla con asco.

—¿Ah, sí? ¿Y se puede saber por qué? Porque la última vez que lo comprobé, el que sabía todo de la vida del otro era yo...

—Si hubiese sido solo eso... —dijo Carla—. Si te hubieses limitado a pincharle el teléfono a dos estúpidas como nosotras, aún bueno... Pero ¿acceder y utilizar a placer todos los datos de una app aprovechando que eres el jefe de programación? —Carla chasqueó la lengua, siguiendo el tono irónico que había empleado él—. Eso complica más las cosas... Bueno, más que nada porque estás cometiendo varios delitos.

Jon se echó a reír, creyéndose tener el control de la situación, pensando que todavía ostentaba su poder sobre ellas.

—¿Ah, sí? ¿Y qué vais a hacer? Llamad a la policía, adelante. Mirad, me quedo aquí esperando, tomaros vuestro tiempo, a ver si os hacen caso. Están tan ocupados con crímenes de verdad que ¿en serio creéis que les va a importar una mierda vuestro pequeño descubrimiento?

—Bueno, quizás a la policía no, pero a muchas otras personas sí... —dijo entonces Lola—. En especial a las que se han visto afectadas directamente...

—«El extorsionador extorsionado» —sentenció él con burla, indicando con un gesto las comillas a sus propias palabras—. ¿Y es ahora cuando me vais a pedir que os deje en paz, que salga de vuestras vidas, o si no...?

—Uy no... No hay un «o si no». —Carla imitó el gesto entrecomillando sus palabras a su vez—. Ya está hecho.

La idea de Liz de volverse cien por cien visible le había venido bien a Carla cuando había arrancado su parte del plan. De ese modo, Jon pudo ver todos sus pasos cuando esta llamó a Daniel, un periodista con el que había quedado un par de veces y con el que se había acostado antes de conocer al supuesto Oliver. Daniel se sorprendió al saber de ella, pero reaccionó de manera grata y accedió a un tercer encuentro después de tantos meses. Lo que no sabía él cuando llegó al restaurante que había elegido para la cita era que Carla tenía intenciones diferentes a las suyas.

—Hubiese pensado que no volverías a llamarme... —le confesó nada más pedir, mientras el camarero les servía sus bebidas—. Y mira que lo pasamos bien, creo recordar, ¿no?

—De hecho —añadió Carla sin un ápice de coqueteo, más bien yendo al grano—, te he llamado porque estoy en un apuro bastante gordo y necesito tu ayuda.

Daniel rio y dio un sorbo a su copa.

—Vaya...

—Necesito un favor muy grande... —Carla levantó también su copa y dio un trago con nerviosismo: necesitaba que aquello le saliese bien—. Tuyo o de quien me pueda ayudar...

La seriedad en la voz de Carla, que no parecía casi ni la misma mujer que él había conocido meses atrás, lo hizo preocuparse y acceder a escucharla.

—¿De qué se trata?

Carla apartó los platillos todavía vacíos y puso sobre la mesa un archivador pequeño que había cargado desde casa. Pasó entonces a explicarle la situación en la que se encontraban con pelos y señales, desde el inicio, y le listó la información de la que le estaba haciendo entrega.

—Tenemos declaraciones de la expareja, información sobre Anabel, la chica que se suicidó mientras estaba con él... Obviamente, nuestra experiencia, la de Lola y la mía, y he hecho una copia del contenido de todas las carpetillas donde él había acumulado las respuestas de otras chicas del perfil. Tengo un informe, también, de un informático que me ha hecho un análisis del estado de mis dispositivos, confirmando que él tiene acceso remoto a todos... ¿Qué más?

—Coge aire, Carla —le dijo Daniel repasando todos los documentos mientras masticaba una de las tapas que habían ido comiendo durante la narración de Carla.

—Por supuesto, en internet no existe ningún dato sobre él, pero si...

—Cotejar que es el CTO de la app es relativamente sencillo, eso no me preocupa.

—Mi hija va a conseguir una grabación inculpatoria en la que él admita el uso negligente de la información... —Carla resopló y tras dar otro trago a su copa, se hizo con el tenedor y pinchó al fin una patata para llevársela a la boca—. Sé que no es mucho...

—Pero es suficiente para que genere ruido —añadió Daniel—. Mira, podemos confirmar su identidad e implicación con la empresa desarrolladora de la app y, a partir de ahí, lanzar la noticia. Yo me comprometo a esa parte, hablaré con mi redactor jefe y con el director. También voy a realizar un par de llamadas y tirar de algún que otro hilo para que haga todo el ruido posible.

Carla respiró tranquila y quiso agradecérselo, pero tenía la boca llena.

—Sin duda, la historia tiene carne de viral, en especial si la app emite alguna declaración, que ya te digo que lo harán... Además, todo este tipo de acciones relacionadas con los datos quedan registradas, por lo que si la empresa quiere salvar su reputación de alguna manera, harán un primer barrido ellos mismos...

—No sé qué tipo de poder tiene él allí dentro, ni si lo pueden echar o qué... —añadió ella—. Hasta ahora ha conseguido que su nombre no trascendiera y quedarse en las sombras.

—Bueno, pero vivimos en una época en la que la mala prensa es más importante que todo lo demás. Y si cada miembro de la app lee esta noticia, seguro que con solo el titular ya se la están desinstalando antes siquiera de darle al clic para leer el artículo entero. El mundo funciona así.

—Te creo...

—¿Crees que con eso será suficiente? —le preguntó Daniel—. Quiero decir, ¿os dejará en paz?

—Será más que suficiente... —afirmó Carla y lo miró con gratitud—. No sé cómo agradecértelo.

—Me invitas a la cena y listos, no te preocupes. Es mi trabajo.

—Hecho... —Sonrió Carla, aliviada.

—Oye, hay una cosa... ¿Por qué no me volviste a llamar? —preguntó él con una sonrisa y un pequeño gesto que daba a entender la conexión latente que había entre ambos—. Juraría haberte mandado un par de mensajes y que desaparecieras...

—Porque estabas más atento a mis tetas que a mis palabras —espetó ella sin miramientos.

Daniel rio.

—Muy bien, me parece justo.

—Hoy no lo has hecho, por eso...

—Porque tus palabras me han parecido más interesantes, a decir verdad...

—Por desgracia —apuntó Carla.

—¿Qué está hecho? —preguntó Jon con incredulidad en referencia a la amenaza de Lola y Carla.

—En realidad, nosotras no hemos hecho nada... Pero tú sí —le dijo Lola con tono amenazante mientras sacaba el móvil del bolsillo y se lo enseñaba a su madre, triunfante. La información hacía rato que estaba *online*.

—En este mismo instante la prensa y las redes sociales se están haciendo eco de la noticia y en un rato todos los usuarios de Blurred también habrán sido notificados de lo que has hecho

—le explicó Carla. Jon frunció el ceño y alcanzó en un gesto rápido el teléfono de su bolsillo—. Mira, algo positivo tenía el haber sido tan «zorra», como tú dices, y haberse tirado a un periodista del cuarto periódico digital más leído del país. Yo que tú —añadió Carla— me buscaba un buen abogado.

—Ahora todo el mundo sabe quién eres, con nombre y apellidos... —continuó Lola—. ¿No habías dicho en una de las preguntas del test que te hubiese gustado ser famoso por méritos propios? ¿Por tu trabajo y tus acciones? Todo tuyo...

La furia comenzó a poseer la mirada de Jon, que alternaba levantar la vista con buscar en su teléfono la noticia.

—Oye, si quieres te mando el enlace —le dijo Lola con tono dañino—. Aunque si lo he visitado, deberías de haberlo visto ya... ¿no?

—Accesos ilegítimos, dominación, ciberacoso, mala praxis de datos personales, responsabilidades morales en el suicidio de una chica, declaraciones de víctimas en tratamiento psicológico por abuso y acoso... Vamos, que el reportaje y la nota de prensa no han dejado nada en el tintero.

La pantalla de Jon no tardó en empezar a iluminarse y el teléfono a sonarle con alarmas. La noticia se estaba haciendo viral y Jon comenzó a recibir llamadas desde la oficina sin parar. Encolerizado, trató de colgar, pero el teléfono se le bloqueó tras pulsar de manera repetida la pantalla y Jon acabó por lanzarlo hacia el pasillo con fuerza y estamparlo contra la pared.

—Os voy a hundir... —musitó—. ¡Sois unas zorras!

—Te creías dueño del sistema...

—Me importa una mierda... Os voy a exponer igual, voy a publicar absolutamente todo de vosotras... —amenazó—. Los vídeos, las fotos... Toda la mierda íntima que estabais deseosas de contarle a alguien... Y no podréis hacer nada... os voy a arruinar.

—No, ahora el que se va a joder y a arruinar eres tú —le respondió Lola con rotundidad.

—Saldrá todo a la luz... —insistió él avanzando por el pasillo para recuperar su teléfono del suelo.

—Adelante, no nos importa —le respondió Carla cogiendo a Lola y manteniendo los pies firmes en el suelo mientras él pasaba por su lado—. No te tenemos miedo. Has perdido el control sobre nosotras y hasta sobre lo que estabas haciendo.

—Y lo importante es que no habrá ninguna Lolita más. —Lola se alejó de su madre y fue acercándose hasta él a paso lento.

—Qué valiente se te ve ahora... —Jon también se encaró a ella—. Ya veremos si a la rata asustada de que le hagan una simple foto le hace gracia ver su coño en webs de pedófilos y...

—¿Eso es lo peor que puedes hacer? —le espetó, interrumpiéndolo, cuando sus caras estuvieron lo suficientemente cerca—. Adelante, si lo peor que me puede pasar es que el mundo me vea el cuerpo o me vea follar..., es que entonces el que tiene que cambiar es el mundo, no yo.

El teléfono de Jon, pese a tener la pantalla hecha añicos, siguió sonando e iluminándose. Lola no apartó la vista de sus ojos, pero fue él entonces el que, al ver que aquello era real, que mientras estaba allí dentro con ellas todo se estaba desmoronando ahí fuera, se alejó de ella y emprendió su camino hacia la puerta principal, donde se deslizó como una serpiente y huyó de allí.

Carla exhaló, aliviada, como si hubiese estado aguantando la respiración durante todo el rato.

—¿Estás bien? —le preguntó a Lola.

—Sí... —dijo ella yendo hasta la puerta y asegurándose de que estaba cerrada y de que él, al fin, había desaparecido de sus vidas.

—¿Lo decías en serio? Eso de que no te importa que te vean... Porque estoy segura de que en cuanto Jon se dé cuenta de que no tiene nada que hacer y que se le ha acabado el juego, se quedará paralizado y no lo publicará... Pero... por si acaso.

—De verdad, mamá.

En cierto modo, Lola no sabía cómo decirle a Carla sin que sonara extraño que estaba agradecida a Jon; en su proceso de dominación, le había proporcionado su mejor fortaleza, la seguridad.

—Creo que tienes razón con eso de que es el mundo el que tiene el problema.

Lola tardaría en entender las implicaciones de aquella frase y de profundizar en su significado, pero con el tiempo, poco a poco, pasaría a romper el silencio sobre su propio placer (con las personas a su alrededor, con la propia gestión del mismo) para conquistar y ayudar a otras mujeres a hacer valer su derecho al placer, mujeres como su madre y ella misma. Solo así sería posible, pensaba, desmontar un sistema que tendía a escrutarlas, tanto en su manera de vestir como de actuar, en vez de atajar la raíz estructural del problema. De hecho, eso mismo había hecho ella: repudiar a su madre por ser una mujer que deseaba, que actuaba, que se había negado a convertirse en un objeto más.

—Ma... Perdona. —Lola la miró desde la puerta, sin hacer intento de acercarse a ella. Estaba teniendo una sobredosis de emociones y necesitaba tiempo y espacio para gestionarlas—. Por haberte juzgado, por haberte... —dudó de qué palabra usar a continuación— anestesiado, por no aceptarte ni querer entenderte.

—Ratón, te lo agradezco, pero no tienes por qué... Soy yo la que tiene que pedirte perdón por todo a lo que te he expuesto y, si no he sido sensible con tus sentimientos...

—No he ayudado mucho con mi actitud, la verdad. —Lola se dejó ir y sintió cómo un nudo en su estómago se liberaba y se volvía de pronto liviana. Mientras hablaba, el aire de sus palabras se llevaba toda la pesadez que había arrastrado dentro durante años—. No dejo de tener la sensación de que si fuese hombre todo habría sido diferente...

—Bienvenida al club —le dijo Carla con una carcajada—. Pero la cosa mejora, créeme. Lo verás todo de otra manera con el paso de los años. Ahora solo necesito que hagas una cosa...

Lola levantó la vista y se secó los ojos enjuagados con el dorso de la mano.

—Necesito que vivas tu vida sin miedo. —Las palabras de Carla sorprendieron a su hija—. Necesito que abraces el abanico de posibilidades que se desplegarán frente a ti, y que seas como quieras ser. Que te aceptes y que, hagas lo que hagas, no sientas nunca la culpa ni el juicio de nadie. Ni de Jon, ni el mío, ni de nadie...

Lola se cubrió la cara con sus manos y asintió mientras Carla se sacudía para sacarse de encima la tensión de la última media hora.

—Bueno, ¿qué te parece si vamos a por un par de teléfonos móviles nuevos?

La casa de Lola & Carla

44

Durante la siguiente semana el caso de Blurred estuvo presente por doquier: la prensa se hizo eco, el periódico digital para el que trabajaba Daniel publicó un par de artículos al respecto y un reportaje en profundidad, y la noticia alcanzó medios nacionales, saliendo en televisión tanto en el telediario como en programas de actualidad, reabriendo el debate sobre la protección de datos y lo seguros que podían estar los ciudadanos cuando daban su consentimiento a la hora de descargarse aplicaciones en sus teléfonos móviles. Por su parte, la CEO de Blurred, junto con el equipo de marketing de la empresa, pronto se encargaron de salir a la palestra con una respuesta oficial para limpiar su imagen y tratar de parar la sangría que estaban sufriendo: miles y miles de usuarios se desinstalaban la aplicación a diario y exigían la recuperación de todos sus datos personales. De poco valió la nota de prensa en la que Blurred anunció el despido del CTO (Jon) y que emprendería acciones legales contra él; Blurred se vio condenada al fracaso en el momento en que Lola y Carla dieron el paso definitivo para deshacerse de Jon.

En parte, Lola sentía pena por la gente que había detrás del proyecto y que iba a pagar por la mala praxis de él. Más que pensar en ellos en particular, lo que le dolió fue que la idea se hundiese con el proyecto; le gustaba la manera de pensar y la propuesta que sugería conocer a alguien sin juzgarlo al primer golpe de vista (al fin y al cabo, era lo que la había atraído en primera instancia a la app y, pese a su nefasta experiencia, lo que creía que seguía funcionando de la idea). Esperaba que la aplicación pudiese reabrir con el paso del tiempo de un modo u otro —algunos mercados de aplicativos habían prohibido su descarga hasta que el tema se aclarase— y que la iniciativa no cayese en saco roto.

Sabía que tenía que pasar página, pero Lola tampoco pudo evitar pensar en las chicas de las carpetillas, las otras posibles víctimas de Jon a las que había sometido al experimento, y que podrían haber estado en su lugar en vez de ella. ¿Cómo se habrían sentido cuando la noticia salió a la luz? ¿Sabrían lo afortunadas que eran de haber reducido su intercambio con Jon a un mero test? Sintió la tentación de leer todas y cada una de las respuestas de las carpetas para analizar y tratar de entender qué le había dicho ella que la había hecho tan especial y la había convertido en la elegida de Jon. Sin embargo, resistió por su propia salud mental y le pidió a Carla que guardase en el estudio, a buen recaudo y lejos de ella, toda la información.

Carla y Lola volvieron a compartir techo el mismo día que la noticia de Blurred y de Jon copó páginas y páginas en prensa. Con la ayuda de Liz, Sheila y Sam, Lola y su madre habían acudido en pelotón a recuperar todas sus pertenencias a casa de Jon, y en menos de una hora ya habían regresado con la ropa y libros que Lola había ido llevando al piso donde había vivido las últimas semanas. Lola, de hecho, había tenido que evitar que Sheila y Sam llegasen a vandalizárselo («es lo mínimo que se merece»), mientras Liz cargaba libros en cajas de cartón que habían llevado del estudio y le preguntaba a Carla cómo se sentía al estar en la guarida del monstruo.

—¿Aliviada?

—Más bien triste... —le había respondido.

Para agradecerles el gesto de ayudarla con sus cosas en particular, y haber estado a su lado en las últimas semanas, echándole un mano con todo el asunto, Lola invitó a SLS a merendar el siguiente sábado, reinstaurando entre ellos la tradición de quedar ese día sin falta y que habían perdido debido a la presencia de Jon en su vida.

—¿Gofres? —dijo atónito Sam, que había seguido a Lola hasta la puerta del local sin preguntar ni rechistar—. ¿Tú... gofres? Me dejas muerta.

—¿Alguna vez te han dicho que no haces gracia ni la mitad del tiempo? —le espetó ella sacándole la lengua y adentrándose en el local.

—Ah, calla, que aún se va a comer uno de verdad... —añadió Sam, golpeando a Sheila en el brazo—. *People really change.*

Las risas, la mesa sucia, los gritos de Sam y las reprimendas de Sheila al respecto... A Lola le pareció que todo volvía a ser como antes... O casi, al menos. Porque ella no se sentía igual que antes, de eso no cabía duda, pero tenía la capacidad de disfrutar de ellos más que nunca, de esos momentos juntos, y eso era algo que no iba a subestimar. Se pasaron toda la tarde diciéndole lo preocupados que estaban ambos de las brechas de seguridad y de todo a lo que se exponían a través de su teléfono.

—Lol, es que es muy fuerte... —dijo Sheila, que llevaba toda la semana obsesionada, cifrando todas las apps de su teléfono y desinstalando las que no ofrecían ese servicio, en plena paranoia—. ¡Es que te miraba por la cámara del ordenador por las noches! ¡Mientras dormías!

—Bueno, pero porque técnicamente yo le di acceso... —trató ella de justificar para que sus amigos no se obsesionaran—. Quiero decir...

—Todo el acceso directo que damos a nuestras vidas y que no somos conscientes... —siguió Sheila.

—Y toda la info que compartimos... ¿no?

Lola tosió, a modo de burla.

—¿Que no sois conscientes? —les dijo con ironía—. Si llevo siglos diciéndoos que os pasáis el día compartiendo vuestra vida en las redes como si fuese vuestro trabajo a tiempo completo. Con vosotros tampoco hace falta un profesional del crimen, que digamos, para saber dónde estáis o qué hacéis...

—Ya... yo creo que me voy a dar de baja de las redes durante un tiempo —afirmó Sam con tan poca convicción que Sheila se rio en su cara—. Pensar cada cosa que pasa en mi vida como si fuese a estar en una exposición de un puto museo me parece mucho trabajo, la verdad...

—Déjalo —le dijo Sheila a Lola—, se le ha subido el azúcar a la cabeza. ¡Eso no te lo crees ni tú!

Inevitablemente, tanto Lola como su madre se hacían partícipes la una a la otra de vez en cuando de cómo todavía sentían algún que otro temor a la hora de usar sus dispositivos, en parte con la duda de que Jon todavía estuviese viendo o escuchando al otro lado, y en parte a que lo estuviese haciendo cualquier otra persona. Pese a haber empezado «digitalmente» de cero, y después de que un *hacker* profesional hubiese revisado todos los dispositivos, más allá de sus teléfonos, para asegurarse de que todo estaba en orden, la sensación de mirar por encima del hombro por si acaso o de saberse observadas y controladas cuando utilizaban el teléfono las acompañaría todavía durante un tiempo. De hecho, era uno de los temas que más trataba Lola con Gina, su psicóloga, a la que había vuelto después de años de terapia, y con quien gestionaba todo lo que había vivido los meses junto a Jon. Gracias a ella, y con bastante trabajo, Lola aprendió herramientas con las que gestionar el hecho de no tener vergüenza de quién era, y cómo aquella experiencia la había provisto de un superpoder por el cual nada de lo que Jon le había hecho iba a herirla jamás. Sin ir más lejos, la había acercado a su madre más que nunca, y gracias a sus sesiones con Gina, y la madurez de los años, Lola pasó a tener conversaciones más profundas con Carla sobre su padre, el pasado, y la necesidad de ambas de compartir sus pensamientos y emociones para disfrutar de una comunicación sana en la que nada se quedase suelto, como una pequeña piedrita dentro del zapato que las hiriese en el camino.

Las noticias del pleito de la CEO de Blurred contra Jon seguían saliendo a la luz de manera puntual, cada vez más a cuentagotas, y era leyéndolas cuando Lola se acordaba de él y buscaba su nombre completo en el buscador: tenía curiosidad por saber si había alguna novedad, si sus esfuerzos habían dado sus frutos y realmente Jon, con una búsqueda tan sencilla como aquella a manos de cualquier otra chica que lo pudiese buscar, estaría siempre atado a lo que había hecho. Dudaba de que él fuese a saber que lo había buscado, ni que aquello desencadenase en el hecho de que Jon rompiese un silencio en el que se había sumido el día que había abandonado su casa para siempre. Lola sabía que tampoco era su responsabilidad, pero de ese modo se sentía segura. Con el tiempo, tenía la certeza, dejaría de hacerlo.

Carla repasó con Liz los planos y la propuesta de reforma antes de su reunión con Gonzalo (también conocido entre ellas como «el contratista buenorro»), quien se iba a encargar de la siguiente obra del Estudio RATA.

—¿Necesitáis ayuda para guardar las cosas? —le preguntó Liz antes de que Gonzalo llegase a la sala de reuniones.

—No, Lola y yo ya lo hemos metido todo en cajas y las hemos repartido entre el salón y la cocina. Y luego, cuando le toque al salón, pues haremos a la inversa. Además, Naya está siendo un sol...

—¿Y cómo vais a hacer para dormir?

—El colchón de Lola cabe al lado del sofá, que es donde dormiré yo. Serán un par de semanas, solo.

—¡Menos! Que ya has visto las manos que tiene...

—¡Gonzalo! —espetó Carla, avisando a Liz de que el hombre en cuestión se acababa de asomar por la puerta.

Con él, y huyendo de las posibles bromas de Liz, Carla repasó la propuesta de reforma del piso. La idea era insonorizar las paredes, reubicar su despacho —que se situaría a partir de entonces en la antigua habitación de Lola—, y la habitación destinada a tal objetivo pasaría a ser la de Lola. De este modo ambas tendrían una habitación de por medio para preservar su intimidad, y unas paredes robustas que evitasen posibles futuros conflictos (porque Lola sabía que su madre era libre de seguir volviendo a casa acompañada, y porque Carla sabía que Lola tenía un espacio propio que debía ser respetado; el resto, era terreno que tendrían que ir caminando y construyendo juntas).

Carla le había sugerido la idea de la reforma a Lola no mucho después de su regreso a casa y había sido su hija, de hecho, la que no había tardado en hacerle la broma.

—¿Y cuánto cuesta insonorizar un cuarto? De verdad, mamá... Ahorro y te lo pago yo...

—Estás muy graciosa —le dijo Carla.

—Es que tú estas cosas deberías saberlas... Error de principiante total.

La privacidad (de ambas, de hecho) había sido uno de los

objetivos de la reforma, pero no el único; el resto de los cambios, además de los estructurales, también habían estado en la agenda y, tras decidir el uso de las habitaciones y escoger con Lola los muebles para su cuarto —unos muebles acordes con el contenido de los mismos, en los que sus libros tuvieran el espacio que se merecían—, madre e hija se dispusieron a seleccionar juntas el nuevo diseño del salón. Se trataba, en parte, de una expansión de Lola y un retraimiento de Carla; el resto del piso pasaría a tener a Lola en cuenta en el cambio de decoración para que ella sintiese que la casa también era suya, que era de las dos.

—Ratón, he visto un sillón de lectura que parece supercómodo y que creo que sería ideal para la esquina del ventanal del salón... —Carla le acercó a Lola uno de los catálogos que había traído del estudio para que ambas los ojeasen y decidiesen.

—Sí que es chulo —indicó Lola—. Y no parece que me vaya a dejar el cuello, como en la cama...

Gracias al cambio, Carla había pasado a entender el punto de vista de Lola (su reclusión los últimos años, su sensación de inseguridad en un espacio que percibía como hostil), y Lola había pasado a ver la utilidad del interiorismo con los ojos de su madre. Ambas comprendían que el estilo y uso de lo que las rodeaba necesitaba cambiar a medida que la relación entre ellas evolucionaba. La creación de un espacio conjunto apoyaría la identidad personal de cada una, así como la identidad colectiva de ambas en un sentido que le daba un nuevo valor al término «hogar», no solo con un significado político, de poder o de resistencia, sino sobre todo como un vehículo para desarrollar su relación, para extender sus libertades y para que la identidad personal de cada una se viese reforzada por las cosas que las rodeaban, por el significado que les aportaban.

Una estantería vacía, unas baldas dadas de sí, un vaso sucio, una puerta siempre cerrada, una pared demasiado fina... Todo ello había pautado demasiado la relación entre madre e hija y ahora, más que nunca, era el momento de que Carla pudiese construir para Lola la idea de hogar que cubriese ese anhelo nostálgico de seguridad y comodidad que su hija necesitaba. Era el momento para que ambas se reconstruyeran como familia.

Agradecimientos

Primero de todo, quiero dar las gracias a Carmen Romero y Clara Rasero, mis editoras, por confiar en mis manos esta historia (espero, la primera de muchas). A mis agentes, Pablo Álvarez y David de Alba (y por extensión a todo el equipo Editabundo) por creer en mí y en todo lo que podemos llegar a hacer juntos (¿para cuándo mi propia serie de televisión?). Quizás por defecto de profesión, necesito agradecer también a todo el equipo de Ediciones B y Penguin Random House involucrado en la edición y publicación de este libro (Raffaella Coia, de redacción; Carme Alcoverro, de diseño; Agathe Evain, de marketing; Irene Pérez, de comunicación); Rosa Hernández y Álex Duran, por la corrección), toda esa gente que parece invisible, pero que es necesaria para que este libro esté en tus manos.

Tengo los mejores lectores cero del mundo (que leen casi más rápido de lo que yo escribo). Gracias a Guillem, que me animó a lanzarme al *thriller* y es fan de mis escenas subidas de tono; gracias a Wini, que es una maravillosa lectora cero siempre al pie del cañón; cómo no, gracias a Luciano, mi padre, que es un lector exigente, pero siempre me lee de manera incondicional (y lo pasa fatal en las ya mencionadas escenas subidas de tono). Luchi lee, pero sin el apoyo del resto de mi familia, que son mi verdadero equipo de marketing, no hubiese escrito nunca ni un folio: gracias Rosiña, Andrea, Edu, Emma y Pili. Un recuerdo especial para Mario y Otilia, que ahora me «leen» desde el cielo. Gracias a tías, primos, a Ebha y a toda mi familia política, a la cartera, la enfermera, el carnicero, y a todo el vecindario de García Barbón, que siempre están al pie del cañón.

He de agradecer también a mis amigos y amigas y a mis compañeros y compañeras de trabajo que me aguantan los chistes Umbral de «he venido a hablar de mi libro», y a la *Shitters consultancy* por su apoyo en los primeros pasos de esta novela: gracias Mar, Marta, Eli y Rizzo. Hemos hecho una buena *shit* (que ha servido de abono para este nuevo girasol).

En este libro se tocan varios temas, de los cuales me he visto más legitimada a hablar gracias al conocimiento de varias personas: mil gracias a Óscar Sánchez Montaner por toda su experiencia y asesoría en el mundo de la ciberseguridad; gracias a la hermosísima Annie López Puertas, sin quien no sabría la diferencia entre arquitectura e interiorismo; al equipo que forma parte del proyecto de investigación «Casas inquietantes: viviendas, materialidad y subjetividad en la literatura estadounidense», del centro de estudios de género ADHUC de la UB, por proveerme de capas y capas de significado para construir la relación tortuosa de Carla y Lola a través del espacio doméstico; muchas gracias a Adriana Martín Vallejo por abrirme las puertas a la mente de una chica de diecisiete años de hoy en día (y por extensión, ¡obvio!, a su tío Diego); recomiendo, ya de paso, *Feminismo vibrante*, de Ana Requena Aguilar, un libro cuya lectura me empujó mucho en la construcción de las propias experiencias sexuales de las protagonistas.

Por último, necesito agradecer a mis compañeros de viaje (y piso) las maratonianas jornadas tras la pantalla para que este libro viese la luz: Arthur Guinness, Lady MacBeth y Joyce (mis gatos) no lo pusieron fácil entre mimos y miaus; suerte de David Fontanals (PhD), que siempre estuvo ahí para tirar del carro cuando yo parecía una vagabunda durante fines de semana enteros, que me animó en cada entrega, me escuchó en mis soliloquios, le metió caña al texto robándole valiosas horas a sus más que ocupadas jornadas, y creó el mejor ambiente posible de concentración e inspiración para llevar a cabo esta titánica aventura. Gracias, Febo+.